U0473432

齐橙 作品

上海文艺出版社

第三百零九章

终于到了杜晓迪要离开的时候。

冯啸辰准备了一大堆礼品，让她带回通原。其中送给未来老丈人的是市场上很难买到的名烟名酒，送给丈母娘的是两块高档布料，至于还在读书的未来小姨子和小舅子，每人都是一块德国产的电子表，戴在手上明晃晃夺人二目，绝对能让他们在第一时间就心甘情愿地把姐姐给卖了。除此之外，冯啸辰给李青山、高黎谦等人也预备了礼品。

杜晓迪刚从日本培训回来，本身就带着自己的行李以及一些在日本买的小礼物，离开海东的时候，阮福根又送了她一大堆当地的土特产，现在再加上冯啸辰送的东西，她的行李达到了空前规模，看上去简直就像是搞长途贩运的个体户。

冯啸辰请了半天假，又从林重的办事处借了一辆吉普车过来，亲自送杜晓迪去火车站。杜晓迪拎着行李，跟着冯啸辰往外走。走到门口的时候，她忍不住回过头来，看着这个四合院，幽幽地说道："这个院子真好，真不想走……"

"哈哈，那就早点嫁过来，以后你就是这个院子的主人了。"冯啸辰笑着说道。

"说啥呢!"杜晓迪踢了冯啸辰一脚，然后又有些情绪低落地说道，"下次来，还不知道是什么时候呢。啸辰，你会去通原看我吗?"

冯啸辰道："我肯定会去的，你等着我。另外，我会抓紧安排一下，把你调到京城来，这样咱们不就在一块了吗?"

"可是，我们厂不知道会不会放我走。"杜晓迪讷讷地说道。

冯啸辰道："这不是什么问题，我们重装办解决了那么多对夫妻分居的问题，其中也包括了你们通原锅炉厂的两对夫妻。我如果去找你们厂长，他肯定得给我这个面子。倒是不知道我的泰山泰水愿不愿意放你出来，是不是要找我要聘礼呢。”

“他们不会这样做的。”杜晓迪否认道，类似这样的话题，这些天冯啸辰和她说过许多回了，她从最开始的脸红耳热不敢听，到现在已经能够从容应对了。她娇嗔地瞪了冯啸辰一眼，说道，“再说，聘礼你不是已经给了吗？光是送我爸的烟和酒，就花了 200 多块钱，而且还是在友谊商店用外汇买的，你是不是存着拉拢我爸的想法？”

冯啸辰道：“200 多块钱不算多。老爷子苦了一辈子，我这个当女婿的，也该孝敬孝敬他了。我本来说让你带些钱回去的，你非不同意。总不能我成天在这里大手大脚，却让泰山泰水他们节衣缩食吧？”

杜晓迪斥道：“什么叫老爷子，我爸才 40 多岁好不好！”说罢，她又低声道：“我们现在还没确定关系呢，我怎么能用你的钱？这次阮厂长给了我 2000 块钱，已经足够我家用了。还有，我不是已经拿了你给的粮票吗？有了这些粮票，我弟弟妹妹起码这一年都可以放开肚子吃饱饭了。”

“哎，还是这年代好啊，才花了 200 斤粮票就骗到了一个媳妇。”冯啸辰发着莫名的感慨。

“你再说，你再说！”杜晓迪扔下手里的行李，抡着小粉拳对着冯啸辰便是一顿猛揍，那种离别的伤感倒是被冲散了许多。

不管如何恋恋不舍，杜晓迪还是上了火车，离开了京城。火车开出老远，月台上的冯啸辰还依稀能够看到姑娘的手臂在窗户外面挥动着。

不过，冯啸辰很快就没时间再琢磨这些卿卿我我的事情了。送走杜晓迪之后，他刚回到单位，王根基就过来找他，声称自己联系上了一位外事部门的工作人员，知道一些有关阿瓦雷那边的情况，让他们过去谈谈。冯啸辰正好还开着林重采购站的车，便载着王根基来到了约定见面的地方。

那是位于东城的一家刚开业的咖啡馆，在国际海员俱乐部附近，门面的装修颇有一些西方风格，明显不是面向普通中国工薪阶层的消费场所。咖啡馆的大堂面积不大，摆了七八张桌子，这会却只有两桌客人。其中的一桌是两个白人，正在一边喝咖啡，一边聊天。另外一桌则只有一个中国人，脸上戴着一副能够遮住半边脸的大墨镜，身上穿着花格子衬衫，正漫不经心地抿着咖啡。王根基领着冯啸辰进了门，一眼看见那人，便笑呵呵地领着冯啸辰走过去了。

“张处长，你好啊，我把我们冯处长请来了。”王根基向那人招呼道。

那人抬头看了一眼，脸上露出一缕笑意，站起身来，向冯啸辰伸出手，说道：“冯处长，幸会，咱们又见面了。”

“又……”冯啸辰一边与对方握着手，一边诧异地问道，“张处长，恕我眼拙……”

“哈哈，不是你眼拙，是我失礼了。”那位张处长连忙摘下墨镜，笑吟吟地问道，“冯处长，这回能认出来了吧？”

“你不是那位张……”

“张和平。”对方笑道，他明白冯啸辰的困惑，便一指王根基，说道，“你别听他瞎叫，我就是个采购员，什么处长不处长的。”

他们这一互相招呼，王根基倒是纳闷了：“怎么，你们俩认识？”

“大营抢修那次，张处长正好和我坐同一趟火车，是相邻的铺位。后来抢修钳夹车的时候，张处长出了很多力。还有，我的驾照也是托张处长帮我弄到的，要不我去考个驾照还挺麻烦的呢。”冯啸辰向王根基介绍道。

大营抢修那一次，冯啸辰一开始向张和平隐瞒了身份，说自己是林重的采购员，后来因为要和龙山电机厂以及机械部、电力部的人员打交道，他才透露出自己的真实身份。而这位张和平，自始至终都声称自己是一家贸易公司里的采购员，但他表现出来的精干以及热心，一直都让冯啸辰觉得有些可疑。如今听王根基称他为处长，冯啸辰才恍然大悟。

“别别，冯处长，你可别叫我处长，叫我老张就行了，或者叫声张大哥，我爱听这个。”张和平还是那副采购员的模样，大大咧咧的，让人觉得颇为平易近人。

冯啸辰也不矫情，他说道："没问题，我还是称你张大哥吧。不过，张大哥，你是不是也该改改口，叫我一句冯老弟呢？"

"受不了你们！"王根基在旁边假意地唾了一口，说道，"看着好像你们俩之间的关系比跟我的关系还近似的，你们一个叫大哥，一个叫老弟的，把我搁哪去了？"

说笑了一阵，三个人都坐下了。张和平叫过服务员，让她给冯啸辰和王根基各端来一杯咖啡。借这工夫，王根基也向冯啸辰简单介绍了一下张和平其人。

王根基还在读中学时，张和平是王根基父亲的警卫人员之一。因为二人年龄相差不多，有时候会在一起玩，所以算是朋友了。后来，张和平离开了警卫部队，王根基上了大学，两个人便断了联系。这一次，王根基托自己认识的一些关系帮忙找熟悉阿瓦雷情况的人，没想到经关系介绍过来的正是张和平，他现在的身份是诚丰物资贸易公司的一名处长。

"不过，小冯，你可别小看和平的这家诚丰贸易公司，这可不是平常的贸易公司哟。"王根基故作神秘地对冯啸辰说道。

"小基，你可别瞎说哈，我们能有什么特别的，就是天上地下都管的一家普通贸易公司罢了。"张和平笑着提醒道，不过听他的口气，似乎并不想掩饰什么。

王根基道："和平，小冯不是外人，这些事瞒着他就没意思了。其实你们那点事，谁不知道？"

"你呀！"张和平假意地露出一些无奈之色，然后转头对冯啸辰说道，"小冯，不好意思，前两次见面的时候，因为对你的情况不了解，所以没有向你介绍我的真实身份。我们那家诚丰贸易公司，表面上是挂靠在外贸部的一家地方企业，实际上是隶属于国家安全部门的。至于我们的具体使命，就不用我多说了吧？"

"这……张大哥，你把这个情况告诉我，合适吗？"冯啸辰愣了，一时都不知道说啥才好。他虽然也能够猜出对方的身份不一般，但却没想到对方居然能够把这么机密的事情和盘托出。

第三百一十章

“我的身份，需要瞒别人，但不需要瞒你。”张和平摆了摆手，轻描淡写地说道。

“和平今天来见你，肯定就没打算向你隐瞒什么的。他这个人精细着呢，如果不信任你，肯定不会乱说的。”王根基也在一旁附和道。

冯啸辰也就放心了。在前一世，他与安全部门的人打交道也不止一两次，知道安全部门的人员也是分不同保密级别的。有些人身份隐藏之深，甚至在系统内都没几个人知道，有些人的身份则属于半公开的性质，以便与方方面面的部门开展合作。张和平想必就属于后一种情况。重装办需要了解阿瓦雷的一些事情，安全部门掌握的情报肯定是最多的，这些情报需要由张和平来向重装办的人介绍，他如果再藏头缩尾，那就属于掩耳盗铃了。

当然，张和平也不是随随便便就会向外人透露自己的身份，在此之前，他所在的机构已经对冯啸辰进行过了解，知道冯啸辰的身世清白，目前又担任着重要的工作，而且属于经委重点培养的干部。对于这样的人，安全部门当然要建立起联系，未来双方合作的机会还多得很。

想明白了这些，冯啸辰笑着对张和平说道：“张大哥，其实早在大营抢修那次，我就觉得你不是平常人。你在火车上帮忙找来的那些专家和技术工人，你只问了一句，就一个个都能够叫得出名字，这份本领就不是普通人能够具备的。”

张和平也笑了起来，说道：“露馅了，露馅了，早知道小冯你目光如此敏锐，我应当藏拙才是。对了，说起大营抢修，我还想起来了，当时有个很年轻漂亮的女焊工，好像后来和你一起待在钳夹车上守夜，怎么样，你们没发展发展?”

“这个……”冯啸辰支吾起来。

王根基却一下子就反应过来了，哈哈笑道：“怎么，和平，你也认识那个姓杜的女焊工？我揭发，前几天我还碰上小冯和她走在一块呢，这俩人现在都已经住到一起去了。”

“老王，你说话别让人产生歧义好不好？是那姑娘路过京城，我那里正好有空房间，我帮她省点住宿费罢了，说得好像……那啥似的。”冯啸辰难得地也有些窘了。虽说他已经向杜晓迪表白过了，但两人的关系还仅限于拉拉手，没有王根基说的那么不堪。时下的社会还没那么开放，如果真的传出去说他和杜晓迪住在一块，那可是天大的新闻了。

“哈哈，看来我得安排几个侦察员去侦察侦察了，这可是很重要的情报哦。”张和平也开了个玩笑。

小小地闹了一阵，三个人的关系倒是又融洽了几分，冯啸辰乍听到张和平的身份而带来的那一丝局促感也消失了。他收起了一些笑容，说道：“咱们还是说正事吧，张大哥，我们需要了解的情况，老王都向你介绍过吧？关于阿瓦雷和盖詹，你们那边有什么情报，能不能和我们交流一下?”

张和平点点头，道：“阿瓦雷这边的情报，我们一直都在搜集。前几天根基托人找到我们，组织上安排我来做这项工作。我把内部的情报整理了一下，又让人去做了一些调查，倒是找出了一些你们可能感兴趣的东西。”

“太好了，你说说看。”冯啸辰说道。

张和平拿出一个小本子，翻开到其中一页，那上面鬼画符一般的写着一些莫名其妙的文字和注音符号，想必是安全部门内部的一些记录方法，外人即使拿到手上，也看不出个头绪来。他对着本子上的条目，开始向冯啸辰、王根基介绍起了阿瓦雷这边的情况。

正如罗雨彤曾经提起过的，阿瓦雷是一个实行混合经济的国家。政府掌握了主要的经济命脉，拥有相当数量的国有企业，还模仿着苏联、中国等国家，制订了自己的五年计划，俨然就是一副社会主义的样子。与此同时，政府又不禁止私营经济的发展，还大量引进外资，允许外资在一些重要部门里参股，从这点上看，又有些自由市场经济的味道。

因为政府在经济上的权力很大，贪腐问题就难以避免。官员在各种政府招标项目中收受好处是公开的秘密，国家对此也是睁一只眼、闭一只眼，甚至有高层官员在某个非正式的场合里提出过腐败是经济发展的润滑剂这样的观点。

这一次巴廷省钢铁厂引进1700毫米热轧机，是阿瓦雷的一个重要投资项目。按照以往的惯例，外国承包商都要给有关的官员支付回扣，这样才能够拿下这个项目。据张和平的同事所了解到的情况，日本的几家厂商很早就在做这方面的工作，手段也并不新鲜，诸如邀请阿瓦雷工业部以及巴廷钢铁厂的官员去日本旅游，给他们的子女安排留学机会，以及赠送各种高档礼物等等。

从阿瓦雷工业部官员的本意来说，这条生产线是打算从日本引进的，一来是因为日本的技术实力更强，大家本来就迷信日本货，二来当然就是因为日本厂商承诺在事成之后给予的更多好处。谁承想，当工业部把这个计划提交给内阁时，却遭到了否决，内阁提出，如果中国能够提供这样的设备，那么最好能够从中国引进。

"这是为什么呢?"冯啸辰问道。

"这里有一明一暗两个原因。"张和平道，"明面上的原因，是中国的设备报价更低，同时允许阿瓦雷用出口商品抵扣一部分的外汇，这对于外汇紧张的阿瓦雷来说，是非常重要的。而日本厂商的产品价格太高，又要求全部用日元支付，以阿瓦雷目前的经济状况，有些承受不起。"

"这一点我们一开始就知道了。"冯啸辰说道，"那么暗地里的原因又是什么呢?"

张和平道："说是暗地里，其实也算是公开的秘密了。阿瓦雷要寻求在非洲事务中发挥自己的作用，需要得到国际社会的支持。中国作为联合国五大常任理事国之一，在这方面是有一定话语权的。阿瓦雷希望能够通过经贸合作，加强与中国的联系。日本虽然是一个经济大国，但在政治上的地位远不如中国，这就是阿瓦雷放弃与日本合作的原因。”

“明白了。”冯啸辰点点头。

国际贸易从来都不是一个简单的经济问题，而是与国际政治密不可分的。大国给小国一些好处，目的是为了笼络这些小国作为自己的跟班小弟；小国给大国一些好处，就相当于给老大递的投名状或者保护费。反过来，两个国家之间的政治关系也可能会受到经济目的的影响，例如两个经贸往来特别密切的国家，当发生政治冲突的时候，双方也会更加克制一些，以免政治关系的破裂影响到自己的经济稳定。

阿瓦雷引进这条热轧机生产线的情况就是如此，它希望改善与中国的关系，争取中国在一些国际事务上给它提供支持，难免就要在经济上有所表示。当然，如果中国的技术完全不堪一用，阿瓦雷也不至于拿着几个亿的投资去打水漂，政治因素在这个项目中起到的只是增加一个砝码的作用，并非决定性因素。

“正因为此，所以盖詹虽然成天嚷嚷着要换一家供应商，却只是口头上说说，没有实际的表现。他虽然贪财，但也不敢完全违抗内阁的意思。”张和平说道。

王根基也听明白了，他说道：“既然是这样，那咱们跟这个姓盖的废什么话？咱们直接找阿瓦雷的内阁就行了呗。让内阁表个态，盖詹还敢说个不字？”

张和平笑而不语，冯啸辰则是摇摇头，说道：“老王，事情不是这么简单的。阎王好见，小鬼难缠。就算内阁点了头，盖詹没法拒绝，以后在具体的项目合作过程中，人家还是有大把大把的机会来刁难咱们的。咱们不可能保证每个环节都不出一点瑕疵，人家存心要找茬，咱们也是很麻烦的。”

“唉，这倒也是。”王根基迅速地改了口。其实刚才他说这些也就是撒撒气，以他的阅历，当然也知道绕开具体经办人去促成一件事情是会留下后患的。总不能以后出了什么矛盾都去找内阁摆平吧？一次两次也无所谓，次数多了，人家就会觉得你中国的技术就是不行，成天只能靠找关系来解决问题，这对于中国来说是得不偿失的。

“盖詹这个人，又是什么情况，你们了解吗?”冯啸辰把头转向张和平，进一步地求证道。

“关于这个人，我们过去了解得不多。不过，这一次我们还是专门安排人去了解了一下，倒也得到了一些情况。”张和平笑呵呵地说道。

第三百一十一章

“盖詹是刚提拔起来的副部长，过去并没有经手过这样大的项目。他的家境很贫寒……我是指相对于其他的一些部长而言。”张和平意味深长地点评着盖詹。

他话里的潜台词，即便是后知后觉如王根基一般，也能够听得出来了，他笑着问道：“和平，你是想说这个盖詹很清廉，还是说他还没来得及腐化?”

“我想，应该是后者吧。”张和平说道。

冯啸辰却是摇摇头道：“现在还不能下结论吧，恐怕需要和盖詹接触一下才行。”

张和平道：“小冯的顾忌也对。有关这个盖詹，我们了解得并不多，不好说他是没有来得及腐化，还是本身就不贪婪。不过，从阿瓦雷的风气来看，完全不贪的官员是很少见的，盖詹能够一路升迁上来，恐怕也没那么干净吧。”

冯啸辰没有反驳他，只是说道：“这样分析也有道理，那么，关于这个盖詹，你们还了解到什么其他情况没有?”

张和平道：“据我们的了解，这个盖詹有点野心，他不甘心止步于工业部副部长这个职位，而是打算再进一步，希望当上部长，甚至能够进入内阁。这种想法他曾在一些场合里说起过，我们向一些阿瓦雷的官员了解的时候，他们都证实了这一点。”

“这也就解释了为什么盖詹没有直接向我们提出他的个人要求。我想，他应当是在左右为难，一方面想要赚钱，另一方面又想树立一个清廉的形象，至少不希望这件事情对他的仕途造成什么影响。”冯啸辰分析道。

“正是如此。”张和平道。

“还是罗主任说得对啊，这些人就是又要做婊子，又想立牌坊。”冯啸辰感慨地说道。

“那咱们下一步该怎么办？”王根基问道。

张和平嘻嘻一笑，指着冯啸辰道：“这就要看冯处长的了，据说冯处长一向擅长于处理这类复杂事务。我们只负责提供情报，不负责解决问题，解决问题是你们的事情。”

“这件事我们来处理吧。”冯啸辰点头应道，“不过我们还是要感谢张处长，没有张处长提供的这些情报，我们对盖詹就是一无所知，根本不知道从何下手。现在了解到他的背景，我们就能够对症下药了。”

“还有什么对症下药的，他不就是想要钱又不好意思说吗，咱们直接拿钱拍过去就是了。”王根基不屑地说道，“这个姓盖的既然想讹钱，那咱们就直接告诉他，让他想办法把设备的价钱提高一点，提高的部分，都是他的。反正也不是咱们中国人的钱，咱们不心疼。”

说完这些，他转头去看张和平和冯啸辰，期待着他们的认同。谁料想，这两个人听罢，只是互相对视一眼，然后便笑而不语，既没有表示赞同，也没有表示反对。王根基有些毛了，他看看张和平，又看看冯啸辰，问道：“你们是什么意思啊，我说得不对吗？”

张和平笑道：“我早就说了，这是你们考虑的事情，对与不对，我不好评判。”

“那么小冯，你也觉得我说得不对？”王根基又把矛头转向了冯啸辰。

冯啸辰无奈道：“老王，事情有这么简单就好了。你没听张处长说吗，盖詹是一个有野心的人，他想要钱不假，但同时还需要一个名目。你凭空这样给他钱，他是不可能接受的，甚至有可能会倒打一耙，说我们拉拢腐蚀他，到时候我们就被动了。”

“不至于吧？”王根基迟疑道，“我们给他钱，他凭什么倒打一耙。再说，这些天他唧唧歪歪的，不就是想要钱吗，装什么圣人啊。”

“他就乐意装圣人，你怎么办？”冯啸辰道，“对这种人，咱们只能智取，不能强攻。”

“这就是你们的事情啰。”张和平伸了个懒腰，然后用手指了指桌上的咖啡，说道，“这咖啡钱谁付啊？总不能我帮了你们干活，还要请你们喝咖啡吧?”

“老王，你揽的事，应该你付。”冯啸辰看看王根基，笑着说道。

王根基跳起来，道：“凭什么该我们付？和平，我说让你找个地方，谁让你找了个咖啡馆。你也是在机关工作的，不知道喝咖啡是不能报销的吗?”

“怎么，你们也不能报？我还以为你们的制度比我们松，想沾你们的光开开洋荤呢。”张和平嘻嘻笑道。

这种话当然就是玩笑话了，也算是一种机关特色的幽默，换成阮福根这种体制外的人是肯定听不懂的。冯啸辰叫来服务员结了账，顺口一打听发票的事情，对方果然表示可以开成办公用品之类，断然不会让几位领导自掏腰包。

冯啸辰与王根基回到重装办，向罗翔飞汇报了从张和平那里了解到的情况。罗翔飞请示了经委领导之后，召集冯啸辰、王根基、田文健、贡振兴以及外贸部、机械部的相关人员，开了一个项目协调会议，专门讨论有关“贸易惯例”的事情。在会上，大家都谨慎地回避开了“回扣”、“好处费”之类的敏感词汇，换成诸如“业务费用”、“公关成本”等更为中性的说法。不过，每个参会者心里都明白，这个项目的症结是在哪个地方，而要突破这个症结，只能采取一些不足为外人道的手段。

事情已经很明白了，需要采取的手段也达成了共识，但具体到由谁去和盖詹洽谈，以及谁来最终操办此事，就成为一个难题。说这件事困难，有两个方面：一是大多数人都不太了解搞这种跨国潜规则的方法，感觉无从下手；另外一个方面，则是大家都怕担责任，毕竟这种事情一旦深究下去，经办人是有一些风险的。

“既然大家都没时间，那就由我去办吧。”

在冷场了十几分钟之后，冯啸辰打破了沉默，主动揽下了这件事情。

刚才这会，大家都在互相推脱，一个个都说自己手头有关系着国计民生的重要工作要做，抽不出身来。冯啸辰当然知道大家在想什么，于是就把事情接过来了。

“这个……”罗翔飞露出了迟疑的神色，有心反对，却又不合适直接说出来。这件事是由重装办负责协调的，冯啸辰主动承担此事，罗翔飞作为负责重装办日常工作的副主任，应当给予鼓励才对。他迟疑的原因，在于他深知此事的风险，不希望冯啸辰被牵连进去。可是，他又不能把这话说出来，否则其他人都会颇有微词：冯啸辰是你的心腹爱将，所以你不让他去冒风险，那我们这些人就活该冒风险吗？

“小冯……”王根基、贡振兴等人也都欲言又止，但他们的想法也都和罗翔飞差不多。

田文健却是带头鼓了鼓掌，说道：“好，小冯处长这种勇挑重担的精神，实在是值得我们学习。说老实话，如果不是因为我们部里正好有一个紧急的事情要我去负责，我都想自告奋勇来接这副担子了。不过嘛，我也有自知之明，小冯过去在冶金局就是出了名的能干，这件事情，非得他出马不可，别人去做，没准就做砸了。”

听到田文健这样捧冯啸辰，罗翔飞皱了皱眉头，却也不便说什么。冯啸辰倒像是听不出田文健的用意，只是笑着说道：“田处长太夸奖我了，我只是看大家都忙，我正好有一些空闲，可以去和盖詹接触一下。其实，如果田处长能够抽出一两天时间，我倒是愿意给田处长打打下手，由田处长去处理这件事情。”

“我实在是抽不出时间。就说今天开会吧，我都是请了假出来的，回去以后还得加班，没准今天晚上得熬个通宵了。”田文健把自己说得比杨白劳还要凄惨，大家都明白他是什么想法，于是也都呵呵冷笑，不便多说什么。

“既然小冯主动请缨，那就由小冯先去接触一下吧，听听盖詹是什么想法，然后再说。”罗翔飞道，“不过，有关和盖詹接触这件事情，是咱们联席会议集体决定的，有会议记录为证。以后万一政策有变化，大家需要给小冯做个证明，不要让小冯一个人背上责任。”

“没问题！”

“这是肯定的，其实小冯是主动帮咱们大家分忧，哪能让他一个人担责任。”

“咱们这也是没办法的办法，谁让国际贸易惯例就是这样的呢？”

“就是就是，小冯是按着国际惯例做事嘛……”

众人纷纷附和着，表示了要为冯啸辰挡子弹的愿望。不过，这种话也就是听听而已，日后如果要论功行赏，大家都会说自己也出了一份力。而如果国家有新的政策，对于这种事情采取否定态度，恐怕大多数人都会声称自己当初只是持保留意见，与此事无关。

第三百一十二章

联席会议过后，冯啸辰便开始行动了。他获得了罗翔飞的授权，可以和盖詹洽谈有关“合作”事项，当然，最终要达成协议还是需要再报送经委审批的，他个人无权决定。

冯啸辰与盖詹的谈话选择在宾馆的茶室进行，在此之前，冯啸辰已经参加了两次双方进行的集体谈判，因此盖詹也知道了冯啸辰的身份。这一次听到冯啸辰约他私聊，盖詹心有灵犀，果然没有带上随员，一个人来到了茶室。

“哈啰，盖詹部长。”

“哈啰，冯处长先生。”

双方用英语互相问候着，盖詹也不愧是一个一级一级爬上来的官员，业务功底不错，最起码英语是说得比较流利的。

“中国现在的天气很热，盖詹部长能适应吗？”

“我们阿瓦雷是热带国家，对于炎热的气候，我倒是一贯都能够适应的。”

“京城天气比较干燥，盖詹部长要经常吃点水果哟。”

“谢谢提醒，对于京城的苹果我是非常喜欢的……”

双方说着毫无营养的寒暄话，倒是越说越亲近了。冯啸辰感觉时机差不多成熟，这才转入了正题，对盖詹说道：“盖詹部长，你们这一趟到中国来，也待了快有一个月时间了吧？咱们双方的谈判也已经谈了十几轮，不知道贵方对于这项合作，到底是如何考虑的。”

“我们对中国的技术是非常信任的，对于和中国人的友谊更是毫不怀疑。现在唯一的障碍，就是价格了。我们认为，贵方提供的设备，技术水平比日本、德国的设备要差一些，而价格上与他们却没有明显的区别，我们的内阁恐怕是不能接受的。”盖詹重复着过去已经说过的理由。

“盖詹部长，您是内行，应当了解一套热轧设备的报价。事实上，我方提出的价格还是非常保守的，因为还有一些费用没有计算在内。”

冯啸辰说到这里，意味深长地瞟了盖詹一眼，等着对方反应。

“还有一些费用？什么费用？”盖詹心念一动，向冯啸辰问道。

冯啸辰道：“我们目前的报价，是针对在中国国内建造一条热轧生产线而计算出来的。如果要到阿瓦雷去建设，我们还需要做一些前期的咨询工作，比如说，我们需要了解阿瓦雷的气候、地质、水文等资料，还需要考虑阿瓦雷本地工人的生活习惯，以便调整生产的工艺流程。这些工作，我们打算在阿瓦雷寻找一家咨询公司来完成，这部分费用是应当计算到设备报价中去的。”

“这不就意味着报价还要增加了吗？”盖詹问道。

“正是如此。”冯啸辰道。

盖詹又道：“那么，你们估计这个费用会是多少呢？”

冯啸辰微微一笑，说道：“这方面我们还真说不好，我们现在还不了解阿瓦雷国内的咨询机构是如何收费的。我们打算在近期寻找几家咨询机构进行接触，对了，盖詹部长能不能帮我们一个忙，给我们推荐一两家信誉比较好的咨询机构呢？”

“这个……”盖詹的脸一下子就变黑红黑红的了，冯啸辰这个暗示，他岂能听不懂。建一条热轧生产线，哪里用得着去了解什么地质、水文之类的情况。这倒不是说这些情况不重要，而是因为这条热轧生产线是建在巴廷钢铁厂内部的，巴廷钢铁厂在建设的时候就已经考虑过这些因素，现在只是新增一个车间而已，根本不需要多此一举。

冯啸辰说需要找一家咨询公司，又让盖詹帮忙介绍，这就是明摆着要给盖詹送礼了。咨询公司的收费标准是由盖詹说了算的，换句话说，就是他想捞多少钱，就可以报多少钱，反正这些钱最终也是要打到设备款里去的，冯啸辰只是慷阿瓦雷之慨而已。最妙的是，这种钱从程序上看合情合理，谁也找不出什么毛病。只要盖詹不那么蠢，不是让自己的太太去当咨询公司的董事长，谁也不能说他从中拿到了什么好处。

可是，盖詹毕竟是第一次做这样的事情，在此前，他虽然也不是那么清白，但也仅限于在工程项目中收点承包商送的小礼品，偶尔带着老婆孩子接受别人的邀请出去旅游一趟，哪有像冯啸辰这样赤裸裸送钱的。乍一听冯啸辰的暗示，盖詹只觉得脸红心热，手足无措，他觉得自己应当拒腐蚀而不沾，大义凛然地把冯啸辰痛斥一番，可心底里却有另一个声音在对他说：收下来，收下来，反正没人知道的……

冯啸辰看着盖詹的脸色青一阵红一阵，知道对方正在做着激烈的思想斗争。他呵呵一笑，补充了一句，说道："按照国际惯例，咨询费用一般不宜超过设备总价的1.5‰。我们的设备报价是2.4亿美元，咨询费大致控制在36万美元的水平上就差不多了，如果费用更高，我们就只能找其他机构来提供服务了。"

"那是当然的，那是当然的……"盖詹下意识地回答着，脑子里却只剩下了一个数字：

36万美元。

所谓咨询服务，说穿了就是红口白牙说点废话，成本根本不值一提。如果咨询费能够达到36万美元，扣掉各种各样的花销，他至少能够有30万美元的纯收入。这是什么概念啊。阿瓦雷是一个发展中国家，工资水平并不高。盖詹贵为副部长，一年的收入也不到5000美元。30万美元，相当于他60年的收入总和，这样大的一笔财富，他怎么舍得放手呢？

"这个项目已经拖了很长时间了，我想，阿瓦雷也是希望能够早点签约，以便早日开工建设吧？咨询公司的事情，还得麻烦盖詹部长帮我们抓紧联系一下，如果有了眉目，我们就可以先和咨询公司草签一个合作协议，这样咨询公司就可以马上着手进行资料的搜集了。"冯啸辰慢悠悠地说道。

"这件事包在我身上了。"盖詹顺着冯啸辰的话头说道，说罢，才觉得有点不对劲，自己啥时候就答应帮中国人联系咨询公司了呢？他回头一想，才发现眼前这个年轻的中国官员实在是太狡猾了，他根本没有给自己留出思考的时间，只是一味地陈述着这件事，结果自己就不知不觉地被带进坑里了。

那么，自己是否需要从坑里跳出来呢？盖詹犹豫不决。

冯啸辰笑道："盖詹部长，如果我没弄错的话，您是曾经在法国留过学的吧？"

"是的，我是从巴黎综合理工大学毕业的，学的是机械工程。"盖詹自豪地说道，对方能够岔开有关咨询公司的话题，让他感觉到一些轻松，不至于像刚才那样尴尬了。

冯啸辰道："据我所知，非洲很多国家的工业部长，都是在欧洲留学的，你和这些人有来往吗？"

盖詹有些摸不着头脑，讷讷地说道："我们自然是有一些来往的，有几位部长是我在巴黎时候的同学，还有一些人则是通过各种关系互相认识的。因为都有在欧洲留学的经历，所以大家共同语言比较多。"

"那可太好了。"冯啸辰道，"我们非常有兴趣和非洲国家开展装备领域的合作，正如我们与阿瓦雷的合作一样。中国的装备技术虽然稍逊于日本、德国等发达国家，但也是有一定水平的。最重要的是，我们的产品价格更为低廉，尤其是后期的维护成本远比日、德等发达国家要低得多，这一点盖詹部长应当是有体会的。"

"可是……这个问题和我有什么关系呢？"盖詹诧异地问道。

冯啸辰道："中国有句老话，叫作一事不烦二主。我们要进入非洲市场，就免不了要对非洲的情况进行了解。刚才我不是拜托你帮我们联系咨询公司吗？我们希望除了这套热轧设备之外，其他项目的咨询服务也请这家咨询公司来提供。你看如何？"

"其他项目？"盖詹一愣，有些不太明白冯啸辰所指。

冯啸辰道："盖詹部长在非洲各国都有熟人，是否可以帮我们介绍一些新的业务呢？如果有了新业务，我们必然需要聘请咨询公司来进行业务的前期研究，而在这个时候，我们当然希望选择有过合作经历的公司来为我们服务，你这回明白我的意思了吗？”

“原来是这样？”盖詹的眼睛里冒出了灿烂的光芒。

冯啸辰把话挑明到了这个程度，盖詹如果再听不懂，那也枉称是曾经留学法国的精英人才了。冯啸辰想说的，就是让盖詹给自己当掮客，除了把阿瓦雷的项目介绍过来之外，还可以把其他非洲国家的项目也介绍过来。至于好处费，那自然就是中方支付给所谓的“咨询公司”的业务费用了。

这就意味着，自己与中国人的合作，并非热轧机这一锤子买卖，而是可以扩展到更多的领域，甚至更多的国家。届时自己能够得到的利润，也将是数倍于现在的。

盖詹突然发现，自己已经无法拒绝冯啸辰的好意了。

第三百一十三章

突破了最初的障碍，冯啸辰与盖詹的交流就变得更加顺畅了。盖詹从善如流地答应马上帮冯啸辰去联系一家阿瓦雷本地的咨询公司，这家公司当然是和盖詹副部长没有任何一点关系的，盖詹副部长纯粹是出于中阿友谊以及热轧机项目的需要而义务去干这件事情的。冯啸辰向盖詹部长表示了衷心的感谢，又提出要向盖詹部长赠送若干礼物以示谢意，盖詹自然是十分严肃地予以了拒绝，换来冯啸辰对他的官品、人品的高度称赞。

接下来，双方又探讨了有关进一步合作的事项，盖詹表示，自己对中国有着强烈的好感，对中国的工业技术也一向极其信任，希望双方可以在更广泛的领域开展合作。对于前一阶段的热轧机谈判，盖詹声称自己已经了解了中方报价的细节，对于中方报出的价格表示理解，愿意放弃此前提出的中方必须降价15%的要求。

“这事就这么容易?”当冯啸辰带着与盖詹的会谈成果，回到重装办向罗翔飞汇报的时候，罗翔飞惊讶地瞪大了眼睛，向冯啸辰问道。

冯啸辰笑呵呵地答道：“本来就是很简单的事情嘛，只是大家都不愿意担责任，所以才拖到今天。”

“让盖詹推荐一家咨询公司，我们再以咨询费的名义，把给盖詹的好处费打入这家公司。这样操作，会不会有什么破绽?”罗翔飞求证道。

冯啸辰道：“有破绽也是盖詹那边的破绽，对于我们来说，完全是合情合理的。这么大的一个项目，事先聘请咨询公司提供一些咨询服务是必要的，这也反映出我们对阿瓦雷热轧机项目的重视。至于这家咨询公司是否涉嫌向盖詹行贿，这就与我们无关了。”

罗翔飞道：“这件事总不是什么好事，我总觉得，我们这是在拉盖詹下水。”

冯啸辰笑道：“罗主任，你就别替盖詹操心了。以他的人品，我们不去拉，他自己也会往水里跳的。再说，如果他真的是那种清廉的官员，他完全可以和这家咨询公司脱离联系，不用让咨询公司向他输送利益啊。”

“这话也对。”罗翔飞点点头，接着又问道，“你为什么又要他去联系其他的非洲国家，这也是你的一种谈判策略吗？”

“不是啊。”冯啸辰摇头道，“我是真心诚意地希望他能够给我们介绍更多的业务。除了热轧机之外，咱们现在引进的其他技术，同样需要找到用户。我们从发达国家获得技术，再销售给发展中国家，这不是很正常的事情吗？”

罗翔飞道：“你觉得盖詹有这个能力吗？”

冯啸辰道：“我不确信盖詹有没有这个能力，但他是我们撒下的一颗种子。未来如果有机会，我们还要撒下更多的种子，总会有一些种子生根发芽的。我们迟早要去开发非洲市场，需要未雨绸缪，早做准备。”

罗翔飞看着冯啸辰，好半天才说道：“我真是越来越看不懂你了，你在任何时候都比别人想得更远。我们现在还在追赶世界先进水平，你却已经在想着全球扩张了。”

“呵呵，人无远虑，必有近忧嘛。”冯啸辰嘻嘻笑着说道。

盖詹的态度发生了 180 度的大转弯，巴廷钢铁厂的热轧机谈判也就峰回路转、柳暗花明了。田文健、贡振兴等人都没有向冯啸辰打听他与盖詹之间是否达成了某种协议，这种事情向来都是知道的人越少越好的，他们自己也不愿意与这种事情沾边，以免未来出问题的时候影响到自己。王根基倒是贱兮兮地缠着冯啸辰非要他讲讲如何攻陷盖詹的细节，冯啸辰自然也是守口如瓶，让王根基好生失望。

“胥总工，以后你们就要更忙了，南江钢铁厂的 1780 毫米热轧机配套，加上阿瓦雷的 1700 毫米热轧机，可都是硬骨头呢，你们可别崩坏了牙齿。”在谈判圆满结束，盖詹、甘达尔等人离开中国之后，胥文良、崔永峰一行也准备离开京城，返回秦州的临行前，冯啸辰来到招待所给他们送行，笑呵呵地和他们开着玩笑。

胥文良握着冯啸辰的手，满脸感慨的神色，说道："冯处长，阿瓦雷项目能够达成，多亏了你啊。"

"胥总工言重了，我其实并没有做什么呀，其实换一个人去和盖詹谈判，也同样能够取得效果的。"冯啸辰谦虚地说道。

胥文良大摇其头，说道："冯处长，我说的不是盖詹这件事，而是整个过程。你想想看，如果不是你前年到我们秦重去视察，解决了我们的认识问题，我们怎么可能放下包袱去学习国际先进经验？如果不是你给我们提供的思路，我们怎么能够提出那些轧机新专利？再如果没有这些新专利，我们拿什么去和三立交换他们的设计专利？这次阿瓦雷项目能够顺利谈成，很大程度上就是因为我们使用了三立公司提供的技术，使我们的轧机设计水平达到了七十年代末的国际先进水平。如果我们还是抱残守缺，拿着五十年代从苏联学来的那套技术去进行设计，阿瓦雷是绝对不会接受的。"

冯啸辰道："这个功劳也不能算在我头上吧，我听说，你们在三立公司学习了几个月，还参与他们的轧机设计工作，收益颇丰，这都是你们自己努力的结果啊。"

崔永峰插话道："的确，在三立的那几个月，我们真的开了眼界了。如果不是亲身参与他们的设计过程，我们根本想象不到别人已经走得那么远了，他们的技术水平自然是不用说的，就连他们在产品设计时候的组织流程，都比我们要先进得多。"

"先进的东西，咱们就学过来呗。"冯啸辰道，"正好借阿瓦雷这个项目实践一下，看看我们学到了什么程度。"

"没错，我们也是这样想的。其实，阿瓦雷项目能够赚多少钱，并不重要。我们掌握了轧机设计和制造的技术，以后就不用再看人家的脸色了。"崔永峰豪情万丈地说道。

胥文良道："对了，今天冯处长过来，我正好借这个机会说一件事情。永峰，这次阿瓦雷的项目，我打算向厂里建议，由你担任总设计师，你能挑下来吗?”

“什么?”崔永峰一惊，“胥老师，这怎么能行?这个项目当然得由您来挑大梁的。”

胥文良摇摇头，道：“我不行。我感觉自己精力已经不够了，很难担起这么大的任务。去年到三立去学习，对于三立的技术，我也不如你掌握得透彻。所以，我建议由你来当总师，我给你当个助手就行了。”

崔永峰连连摆手道：“老师，这绝对不行。您岁数大了不要紧，一般的工作您就交给我们去做，您只要在总体上把把关就行了。再说了，您不是一直都有一个愿望，希望能够亲手设计一条热轧生产线吗?这可是一个难得的机会。”

胥文良拍拍崔永峰的肩膀，说道：“长江后浪推前浪，我们这一代人迟早是要交班的。趁着我现在还有一些精力，可以给你把把关，在一些地方提提醒，你就放手去干吧。至于说亲手设计一条生产线，这个愿望能够在你手上实现，我也满足了。”

“崔总工，既然胥总工有这样的意思，你就接受他的安排吧。”冯啸辰在旁边劝道。从胥文良的话里，他能够感觉得到这位老工程师的良苦用心。他回想起一年多以前自己在秦重与胥文良的交流，也是颇为感慨。在当时，胥文良是如此执著于亲手设计一条热轧生产线这个理想，自己与王根基正是用阿瓦雷项目作为诱惑，才调动起了他的积极性。现如今，阿瓦雷项目已经签约，马上就要开始全面设计，胥文良却急流勇退，把这个青史留名的机会，让给了崔永峰。

究其原因，一方面的确是因为设计一条全新的生产线需要相当多的精力付出，胥文良已经难以承担，另一方面，则是胥文良知道，秦重未来还会承接更多的热轧机订单，利用阿瓦雷项目的机会，让崔永峰迅速成长起来，对于秦重而言才是最为有利的。在个人的理想、声誉与国家、企业的长远利益之间，胥文良选择了后者，这是一位老工程师的觉悟。

“老师……”崔永峰也明白了胥文良的用意，他一时不知说什么好了，只是看着胥文良，百感交集。

“哈哈，你们这是干什么呢？”胥文良面有轻松之色，“我只是觉得我自己这把老骨头拼不动了。你们想想看，南江钢铁厂的热轧机配套工作也是千头万绪，如果再加上阿瓦雷的热轧机，我非得累趴下不可。永峰年富力强，辛苦一点没关系。我就偷个懒，当当顾问，挺好的。等阿瓦雷这个项目完成，我也就该正式退休了，回家养养花，带带小孙子，这些苦活累活，就交给你们了。永峰，你算是我的学生，可别给我丢脸哦。”

“老师，您放心吧，我肯定不会给您丢脸的。”崔永峰郑重地承诺道。

第三百一十四章

长江北岸，一片荒滩上，平平整整地展开着一个面积达到1500亩的堆场。堆场中，鳞次栉比地摆放着无数体积与形状各异的货物。这些货物有些是用木头箱子装好，整整齐齐地码放在一起，有些则是用厚厚的帆布包裹着，连一点缝隙都没有露出来。

在这些货物中，不乏直径好几米、长度几十米的大家伙，如果是对化工设备有所了解的人，就能够看得出来，它们正是化工厂中最常见的球罐、换热器、分离塔等等。这些大家伙数量多达数百个，走在它们中间，简直就像是走进了一座钢铁的迷宫。

这是乐城乙烯项目的货场，堆放在货场中的，是整整一套30万吨乙烯装置的全部设备，总重量达到了15万吨之多。这批设备从3年前开始漂洋过海陆续运抵中国，在这个货场边的码头卸货，随后被送到这个货场上保管。由500多人组成的装卸、验收、维护、保卫团队在这里坚守了3年时间，战严寒、斗高温、抗水患，精心地照料着这批价值8亿美元的宝贝疙瘩。

这套设备，是国家于1979年签约从国外引进的4套大型乙烯设备之一，原计划于1980年开始动工建设，1985年建成投产。可就在国外的第一批设备运到中国之时，国家的经济政策发生了调整，一大批超出国民经济承受能力的重大项目被关停并转，乐城乙烯也被列入了“停缓建”的项目名录之中。

国家计委、经委、石油部、机械部等部门组织了三轮认真的论证，最终决定先把进口设备接纳过来，就地保管，等待国家经济形势好转后再开始建设。从那时起，这支500人的队伍便在这长江边的荒滩上驻扎下来，开始接收设备，并将其分门别类地进行堆放保管。有些设备在保管时有严苛的温度、湿度要求，项目指挥部专门修建了恒温、恒湿的仓房来加以存放。

负责管理这支 500 人团队的是乐城乙烯项目指挥部副总指挥来永嘉，他 40 来岁的年龄，鼻梁上架着近视眼镜，一副文质彬彬的样子，但他的性格外柔内刚，对待工作一丝不苟，哪怕是这项看上去枯燥无味而且毫无前途的设备保管工作，他也是当成了一份重要的使命在忘我地坚持着。

项目指挥部设在货场的一角，是一座临时搭建的两层小楼。在小楼的门前，立着一块大牌子，上面写着来永嘉在 3 年前提出的口号：

“一个螺丝钉也不准损失，一个螺丝钉也不能生锈！”

来永嘉是这样要求他的团队的，也是这样要求自己的。在过去三年中，他一直都住在货场里，每天都要绕着整个货场走上十几圈，不放过任何一点纰漏。在团队中曾经有人拿他打过赌，说来副总指挥用不着查阅设备登记簿，就能够说出哪台设备放在哪个位置。一开始，还有人不相信这一点，因为货场中的设备多达数万件，有些设备的名称拗口难记，外观却是相差无几，就算站在跟前，也很难辨认出来，更何况是随便指出一件来说出存放的位置。结果，所有不信邪的人都输掉了赌局。

“终于守得云开见月明了！”

站在货场边的一个小土坡上，看着这些熟悉的设备，来永嘉的嘴角露出了一丝笑意。

今年年初，国家经委下达了通知，决定恢复乐城乙烯的建设。原来只剩下一个空架子的项目指挥部一下子就膨胀了起来，货场边的这幢小楼已经远远不够使用了，指挥部在乐城市区租下了一所中学，改造成指挥部的工作地点。从国家部委以及系统内各兄弟单位抽调过来的干部熙熙攘攘地挤满了各个办公室，计划、招标、财务、后勤、党群等各项工作全线铺开，全国各地的施工队伍都在向乐城集结，各种高鼻子、罗圈腿的西洋人和东洋人也在乐城街头成群结队地出现，一场大规模的建设即将展开。

几天前，国家经委的领导在项目总指挥聂建平的陪同下，前来视察了货场，抽检了一部分设备。看到堆放了近3年的设备上纤尘不染，没有一点锈迹，经委领导们都不禁动容了。视察结束之后，经委大主任张克艰握着来永嘉的手，说了一句话："永嘉同志，你是乐城乙烯项目最大的功臣，我代表国家和人民，感谢你。"

经委领导们离开之后，聂建平专门回来告诉来永嘉，国家已经批准成立乐城石油化工公司，聂建平担任公司的第一任总经理，而来永嘉则被任命为五位副总经理之一，负责乙烯的基建工作。

来永嘉对于这个任命并不觉得意外，也谈不上有多少欣喜若狂的感觉。他觉得最欣慰的，就是自己3年的守候终于没有白费，原来被一些人预言将会彻底放弃的乐城乙烯项目，终于还是重新启动了。8亿美元的进口设备，没有在他的手里损失掉，这是值得他骄傲和自豪的。

"来总，尚市长又来了，说想和你谈谈。"

一个小伙子骑着自行车一直冲到小山坡上，气喘吁吁地向来永嘉报告。他是来永嘉的秘书，名叫李涛，是学计算机专业的大学生，去年才毕业分配到了乐城乙烯项目指挥部。小伙子热情奔放，就是偶尔有些毛糙，来永嘉对他颇为喜欢，而且还折节下士，拜他为师，让他教自己计算机，二人的关系颇为亲近。

李涛说的尚市长，是乐城市分管工业的副市长尚仁业，来永嘉这几年没少和他打交道，不过，双方的交往一直都很不融洽。在前两年，来永嘉经常要找尚仁业帮忙解决一些用水、用电、运输等方面的问题，尚仁业一般都是能躲就躲、能推就推，实在拗不过了，才勉为其难地帮项目指挥部解决一些困难。前些天国家通知乐城乙烯项目恢复建设之后，尚仁业对来永嘉的态度发生了一个180度的大转变，摆出一副把来永嘉当成贵人供着的姿态，这又难免让来永嘉有一种被黄鼠狼上门拜年的忐忑感，不知道这位不见兔子不撒鹰的副市长又生出了什么心思。

乐城乙烯项目在乐城落地，却不属于乐城的企业。新成立的乐城石化公司直属于新成立的国家石油化工总公司，是一家副部级的大企业，而乐城市仅仅是一个地级市。也就是说，作为乐城石化副总经理的来永嘉，级别与乐城市的市长相当，尚仁业在他面前也算是下级了。

地方政府对于辖区的国家直属企业，态度一向是比较抵触的。这些大企业的存在，除了能够增加当地的知名度之外，对于地方经济几乎没有什么帮助。在计划经济体制下，大型企业的原材料供应和产出都是由国家统一调配的，当地从中得不到任何好处。这些大企业往往工资水平较高，福利较好，从而会拉高当地的消费水平，与本地居民争夺有限的生活物资，引发本地居民的不满。此外，由于大企业级别高，有上层的靠山，当地政府在与这些企业打交道时，就不得不小心谨慎，尽量避免产生矛盾。说得通俗一点，这类大企业就像是古代的王爷，不能给当地带来任何好处，反而喜欢招惹是非，让地方官员哭诉无门。

当然，地方官员也不是傻瓜，在长期的实践中，他们逐渐积累了与大企业打交道的经验，也摸索出了靠山吃山的技巧，从而把负担变成了机会，这不能不说是一种政治智慧。来永嘉非常清楚，尚仁业此番频繁地跑到货场来找他，显然就是把乐城石化看成了一盘油光光的红烧肉，打算在上面揩一点油水。

“尚市长，今天怎么有空到我们这个破庙里来啊，弄得我们这里是蓬荜生辉啊。”坐着李涛的自行车回到原先指挥部的旧楼里，来永嘉笑呵呵地向等候在那里的尚仁业打着招呼道。

“哈哈，来总真是太谦虚了，你这里可是一座金子造的大庙啊。我听说了，你们乐城乙烯项目投资是 65 个亿，啧啧啧，我们整个乐城市全卖了都值不了这么多钱呢。”英年早肥的尚仁业腆着颇具规模的啤酒肚，起身与来永嘉握着手，同样笑哈哈地回应着。

“65 个亿都是用于设备和土建的，我们可不敢挪来建庙。你看我这办公室，装个吊扇都要打报告请上级审批。国家的投资，财务管得特别严，可真没有你们地方政府那么多的自主权呢。”来永嘉意味深长地说道。他不知道尚仁业存着什么心思，所以需要在第一时间向对方哭穷。他的意思是很明白的：如果尚仁业是觉得乐城乙烯项目的投资大，能够搜刮一点好处，那就尽早死了这条心吧，这些钱真不是来永嘉能够自由支配的。

第三百一十五章

“哎呀，来总不说我还没注意呢，你的办公室怎么还用的是吊扇啊!”

听到来永嘉的话，尚仁业像是发现了什么新大陆一般，抬头看了看脑门顶上的吊扇，又四下逡巡了一番，不无煽情地说道：“来总，乐城夏天这么炎热，你这办公室里怎么没装上空调呢？像你这样的高级干部，有资格在办公室装空调了呀!”

来永嘉愣了一下，才讷讷地说道：“其实有个吊扇就可以了，江边上风也大，不热。”

“这还不热呢!”尚仁业却是不依不饶，“不行不行，这绝对不行。来总的身体是咱们国家的财富，怎么能够让来总大热天在没有空调的办公室里工作呢？这样吧，来总，我明天就让我们市政府招待所的行政科长把招待所的空调拆一部过来，给你装上，怎么也不能让你这样的领导在我们乐城受了委屈是不是?”

“这事还是从长计议吧。”来永嘉脑门上真的沁出了汗水，这倒不是因为天气太热，而是被尚仁业身上散发出来的热情给烤着了。

货场在乐城已经建了三年了，来永嘉一直就是在这间办公室里待着的，也从来没见尚仁业过来关心过一回。去年夏天最炎热的时候，乐城市因为市区的用电负荷太大，还反复拉货场这边的电闸，把电挪到市区去用。那时候来永嘉和他这 500 多人的团队连电风扇都没法开，他为此去找过尚仁业好几回，也没解决问题。

现在可好，人家居然跑上门来给自己主动送空调。老话说得好，无事献殷勤，非奸即诈。尚仁业这番操作，心里没准憋着什么坏主意呢。

带着十二分的警惕，来永嘉招呼着尚仁业在简易沙发上坐下，又叫李涛给尚仁业倒了一杯水，然后说道："尚市长，你今天到我这里来，具体是有什么事情，你就直说吧。我也知道你平常工作很忙，其他的事情咱们就别多聊了。"

"这个嘛……"尚仁业似乎也意识到自己刚才的表演有些过头了，他干笑了两声，说道，"来总，其实我这次来，是想向你汇报一下有关徐家湾村搬迁的事情，这件事不是咱们乐城乙烯工程目前最重要的事情嘛？"

听尚仁业说起徐家湾村搬迁，来永嘉的表情也变得严肃起来了，他甚至从自己的办公桌上拿过来笔记本，准备进行记录。

正如尚仁业说的，徐家湾村搬迁这件事，目前正是乐城乙烯工程的重中之重。这个徐家湾村正好处在设备货场到乙烯工程建设工地的咽喉地带，一条正在修建的临时公路必须从这个村庄所在的位置通过。因为乙烯设备中有很多是超宽超高的大型容器，对于道路的要求很高，为了修路的需要，这个村庄必须全部搬迁，这也是在三年前就已经定下的事情。

前几年，因为乙烯项目的缓建，拟定中的搬迁工作也就搁置下来了。如今乙烯项目重启，项目指挥部便向乐城市发了函，要求乐城市按照原有规划要求，尽快完成徐家湾村的搬迁，以保证乙烯工程顺利开展。前些天，来永嘉为这件事情又去找了尚仁业好几回，尚仁业在态度上显得很热情，但却一直不肯给个准信。这一回，他居然亲自跑上门来谈徐家湾搬迁的事，这不能不说是一个好现象了。

"在接到项目指挥部的公函之后，我们乐城市委、市政府高度重视。市委的陈书记亲自作了指示，要求我们要全力以赴、不打折扣地满足乙烯项目建设的需要，要人给人，要地给地，绝对不能讨价还价。刘市长亲自主持召开了市政府办公会议，讨论有关项目建设征地、拆迁和后勤服务方面的问题，落实了责任分工，并要求各个分管副市长签下军令状，保证各项工作不出任何一点纰漏……"

尚仁业侃侃而谈，话里话外透着一股全心全意为乙烯项目服务的意思。来永嘉也不笨，岂会被这几句官场套话所迷惑。他知道，尚仁业表现得越谦恭，后面要提出的要求就会越嚣张。乐城乙烯是一个投资高达 65

亿元的特大型项目，在今天国内在建的重大项目中投资额是名列前茅的，乐城市如果不想从里面切上一刀，那才叫奇怪呢。来永嘉关心的只是乐城市的胃口有多大，项目指挥部已经给过他授权，如果只是小小的一刀，来永嘉是可以答应的。

尽管知道对方的用意，来永嘉也并未挑破，只是彬彬有礼地说道："感谢陈书记、刘市长对我们大乙烯项目的关心，也感谢尚市长的辛劳。关于徐家湾搬迁的问题，目前还存在哪些困难，搬迁工作什么时候可以完成，还请尚市长不吝赐教。"

"我们市政府提出的要求是，一个月时间，必须全部完成搬迁。"尚仁业应道。

"是吗？那可就太好了！"来永嘉脸上也露出了喜色。目前，乙烯工地还在进行前期的修整，施工和安装队伍还有相当一部分没有到位，设备运输是三个月以后的事情。按照指挥部原来的计划，徐家湾能够在两个月内完成搬迁就足以保证临时公路的修建以及后续的设备运输工作了，如果能够提前到一个月完成，那自然是更好了，以免夜长梦多。

"哈哈，来总，咱们都是一家人，你们的事情，就是我们的事情。我今天过来，就是要和来总商议一下搬迁工作中的一些细节问题，有些环节是我们地方政府一时还难以解决的，可能需要来总提供一点小小的帮助。"尚仁业笑容可掬地说道。

来了……来永嘉在心里暗暗地念道。前面铺垫了这么多，就是为了这些"细节问题"。能够让尚仁业费这么多心机包装的"细节"，肯定就不是细节了，需要项目指挥部这边提供的，也绝对不会只是一些"小小的帮助"。

"尚市长说得对，咱们都是一家人，你们有什么困难，就直接说出来吧。只要是我们项目指挥部能够帮助协调的，我们绝无二话。"来永嘉道。与尚仁业一样，他也是把话说得慷慨无比，好像有多么仗义一般。其实，谁都明白，这种保证根本就是空头支票，只要自己不想帮忙，尽可推说是能力有限，对方是无法拿这种承诺来说事的。

套用一句国际关系上的话，单位与单位之间，也同样不存在永恒的友谊，只有永恒的利益。尚仁业答应一个月之内完成徐家湾搬迁，不是因为他喜欢学雷锋，而是因为他想从乙烯项目中得到好处。同样，来永嘉答应得如此爽快，也是因为徐家湾还在对方的手里捏着，不给对方一些甜头，对方是不会痛痛快快办事的。

“徐家湾村目前有 324 户农民，劳动力共有 752 人。这些劳动力中间，有 30%从事农业生产，30%从事渔业和水上运输业，另外 40%是在几家乡镇企业里工作，而这几家乡镇企业，都在徐家湾村的搬迁范围之内。徐家湾村搬迁之后，原有的耕地也被征用，因为村庄的新址离长江岸边比较远，原有的渔业和水上运输业也会受到影响。这样一来，全村的 700 多劳动力都需要进行重新安置，这是我们目前遇到的最主要的障碍。”

来永嘉道：“这个情况我了解，在我们和乐城市签的协议里面，就有对徐家湾以及其他征地拆迁群众的安置费用吧？相关安置问题，是已经谈好的事情啊。”

尚仁业连连点头，道：“是的是的，劳动力的安置问题，自然是由我们市政府来负责的。我想和来总谈的，也就是这件事。市政府已经决定，要利用乙烯项目的征地安置款，新建一家企业，用于解决拆迁农民的就业问题。”

来永嘉道：“这是一个好主意啊。农民向工人的转化是大势所趋，乐城市能够把拆迁失地的农民转化为工人，也算是一种有益的探索了。不知道你们是打算建一家什么企业，如果是化工方面的企业，我们可以给你们提供一些技术上的支持。”

尚仁业笑道：“化工企业我们目前就不考虑了。乐城有你们这么一家大型乙烯厂，就已经足够了。我们打算搞一家电视机厂，从日本或者德国引进一条彩电生产线，一期的生产能力马马虎虎搞到年产 50 万台就可以了，二期再考虑搞到 100 万台以上。来总，你看这个想法怎么样？”

“电视机厂！”来永嘉闻听此言，脸上的表情别提有多精彩了。

第三百一十六章

建一个电视机厂来安置拆迁失地农民，你拿我当弱智啊！

这是来永嘉听到尚仁业的话之后，心里涌上来的第一个念头。

一家电视机厂投资几个亿，这绝对不是靠乙烯项目支付给乐城市的那点移民安置费用能够支撑得起的。电视机生产虽然在国际上也算是劳动密集型产业，但对于中国这样工业基础薄弱的国家来说，实实在在算得上是技术和资金密集型的产业了。真想安置劳动力，花百分之一的钱，建一家服装厂，买几千台缝纫机，能够安置的工人比电视机厂还要多得多。

此外，电视机厂在哪个地方也都算是一等一的好企业，乐城市如果真的建了一家电视机厂，那些招工名额肯定是优先照顾领导、干部家属的，哪轮得到徐家湾这些农民。用安置农民就业的名义来建电视机厂，你怎么不说为了存放读者来信而专门买十套房子呢？

乐城市的那点用心，来永嘉看得一清二楚。这几年，随着人民生活水平的提高，市场上彩电的需求日益旺盛，而国内的生产能力却严重不足。在这种情况下，不止是乐城市，全国有很多省市两级的政府都在蠢蠢欲动，想新建电视机厂。与此类似的，还有打算建洗衣机厂、冰箱厂等等的，目前都已经不算是什么秘密了。

按照当前的管制体制，地方政府要新建一家电视机厂，是需要由国家经委来审批的，并非自己能够做主。乐城市酝酿这件事情估计也已经有很长时间了，没准还曾经向国家经委打过报告，却没有获得批准。如今，他们看到乐城乙烯项目上马在即，而自己手头又有可以拿捏住乐城乙烯项目的事情，于是就动了这样一个歪心思，想用徐家湾搬迁相要挟，迫使乙烯项目指挥部替他们去国家经委游说，给他们弄到一纸同意建设电视机厂的批文。

果然是好大的胃口！

在想明白了尚仁业的意思之后，来永嘉也不禁在心里感慨起来。在以往，地方政府在这种大项目中间也都是要弄点好处的，但一般来说都不会太过分，也就是要几个招工名额，或者让项目方帮忙协调弄点紧俏物资之类。这几年，全国各地都在大搞建设，一切以经济建设为中心，地方政府的诉求也就发生了变化。

以一个65亿元的项目作为筹码，让国家同意地方政府新建一家电视机厂，这的确是一个不错的盘算。国家经委的一纸批文，说难也难，说容易，也非常容易，可以说是一点成本都没有。尚仁业一不要钱、二不要物资，只是要一个批文，说到哪去都不算是敲诈勒索，甚至还可以标榜为大胆创新，勇于开拓，是一心为百姓着想的好市长。

可是，这是来永嘉能够答应的事情吗？

“尚市长，电视机这个东西，和我们石油化工行业算是隔行如隔山啊，你跟我说这个，我实在不明白是什么意思。”来永嘉决定先装傻了。

尚仁业也没掩饰，直截了当地说道：“来总，这件事其实很简单，有关设备引进、生产这方面的事情，我们都不会麻烦你们乐城石化。现在唯一有点障碍的，就是国家经委那边对于新建电视机厂管得非常严，我们的报告打了一年多，国家经委就是不批准，这不，我就上你这求援来了嘛。”

来永嘉问道：“经委那边不批准，是什么理由呢？”

尚仁业道：“他们说国内目前已经上马了四条彩电生产线，生产能力已经饱和了，我们再建是完全没有必要的。”

“这个说法也没错啊。”来永嘉道。

尚仁业道：“什么没错，这分明就是经委的一些同志高高在上，不了解实际情况嘛。现在你走到商店里去看看，彩电哪能摆得住，只要有新货到店，不出十分钟就被抢得精光。这种情况还说是生产能力饱和，这不是脱离现实吗？”

来永嘉皱了皱眉头，尚仁业说的还真不是假话，包括来永嘉自己家里，想买一台彩电也是托了不少人的关系才买到的，市场上的确是供不应求的状态。他不是搞轻工业的，不了解轻工业市场的规律，所以也无法反驳尚仁业的话，只能说道："尚市长，你说的这个情况，我也不太懂。我想，国家经委的领导看到的东西应当比咱们更多吧，他们认为生产能力饱和了，应当有他们的道理。咱们国家是讲究全国一盘棋的，如果经委不能批准，那你们可以考虑搞点其他的产业。比如说，搞搞农副产品加工也是很不错的，投资少，见效快，同样可以安置就业嘛。"

"农副产业加工，我们也在搞，而且规模搞得也挺大的。"尚仁业敷衍了一句，接着说道，"来总，你不知道，建电视机厂是我们市委定下的规划，我们也要面向现代化嘛，不能总是搞点榨糖、水果罐头之类的低级产业。现在我们全市的工作重心都集中在电视机厂的建设上，对了，就像你们项目指挥部的工作重点放在徐家湾搬迁上一样。我们理解你们的想法，全力以赴地帮助你们解决问题。你们是不是也可以体谅一下我们的困难，帮我们解决一下问题呢?"

话说到这个程度，来永嘉知道尚仁业今天过来的目的就是要和项目指挥部做交易，指挥部帮他们弄到批文，乐城市则完成徐家湾的搬迁。如果来永嘉不能答应尚仁业的要求，那么徐家湾的搬迁估计就要一波三折，难以完成了。

"尚市长，那你就说说吧，你们希望我们帮你们做什么。"来永嘉说道。

"很简单，替我们向国家呼吁一下，让国家经委批准我们的报告。"尚仁业道。

来永嘉点点头，道："这件事，我可以向我们聂总汇报一下，看看是不是可以以我们乐城石化的名义向国家经委提一个建议。不过，尚市长也是知道的，我们只是石油总公司下属的一家企业，和经委之间还隔着一层关系，我们的要求，经委也不一定能够同意，这一点要请尚市长理解。"

"理解理解，完全理解。"尚仁业答应得十分痛快，接着又说道，"来总，你放心吧，只要项目指挥部替我们向国家经委转达了要求，我们就非常感谢。徐家湾搬迁的事情，我们一定会尽全力去推进的，目前还有一部分群众的思想工作比较难做，我们正在加派干部去进行说服劝解，估计很快就会有结果了。”

尚仁业这话，其中的暗示意味再明显不过了。乐城乙烯是国家重点项目，乐城市政府没有胆子公开设绊子，但他们可以假借“一部分群众”的名义，把事情拖上一年半载，让石油总公司和国家经委都急得跳脚。65亿的投资项目，晚一天投产损失的就是数百万元，这样的对赌，乐城市赌得起，国家是赌不起的。

把该说的事情说完，尚仁业又切换回了知心大婶的模式，一惊一乍地过问了一圈货场的生活服务情况，表示过几天会安排市商业局送一些肉蛋奶之类的副食品过来，以示慰问，又重复了先前说的要从市招待所拆一台空调来给来永嘉使用的承诺。来永嘉对前一项表示了欢迎和感谢，对后一项则坚决地予以了拒绝。

宾主在亲切友好的气氛中结束了会谈，尚仁业上了自己的小轿车，扬长而去。来永嘉站在楼门前，看着小轿车消失在远方，脸上的笑容渐渐淡去，变成了一副严峻的神色。

“这个姓尚的，实在是太过分了！”

李涛站在来永嘉的身边，愤愤不平地说道。刚才的会谈，他是全程参与了的，只是没资格插话而已。尚仁业的意思，李涛听得非常明白，也知道对方是开出了条件，自己这方如果不能满足这个条件，那么整个工程项目都要受到拖累了。

“来总，咱们不能被他们要挟，我们应该把这件事汇报给国家经委，让国家经委出面教训他们。我就不信，一个小小的乐城市，敢和国家经委为难！”

来永嘉脸上现出苦笑，说道：“小李，你还年轻，这里面的事情你看不透。乐城市敢这样做，背后肯定有明州省撑腰。乐城要建一家电视机厂，对于明州省也是有好处的。乐城市是归明州省管的，国家经委也不可能绕过明州省，直接处理乐城市的官员。再说，就算经委能够向明州省施加压力，迫使乐城市让步，以后呢？我们的乙烯项目落在乐城市境内，人家随便找个什么理由，都可以刁难我们。俗话说，不怕贼偷，就怕贼惦记，这件事情如果不能让乐城市满意，我们后面的麻烦还多得很呢。”

“这都算什么事啊！”李涛委屈地叫嚷了起来。

第三百一十七章

意识到乐城市政府不会轻易放弃自己的诉求，来永嘉也就没敢掉以轻心。他马上驱车前往乐城市区，在项目指挥部的新楼里找到了总指挥聂建平，向他汇报了尚仁业提出的要求。

聂建平也不敢怠慢。他通过自己的关系，联系上了国家经委，打听有关乐城电视机厂立项的事情。经委那边给出的答复与尚仁业向来永嘉说过的一样，国内目前已经有好几家电视机厂正在建设，本着全国一盘棋的要求，经委已经暂时冻结了新厂的申请，乐城电视机厂也在冻结之列。

“有没有可能松动一下呢?”聂建平向经委的官员求证道。

“这是去年就已经定下的事情，不可能更改了。”官员回答道。

“可是，现在我们的乙烯项目就卡在这个环节上，如果不能答应乐城市的要求，他们就不配合我们的征地拆迁工作，整个项目的进展都要受到影响。”

“没办法，聂总，现在各地都有这样的情况，我们如果松动了你们这边，其他地方也要求松动，我们就没法控制了。”

聂建平是一名副部级的企业领导，过去也是在部委里工作的，经委的官员不可能跟他打官腔。话说到这个程度，聂建平也就知道事情的确不可为了。细想起来也是如此，乐城市的活动能力不会亚于聂建平他们，乐城市活动了这么久都没有办成的事情，指望聂建平一个电话就办成，也未免太儿戏了。

无可奈何，聂建平只能让来永嘉再去与尚仁业谈判，声明电视机厂的事情自己这方已经无能为力，请对方提出另外的条件。尚仁业却是一口咬定，说建设电视机厂是市委的决定，不容更改，希望项目指挥部继续努力，帮他们多想想办法。

与此同时，修建从货场到工地的临时公路的工程也受到了当地“不明真相群众”的干扰，位于徐家湾村附近的几个测量标志被人“不小心”弄到长江里去了。工程队的测量人员去补测时，又遭遇了村里几个二流子的勒索，三脚架都被抢了，好不容易才在当地派出所的配合下讨要了回来。

“简直就是流氓!”聂建平在听到来永嘉汇报时，直接就拍了桌子，“乐城市还是不是中国的城市，为了一己私利，不惜耽误国家的重点建设，他们的领导还有一点党性没有!”

“唉，现在不是讲究一切向钱看吗？谁还讲什么大公无私。想当年，我们在东北开采油田的时候，当地的老百姓对我们多支持啊，那真是要什么给什么，从来不讲回报。这些年，人怎么都变成这样了……”

一名上了些年纪的工程副总指挥在旁边发着牢骚，语气中颇有一些九斤老太般的感慨。这几年大家也都比较敢说话了，从官员到普通百姓，遇到点什么不顺心的事情，都要抱怨一声“想当年如何如何”。殊不知这只是距离产生美而已，当年他们遇到的烦心事也不比现在更少。

来永嘉是个务实的人，他知道现在批评社会风气也是枉然。地方政府向国家争项目、争资源可真不是一天两天的事情，可以说从建国之初就已经开始了。再往前推到战争年代，各支部队之间互相争装备、争兵源的事情也同样不少，哪有什么真正的一盘棋思维。早些年，地方的自主权少，缺乏积极性，所以显得不太争抢，这些年地方自主权不断扩大，争项目也就成为常态了。

来永嘉自忖无力改变这种社会风气，他能够做的，只是管好自己的一亩三分地。面对着暴怒中的聂建平，他无奈地说道：“老聂，这种气话就别说了，咱们还是想想怎么满足乐城市政府的要求吧。我和尚仁业谈过好几次了，他们在这个问题上的态度非常坚决，应当是无法改变了。要想让他们心甘情愿地配合咱们，只有想办法解决电视机厂的问题。”

“这几乎是不可能的。”聂建平泄气地说道，“国家的政策不可能拿来做交易。”

“那就只能是请经委出面和明州省协调了，想指望我们这边说服乐城市，是做不到的。”来永嘉说道。

在尝试了各种努力未果之后，乐城乙烯项目指挥部终于向国家经委提出了报告，要求经委出面协调与乐城市的关系问题。国家经委对于这件事也给予了高度的重视，派出了由副司长王时诚带队的一个工作组，赶赴明州省，与明州省经委进行磋商。明州省经委主任李惠东亲自出席了这场磋商会。

“王司长，好久没见，欢迎你到明州来指导工作啊！”

“哈哈，李主任客气了，上次见你，你还是机械厅的厅长吧，现在开始抓全面工作了？”

“什么抓全面工作，就是赶鸭子上架罢了。来来来，王司长，我给你介绍一下……”

“李主任，我也给你介绍一下……”

两个人互相向对方介绍着自己的随员，当王时诚介绍到自己带来的一位年轻干部时，李惠东眼睛一亮，伸手握住了对方的手，笑着说道：“原来你就是冯啸辰啊，我是久仰你的大名，却一直不识你的庐山真面目呢。”

冯啸辰恭敬地与李惠东握着手，微笑着说道：“李主任过誉了。三年前，我在新民液压工具厂的大礼堂见过您，不过当时您在台上，我在台下，您肯定看不到我的。”

李惠东道：“哈哈，你虽然在台下，我没有看到你，可是你的名字却是灌满了我的耳朵哦。小小年纪，把我们机械厅系统上上下下上百人都给耍了，这可不是一般的本事啊。”

“呃……李主任夸张了吧，我哪敢耍您啊。”冯啸辰苦笑了。

王时诚不知道这桩公案，见李惠东拉着冯啸辰说个没完，不禁奇怪，上前问道：“怎么，李主任，你和小冯过去打过交道？”

“的确是打过交道，确切地说，是这个小家伙躲在幕后搞策划，把我们整个机械厅都给骗了。我们厅下属新民液压工具厂的老厂长贺永新，就是因为他的缘故，从厂长的位置上下来了，现在在当地市里的总工会当了个副主席，基本上就是养老了。老贺那可是当了二十多年厂长的老人了，硬是栽在他这小子头上，你说我能不知道他吗？”李惠东笑呵呵地说道，话里虽然是在指责冯啸辰，语气中却颇有几分欣赏之意。

无可奈何，冯啸辰只好把自己大前年在新民液压工具厂做的事情向王时诚作了个简单的介绍，再三说明自己是受孟凡泽的委派，并无刻意与贺永新以及机械厅为难的意思。李惠东自然也知道这一点，他之所以把话说得那么难听，不过是想和冯啸辰套套近乎罢了。

这一次国家经委派工作组前往明州，带队的领导是王时诚，成员则全是重装办的人，包括冯啸辰和周梦诗、黄明两名科员。其中黄明是规划处的人员，是个活泼好动的胖子，虽然年龄比冯啸辰大出五六岁，但却是冯啸辰不折不扣的粉丝。

冯啸辰现在在经委也算是小有名气了，所有的领导都知道他足智多谋，尤其是擅长打破常规去解决一些棘手的问题。经委里像冯啸辰这样的处级干部有上百人，但大多数人都是经历过政治运动年代的，处理问题的时候即便不说是明哲保身，至少也都有些思想上的禁锢，不敢随便越雷池半步。

时值改革初期，各级领导都希望自己的下属在工作中能够有一些新的思维，能够积极探索解决问题的新思路。与此同时，领导们又不能直截了当地告诉下属应当如何去做，因为许多探索都是存在政策风险的，作为领导，必须守住政策的底线，不能随便放松。

冯啸辰的出现，无疑让经委的领导们眼前一亮，觉得这个年轻人正是他们想要的那种开拓型干部。尤其难得的是，领导们发现冯啸辰每一次解决问题的思路尽管超出了政策的界限，却往往与高层领导的思路相吻合，表现出了极强的前瞻性。意识到这一点之后，领导们就更愿意让冯啸辰出马去解决问题了，他们也希望从冯啸辰的所作所为中获得新的启示。

此次乐城乙烯项目遭遇障碍，聂建平向经委要求派人前来协调之后，经委领导首先想到的人选就是冯啸辰。虽然大家都不知道该如何去解开这个死结，但领导们却预感到这个年轻人应当是有办法的，而且他提出的办法肯定会在大家的意料之外，却又在情理之中。

就这样，冯啸辰接受了任务，带着周梦诗、黄明二人前往明州。为了让工作组能够与当地的官员在级别上对等，经委安排了副司长王时诚担任领队。王时诚在接受这个任务时也非常清楚，自己要做的，就是给冯啸辰当好幌子，真正要解决问题，还得指望这个小年轻。

第三百一十八章

磋商在亲切友好的气氛中开始了。

王时诚先向李惠东介绍了自己的来意，然后解释了国家经委在这个问题上的为难。在过去一年中，经委收到了不少于三十个地区关于新建电视机厂的申请，每个地区都有自己充足的理由。此外，还有申请建设洗衣机厂、冰箱厂、空调厂、摩托车厂等项目的申请，也都是数以十计的。

改革开放以来，国家改变了以往过度偏向重工业的发展思路，鼓励轻工业的发展，用以改善人民生活以及积累建设资金。从大的政策方向来说，各地争办电视机厂、洗衣机厂、冰箱厂等等，无疑是正确的。但国家同样也需要考虑综合平衡的问题，一窝蜂地上马数十个同类项目，难免会带来生产能力上的过剩，导致宏观比例关系遭到破坏。

"王司长，我不同意您的观点。"听完王时诚的介绍，坐在李惠东身边的一名女性官员首先提出了质疑。她叫郭思洁，是明州省商业厅的一名处长，恰好是分管耐用消费品经销的，对于电视机市场的情况颇有一些了解。

"您刚才说电视机会出现生产能力上的过剩，而现在的实际情况却是市场上电视机严重脱销。即便是在我们明州省会金钦市，各大百货商店里的电视机也都根本摆不住，除了橱窗里的样品不能销售之外，其他的电视机只要一上架就会被抢购一空。依我看来，国家大力发展电视机生产，每个省建三五家厂子才够用呢。"郭思洁说道。

"郭处长，你的这个疑问，可能是看问题角度上的差异。"冯啸辰平静地接过了话头，说道，"你刚才是从市场销售的角度来看的，而我们经委不但要看销售，还要看零配件的供给。要生产电视机，最大的瓶颈是在显像管玻壳的供应上。前年，我们从美国引进了一条彩电玻壳生产线，年产量是300万只，这就决定了我们的彩电产能只能按照这个限度去确定。否则，你们能够把生产线建起来，没有玻壳，又有什么用呢？”

“除了玻壳之外，元器件的供应也存在着瓶颈。”黄明在旁边补充道，“这两年国内的电视机、录音机、收音机的生产增长过快，已经超出了国内半导体元器件的供应能力，有许多厂子已经在停工待料了。乐城如果新建一家电视机厂，恐怕同样会面临着元器件供应上的障碍，届时你们引进的生产线就会停在那里，无法发挥效益。”

“这……”郭思洁一下子就被噎住了，她原先是在百货商店站柜台出身的，对于宏观经济并没有什么认识。她只知道电视机供不应求，觉得建个电视机厂是稳赚不赔的，却从来没有想过电视机还需要上游产业提供的玻壳、元器件等作为支撑。

“我们如果自己建一个玻壳厂呢……”郭思洁讷讷地问道。

“这个难度还是稍微大一点。”李惠东接过了郭思洁的话头，他是技术干部出身。电视机组装说到底也就是一个插插元件、焊焊烙铁的简单工作，生产线并不复杂，显像管玻壳可就是另一码事了，需要的设备投资比一条组装生产线要高出数倍。此外，就算是你能够引进一套玻壳生产线，专用的玻璃、荧光粉之类又会成为新的瓶颈，这绝对不是明州省愿意花精力和本钱去解决的问题。

“王司长，小冯处长，国家经委领导高瞻远瞩，作出来的决策肯定是符合国家长远发展目标的，我们明州经委作为地方经委，对于上级领导的指示精神肯定要坚决遵照执行，这是毋庸置疑的。乐城乙烯项目的意义，我们都清楚，早在你们到明州之前，我们明州省经委就已经再三向乐城市经委提出了要求，不准他们以任何理由阻挠或者影响乙烯项目的建设，这一点你们尽管放心。具体到乐城提出的电视机项目，我们经委总的指导思想是支持的。我们明州作为一个五千多万人口的大省，连一家电视机厂都没有，这与我们省在国内的经济地位是完全不相吻合的。刚才郭处长提出连我们省城金钦市的市面上都买不到彩电，我们作为负责经济工作的干部，难免会觉得对不起明州人民。我们的意思是：首先，乐城电视机厂项目与乙烯项目绝对不能挂钩，不能因为电视机厂项目没有得到审批，就阻碍乙烯项目的建设。其次，我们也希望国家经委能够在全国一盘棋的基础上，考虑我们明州的实际困难，同意乐城电视机项目的建设。”

听完李惠东的长篇大论，王时诚与冯啸辰互相交换了一个眼神，冯啸辰笑着问道：“李主任，我能不能这样理解，乐城市徐家湾村的搬迁问题，是一个偶然的问题，与电视机厂建设与否是毫无关系的。”

李惠东微微一笑，说道：“小冯处长的理解没什么问题。”

“那也就是说，徐家湾的搬迁工作可以即刻启动。至于乐城的电视机项目，我们可以把明州和乐城方面的意见带回去，请领导重新斟酌。也许这个决策过程需要耽误几个月时间，而在此过程中，徐家湾的搬迁应当已经完成了。”冯啸辰继续说道。

李惠东依然是笑眯眯的，只是那笑容看起来有些僵了。他说道：“据我了解到的情况，徐家湾的搬迁动员工作，早就已经启动了，只是还有一些群众的思想工作做不通，当地政府正在开展深入细致的工作。至于说实际的搬迁什么时候可以启动，我就不敢打包票了，这个恐怕还需要请乐城市的同志来回答才行。”

“我明白了。”冯啸辰点了点头，没有再为难李惠东了。李惠东把话说到这个程度，态度其实已经非常明显，那就是支持乐城目前的“非暴力不合作”运动，直到国家经委不得不点头屈服为止。他原本也没指望通过一次会谈就能够解决掉这个问题，所以要见李惠东，只是一个程序问题，他总得弄清楚明州省里的意见吧。

磋商会结束之后，照例是丰盛的接风酒宴。明州省分管经济工作的副省长也出来冒了一下头，给王时诚、冯啸辰等人敬了酒，然后便以还有其他工作为由，离开了酒席。副省长走后，李惠东接过了主持人的角色，众人觥筹交错了几圈，这才逐渐消停下来，开始聊起了一些不宜在正式场合里说的话题。

“老李，你跟我透个底，乐城的电视机项目，到底是谁的主意，是省里，还是乐城市自己。”王时诚拉着李惠东，压低了声音问道。

李惠东笑笑，说道：“老王，这个我可不能随便乱说。不过，你想想看，如果只是乐城那边的想法，我至于连你的面子都不卖吗？”

“原来是这样。”王时诚一下子就听明白了，他接着问道，“这么说，事情已经无法改变了？”

李惠东叹道：“可不就是无法改变吗？你也知道的，现在讲究一切以经济建设为中心，考核地方领导成绩的最主要指标就是经济增长。省里的领导提出要搞电视机，你说我这个经委主任能阻挠得了吗？”

王时诚道：“可是，你们就不能给领导提个方案，选择一些其他的产业。我们现在鼓励发展的是基础原材料产业，比如钢材、化工原料等等，如果你们省里想上这样的项目，我们是肯定不会反对的。”

李惠东道：“这些项目的周期太长了，领导等不起。电视机项目的好处就在于短平快，投资一两年就能够见效。你今天在会上说全国有不少于三十个地市在申请电视机项目，说明大家是英雄所见略同。”

他们虽然是压着声音在交谈，却并没有回避坐在旁边的冯啸辰。冯啸辰听完后呵呵冷笑道：“李主任，恕我直言，这还真算不上是什么英雄所见，充其量就是井底之蛙的见识罢了。”

“此话怎讲？”李惠东转头问道。

冯啸辰却不肯挑破，只是笑道：“这是我的一家之言，就不向李主任汇报了。听李主任刚才的意思，从明州省经委这里着手来解决这个问题已经没有可能了，那我们是不是该直接下到乐城去了？”

李惠东道：“从我个人来说，非常欢迎王司长、冯处长在金钦多住一些日子，不过，如果你们急着要解决徐家湾的问题，恐怕只能到乐城去和乐城的领导们谈一谈。对了，小冯处长，你不是最擅长搞阴谋诡计的吗，说不定你巧施妙计，就能够把乐城的领导们都给骗倒了呢。”

“李主任，您也是一位厅局级领导了，就不能不要这么记仇吗？”冯啸辰假意地苦着脸说道。

第三百一十九章

酒桌上的各种虚与委蛇自不必细说了。作为前辈，李惠东假装不经意地关心了一下小冯处长的个人问题，在得知他还是一枚晶莹灿烂的钻石单身狗之后，李惠东心里不禁猛跳了几下，看向他的眼神分明就有些不一样了。

工作组在金钦休息了一天，然后分成了两路。王时诚继续留在金钦，由李惠东安排参观当地的一些大型企业。冯啸辰带着周梦诗、黄明二人，在省经委一位名叫黄廷宝的副处长陪同下，坐着省经委派出的皇冠轿车，前往乐城市，去与当地的官员交涉。

临出发之前，李惠东亲自到省经委招待所为他们送行，他走到冯啸辰面前，笑呵呵地说道："小冯，我家丫头现在也在乐城，你们是老相识了，到乐城之后，有什么需要办的事情，可以找她。"

"您家千金？我认识吗？"冯啸辰愕然道，这两年，他也到过几次明州省，和不少企业打过交道，可没印象接触过一位姓李的年轻女性啊。听李惠东的意思，好像自己与他家的女儿还挺熟悉的，难道是在京城认识的某人，现在跑回明州工作来了？

李惠东笑而不语，把一个疑问留给了冯啸辰。不过，冯啸辰并没有困惑多久，就找到了答案。当他们乘坐的皇冠车在乐城市政府招待所的门前停下时，前来欢迎他们的人群中，果然有一位他的老熟人：韩江月。

"韩科长就是我们李主任的女儿，她是随母姓的，所以很少有人知道她和李主任的关系。"老实木讷的黄廷宝在一旁给冯啸辰做着介绍。在此前，乐城市经委主任贾毅飞已经向冯啸辰介绍过韩江月的职务：乐城市经委工交科副科长。以韩江月的年龄，如果不和冯啸辰这种逆天的人物比较，能够当上副科级干部也算是非常不易了，要说这没有李惠东女儿这个身份的影响，恐怕谁都不会相信。

“韩科长好！”冯啸辰笑吟吟地走上前，向韩江月伸出了手。

韩江月脸上的表情十分复杂，说不上是欢喜还是冷漠。当着一干领导的面，她也不便有什么异常的举动，只能伸出手与冯啸辰握了一下，彬彬有礼地说道：“冯处长，你好。”

与两年多前相比，韩江月脸上多了一些成熟与稳重，却少了许多的活泼与灵气。这两年多来，冯啸辰偶尔也会想起这位曾与自己并肩战斗过的姑娘，脑子里闪过的形象总是带着几分风风火火的气势。可今天久别重逢，冯啸辰觉得对方似乎被抽掉了一些灵魂，不再如过去那样生机盎然了。

现在当然不是叙旧的场合，冯啸辰与韩江月握过手之后，便忙着去应酬其他人了，韩江月默默地退到一边，脸上带着职业的微笑，与周梦诗、黄明他们打着招呼。

欢迎宴会比省里的那一次更为隆重，毕竟国家经委的名义到了地级市那就是绝对的权威了。乐城市的书记和市长都出来致了辞，向冯啸辰一行敬了酒，随后又坐了十几分钟时间，方才找借口离开，把宴会交给了副市长尚仁业来主持。

尚仁业在冯啸辰面前表现得极为低调，贵为副厅级干部，却口口声声地称冯啸辰一行为领导，让冯啸辰不得不谦虚了无数次。在尚仁业的指挥下，经委主任贾毅飞带着一干不知什么来头的属下端着酒杯对冯啸辰等人展开了车轮战。幸好小胖子黄明颇有一些酒量，又很有担当，主动替冯啸辰和周梦诗挡酒，并在醉倒之前成功地挫败了贾毅飞一行的锐气，结束了这场厮杀。

“不愧是京城来的领导，酒量也是不凡的。黄科长一个人就把我们这么多人给干倒了，冯处长还没出手呢。”贾毅飞晃晃悠悠地放下酒杯，坐到冯啸辰的身边，感慨地说道。他当然也能看出冯啸辰酒量并不大，黄明是在掩护冯啸辰，这都是酒桌上的恭维话了。

冯啸辰笑着说道："贾主任肯定是对我们客气了，生怕把我们灌倒了。老实说，现在国家机关都在打击吃喝风，我们平时还真没经受过这种酒精考验，和地方上的同志相比，水平不堪一击。"

"打击吃喝风，太应该了！"坐在冯啸辰另一侧的尚仁业用严肃的口吻说道，"其实，我们市里也在倡导打击大吃大喝，我们平常工作的时候都不喝酒的。至于今天，那是特殊情况，冯处长代表国家经委下来检查工作，我们怎么也得有所表示是不是？要不人家该说我们乐城市的干部不懂得尊重领导了。"

冯啸辰道："尚市长言重了，我们只是分工不同。要说领导，您才是我的领导。我们这次到乐城来，也不是来检查工作的，而是来协调乐城乙烯项目中出现的一些问题。在这方面，我们还需要尚市长、贾主任给我们大力支持呢。"

"没问题！冯处长有什么要求，尽管提！有条件能够解决的，我们马上解决。缺乏条件不能解决的，我们创造条件也要解决！"贾毅飞如宣誓一般地承诺道。

"是吗？那我就先谢谢尚市长和贾主任了。"冯啸辰端起酒杯，向两位做了个敬酒的姿势，然后自顾自地一饮而尽，又说道，"我干了，两位领导随意。"

"随意怎么行，冯处长都干了，我们自然更得干了！"

尚仁业和贾毅飞不约而同地说着，也都端起酒杯干了一满杯。

冯啸辰看到他们俩放下酒杯，随手从桌上抄起酒瓶，一边躲闪着对方的抢夺给他们的杯子里倒着酒，一边说道："尚市长，贾主任，我听说目前乙烯项目卡在一个叫徐家湾的村子的搬迁上，不知道具体是什么情况。原本打算明天开会的时候再向二位请教的，今天既然已经说到这里了，两位能不能给我介绍一下？"

尚仁业转头看了贾毅飞一眼，说道："也罢，老贾，你把徐家湾的情况向冯处长介绍一下，主要讲一讲目前存在的困难，他是京城来的领导，见多识广，说不定能够给我们出一些好主意呢。"

“好的。”贾毅飞显然是有备而来的，得了尚仁业的吩咐，他轻咳一声，说道，“冯处长，正如你说的，乐城乙烯的项目已经铺开，前期的场地平整工作进展顺利，按时完成工作不成问题。目前对整个项目进度威胁最大的，就是徐家湾的搬迁问题。徐家湾卡在从设备货场到建设工地的交通咽喉上，如果不能按期搬迁，那么运送大型部件的平板车就无法从货场开到工地，整个工程都将受到拖累。”

“这个情况我已经听说过了。”冯啸辰道。

“按照乙烯项目指挥部提出的要求，我们已经启动了徐家湾的搬迁工作，但目前还有一部分村民对于搬迁工作有顾虑，担心搬迁之后没有稳定的工作，会失去收入来源，因此拒绝搬迁。我们派了很多干部去做说服工作，但目前收效还十分有限。”

“你们的说服工作，具体是怎么做的呢？”

“我们当然是晓之以理，动之以情了。我们向他们介绍了乐城乙烯项目的重要意义，要求他们认清国家、集体、个人三方面的利益关系，作为一个爱国农民应当先国家之忧而忧，舍小家，为大家，不要因为自己的一点蝇头小利而影响国家的重点建设……”

“这样做工作，恐怕有点隔靴搔痒吧？”冯啸辰淡淡地说道，“农民担心的是自己的就业问题，你们跟他们说什么小家大家，这不是南辕北辙了吗？你们就没有提出帮助他们解决就业问题的方法吗？”

“当然有。”贾毅飞道，“我们市经委发动了全市的企业帮助安置徐家湾的劳动力，到目前为止已经挤出了三百多个位置，其中有正式工的位置，还有一部分是临时工的位置。可是，徐家湾的村民对此不愿意接受，他们说有些企业离家太远，上下班不方便。还有一些岗位是临时工，没有保障。”

“于是你们就打算建一家新厂子来安置这些人？”冯啸辰问道。

“是啊，这是一劳永逸的办法。”贾毅飞很高兴冯啸辰能够主动把这一点提出来，他说道，“我们市里原先的想法就是利用安置款，建一家电视机厂，这样起码可以创造出两千个就业岗位，除了安置徐家湾的村民之外，还可以安置其他征地产生的剩余劳力。”

“想法倒是不错。”冯啸辰若有所思地说道。

“是吧！我们也是认为这个方案是最理想的，既可以解决就业，也可以为市里带来新的财源，可谓是一举两得。”

“可是，这个想法没有可操作性，所以贾主任还是别打算了。你能不能说说看，除了建电视机厂之外，你们是不是还有其他的办法？”

冯啸辰没等贾毅飞说完，便丝毫不给面子地打断了他的想象，冷冷地说道。

第三百二十章

花花轿子众人抬，这是官场上最起码的规则了。虽然知道国家经委派人下来肯定是要与地方上作点斗争的，但像冯啸辰这样一言不合就砸锅的，尚仁业和贾毅飞还真是没有见过。刚才这会，大家喝酒行令，不是挺和谐的吗，怎么说翻脸就翻脸了？

被冯啸辰呛了一句，贾毅飞很生气，可眼前的人是从京城下来的，虽然级别只是一个小小的副处，那也是国家机关里的副处，不是你随便可以小觑的。他的脸色由白变红，又由红变青，最终还是变回了正常的颜色，深吸了一口气，说道："冯处长，这个是我们能够想出的最好的办法了，如果国家不能批准我们建设电视机厂的请求，那么我们还真的不知道怎么说服徐家湾的这好几百人。"

冯啸辰用手指了一下坐在边上的黄廷宝，说道："我到乐城来之前，曾经和省经委的李主任谈过。他向我郑重表示过，说徐家湾搬迁的事情和电视机厂的事情不会挂钩。你们如果不相信，可以问问黄处长。"

看到众人的目光向自己扫过来，黄廷宝坐在那心里直叫苦，李惠东的确这样说过，但这只是一句漂亮话而已。无奈之下，黄廷宝只是傻笑着说道："这个嘛，李主任倒是说过这句话。不过，李主任的意思，也只是从省经委的角度来说的，具体到咱们乐城这边有什么困难，就不好说了。冯处长，李主任好像也是建议你和乐城的同志们谈一谈再做判断的吧？"

冯啸辰认真地点点头，道："李主任的确这样说过，我这不就正在和乐城的领导交流吗？现在的情况是，电视机厂的事情是绝对不可能批准的，我想问问尚市长和贾主任，你们是不是没有其他的办法了？"

"这当然不是。"尚仁业再不情愿，也得表示一个态度了。如果他敢说绝对没有其他办法，眼前这个二愣子的副处长没准就真会把这事闹到省里去了。省里支持乐城市不假，但省里绝对不敢说出没有其他办法这句话。一级地方政府，要搬迁一个村庄有无数种办法，谁敢说除了建电视机厂之外就绝对没有其他办法了？

“这就是了嘛。”冯啸辰满意地点点头，说道，“尚市长，贾主任，我这次从京城过来，就是想和你们商量一下，看看除了建电视机厂这种方法之外，我们还能够用其他什么方法来完成搬迁任务，这其中又有什么困难。如果是需要我们帮助解决的，我们责无旁贷。”

“谢谢冯处长，谢谢国家经委的领导。”贾毅飞皮笑肉不笑地说道，“其实嘛，我们从来也没有说过除了建电视机厂之外，就无法解决这个问题，只是难度稍微大一些而已。我刚才已经向冯处长汇报过了，我们目前已经从全市的企业中挤出了三百多个岗位，用于安置徐家湾的村民。下一步，我们还会再寻找更多的岗位。不过，要说服村民接受这种安排，还有一些难度。冯处长可能没有做过基层工作，不太了解基层的情况，有些群众的觉悟是很低的，我们不能给他们提供满意的岗位，他们就坚决不肯搬迁，为了这事，尚市长也是操了很多心的。”

这就是以退为进的办法了。你不是不让我提电视机的事情吗？那好，我就跟你说难度很大。我们从来也没说过不干活，甚至也没说过干不成，只是需要时间。别以为我们不知道你们的底牌，我们乐城市能够拖得起，而你们的乙烯工程却拖不起。你想跟我装傻玩心机，那咱们就对着玩一玩，谁怕谁呀！

贾毅飞在心里这样想着，脸上的表情又舒缓开了。把难题交给对方的滋味真是太美妙了，他都等不及要看冯啸辰那副气急败坏的模样了。

“贾主任刚才说有些群众的觉悟比较低，具体占多大比例呢？”冯啸辰却像是根本听不懂贾毅飞的意思一般，神情认真地向贾毅飞求证道。

贾毅飞一愣，舌头在嘴里转了好几圈，才讷讷地说道：“比例……最起码，呃，也得有30%以上吧。”

“有名单吗？”冯啸辰追问道。

“名单?”贾毅飞傻眼了，“什么名单?”

“就是思想觉悟比较低的那些群众的名单呀。”冯啸辰显出一副理所应当的神色，说道，“咱们经委派了工作人员下去做工作，接触了哪些群众，哪些人配合工作，哪些人不配合，不配合的群众有什么诉求，这应当有详细的记录吧? 怎么，贾主任，你不会告诉我说你们根本就没有工作日记吧?”

贾毅飞的脸色又白了，结结巴巴地说道，“这……当然，我们当然有记录，记录都是非常完整的……”

冯啸辰道：“那好，晚上就麻烦贾主任把这些记录拿过来，咱们挑灯夜战，分析一下这些群众的要求，看看有哪些是可以做通工作的，有哪些需要采取一些特别的措施。”

“这个……今天晚上就要看，恐怕不太容易。”贾毅飞紧急地想着理由，道，“这些材料都分散在各个做工作的同志那里，要搜集起来需要一些时间。对了，我们做工作的同志都是从各个单位抽调过来的，我们也不掌握他们的住址，得等明天上班以后才能够和他们联系上。具体到把材料整理出来嘛，估计怎么也得……”

说到这，他偷眼去看尚仁业，想让对方给他提示一个合适的时间期限。尚仁业此时脸色也已经是十分难看了，他已经明白过来，眼前这位副处长就是存心来找茬的，连什么叫作找借口都假装不懂。你非要我们说出谁不理解，还要看工作日志，这也太不讲规矩了吧!

可是，冯啸辰就装作不懂了，尚仁业又能如何? 他能站起来说冯啸辰装傻吗? 他如果敢这样说，冯啸辰就敢让他白纸黑字地写下来，说自己是在找借口，事实上并不存在什么不明真相的群众，而这种事情一旦放到桌面上来说，那么谁也保不住他这个副市长，任何一级领导都会毫不犹豫地把他踢开，以正视听。

小子，算你狠!

尚仁业在心里骂了一句，脸上却露着笑容，说道：“老贾，乐城乙烯项目的进度很紧张，咱们也得有点特区速度。我看，给大家一天时间来整理材料吧，后天一早，把冯处长要的材料交给他。”

贾毅飞咬了咬牙，点点头说道：“好吧，那就后天一早。冯处长，你看怎么样?”

“那就多谢尚市长和贾主任了。”冯啸辰没心没肺地笑着应道。

这酒已经没法再喝下去了，大家又假惺惺地说了几句闲话，尚仁业便以冯处长一行远来辛苦、需要早点休息为名，提议结束了宴会。

“他妈的，这姓冯的小子到底想干什么呢!”

把冯啸辰一行送到招待所安顿下来之后，尚仁业和贾毅飞等人回到了市政府，紧急召集相关人员前来开会讨论对策。在等待各单位负责人的空隙里，贾毅飞嘴里骂骂咧咧，只差把冯啸辰的祖宗八代请出来挨个问候一遍了。

“唉，少年得志，难免猖狂，可以理解。”尚仁业果然是肚腩更大一些，没有贾毅飞那样激动。

“什么少年得志，我看就是小人得志!”贾毅飞道，“跟他打个马虎眼他都听不出来，还要什么名单，我上哪给他找名单去!”

尚仁业摇头叹道：“这小子，倒是摸准了咱们的软肋啊。咱们向乙烯项目部说的，就是已经派人去徐家湾做工作了，给省经委也是这样报的。他如果能够找出我们根本没派人去徐家湾的证据，就能够到省里去告我们一个黑状。到时候，咱们就不得不跟他谈判，答应他的条件，换他不找我们的麻烦。”

“哼哼，想靠这一手就让我们低头，我看他还嫩了一点。”贾毅飞冷笑道，“如果这点小把戏就能够把我老贾整倒，我也枉在乐城干了这么多年了。”

尚仁业笑道：“的确，这小子还是嫩啊，估计就是在上头待久了，根本不懂得咱们基层都是干什么的。他不就是要名单吗，咱们就给他弄个名单出来。我去向乡里打个招呼，让徐家湾村的村干部都给我放机灵点。咱们让他去查，能查出毛病，我就不姓尚了，我跟他姓冯!”

“哈哈，尚市长说得对，咱们还能被他这个小年轻给查出问题来不成。”贾毅飞得意地笑了起来。

第 三 百 二 十 一 章

“你知道现在整个乐城有多少人在骂你吗?”

“不知道，他们为什么要骂我?”

“就因为你找贾毅飞要徐家湾村的名单，现在经委找了六七十人在加班写工作日志，要写得真实，不能让人看出一点破绽，容易吗?”

“恐怕还得上潘家园找几个人来帮着他们做旧吧?”

“什么潘家园?”

“呃……口误，口误，对了，大家都在加班，你怎么闲着?”

“我跟贾主任说我和你过去就认识，不太合适参加这件事，申请回避……”

“贾主任应当把你软禁起来才对……”

“他才不敢呢……”

晚上十点多钟，路上已经没有什么行人了。经委对面小花园的长石凳上，坐着一男一女，正看着灯火通明的经委大楼，幸灾乐祸地聊着天。

尚仁业与贾毅飞商定了要造一份假名册出来应付冯啸辰之后，贾毅飞便通知各单位筛选出了一些老实听话，口风比较严的干部，赶到经委来准备材料。鉴于冯啸辰不喜欢按常理出牌，贾毅飞决定以不变应万变，要求手下人必须把材料做到天衣无缝，任冯啸辰如何挑刺，都找不出毛病来。

按照一般的工作流程，下村去做工作的干部都会有指定的联系户，他们要和这些联系户进行交谈，了解他们的要求，宣讲市里的政策。哪些干部联系了哪些户，这些户是否愿意配合市政府的工作，他们有什么特别的要求需要市政府帮助解决，都应当有详细的记录。贾毅飞带着一干人编制的，就是这些记录。

徐家湾村的村书记、村长、治保主任等干部都被用吉普车拉来了，同时带来的还有徐家湾村的花名册。配合造假的干部需要从花名册中认领自己的“帮扶对象”，还要向村干部了解这些人的主要特征，最起码，你得知道这个人是男是女，是胖是瘦，万一弄错了，被小冯处长查出来，岂不又是麻烦。

贾毅飞向冯啸辰说大约有 30%的村民表示不配合，这个口径也是需要与村民们对上的。村干部在花名册上勾选出了一批村民，作为不配合工作的人员。这些人的诉求，需要由经委负责编出来，再由村干部回去转述给这些村民听，保证他们在接受调查的时候说出应该说的话。至于其他的村民，同样需要一个回答询问的口径，比如说是否知道市里的安排，是否服从市里的安排，等等。

这些事，光是描述一遍都已经让人头晕了，经委还要逐个地落实到人，还要保证各人的情况有所不同，不能千篇一律，这其中的工作量可想而知。不过，乐城市的确有一支能打硬仗的干部队伍，这么艰巨的任务，贾毅飞愣是敢答应在一天两晚的时间内完成，就冲这份勇气，也值得冯啸辰给他点一个大大的赞了。

在贾毅飞带着人挑灯夜战的时候，韩江月来到了招待所，把冯啸辰单独约出来，两个人步行来到了这个街心小花园，找了一条石凳坐了下来。两年多没见，俩人再次见面时也只有短暂的一点陌生感，很快又找回了当初在新民厂并肩作战的感觉，在那个时候，两个人也曾有过这样在月下聊天的经历。

韩江月一向嫉恶如仇，对于贾毅飞等人弄虚作假的行为很是不屑。见了冯啸辰，她难免要把自己了解到的情况一五一十地说一遍。冯啸辰听罢，一点惊奇的表现都没有，贾毅飞他们这样做，是他预料之中的事情。他根本不在乎贾毅飞如何造假，假的就是假的，没那么容易洗白。

“对了，小韩，我还没问你呢，新民厂现在怎么样了，老徐还在当书记吗？”嘲笑了一通贾毅飞等人之后，冯啸辰与韩江月聊起了旧事。这两年来，他也曾到过几回明州省，不过一直没有机会去了解一下新民厂的情况，所以也不知道当初那些朋友近况如何。

“徐书记已经退居二线了，现在在市工业局当顾问。”韩江月道，“贺厂长调走之后，市里派了一个新厂长过来。余科长提上来当了管生产的副厂长，原来的戴厂长当了副书记，管一些吹拉弹唱的文艺活动。你在厂里搞的全面质量管理，后来一直都在执行，效果也很不错，厂子的产品质量提升了一大截，成本也降低了，连着两年都被机械厅评为先进企业呢。”

“是吗？那太好了。我还担心这项活动就是一阵风，吹过去就吹过去了。”冯啸辰笑呵呵地说道。

韩江月道：“哪能呢。你不知道，余厂长把你搞的那套东西当成宝贝似的，我师傅他们也特别支持。最重要的是，机械厅我爸爸那儿，对你搞的质量管理体系非常欣赏，在全省机械行业里推广。你说说看，新民厂还能不重视这项工作吗？”

“你们新来的厂长呢，也支持这项工作吗？”

“他嘛……”韩江月想了想，说道，“他不是特别懂这方面的业务，不过对余厂长倒是挺尊重的，所以也不会不支持这项工作。”

“嗯，领导也不一定都必须是专家，只要尊重专家就行。”冯啸辰说罢，又看了看韩江月，问道，“对了，小韩，你怎么离开新民厂了，而且还到了乐城经委。我记得你不是学钳工的吗，现在当这个副科长，能适应吗？”

听到冯啸辰的话，韩江月的眼睛里闪过了一丝阴霾，她低下头，看着自己的手，说道：“其实我才不想当这个副科长呢，是我爸爸非要给我安排的。他说……”

“说什么？”冯啸辰随口问道。

“他说，女孩子还是坐办公室好，当个钳工，找对象也……”

韩江月没有说下去，但其中的潜台词是很明白的。这几年，从社会上的眼光来看，工人越来越不吃香了，吃香的是坐办公室的干部。以李惠东的地位，自然不能接受女儿嫁一个普通工人，而如果要让她嫁一个机关干部，那么她自己的身份最好也能是个干部，这样才能做到门当户对。

韩江月还有一句话没有说出来，那就是她之所以接受了李惠东对她的安排，与冯啸辰是有一定关系的。那一次在新民厂，二人虽然相处得非常融洽，韩江月却一直都有一个心结，觉得自己只是一个普通工人，与冯啸辰这个副处长有着身份上的落差。虽然在那次之后，二人再没有见过面，但韩江月总有点隐隐的期待，觉得如果自己是个机关里的干部，那么再遇到冯啸辰，或者遇到如冯啸辰一般优秀的青年才俊时，就不会再自惭形秽了。

两个人沉默了一小会，最后还是韩江月先开口了，她问道："小冯，你呢，情况还好吗？"

"挺好的。"冯啸辰道，"上次我去新民厂的时候，其实真实的身份是经委冶金局的借调人员，副处长那个头衔是临时挂在林北重机的，不是真事。后来，国家成立重装办，我被安排在综合处工作，现在是综合处的副处长，其实就是一个救火队员，成天跑来跑去，处理各地出现的事情。"

"真羡慕你的工作。"韩江月低声地说道，接着，又怯生生地问道，"那么，你……现在还是一个人吗？"

"我？"冯啸辰愣了一下，随即就反应过来了。他想起李惠东在金钦做的暗示，冯啸辰当然能够明白韩江月想问的是什么。他笑了笑，说道，"倒是谈了一个对象，不过现在八字还没一撇呢。"

"哦……"韩江月如叹息一般地应了一声，心里莫名地有了一些空空落落的感觉，"你的那个她，也是你们单位的同事吗？"

"这倒不是，她就是一个普通工人，是松江省通原锅炉厂的电焊工。"冯啸辰答道。不管对方是什么想法，他还是要尽量不给对方造成什么误解为好。平心而论，他对韩江月不是没有过好感，他甚至觉得，如果过去两年中他有更多的机会与韩江月接触，也许就没有杜晓迪什么事了。不过，既然他已经向杜晓迪表白了，而且杜晓迪从各方面来说都比韩江月更符合他的审美观，那么他就得把话向韩江月说得更透一些了。

"她也是个工人？"韩江月有些惊讶。她想问问冯啸辰为什么会选一个普通工人当女朋友，更想问问如果自己当初大胆一点，是否也有机会，但想了想，她最终还是没有开口。冯啸辰把对方的情况说得这么清楚，其中的暗示意味，韩江月是能够感觉得到的，她又何必去刨根问底呢?

“小冯，我们应当算是朋友吧?”

好半天，韩江月又开口了。这一回，她心如止水，再没有什么多余的想法。她突然发现，与冯啸辰这样的人成为纯粹的朋友，似乎也是一件挺不错的事情。

第三百二十二章

“我们当然是朋友。”

冯啸辰看着韩江月，笑吟吟地说道。

韩江月却是避开了他的眼神，看着其他地方，说道：“我突然觉得现在的工作特别没意思，你见识多，能给我提点建议吗？”

“怎么会没意思呢？”冯啸辰道，“21 岁的副科长，多少人羡慕呢。”

“可这不是我想要的生活。”韩江月说道。

“那你想要什么样的生活？”

“我也不知道。”韩江月低着头说道，眼睛里笼上了一层轻雾。

从新民厂出来，韩江月就觉得自己像是一只离了水的鱼，每天只是苟延残喘。在这一次见到冯啸辰之前，她多少还存着一点点的念头，觉得当一个机关干部无论如何都比当一个工人更好，至少身份提高了。可在听说冯啸辰找了一个电焊工做女朋友之后，韩江月突然就感到自己现在做的一切都没有了意义。两个人终究是有缘无分，这并不取决于自己的身份是什么。既然一个机关干部的身份并不能给自己带来幸福，自己又何必每天去做这些不喜欢的事情呢？

她想起了在新民厂当工人的时光，尤其是与冯啸辰一起搞全面质量管理体系的那一段时间。那时候天总是很蓝，生活里总是充满了笑声。她身边的师傅们都是那样可亲可敬、风趣淳朴。在新民厂，她想笑就笑，想说啥就可以说啥，做的所有的事情都是有意义的，那是一种何其自由和充实的生活。

可到了这个乐城经委之后呢？的确，她的地位提高了，别人看向她的目光里也带上了羡慕和崇拜，偶尔还有几分嫉妒。但机关里的生活是沉闷的，领导只是因为知道她是省经委主任李惠东的女儿，才时时对她露出慈祥的笑脸。换成其他那些没有什么背景的干部，在领导面前只能是唯唯诺诺，大气都不敢多出一口。

她每天干的事情，就是从下属企业那里接收各种报表、汇报材料，再分门别类地整理好，写一些言不由衷的报告。她也曾到下属企业去调研，发现了下属企业里有这样那样的问题。但这些问题都不是她能够去解决的，因为每个问题的背后都有方方面面的利益纠葛，牵一发而动全身。有些时候，她只能眼睁睁地看着油瓶倒在地上却不能上前去扶起来，因为身边的老同志们会告诉她，这个油瓶或许是有人故意放倒的，如果她去扶起来，那就要得罪人了。

就说这一次乐城市与乐城乙烯项目的纷争，她从一开始就知道徐家湾村根本不存在搬迁上的障碍，所有的障碍都是乐城经委故意制造的，目的就是为了迫使国家经委向乐城低头，同意他们新建一家电视机厂。可是，她不能对这个问题发表任何意见，甚至在她回家去向父亲谈起此事时，父亲也是警告她这件事的水太深，不要轻易地踩进去。

冯啸辰代表国家经委到乐城来处理这件事，韩江月能够做的就是把事情的原委向冯啸辰进行密报，除此之外做不了其他的事情。看着贾毅飞调动了整个乐城市的力量来与冯啸辰作对，韩江月为冯啸辰觉得心疼，为自己觉得脸红，为贾毅飞觉得恶心，然而，她却没有任何的办法。

作为一个曾经只懂得凭良心干活的装配钳工，处在这样一个行政体系里，那份郁闷是无法言状的。为了所谓的身份和地位，为了将来能够找到一个“门当户对”的对象，她忍受下来了。可现如今，她突然发现所有这些忍耐都是毫无意义的，于是，她的脑子完全陷入了茫然，不知道自己该去做些什么。

“归去来兮，田园将芜，胡不归？既自以心为形役，奚惆怅而独悲？悟已往之不谏，知来者之可追……”

韩江月轻声地念起了《归去来兮辞》。这是在她小时候经常在嘴里念起的一段文章，那时父亲被下放到了企业里。但不得不说，她是直到这时候，才理解了这篇文章的意义。也许，真的到了离开乐城经委的时候了，她思念自己的锉刀和套筒扳手，思念那些透着工业之美的液压阀。

“不至于这么悲观吧？”冯啸辰微微地笑了，“江月，你现在还年轻，想做什么都来得及。如果你觉得自己不适应机关里的工作，可以跟你父亲说说，让他再把你安排回哪个企业里去。我记得何桂华师傅对你的评价非常高，说你很有悟性。以你的能力和敬业精神，到企业里去，未来肯定能够成为一名工人技师的。”

“我不想在我爸爸的阴影下工作。”韩江月摇摇头道，“现在很多人都知道他是我爸爸，我走到哪去都摆脱不了他的影响。我想凭自己的能力去闯出一片天地来，不想借他的虎皮。”

冯啸辰道：“如果是这样，那也很容易啊，你可以到南方去。据我所知，鹏城特区现在急需各方面的人才，以你的能力，在那里肯定可以干出一番事业的。”

“鹏城特区？”韩江月觉得有些意外，她迟疑着问道，“我听人说起过鹏城特区，不过一直都没有深入了解过。你真的觉得我到鹏城去能够有机会吗？”

“我可以百分之百地肯定这一点。”冯啸辰轻松地说道。

鹏城特区正是老人家在南海边画下的那个圈，在 1980 年成立特区之后，它的名字这几年在各种媒体上频繁出现，“特区速度”这样的词也已经进入了许多政府工作报告的文本之中。不过，直到目前为止，大多数人对于特区的前景还是持观望的态度，因为这毕竟是一个不折不扣的新生事物。在 1983 年的中国，没人能够想象得到 20 年后特区会变成什么样的一个所在。

对于去鹏城特区发展的前途，别人不敢打包票，冯啸辰却是敢的。他知道，目前特区几乎还是一张白纸，除了国家安排过去的干部，真正敢于抛下一切去闯特区的人还是很少的。也正因为此，第一批闯特区的人将会收获后来者所无法得到的机会。韩江月是一个能干的人，身上有技术，而且有一股闯劲，像她这样一个人如果到特区去，前途是不可限量的。

最重要的是，特区需要的是不拘一格的创新精神，需要实干家，这恰恰与韩江月的追求是一致的，她在那里一定能够找到她所期望的火热的生活。

当然，还有一点是冯啸辰不会说出来的，那就是特区的年轻人很多，韩江月在那里应当能够找到自己中意的另一半。冯啸辰能够感受得到韩江月对他的那一丝情愫，但他已经有了杜晓迪，自然无法接受另一份感情。如果韩江月能够有一个满意的归宿，他也就能够少一些负疚感了。

“去鹏城吗？”

韩江月用手支着下巴，认真地思考了起来。她虽然喜欢与冯啸辰拌嘴，但对于冯啸辰的话，她还是非常相信的。如今，冯啸辰这么肯定地建议她去特区，由不得她不心动。

冯啸辰却是笑了笑，说道：“好了，这也不是一天两天之内就需要决定下来的事情。你可以先和你父母商量一下，听听他们的意见。如果必要的话，你还可以先到鹏城去看看，现场了解一下情况再说。不过，我可以肯定地说，特区未来的发展机会是不可估量的，那是一个年轻人建功立业的好地方。”

“我相信你！”韩江月郑重地点了点头，在心里已经作出了决定。

夜已经深了，除了依然人头攒动的经委办公楼之外，其他单位和住户的灯都已经熄灭了。两个人站起身，离开了公园。冯啸辰把韩江月一直送到她住的宿舍楼下，冲她挥挥手，说了声“晚安”，便打算返回招待所去了。

“小冯……”韩江月站住身，喊住了冯啸辰，却又犹豫着不知道说什么才好。

“怎么啦，还有什么问题吗？”冯啸辰诧异地问道。

韩江月想了想，轻轻咬了一下嘴唇，这才鼓起勇气，轻声地说道：“小冯，你知道吗……我喜欢过你！”

“呃……”冯啸辰一下子就窘了，好半天才讷讷地说了一句，“是吗，那……谢谢你。”

这句莫名其妙的回答，让韩江月扑哧一声笑了出来。她突然发现，把压抑在心里的话说出来之后，心里就轻快了，不再有那种患得患失的心境。她俏皮地向冯啸辰一笑，说了声“祝你幸福”，然后便转回头，迈着轻盈的碎步，跑进了宿舍楼。

是的，喜欢过你，不过那已经是过去的事情了。从明天开始，我将会去追求属于我的生活，这生活存在于遥远的南方。鹏城特区，那是一个充满着活力与挑战的地方，我会去的，因为那也是你建议我去的地方。

明天，对，明天会是多么美好！

看着韩江月跑开的背影，冯啸辰下意识地摸了摸自己的脸，在心里揶揄了一声：

我有这么帅吗，为什么有那么多姑娘喜欢我呢？

第三百二十三章

第二天，冯啸辰带着周梦诗、黄明来到了乙烯项目指挥部，与指挥部方面沟通徐家湾的事情。聂建平听说是国家经委的工作组来了，很是高兴，亲自带着几名副总指挥和一些中层干部出门来迎接。见面的时候，他错把陪同冯啸辰一道前来的黄廷宝当成了国家经委的官员，握着对方的手说了不少热情的话。待到黄廷宝狼狈不堪地声称自己只是陪同人员，从京城来的官员是冯啸辰一行时，聂建平的脸色就有些不太好看了。

“你是经委哪个司的？”

看着冯啸辰那年轻过分的脸，聂建平连与他握手的欲望都没有，用一种居高临下的口吻问道。在他看来，只有经委的司长才值得他亲自迎接，一个如此年轻的副处长，配和他说话吗？

“我是重大装备办公室的，严格地说，我们只是由经委代管的机构。”冯啸辰没有在意聂建平的态度，彬彬有礼地回答道。

“重大装备办公室，我知道你们那个机构。你们的领导是那谁吧……”

“您说的是罗翔飞主任吗？”

“对对，就是老罗，我在石油部当司长的时候，他还在经委冶金局当副局长嘛，那是好几年前的事情了。”聂建平牛哄哄地说道。

冯啸辰微微一笑，也懒得去计较什么。聂建平话里的潜台词他是明白的，那意思就是说连罗翔飞的级别都不如他高，冯啸辰只是罗翔飞手下的兵，就更不值一提了。可问题在于，自己是来给对方帮忙的，对方摆出这副架子，图个啥呢？

“聂总，我这次来，是受经委的委派，来解决有关徐家湾搬迁的事情，顺便也了解一下乐城乙烯项目的建设中还有其他什么困难，以便统筹解决。我知道聂总您的工作比较忙，能不能给我们找一位了解情况的同志，向我们介绍一下这边的情况？”冯啸辰说道。

见冯啸辰一副不急不躁的样子，聂建平倒有些不好意思了。一开始，他是觉得经委派了这么一个年轻人来处理徐家湾的事情，未免太过儿戏，心里本能地有些不痛快，因此才对冯啸辰表现出冷淡的态度。现在见冯啸辰虽然年轻，说出来的话却颇为老成，他才觉得以自己的级别和年龄，跟这样一个年轻人较劲，未免显得为老不尊。再说，经委的领导也不是没头脑的人，他们既然派这个小处长过来，肯定是对这个小处长有些信心的。自己倒也不该先入为主，且看看他到底能不能干事再说。

“了解情况的同志嘛……那只能是来永嘉副总指挥了。这三年时间他一直都在乐城，负责乙烯设备的接收和保管工作。不过，他现在不在城里，而是在江边的货场那边。你看是你们过去找他谈，还是等他哪天过来的时候再约你们过来谈？”聂建平用征求意见的口吻说道。

“我们过去吧。”冯啸辰不假思索地作出了答复。

聂建平对冯啸辰这个回答倒是挺满意的，如果冯啸辰敢说叫来永嘉专程赶过来向自己介绍情况，聂建平恐怕就要给冯啸辰一个难堪了。毕竟冯啸辰只是一个副处级干部，而来永嘉按级别算，相当于正厅级，哪有让一名正厅级干部跑来向一个副处长汇报工作的道理。

“我让后勤处给你们派辆车，你们到货场去和来副总交流一下吧。对了，徐家湾那个村子就在去货场的路上，你们正好路过，也可以看一看。”聂建平说道。

冯啸辰向聂建平道了谢，带着黄廷宝、周梦诗、黄明坐上指挥部派出的吉普车，前往江边货场。看着他们离开，一名指挥部的副总走上前来，对聂建平说道：“老聂，看来情况不妙啊，经委那边怎么派了这么一个毛孩子来和乐城交涉？”

“谁知道呢。”聂建平叹了口气，道，“也许他还真有几分道行吧。”

那副总摇头道：“我觉得够呛。尚仁业、贾毅飞他们，可都是老狐狸呢，这个小年轻可真不一定是他们的对手。”

聂建平道："不想这个了，先看看他怎么做吧。实在不行，我再给经委张主任直接打个电话。咱们乐城乙烯 65 个亿的投资，经委不可能不管的。"

"唉，也只能这样想了，他妈的尚仁业！他妈的贾毅飞！"副总恨恨地骂道。

冯啸辰一行坐着吉普车，在路上颠簸了半个来小时后，来到了江边货场。开车的司机是从货场调到城里的指挥部去的，对货场的情况十分熟悉，直接把车开到了指挥部的二层小楼前。冯啸辰跳下车，首先便看到了立在指挥部门口的那块牌子："一个螺丝钉也不准损失，一个螺丝钉也不能生锈！"

"这是谁提出来的口号？"冯啸辰对走上前来的司机问道。

"是来总提的。"司机道，"三年前这个货场刚建起来的时候，来总就提出了这个口号。"

"这么多设备，要求一个螺丝钉都不能生锈，能办到吗？"冯啸辰有些怀疑地问道。

司机道："应该是办到了。前些天聂总陪着上面的领导下来检查工作，抽查了一些设备。听他们说，这些设备都保管得非常好，没有一点损坏。这几年，来总带着我们每天都要巡视整个货场，设备的包装稍微有一点破损都要马上修复。你是没见过来总，为了管好这些设备，他头发都白了一半。"

冯啸辰闻言笑道："看来你还是挺崇拜你们来总的嘛。"

司机道："没错，我就是挺崇拜来总的。像他这样实干的领导，现在真是太少了。"

"好，那我现在也开始崇拜来总了，你带我们到来总办公室去吧。"冯啸辰说道。

一行人在司机的带领下，来到了来永嘉的办公室。

"冯处长，欢迎欢迎啊，我们早就盼着你们过来了！"听司机介绍了冯啸辰的身份之后，来永嘉握着冯啸辰的手，热情地说道。他倒没有在意冯啸辰的年龄，或许这就是他的厚道之处了。

双方寒暄了几句之后，便分宾主落座了。冯啸辰也没过多废话，直接向来永嘉说道："来总，有关徐家湾的事情，我们已经从几个不同的方面了解过了。我今天到这里来，主要是想问一个问题，项目指挥部这边对于解决徐家湾的问题有什么样的考虑。"

来永嘉想了想，说道："其实就是四个字：投鼠忌器。"

"投鼠忌器？"周梦诗在旁边狐疑地问道，"鼠是指徐家湾，我能够理解。可这个器是指什么呢？难道是乐城市政府吗？"

"器肯定是指乙烯项目吧？"黄明分析道，"那么，来总说的鼠就不仅仅是指徐家湾了，光是一个徐家湾，并不足以威胁到乙烯项目的成败啊。"

来永嘉笑而不语，只是看着冯啸辰，等他说话。

冯啸辰知道，来永嘉这是在考校他。如果他理解不了来永嘉打的这个哑谜，来永嘉也用不着再跟他解释太多了，因为他肯定也就解决不了徐家湾的问题。他笑了笑，说道："来总的意思是不是这样的，徐家湾的事情其实并没有多大，如果乙烯项目指挥部这边愿意动用一些关系，完全能够顺利解决。目前给项目设置障碍的，是乐城市政府。如果项目指挥部把乐城市政府得罪得太狠，未来乙烯项目在乐城建设和运营，难免会受到一些干扰。这里说的鼠，其实包括了咱们的尚市长、贾主任这些人，至于器，当然就是咱们的乙烯项目了。"

"是这个意思。"来永嘉赞许地点了点头，说道，"我们的乙烯项目是在人家的一亩三分地上，现在和人家发生了纠纷，要解决的时候，轻不得，也重不得，这就是麻烦的地方了。"

"轻不得，也重不得，这是关键啊。"冯啸辰呵呵笑着重复来永嘉的话道。

来永嘉道："没错。不能太重，但同时也不能一味地妥协，否则他们尝到甜头，以后就会变本加厉，我们这个乙烯项目就成了唐僧肉了。所以我刚才说是投鼠忌器，偷东西的老鼠必须要打跑，但又不能砸着锅碗瓢盆，这就有难度了。"

“说难也难，说不难也不难。”冯啸辰笑道，“咱们把握好了分寸就行。毕竟乐城乙烯是国家的重点项目，咱们是得道多助，乐城市翻不了天的。”

听冯啸辰说得这么轻松，来永嘉饶有兴趣地问道：“冯处长，你打算怎么做呢?”

冯啸辰微微一笑，道：“现在还不能透露。不过，大体的原则是照着来总的思路，先兵后礼。先把他们给打疼了，让他们轻易不敢向项目伸手，然后再来谈判，给他们一点小小的好处，来总觉得如何?”

“那我就拭目以待了。”来永嘉满意地点着头说道。

第三百二十四章

时间过得很快，转眼就到了第三天的早上。按照事先的约定，冯啸辰带着手下来到了乐城经委，见到了眼睛里布满血丝的贾毅飞。

“这是我们这两天让工作组的同志们突击整理好的资料，请冯处长过目。”

贾毅飞指着摆在一张课桌上的一大堆资料，没好气地向冯啸辰说道。一天两晚的时间，贾毅飞自己也就睡了三四个小时的样子，这倒不是说他有身先士卒的精神，而是他对手下实在不敢完全放心，生怕中间出一点纰漏，让冯啸辰找出破绽，再整点什么幺蛾子出来。现在东西已经整理好了，贾毅飞自信没有什么毛病，因此对冯啸辰说话的底气也就足了几分。

“真不容易。”冯啸辰一脸笑意，像是不知道贾毅飞对他有意见一般。他走到桌前，随后拿过一本资料，翻了翻，然后点头说道，“不错不错，咱们乐城的同志工作的确是够认真的，你看，在现场做的记录，愣是一个错别字都没有，小周，老黄，这种精神值得咱们学习啊。”

“是啊是啊，冯处长，我也发现了，乐城的同志们做工作记录太认真了，连标点符号都没一点错，实在太神奇了。”周梦诗凑趣地说道。在此之前，他们在招待所已经讨论过这件事情了，都知道乐城经委正在组织人集体造假。冯啸辰的话，与其说是夸奖，不如说是挖苦，周梦诗作为冯啸辰的下属兼铁杆粉丝，岂不有帮腔的道理。

“冯处长，周科长，你们这话是什么意思？”贾毅飞的脸一下子就黑了，对方话里的机锋，他哪里听不出来。他心里隐隐有些后悔，智者千虑，终究还是漏算了一点，这种现场做的记录，不可能字迹这么清晰，而且连一个标点符号都不错，分明就是在办公室里写出来的东西。

不过，他也做好了准备，如果冯啸辰敢以这个为由来质疑这些记录的真实性，他就要豁出去和冯啸辰辩一辩：我们的工作人员就这么认真，难道认真也是一种错吗？

冯啸辰却根本就没打算用这样的理由去指责贾毅飞，他眨着天真的大眼睛，说道："贾主任，我们是赞美咱们乐城的同志工作认真啊，没有别的意思。对了，这些原始记录，我们就不看了。你们整理出来的名册，能不能给我们复印一套。我们想带着名册到村子里去和那些思想上有顾忌的农民聊一聊，看看能不能做通他们的思想工作。"

贾毅飞递过一本册子，说道："我们整个乐城市也只有一台复印机，是在市政府的打字室。复印成本太贵了，我们已经安排人把名册抄录了一份，冯处长需要的话，可以拿去用。"

"那就多谢贾主任了。"

拿到名册，冯啸辰也没在经委多耽搁，他请贾毅飞帮他安排了一辆车，又派了一个向导，便带着周梦诗、黄明一行前往徐家湾去了。来到村口，正遇上了来永嘉给他们派来的帮手，足足有十几个人，由来永嘉的秘书李涛带着，正在等候他们的到来。

"李秘书，人都到齐了吧？"

"都到齐了，冯处长，要怎么做，你就吩咐吧。"

"吩咐可不敢当，大家一起商量一下吧。我是这样考虑的……"

冯啸辰拿出从贾毅飞那里得到的名册，撬开订书针，把名册拆成了散页，然后分到了各人的手上，说道："大家的任务，就是挨家挨户地宣传有关徐家湾搬迁的政策。你们不需要做说服工作，只要保证把政策传达到每一个村民耳朵里就行，我们的宣传口径是这样的……"

说这些话的时候，冯啸辰并没有回避乐城经委派来的那名向导，甚至还时不时向向导询问一下口径是否合适。那向导可没有贾毅飞一般的底气，知道冯啸辰是中央来的干部，哪敢质疑他的决定，只能是唯唯诺诺，同时把冯啸辰的每一句话都牢牢地记在心上，准备回去向领导汇报。

“老乡们，我们是乐城乙烯项目指挥部的，有关徐家湾村搬迁的事情，我们来向大家做一个解释。乐城乙烯项目是党和国家高度重视的特大型项目，项目的投资总计达到 65 亿元，这个数字怎么理解呢？那就是如果存在银行里，每天光利息就要 100 万。乙烯项目的所有设备，目前都存放在江边货场。项目开工之后，这些设备要运往建设工地，必须通过咱们徐家湾村。为此，国家需要咱们徐家湾村的群众发扬风格，舍小家为大家，搬迁到其他地方去，以便把村子腾出来，修建运送设备的公路。目前，乐城市政府已经为大家建好了安置周转房，大家的工作也会由政府统一安排。在大家找到新的工作之前，政府会按企业里工人的工资标准，给大家发放临时津贴，绝对不会让大家受到任何经济损失……”

在徐家湾村的各处，都响起了这样的宣讲声。男女老少的村民叼着烟袋、纳着鞋底、抱着娃娃、背着粪筐，或认真、或随意地听着这些讲解。

关于村子搬迁的事情，大家自然是早就知道的，只是这段时间村干部在或明或暗地告诉大家，搬迁一事要听市里的统一安排，至于这个安排是怎么样的，大多数人就不清楚了。

昨天，村里的书记、村长、治安主任等人从市里回来，紧急给大家开了会，还分头找了一些人去密谈。说是密谈，其实在同一个村子里，根本就谈不上有什么保密的可能性的。到今天，所有的人都已经知道了村里的安排，那就是当有上级部门的领导来谈话时，大家都要说自己知道搬迁的政策，还要说市里曾经派过干部来做工作。另外，还有一些人被指定为“思想不通”的人员，这些人必须向上级领导表示自己有想法，上级领导如果不能答应他们的条件，他们就绝不搬家。

现在的老百姓，也已经不像建国之初那样好糊弄了。这么多年来，大家见惯了政府的各种行为，深知“会哭的孩子有糖吃”这样的道理。村干部要求一些村民向上级领导提要求，大家都明白是什么意思，那不就是要争取更好的条件吗？村干部说了，乙烯项目可有钱了，指头缝里随便掉出来的钱，都能使整个徐家湾村提前实现四化了。

对于与乙烯项目为难这件事，村民们的态度也是有所不同的。有些人觉得，做人不能太贪心，政府给建了安置房，还答应给解决工作，还有数目可观的搬迁安置费可领，大家就应当知足了，没必要再折腾。而另外一些人则有别的想法，认为国家的钱不拿白不拿，国家有得是钱，能够多要一点，为什么不去要呢？

如今，村干部直接给大家下了任务，而且说是市里的要求，让大家当钉子户。那些想讹诈国家的村民就有了主心骨，而那些主张适可而止的村民则没有了市场。一进一退之间，村子里的氛围就全面地转向了抗拒，冯啸辰他们就是在这样的氛围中进村的。

“领导，我听说市里给我们安排的，都是没人愿意做的临时工，是不是这样？”

按照村干部事先的安排，在宣讲现场，有人开始发难了。

冯啸辰站在一个石头碾子上，居高临下地看着周围的村民。听到质疑，他笑呵呵地向那说话者问道：“老乡，你是听谁说的？”

“呃，大家……都这样说的。”那村民明显有些语塞了。

“是啊是啊，我也听人说过。”旁边的伙伴赶紧给他打掩护，企图把水搅浑。

冯啸辰道：“有关征地拆迁安置，国家是有政策的。徐家湾村搬迁之后，国家会给你们调剂一部分土地，还会给你们划拨出工业用地，用于恢复你们村子里原有的几家村办企业。此外，乐城市经委已经向我保证过，会拿出不少于300个企业里的岗位用于安置有一定文化水平的青壮年劳动力，这些岗位有些是正式工，有些是临时工，但绝对不会是没人愿意做的岗位。你们想想看，现在社会上还有那么多的待业青年，怎么会有没人愿意干的岗位呢？”

“可是，市里原来答应的是让我们到电视机厂去工作！其他地方我们都不愿意去！”

有人大声地喊出来了，这同样是村干部安排好的托儿，目的是直接把搬迁问题与电视机厂挂上钩，逼冯啸辰表态。这种话，尚仁业和贾毅飞他们不便于说，借村民之口说出来就无所谓了。

冯啸辰冷冷一笑，说道："这位老乡，麻烦问一句，你说的事情，是哪位市领导答应你的？"

"这个我可不能说。"那村民把嘴一抿，来了个水火不浸。我是农民我怕谁，你能逼着我说出消息来源吗？

第三百二十五章

看到对方的这副神情，冯啸辰微微一笑，说道："你可以不说。不过，我要告诉你，这只是一个谣言而已。关于乐城市建设电视机厂的事情，目前还没有得到国家的批准，因此任何人答应你们进电视机厂工作，都是一种不负责任的承诺。"

"那我可不管。我们是冲着去电视机厂才答应搬家的，如果不建电视机厂，那我们就不搬了。"那村民昂着头声明道。

"对，我们不搬！"

"凭什么让我们搬家啊，故土难离呢！"

另外几个人也跟着鼓噪起来，听到他们这样说，更多的村民都向他们投去了狐疑的眼神：什么，不搬家，这怎么可能呢？早先说搬迁的时候，没有说电视机厂的事情啊，怎么变成这样了？

冯啸辰依然是一副风轻云淡的模样，他用调侃的目光看着那几个叫嚷的村民，一直看到他们觉得不妙，悻悻然地闭上了嘴，这才继续说道："各位老乡，你们不要听信谣言。乐城市的确有新建电视机厂的考虑，但一来电视机厂还没有获得国家的批准，二来即便是要建电视机厂，对于工人的年龄和文化水平也是有一定要求的，咱们徐家湾村能够满足条件的年轻人并没有多少。至于刚才这几位老乡说不搬家，这是不可能的。我刚才已经解释过，乐城乙烯是国家级的特大型项目，绝对不会因为个别人的阻挠而停工。徐家湾的搬迁工作每耽误一天，乙烯项目就会推迟一天投产，而国家因此蒙受的损失就会高达上百万元。你们想想看，如果有人要让国家损失上百万元，国家能答应吗？"

此话一出，在场的村民都震惊了，纷纷议论起来：

“什么，一天就损失上百万？”

“可不是吗，刚才领导不是已经说了吗，乐城乙烯要花65个亿呢，你算算利息看……”

“我的乖乖，这可不是小事啊，咱们惹得起吗？”

“二柱子，我看咱们还是别闹了……”

“不行，这事得问问村长去……”

冯啸辰要的就是这个效果，他知道，农民有时候只是不明真相，但绝不愚蠢。只要把真实情况告诉他们，他们是会用自己的头脑去思考的。市里通过村干部让他们阻挠乙烯项目的建设，他们不了解具体情况，被裹挟着参与进来了。一旦他们知道自己的举动会导致国家蒙受数以百万计的损失，恐怕大多数人都会觉得胆寒，因为这的确不是他们能够玩得起的游戏。

类似的对话，在其他各个宣讲现场都进行着。冯啸辰给所有的工作人员都统一了口径，让大家把事情的严重性告诉所有的村民。这些宣讲，如一把盐扔进了沸腾的油锅里，整个徐家湾村都躁动了起来。人们议论纷纷，许多人在打退堂鼓，不打算再跟着闹下去了。那些被村干部们安排当钉子的人更是惴惴不安，不约而同地跑到村干部那里去找答案去了。

“这小子，还真有两下子。”

听到从村里汇报上来的消息，尚仁业不由得冷哼了一声。

“徐均和、徐伯林两个人都有些害怕了，生怕事情闹大了，他们担不起责任呢。”贾毅飞说道，他说的这两个人正是徐家湾村的书记和村长。

“怕什么？事情如果闹大了，担不起责任的是那个自以为是的冯啸辰。”尚仁业道，“什么耽误一天就是100万，纯粹是吓唬人嘛。既然怕耽误，为什么不能答应我们的要求呢？”

“看来国家的政策的确是卡得很紧，他们也是没办法吧？”贾毅飞猜测道。

尚仁业把眼一瞪，道：“老贾，你是什么意思？你不会也想打退堂鼓吧？我告诉你，国家政策任何时候都是有余地的，国内建了那么多电视机厂，偏偏就卡了我们乐城这一家，这是什么道理？说穿了，不就是柿子挑软的捏吗？你去告诉徐均和他们，不要怕，让他们找几个蛮一点的人，去和冯啸辰他们闹一闹，只要别伤人，砸点东西都不要紧，得让他们看看人民群众的力量。”

贾毅飞咧了咧嘴，讷讷地问道：“尚市长，这样做是不是太过火了？万一闹出点什么事情来，咱们恐怕也担当不起啊。”

尚仁业道：“怕什么？我告诉你老贾，上头来的干部，都是耍嘴皮子的。咱们耍嘴皮不是他们的对手，但给他们来点硬的，他们肯定就得吓尿了。”

“好吧，我这就让徐均和他们去办。”贾毅飞不再反对了，市长都发了话，他就照着执行好了，反正天塌下来有高个子顶着。

此时此刻，冯啸辰正坐在徐家湾村外临时搭起的一个大帐篷里，与头一天从京城赶过来的张和平一边喝茶，一边聊着天。在帐篷外，十几名项目指挥部的工作人员正在支着标杆、水平仪做道路测量，还有人在地上画着石灰线，一副马上就要开工筑路的模样。

“小冯，你这手行不行啊？”

张和平端着茶杯，斜眼看着外面的工作场面，笑嘻嘻地问道。

“看吧。”冯啸辰不在意地答道，“如果这样做不能激得对方出手，那下一步我就派人去村里测，顺便在村民家的墙上写个大大的‘拆’字。”

张和平道：“我真服了你了。我们平常都讲要缓和矛盾，你却在这里激化矛盾。我也是堂堂一个安全部门的处长，跑过来帮你虚张声势，欺压善良百姓，你说这样合适吗？”

冯啸辰道：“前人说过，以斗争促和平则和平存，以妥协促和平则和平失。如果不能向乐城市的官员们显示一下我们的实力和决心，那么未来这个乐城乙烯项目将永无宁日，当地政府会三天两头地找麻烦，周边的百姓也会惦记着靠山吃山、靠水吃水。只有给大家一个深刻的教训，让他们感觉到切肤之疼，双方才能和睦共处。”

“所以你就来了个引蛇出洞？”张和平笑道，“还让我来配合你唱戏。”

冯啸辰耸耸肩膀，道："我有什么办法？我向经委领导请示这件事，我们领导和你们领导协商的结果，就是把你派来了。不过我倒是挺欢迎你来的，毕竟也是熟人，合作起来更愉快嘛。"

"那我就不胜荣幸了。"张和平说道。

说话间，只听得外面传来了一阵喧闹，一开始似乎只是两个人发生了口角，接着就变成了两群人的互相吵闹。张和平和冯啸辰互相交换了一个眼色，眼睛里都有了一些唯恐天下不乱的得意之色。

"你们在这瞎画什么呢！"

一个从徐家湾村里出来的年轻村民用脚踢了一下乙烯项目指挥部工作人员扶着的标杆，恶声恶气地问道。此人名叫徐阿宝，是村里出了名的二流子。徐均和、徐伯林他们得到贾毅飞的指示之后，便找到了徐阿宝等几个人，让他们去给冯啸辰一行找茬，务必要闹出一点动静来。说来也算是心有灵犀了，贾毅飞他们想制造事端，冯啸辰也打算制造事端。金风玉露一相逢，想不擦出点火花来都不可能了。

"我们在勘测，这是修路的标线。"那名测绘人员有些气虚地回答道。他是刚从学校里毕业出来的文弱书生，看到面前这几位五大三粗的农民，心里不由自主地便有了怯意。

"不许测，我们还没答应搬家呢！"

对方的软弱表情给了徐阿宝更多的底气，他一把就把标杆从对方手里夺了过来，拿在手上把玩着。

"你……你把标杆还我……"测绘人员讷讷地说道。

"还什么还？在我家地里的东西，就是我的。"徐阿宝霸道地说道。

"你是谁啊，怎么抢我们的东西？"黄明走了过来，对徐阿宝质问道。作为一名重装办的科级干部，他的气势可要比那位测绘人员要足得多。

徐阿宝歪着头看了看黄明，说道："你又是谁，你管得了老子的事吗？"

"你想当谁的老子呢！"黄明怒道，"你敢干扰国家公务人员的工作，不怕警察把你抓起来吗？"

"哈哈，吓唬我?"徐阿宝故作猖狂地笑起来，"你们他妈算老几，还敢在老子面前说什么国家什么什么人员，你们给老子滚蛋!"

"你再说一遍!"黄明用手指着徐阿宝，斥道。

"给老子滚蛋!"徐阿宝这回不光是说了，还直接就动了手。他把抢来的标杆往旁边一扔，腾出手来，往黄明的胸前猛推了一把。

黄明是个小胖子，足有一百五六十斤的份量，个头却还不到一米七，重心很低，绝不是随便一推就能够推倒的。但他得了冯啸辰密授的机宜，知道自己该怎么做。徐阿宝的手刚刚碰到他的前胸，他就惨叫了一声，向后踉跄几步，然后极其夸张地摔了一个仰面朝天。

"打人了！打人了!"

"黄科长被打了!"

"黄科长受伤了!"

项目部这边的众人齐声地呐喊起来，声音之大，内容之煽情，饶是冯啸辰知道内情，也不禁吓了一跳，以为黄明真的被人给打得生命垂危了。

第三百二十六章

这……我还没推到他呢……

事情的当事人徐阿宝有些傻眼了，自己的确是出手去推对方了，可并没有推着啊，对方怎么就摔得那么惨呢？村长分明是让自己出来碰瓷的，可看对方那样子，好像是要反过来碰自己的瓷，这是怎么回事啊。

不过，他很快就顾不上想这个问题了，就在他发愣的那一刹那，从刚才正在做勘测的人群中突然闪出了两条汉子。二人扑到徐阿宝的面前，二话不说，一个人按肩头，一个人使出扫堂腿，直接就把徐阿宝给放倒了。随后，只听得咔嗒一声，徐阿宝的手上便出现了一副锃明瓦亮的手铐。

“啊！你们干什么！”

这一回，轮到徐阿宝惨叫了。跟在他身后的那帮混混们更是惊得目瞪口呆，这画风变得也太快了吧，说好是欺负一群美羊羊的，怎么转眼间就挨了一记平底锅呢？这帮人不是项目指挥部派出来的测绘员吗，怎么会随身带着手铐的。看这二人动作之娴熟，分明就是职业警察啊，不对，就算是乐城的那些公安，出手也没他们利索。

“这是……”

众混混们大惊失色，一时都不知道是抱头鼠窜好，还是冲上去营救徐阿宝好。

这时候，他们曾经见过的那位名叫冯啸辰的中央处长施施然地走了过来，站在众人面前，厉声地说道：“乐城乙烯项目是国家重点项目，破坏国家重点项目建设是犯罪行为。你们阻挠国家重点建设，抢夺国家财物，殴打国家机关工作人员，已经构成了严重的刑事犯罪。李秘书，你马上打电话给乐城公安局，让他们派 500 人过来，把这些犯罪分子统统绳之以法!”

听到这话，混混们都慌了神，俺的娘啊，派500人过来抓人，这是打算把整个徐家湾村都一网打尽的节奏啊。众人互相交换了一个眼神，也没人发号令，便齐刷刷地转过身，向着村子里跑去。

“这就跑了?”张和平走过来，看着那群人的背影，不屑地对冯啸辰说道。

冯啸辰微微一笑，道:“我敢跟你打赌，过一会他们还会再来的。”

“不过，一会肯定不止是他们再来，还会带另外一些人来。”张和平也预言道。

冯啸辰点点头:“没错，估计是一群老头老太太，加上大姑娘小媳妇之类的。”

“你打算怎么办?”

“你们带的手铐够不够用?”

“当然够，但是你不怕犯众怒吗?”

“众怒？区区一个村子就敢叫众了？我背后有10亿人呢，谁比谁众?”

“你牛!”张和平向冯啸辰翘了个大拇指，也不知道是真心地夸他牛，还是带着几分看热闹不嫌事大的坏心。

混混们跑回村子，第一时间就找到了村书记徐均和。其实也用不着他们去找了，在徐阿宝他们出去找茬的时候，徐均和就与村长徐伯林一道站在门口的一棵树下观望着。因为冲突现场人头涌动，他们没有看到徐阿宝被抓的场景，只看到自己派出去的人作鸟兽散。正在诧异间，众人已经把他们俩给围上了，鸡一嘴鸭一嘴地便把事情的过程说了一遍。当然，这其中也难免会有些夸大，比如那两个张和平带来的安全部门外勤，在混混们的嘴里已经变成了大内高手，身高八尺，腰围也是八尺，只是一合之间就把徐阿宝打得吐血三升……

“他们来硬的了?”徐均和看着徐伯林，吃惊地说道。

“他们也不怕惹出乱子来?”徐伯林同样惊异地说道。

以他们俩的经验，国家单位和村里发生冲突，从来都是国家单位忍气吞声的。因为农民一无编制二无官职，属于光脚的，而国家单位里的干部们都是穿鞋的，而且鞋子还都是挺贵的，谁舍得去和泥腿子们赌前程？尚仁业、贾毅飞他们之所以让徐家湾村去打前阵，就是看中了这一点，可谁承想，这个上头来的处长居然会跟他们动手。

“伯林，你看下一步该怎么办？”

“我哪知道，实在不行，还是先向贾主任汇报吧。”

“对对，问问贾主任去。”

两个人商量已定，便飞奔着回村委会打电话去了。说穿了，这件事和他们徐家湾村的利益真的没有太大关系，他们纯粹是在帮市里做事。现在出了麻烦，当然是找市里的干部来拿主意了。

贾毅飞接到徐家湾村打来的电话，同样傻了眼。他也不敢擅自做主，于是又把事情报告到了尚仁业那里。尚仁业第一时间给公安局打了电话，结果公安局那边还真的得到了乙烯项目指挥部的报警，说是有坏人破坏国家重点建设、殴打国家干部云云，还说对方要求公安局派出 500 警员去维持秩序。

“他妈的什么 500 警员，真是说大话不怕闪了舌头！”尚仁业骂了一句，然后交代道，“你们不许出警，理由自己去找。徐家湾那边只是一些群众对工程项目有意见，属于正常的人民内部矛盾，怎么能随便派警察去呢！”

稳住了公安局这边，尚仁业又给贾毅飞打电话，示意他不要被冯啸辰的一时嚣张所吓住。既然这个京城来的副处长想玩硬的，那就给他来点硬的。

贾毅飞心领神会，马上给徐均和他们回了电话，如此这般地交代了一番。放下电话，徐均和和徐伯林一商量，觉得事情已经没有退路了，只能是硬着头皮上。

“来了来了，果然来了！”

村外，早就等得不耐烦的冯啸辰和张和平二人看到从村子里涌出来的一干村民，都会意地笑了起来。这种基层的套路，冯啸辰这一世没有见过，上一世可经历得太多了。张和平是搞安全工作的，处理国内的群体事件也是经验丰富，知道村民们会如何做。

两个人还都明白一点，所谓“民怨沸腾”的事情，背后一定都有黑手。中国的老百姓其实是最通事理的，孰是孰非，他们心里像明镜一般。之所以会有那么多无理取闹的事情，归根结底是大家都存着一份帮亲不帮理的想法，三五千人里面，九成九都是被少数人裹挟而至的。

这一回，徐家湾村出来的人也得有上千之数了，走在前面的，果然都是老弱妇孺。最抢眼的，莫过于一位50岁上下的妇人，隔着得有一里地远，冯啸辰他们就能够听到那妇人凄厉的哭声。

“这应当就是这个徐阿宝的娘了。”张和平面无表情地对冯啸辰说道。

“嗯嗯，那就成全她，让她和她儿子关一块吧。”冯啸辰说道。

“决定了?”

“决定了!”

两人说话间，村民们已经走到近前来了，那名哭泣的妇人一马当先，不管不顾地便向冯啸辰他们冲来，嘴里叫着“还我儿子”之类的话，张牙舞爪地，那架势就是准备在冯啸辰他们的脸上挠上一两把，然后再抱着对方撒泼耍赖了。

“这位同志，站住！请不要妨碍公务。”

两名张和平的手下果断地挡在了冯啸辰和张和平的面前，严厉地警告道。

“滚开，还我儿子!”

那徐娘大声骂着，便往两名工作人员身上冲。她在村里也是数得上号的泼妇，和儿子徐阿宝堪称是徐家湾的雌雄双煞，平日里连徐均和他们都不敢惹她。凭着常年撒泼的经验，她知道只要她一哭二闹三上吊，任凭是天王老子也得低头。

可惜的是，这回她碰上的并不是寻常的公安。安全人员们已经得到了张和平的命令，不管是什么人，只要敢于闹事，一律拿下。见徐娘不管不顾地冲上来，两名工作人员将身形一闪，然后一左一右地拽住了她的胳膊，眼明手快地给她戴上了手铐。

“我……我跟你们拼了！”

徐娘进入了爆发状态，低着头便向身边的工作人员撞去。工作人员也不客气，脚下一个绊子，直接就把她放倒了，咕咚一声摔得脆生生的。徐娘像杀猪一般地尖叫起来，这一回可不再是作伪了。长这么大，她可真没吃过这样的亏呢。

“阿宝妈被他们铐了！”

“他们打人！”

“乡亲们，跟他们拼了！”

村民们中间有人大声地喊了起来，有几名被徐均和安排好的老头、老太太颤颤巍巍地逼上前来，挥舞着拐杖，摆出了一副人挡杀人、神挡诛神的模样。张和平此时也不再站在背后了，他上前一步，厉声喝道：“乐城乙烯是国家重点项目，冲击国家重点项目就是犯罪。我严正警告你们，谁敢继续上前，一律严加法办！”

“你法办我吧！”一名须发皆白的老头抡着拐杖便砸过来了，嘴里还大声地喊着。

张和平眼也不眨，飞起一脚把那老头的拐杖踢到了半空中，同时把手一挥，身边的工作人员冲上前去，迅速把老头也给按到了地上，戴上了手铐。

这一幕，把所有的村民都给惊呆了。什么，妇女他们敢铐，这么老的老头也敢铐，莫非他们要玩真的？

第三百二十七章

“他们怎么敢铐常根叔？常根叔都八十多岁了！”

“不对啊，他们难道不怕出事吗？”

“咱们怎么办？”

“一起上，看他们敢铐多少人！”

徐均和和徐伯林两个人紧张地商量起来，都觉得这件事已经无法善了了。现在退缩，就是半途而废，回头还得苦哈哈地求着对方放人。还不如拼死一搏，没准能够把对方给吓住。想到此，徐伯林扯起嗓子，对着身边的村民喊了起来：“乡亲们，他们抓人了，连常根叔都被他们铐了，大家一起上啊！”

听到徐伯林的话，大多数的村民心里都是存着疑虑的。在此之前，他们觉得法不责众，尤其是让老人、妇女走在前面，对方肯定不敢动手，自己则可以凭着人多势众把对方吓跑。可谁知道对方根本不按常规做事，上来先铐了阿宝娘，接着连徐常根这种 80 多岁的老头都给铐了，这分明就是有恃无恐的样子嘛。

被裹挟来的人都是欺善怕恶之主，觉得对方会服软，所以才显出强硬的样子。现在对方露出了獠牙，比他们还要硬气，他们哪里还有胆量去对垒。大家你看看我，我看看你，都在迟疑着要不要听徐伯林的话，上前去和对方拼命。

这时候，村民中间那些事先得到了徐伯林交代的混混们行动了起来，他们一边高喊着“拼命”的口号，一边推搡着身边的人，让那些人都往前涌。村民们身不由己，在混混们的推动下挨挨挤挤地开始向前挪动。

张和平站在人群前面，冷冷地看着大家，目光里透出一股凛凛的寒气，让走在前面的村民都不敢去直视他。看到村民们被推着向前走了好几步，距离自己越来越近，张和平伸手从腰里掏出一支手枪，对着天空便扣动了扳机。

“砰！”

一声凄厉的枪响，闹闹哄哄的场面霎时就变得死一般的寂静。所有的村民都惊恐地停住了脚步，没有人敢再动弹一下了。

响枪了，这可不是闹着玩的事情。没有人告诉过他们应当如何处理这种情况，但每个人心里都明白，枪声代表着一种国家意志，这意味着他们面临的不是村里分责任田的小纠纷，而是实实在在要出人命的大事！

“一班二班警戒！三班四班，把刚才煽动群众闹事的坏分子揪出来！”

借着村民们错愕之际，张和平大声地下令道。

早就埋伏在几顶帐篷里的武警如天兵天将一般出现在众人面前。两个班的士兵手里握着自动步枪，摆出一副警戒的姿势。另外两个班的士兵则手持警棍，在几名安全人员的带领下，大踏步地向着村民队伍冲去。

村民们还没有从听到枪声的震惊中清醒过来，看到士兵们冲过来，他们几乎是下意识地让开了道路。几名安全人员刚才已经锁定了徐伯林以及几名混混的位置，此时不等他们反应过来，直接就上前把几个人全铐了起来，拖回了项目部这边。几个被抓的人也不知道是忘记了求救，还是不敢求救，就这样被人生擒活捉过来，一个个精神委顿地趴在地上。

“乡亲们，乙烯工程是国家重点工程，影响国家重点工程建设是犯罪行为，煽动群众闹事更是严重的罪行。刚才这几个人已经触犯了国家法律，最起码要判十年有期徒刑。希望你们不要执迷不悟，如果还有想继续闹事的，国家绝不会姑息纵容。”冯啸辰拿着一个喇叭筒，不失时机地开始向众人喊话。

“什么，起码判十年？”

“这怎么可能呢？不就是嚷嚷了几嗓子吗？”

“怎么不可能？你前两天没听领导说吗，工程耽误一天工夫就是 100 万损失呢！这么大的损失，拉去枪毙都不算多。”

"那你说村长会不会有事?"

"谁知道呢……唉,咱们图个啥呀!"

众人带着惶恐的神情低声议论起来,所有人的胆气都已经泄了,再没有人敢于以身试法。细想想,跟乙烯工程过不去,对自己有什么好处呢?村书记和村长倒是说起过,事成之后市里能够多给几个招工的名额,可全村 700 多劳动力,这几个名额谁知道落到哪个人的头上?为了一件与自己无关的事情去冒被判十年有期徒刑的危险,谁有这么傻呢?

看到村民们已经萌生退意,冯啸辰转回头,向着不远处的李涛喊了一声:"李涛,给这些人多照几张相片,回头让公安局拿着相片查一查,看看哪些人是闹事的带头人。对了,排在前面的肯定是带头的,要拍清晰一点!"

"好咧!"李涛大声答应着,随即便不知从哪抱出来一台照相机,对着村民们做出了要照相的架势。

"别照我,我不是带头的!"

站在最前面的几个村民赶紧用手挡着脸,拼命地往后躲。冯啸辰刚才说那些话的时候,嘴巴没有离开喇叭筒,在场的众人都是听得真真切切的。看到相机镜头对着自己,哪里还有人敢出头,大家躲闪间,已经有人撒开脚丫子跑了。一个人开始跑,迅速就影响到了周围的人,随后,刚才乌泱乌泱聚过来的村民便全都转身奔跑了起来。谁也不想被项目部的人拍下照片,谁知道人家以后会如何秋后算账。带着这样的念头,现场的人一会工夫就跑得干干净净了,现场只留下了几只跑丢的鞋,还有不知道谁的一根拐杖。

"好险啊!"

看着村民跑远,张和平长吁了一口气。说真的,刚才那一会,他也是在陪着冯啸辰弄险。万一村民们没有被他的枪声吓住,而是被激怒了,一齐涌上来,他还真不知道该如何处理才好。从邻市借来的四个班的武警枪里其实一颗子弹都没有,借给张和平一个胆子,他也不敢下令让武警对村民开枪,这可不是他能够担得起的责任。

从头到尾，冯啸辰和张和平都是在吓唬人，赌的是村民们在这件事情里没有切身利益，只是被裹挟而至，不会有什么拼命的意愿。如果徐均和、徐伯林他们的蛊惑能力更强一点，村民中有几个真正的亡命之徒，今天的事情会如何发展，可真是不好说了。

"前一段刚刚搞过严打，大家记忆犹新，没人敢随便挑战国家权威的。"冯啸辰安慰着张和平道。其实，刚才那会他的担心丝毫不比张和平要少，幸好张和平富有经验，知道如何把握时机，这才成功地控制住了局面。

"这几个家伙怎么办?"张和平指着被铐住的几个，问道。

冯啸辰道："那个老头得好好照顾，别真了出什么事情，那就麻烦了。其他的人估计不会有什么生命危险，一个一个分开来审问，问问他们到底是谁指使的。把事情说得严重一点，这帮家伙没啥见识，一吓唬肯定啥都说了。"

"然后呢?"张和平又问道。

"然后?"冯啸辰笑道，"然后就把对他们的讯问笔录抄一份交给乐城市公安局，让乐城市自己处理去。我带一份回京城，相信他们也不敢随便把人放了，总得给我们一个交代的。要知道，挨打的可是我们经委的人。"

徐家湾村的人把黄明给打了，而黄明又是国家经委的干部，这件事情乐城市是肯定要给一个交代的。

冯啸辰和张和平的奸计得逞，得意洋洋。尚仁业和贾毅飞却都懵了。徐均和跟着村民逃回村子，第一时间就给贾毅飞打了电话，在电话里就已经带上了哭腔。事情闹大了，这已经不是他这个村书记能够扛得起来的责任了。他有一种被贾毅飞坑了的感觉，现在也不知道贾毅飞会不会不认账。徐伯林已经被抓了，而且据那位冯处长宣布，起码要判十年。徐均和觉得自己也难逃法网，说不定也有牢狱之灾，现在能够救他的，只有贾毅飞了。

"贾主任，你可得给我和伯林作证啊，我们都是照着你的吩咐做的，真的不是故意和国家作对。我上有老下有小，如果出点啥事，让我老婆孩子怎么办啊！”徐均和抽抽搭搭地哭诉道。

“别慌，事情没到这一步呢！”贾毅飞道，“老徐，我跟你说，不管什么情况，你们绝对不能把市里的交代说出去，要不谁也救不了你们。你跟徐伯林说，让他咬住，就说……”

徐均和打断了贾毅飞的话，说道：“还说什么咬住，伯林现在就在人家手上，我怎么给他带话？伯林那个人你也知道的，他根本就藏不住话。贾主任，这件事情你和尚市长一定得给我们做主，要不我就带着村里的人到市里上访去了！”

第三百二十八章

“他妈的，这个徐均和，真是成事不足，败事有余!”

接完徐均和的电话，贾毅飞差点把听筒都给摔了。徐均和的话已经说得很明白了，冯啸辰那边表现出了强硬的姿态，让徐均和吓破了胆子，再不敢去挑衅，如果尚仁业和贾毅飞不肯救他们，他就得反过来咬贾毅飞他们一口了。原本想让徐均和去给冯啸辰添堵，没想到搬起石头砸了自己的脚，人生之郁闷，无过于此了。

不管对徐均和有多深的怨念，贾毅飞都得赶紧去找尚仁业求计。事情到这一步，他这个经委主任也负不起责任了。徐伯林已经落到了冯啸辰的手里，保不齐会说出什么话来。届时冯啸辰拿着徐伯林的口供去省里甚至回京城去告状，说他贾毅飞唆使群众闹事，贾毅飞有多少个脑袋也不够砍了。

“什么，他们居然开枪了?”

听完贾毅飞转述的情况，尚仁业也是惊得木木讷讷的。自己真的没想把事情闹到这么大啊，对方怎么就开枪了呢?群体事件，闹到现场开枪的程度，估计省里也该过问了吧?到时候哪怕是各打五十大板，尚仁业的屁股也受不了，他一个堂堂的副市长，有必要和一个副处长拼个两败俱伤吗?

“他们怎么会有枪的?”惊愕之后，尚仁业想起了这个问题。

贾毅飞道：“听徐均和说，现场出现了武警，足足有上百人。另外还有一些便衣，都是武功特别高的，说不定是京城来的高手。”

这些话，当然是徐均和的夸大之辞了，不过贾毅飞没在现场，也不敢说这不是真事。

尚仁业沉默了片刻，叹了口气，道：“看来，我们还真是把这件事想简单了。乐城乙烯投资65个亿，别说一两个中队的武警，就是配上一个团的解放军来保卫，也不算过分。咱们乐城过去从来没有这么大的企业，我们还是缺乏经验啊。”

贾毅飞恨恨道：“就算他们有武警，也不能随便开枪啊，万一出点什么事怎么办？这个姓冯的，真是年轻鲁莽，不知天高地厚。”

尚仁业道：“老贾，你反过来想一下，这又何尝不是这个冯处长的高明之处呢？咱们以为给他出了一个难题，谁知道他用上了这样的雷霆手段，反而给咱们出了难题。徐均和虽然没说清楚现场是怎么回事，但我能够想象得出来，冯啸辰肯定是设了一个圈套，让徐家湾的人钻进去了，然后他就合情合理地动用了武警。这件事，说到哪去，他都占着理，倒是咱们得想想怎么给徐均和他们擦屁股了。”

贾毅飞抽了一口凉气，道：“不会吧，这小子看起来也就是二十来岁，能有这么深的心计？”

尚仁业道：“很明显，冯啸辰只是一个幌子，真正出主意的，肯定是他背后的老家伙。国家经委那边故意派这么一个小年轻来，让咱们放松警惕，中了他们的计。如果一开始来的就是一个厉害角色，咱们恐怕也不会这样草率了。”

“国家经委这帮人，也太阴了！”贾毅飞骂道，“尚市长，你看现在这事该怎么办？”

尚仁业道：“依我猜想，对方也不会想把事情做绝，只不过是要逼咱们低头而已。咱们下错了棋，满盘被动，现在只能是先控制事态，争取对方的原谅。徐家湾村搬迁的问题，必须马上抓紧去落实，只要我们能够让对方满意，再商量善后的事情，就容易了。”

“那电视机厂的事情……”贾毅飞不甘心地说道。

尚仁业道：“现在哪里还顾得上这个。我去向陈书记和刘市长解释吧，这一次先这样了。电视机厂肯定还是要争取的，但想用徐家湾来作为条件，是不可能的了。”

“唉，大意了，大意了。”贾毅飞懊恼地说道。

尚仁业脸上露出一抹冷峻之色，道：“他们如果要这样做事，那也就别怪我们以后不给他们面子了。我就不信，乐城乙烯放在咱们乐城市，就没有一点要求到我们头上的事情。”

贾毅飞发狠道：“对，到时候我们一定要狠狠给他们一点教训！”

再说冯啸辰那边，在吓退了徐家湾村的村民之后，他便与张和平一道，领着武警战士们押送徐阿宝、阿宝娘、常根叔、徐伯林等人返回了江边货场。货场有足够多的板房，可以当作临时的监室，把这些被抓来的徐家湾村民分别关押起来，挨个审讯。

张和平的手下不乏审讯高手，而这些村民也远没有革命前辈那样的硬骨头。结果，没花多少工夫，张和平就拿到了所有人的口供，明确地表明这一次的群体事件就是有人策划煽动的，并非村民的自发行动。

这里还有一点小花絮。那位阿宝娘刚被铐上的时候，又是哭又是闹，吵得不亦乐乎，谁跟她说话也没用。结果张和平直接让人把她关在一个单独的房间里，弄了台录音机在她耳朵边上放音乐。那音乐磁带是张和平特地制作的，上面只有一首ABCD的字母歌，反反复复地播放。阿宝娘的哭闹声有多大，录音机的声音也就放到多大。结果两个小时下来，阿宝娘就彻底崩溃了，问什么答什么，一点也不敢再闹。至于说她从此之后就落下了一个不敢大声说话的病根，由全村闻名的泼妇变成了一个温柔淑女，那就是题外话了。

正如徐均和预言的那样，徐伯林在第一次审讯中就说了实话，把贾毅飞等人如何教他们造假，又如何指示他们闹事等等一股脑都交代了出来，还眼泪一把鼻涕一把地要求政府宽待，千万别判他十年八年的。

“尚仁业、贾毅飞这帮人，还有点国家干部的样子没有！这样下作的手段都使得出来！”

看到冯啸辰递上来的审讯记录，来永嘉也气得嘴唇哆嗦，拍着桌子破口大骂起来。其实，他也早就知道徐家湾的事情背后是尚仁业他们在搞鬼，但猜测是一回事，看到证据又是另一回事。尤其是徐伯林交代说贾毅飞让他们闹出点事情来，更是碰到了来永嘉的底线，让他觉得怒不可遏。

“来总，对于这件事，您有什么考虑?”冯啸辰问道。

来永嘉沉默了一会，反问道：“小冯，你是怎么想的？你打算用这些材料来把尚仁业他们弄下去吗?”

冯啸辰道：“原子弹只有竖在发射架上的时候才是威胁最大的，扔出去了反而没有什么作用。这份材料是尚仁业、贾毅飞他们的把柄，这些把柄握在我们手上，他们就会惶惶不安，我们怎么说，他们就会怎么做。反之，如果我们把这些材料拿出来，让上级把他们给撤了，乐城市其他的领导肯定会为他们报仇，届时我们就得应付各方面的明枪暗箭，反而被动了。”

“你说得没错。”来永嘉露出一个赞许的笑容，说道，“小冯，难怪经委领导会派你来处理这件事，你年纪虽轻，却能把握好分寸，实在是难能可贵啊。”

冯啸辰笑道：“来总过奖了，其实我这也是照着来总的指示做的，您不是交代过吗，处理这件事，既不能太软，也不能太硬。现在我们已经显示出力量，下一步就该琢磨着如何安抚了。”

来永嘉轻叹一声：“这一回，你把乐城市的人可欺负得够惨了，估计尚仁业马上就要专程过来低三下四地向我们道歉，然后主动把徐家湾的事情解决掉。不过，双方的梁子也算是结下了，正如你说的，以后他们还指不定会给我们设置多少障碍呢。”

冯啸辰道：“来总，您觉得如果我现在答应帮他们弄到电视机厂的批件，他们还会恨我们吗?”

“批件?”来永嘉瞪圆了眼睛，“这怎么可能，聂总亲自出马都没有解决的问题，难道经委又改主意了?”

冯啸辰摇摇头道：“这件事我目前还没有向经委领导汇报，不过，为了乐城乙烯的顺利建设，我觉得有必要给乐城市一些甜头。大棒和胡萝卜都不能少，您说是不是?”

“如果能够这样，当然是最好的。既帮他们解决了问题，又向他们显示了力量，这样我们未来和乐城市政府方面交涉其他事情时就好说话了。可是，你打算怎么向经委领导汇报呢？”

冯啸辰笑道：“这个问题，我暂时还不能透露。来总，我想再问另外一个问题，如果经委为了乐城乙烯项目能够顺利开展，向乐城市政府作了很大的让步，乙烯项目指挥部这边，是不是也应当有所表示呢？”

来永嘉又愣了：“你要什么表示？”

冯啸辰正色道：“据我了解，化工设计院希望能够全程参与乐城乙烯项目的建设，以便从中学习乙烯装置的设计原理。但项目指挥部方面对此态度很不积极，不愿意提供便利。如果我能够说服经委给乐城市批复电视机厂的建设，项目指挥部能不能在这件事情上作出一些让步？”

第三百二十九章

八十年代初，国家从国外引进了四套30万吨乙烯装置。由于国内在乙烯设备生产技术上严重落后，这四套装置采取的是全盘引进的方式，国内厂家参与制造的部分少得可怜。

为了摆脱乙烯设备完全依赖进口的困境，国家将大型乙烯装置列入了重点研发的大型装备行列，成为重装办负责协调的11项重大装备之一。借着乐城乙烯开工建设的机会，重装办组织了由若干名化工设计院专家领衔的一个技术团队，准备参与到乙烯项目建设过程中来，以便观摩、学习国外的先进技术，为自主研发乙烯装备积累经验。

这个安排本身是没什么问题的，负责乙烯项目建设的石油总公司也欣然允诺，并说了不少热情洋溢的话。但具体到技术团队如何参与建设的问题上，就出现了一些阻碍。项目指挥部声称所有的工作都要以乙烯项目早日投产为核心，其他的工作只能是在保证这个核心的基础上进行。

这个原则说出来当然也是正确的，关键在于执行的时候就变了味了，化工设计院的专家们到了现场，提出的许多要求都被项目指挥部驳回了，理由就是大家很忙，没时间陪着专家们“玩”。这其中的确有一些人是因为太忙而顾不上照顾专家们，另外一些人则是带着多一事不如少一事的心理，反正自己的任务是建设乐城乙烯，国家要不要搞乙烯国产化，与他们没有关系，他们凭什么去给化工设计院的专家们提供方便呢？

这个情况很快就反映到了重装办，重装办通过经委那边的关系与项目指挥部进行过协商，并没有太大的效果。症结主要在于聂建平等一干项目领导对此不感兴趣，下面的工作人员就更不拿化工设计院当一回事了。这一次冯啸辰奉命前往乐城，来处理徐家湾搬迁的事情，吴仕灿专门找了他，让他想办法说服项目指挥部接受专家团队，冯啸辰如今和来永嘉谈的，就是这件事。

听冯啸辰提起此事，来永嘉愣了一下，随即笑着说道："小冯处长，你可真是精明啊，我猜猜看，是不是经委已经同意乐城建电视机厂的事情了，你故意给我打埋伏，就是想让我们在设备国产化项目上给你们提供支持？"

冯啸辰微笑道："来总，我可以明确地告诉你，经委在这件事情上的态度并没有松动。来总如果不相信，可以找经委的其他同志去了解情况，不过，我的确有几分把握能够让经委领导改变初衷，这是在给乙烯项目帮忙，您不会把我的一片好心当成驴肝肺吧？"

"既然是好心，为什么还要附加条件呢？"来永嘉问道。

冯啸辰把脸一沉，说道："来总，您也是工业战线上的老人，您觉得利用乐城乙烯项目建设的机会，培育我们自己的装备制造能力，属于附加条件吗？事实上，即便不是作为交换，乐城乙烯项目部也应当主动配合这项工作。目前这项工作开展得极不顺利，贵方的很多部门很不配合，逼得我们不得不出此下策，这不是我们的错，而是贵方的错。"

来永嘉被冯啸辰呛了一番，沉默了片刻，点点头道："你说得对，这件事，确实是我们没做好。平心而论，我们的确犯了本位主义的错误，只想着把我们自己的事情做好，没考虑到国家的长远发展。我在此向你，向经委做检讨。"

冯啸辰赶紧摆手，道："来总这话就言重了，我可不敢接受您的检讨。我想，这个问题恐怕也不是来总您的本意，而是有其他一些领导思想上不够重视。我人微言轻，无法说服他们，所以也只能借这件事来作为交换条件了。我希望乐城乙烯项目部能够给我们重装办一个承诺，如果我们能够帮乐城解决电视机厂的问题，乙烯项目部就全力配合国产化的事情，您看如何？"

来永嘉点点头，道："这样也好，至少我有一个理由能够去说服其他领导了。通过这件事，恐怕我们那些项目领导也能够意识到全国一盘棋的重要性，愿意更多地考虑到国家的需要。不过，小冯，你确定有把握说服经委改变初衷，给乐城批复电视机厂的建设项目吗？”

冯啸辰道：“我只能说有一定的把握吧，但还需要试一试才知道。”

“那好，不管事情能不能成，就冲着眼下你已经做到的这些，我也会努力帮你说服其他领导的。”来永嘉说道。

“那就谢谢来总了。”冯啸辰感激地说道。

“谢我干什么，这本来就是我们该做的事情。”来永嘉看看冯啸辰，感慨道，“小冯，如果你不是重装办的干部，我真想让我们项目部把你要过来，我们现在非常需要像你这样有能力、有闯劲而且胸怀全局的年轻干部。”

徐家湾冲突事件之后的第二天，乐城市委、市政府便组织了调查组，由尚仁业带队，前往徐家湾村开始调查事件的详细情况，并与国家经委工作组、乙烯项目指挥部等部门进行了协商，征求他们对于解决问题的态度。

冯啸辰与来永嘉达成统一口径，没有在协调会上公开把徐伯林的供词提交出来，而是在私下里将副本送给尚仁业，请他过目。尚仁业和贾毅飞二人对这份供词表示了极大的愤慨，声称这是徐伯林的一面之辞，荒诞无稽，绝不可采信。来永嘉也对尚、贾二人的观点给予了支持，表示这种经不起推敲的说法不足以作为证据，建议经委工作组不要轻信。

双方在热情友好的气氛中回顾了过去几年里乐城市与乙烯项目部形成的战斗友谊，尚仁业表示将尽快完成徐家湾村的搬迁工作，对一切阻挠搬迁的行为采取零容忍态度。来永嘉则代表项目部向乐城市的配合表示了衷心的感谢。冯啸辰在旁边不置可否，一副人畜无害的模样，显然是把自己摆到了裁判员或者见证人的角色上。

尚仁业专程到医院看望了在冲突中受伤的经委干部黄明，交代乐城市中心医院要尽全力进行治疗。中心医院的大夫们点头不迭，心里却是在骂娘，这个黄明的身体好得像头待出栏的生猪，哪有受半点伤。

王时诚也从省城金钦赶过来了，处理冲突一事。当着乐城一干领导的面，他代表经委严厉批评了冯啸辰，责成冯啸辰要深刻反思这一次的教训，一定要与基层同志精诚团结，不能主观蛮干。乐城的领导们则向王时诚作了深刻的自我批评，表示此次冲突的全部责任都在于乐城市一方，是乐城市没有把工作做好，出了徐伯林这样的害群之马……

总之，事情在向积极的方向发展，徐家湾的搬迁已经不再是障碍，乐城方面只求经委工作组不要揪着这件事情不放，哪还顾得上提其他的要求。工作组和项目部也知道分寸，表示这场冲突只是人民内部矛盾，无须上纲上线，只要徐家湾能够如期搬迁，此事就可以一笔勾销了。

至于在这次冲突中被安全部门抓获的几人，徐阿宝等几名混混直接被送去劳改了，他们原本也不是什么正经农民，偷鸡摸狗的事情干过不少，劳改几年也不算过分。阿宝娘和 80 多岁的常根叔自然是被教育释放了。尚仁业和贾毅飞出面保了徐伯林，让他免了劳改的处罚，但徐伯林的村长肯定是无法再当下去了。

此事造成的影响是十分深远的，在此后许多年里，乐城乙烯项目都成为当地人心目中的一块禁地，没人敢占乙烯项目的便宜。大家纷纷传说乙烯项目的背景很硬，管你是地痞混混，还是老头老太太，只要惹了乙烯项目，人家就敢直接抓人，惹急了还敢开枪。唐僧肉好吃，可旁边的孙行者不好惹，这是乐城从官员到百姓形成的共识。

想借机讹诈，却被崩了一颗牙，不得不低声下气地去帮对方把事情抹平，乐城市政府窝着一口恶气，自然是难以消解的。就在尚仁业琢磨着以后从什么地方给乙烯项目再找点麻烦，以解心头之恨的时候，一个意想不到的提案被摆到了他的面前。

“什么，你们愿意出面帮我们申请电视机厂的批件？”

看着端坐在自己办公室里的来永嘉和冯啸辰二人，尚仁业的第一个念头就是对方是不是来羞辱自己的，故意拿这件已经希望渺茫的事情来让自己难受。可多年的政治经验告诉他不是这样，对方也都是有头有脸的人，不是市井流氓……好吧，至少来永嘉不是，那个姓冯的非但是流氓，而且还是有文化的流氓。

徐家湾搬迁的事情已经全面展开，也不可能再有什么变故了，这二人前来与自己洽谈这件事情，应当是另有深意吧？

第三百三十章

“这次徐家湾的事情，是因为我们乙烯项目而起，给乐城市政府方面添了不少麻烦，我们深感歉意。听说乐城市一直希望新建一家电视机厂，但因为国家政策方面的限制，至今没有得到批复。这次我和冯处长过来，就是想听听尚市长对这件事情的想法，看看我们能不能帮上一点小忙。”

来永嘉笑呵呵地说道，那表情就如与老朋友聊天一般，脸上的每一道皱纹中都深深地刻着“真诚”二字。

冯啸辰也点头附和道：“是啊，项目部的聂总，还有来总，反复跟我们工作组说了很多次，说乐城市为乙烯项目做了很多工作，要地给地，要物资给物资，他们很是过意不去，希望我们回去之后能够帮乐城市政府做些工作，重新考虑一下乐城电视机厂的立项审批问题。”

不对啊，这算不算是无事献殷勤，非奸即诈？对方在徐家湾的事情上已经占了上风，为什么会突然又来向乐城市示好了呢？如果他们此前就答应帮乐城市促成此事，又何苦兴师动众掀起了一场风波，让自己灰头土脸呢？

尚仁业心中念头一转，忽然明白了对方的算计。如果此前自己讹诈项目指挥部的时候，对方直接低头认输，帮着去解决了电视机厂的问题，那么难免会给乐城市留下一个软弱可欺的印象，乐城市不会念项目部的好，日后还可能会变本加厉，继续敲诈项目部。而现在，项目部向乐城市表现出了自己的强硬态度和应对能力，让乐城市知难而退，在这个时候再拿出这个香饽饽作为礼物，乐城市也就欠下了项目部一个天大的人情，以后不得不拿出各种好处去偿还，而且也不能再与项目部为难了。

世间的事情，不外乎实力和人情两项。有实力，别人就不敢欺负你，但别人可以敬而远之，采取不合作的态度。有了人情，别人就不得不考虑还人情的问题，否则就失了信用，日后就寸步难行了。

想明白这点，尚仁业心中感慨万千，他看看来永嘉，又看看冯啸辰，分析着这个算计到底是谁想出来的。从此前与来永嘉的接触来看，来永嘉似乎并没有这样的想法，如此说来，这就是这个小处长的主意了。尚仁业生出了一丝怯意，原来他还琢磨是不是要找个机会通过什么关系去给冯啸辰上点眼药，收拾一下这个招式阴损的小处长。现在看来，对方年纪轻轻，心计却如此深不可测，前途更是无法估量，实在是太可怕了，自己这点小身板，还是别去招惹这个对手为好。

“如果能够办成这件事，那当然是最好了，来总、冯处长，你们可就成了我们乐城市四百万人民的大救星了。对了，刚才来总说想听听我们的想法，不知道来总是指哪些方面。”尚仁业掩饰着心里翻江倒海的思量，对二人说道。

来永嘉指指冯啸辰，道：“尚市长，这件事要由冯处长回京城之后向国家经委领导汇报，所以还是让他说说吧。”

尚仁业便又转向冯啸辰，用恭敬的语气说道：“冯处长请指示，只要是我们乐城市能够办到的事情，我们绝无二话。”

冯啸辰摆摆手，笑道：“尚市长言重了，我哪敢有什么指示。关于乐城电视机厂的事情，我在省里的时候和省经委的李主任也探讨过，认为主要的困难还是在于配套的问题。电视机厂的建设涉及到资金、外汇额度、建设物资以及未来建成投产之后的元器件供应等问题，这些问题乐城市是不是能够自己解决呢?”

在计划经济体制下，一个地区要新建一家工厂，是需要由国家批准的。国家批准不仅仅意味着一纸批文，还包括了由国家提供建设所需要的资金，进口设备使用的外汇额度，钢材、水泥等建设物资，以及工厂建成之后的原材料供应，统统都要纳入国家计划予以保证。

书本上写的计划经济，是一干穿着白衬衫的精英人才坐在计算机中心，拿着投入产出表计算物资调配、资金投放，遍布全国各地的企业照着计划清单开始工作，谈笑间GDP滚滚而出。

而现实中的计划经济，却是无数抠脚大汉在国家计委的会议室里拍桌子瞪眼睛，比关系、比贡献、比嗓门，以便在整个国家的大盘里争取到更多的资金和物资。一个大项目就意味着海量的投资，意味着可以安置就业，提高百姓生活水平，也可以建高档宾馆，买高级轿车，于民于官都有极大的好处。

据知情人称，每年三月份国家计委召开的全国计划会议，在圈内俗称为“骡马大会”，指的就是这种沸沸扬扬的场景。

1978年以来，国家不断改革经济管理体制，总的变革方向就是扩大地方的自主权。到1983年这个时点上，地方已经拥有了一部分可以自由支配的资金、外汇和物资，这也就是乐城市敢于申请建设电视机厂的底气。以乐城市原来的考虑，只要国家能够批准乐城建设电视机厂，他们可以自己筹集大部分的资金，再想办法从国家以及省里弄一点，就可以把厂子建起来了。至于说所需要的物资以及后续的元器件供应，办法总是比困难多的。

乐城市觉得委屈的地方，也正在于此。他们觉得自己一不要国家出钱，至少不需要国家完全投资，二不要国家保证物资，三不要国家保证元器件供应，只是需要一个建设许可证而已，国家有必要这样拦着吗？

国家经委方面也同样觉得委屈，你有钱不假，你有办法弄到物资也不假，可是一旦允许你建电视机厂，未来元器件供应就是一个问题。你们考虑不到，我们站在国家全局的角度替你们考虑到了，好心好意拦着你们不要一时冲动，你们怎么就不理解呢？

冯啸辰是有先知先觉的穿越人士，算是这个迷局中唯一的清醒者，这也正是他敢答应帮乐城去解决批件问题的原因。现在他要做的，只是让乐城市给他签一个生死状，未来电视机厂是死是活，别再找国家经委的麻烦。

冯啸辰问的问题，是尚仁业反复考虑过许多回的，当下毫不犹豫地回答道：“冯处长，这一点你尽可以请经委领导放心。我们这个电视机厂，是准备自筹资金建设的，所需的外汇额度也会从我们市里的其他地方节省出来，绝对不会向国家开口。至于物资和未来的元器件供应问题，我们都有一套预案，经委如果需要，我们可以随时去京城作汇报。”

“汇报是肯定需要的。既然尚市长说所有的困难你们都可以自己解决，那么我会把这一点向领导进行汇报，请领导重新考虑你们的申请。”冯啸辰说道。

“是吗？”尚仁业盯着冯啸辰的眼睛，想从中找出一点说谎的痕迹，但看到的却是满满的真诚。他迟疑着问道，“冯处长，据你估计，这事能有多大的把握？”

“七成以上吧。”冯啸辰轻松地回答道。

“七成！”尚仁业瞪圆了眼睛，不会吧，这个小年轻敢把话说得这么满？难道在他出来之前，已经得过经委领导密授的机宜？尚仁业很快就把这种可能性排除掉了，国家经委那边的态度，他是了解的，他亲自去跑过，明州省经委也去联系过，国家经委并没有透出任何松动的意思。如果国家经委真的已经打算批准这个项目了，经委领导也不可能只告诉这个小小的副处长，而瞒着明州经委、乐城市政府这样一干级别更高的官员吧？

冯啸辰道：“我这次到乐城来，看到了乐城的情况，也了解到乐城市为乙烯项目作出的重大牺牲，我会把这些情况汇报给领导，这有可能会改变领导原来的想法。不过，尚市长也应当知道，要改变一个决策并不容易，说不定要拖上半年甚至更长的时间，这一点尚市长能够理解吧？”

“完全能够理解！”尚仁业点头道。如果冯啸辰说今天回去，明天就能够把批件寄过来，尚仁业反而要怀疑了。用半年时间让经委领导作出改变，这已经算是非常快的速度了。

接下来，就轮到尚仁业表达善意了，他拍着胸脯向来永嘉表示，乐城市会全力配合乙烯项目的建设。虽然这话在过去他已经说过无数次，但这一次却是实实在在的承诺。他给来永嘉开出了有关征地拆迁方面的时间表，答应满足水电副食等方面的充足供应，还商定了一个联合办公机制，由乐城市派出经委、农业、民政、公安等各部门的干部配合项目指挥部工作，务必保证乙烯项目万无一失。

会谈的气氛极其友好，达成了许多建设性的共识。尚仁业亲自把来永嘉、冯啸辰二人送出市政府办公楼，看着二人乘坐的吉普车渐渐远去，他心里产生出一个念头：

或许，和这位冯处长当朋友，远要比和他当敌人更为有利。

第三百三十一章

京城，经委小会议室里，张主任与罗翔飞二人正在谈着乐城的事情。

“小罗，你们这位冯啸辰，可真是一员猛将啊，这么错综复杂的事情，他居然能够快刀斩乱麻，一下子就给解决了，有点你当年的风采啊。”

“是啊，这个小冯，最大的特点就是敢想敢干，看起来鲁莽，但又都能把握住分寸。这次他申请让安全部门介入，我还真替他捏了一把汗，怕他搞得太过头了，闹起群体事件来不好收场。最起码，别让乐城市方面栽了面子，也影响了中央和地方的关系啊。”

“他最后能够主动提出帮乐城解决电视机厂的批文问题，实在是出人意料。这样一来，乐城方面的气就消了，而且还欠下了他一个人情。”

“欠下人情的前提是咱们经委能够批复这个电视机厂，如果批不下来，他就成了说瞎话骗人，只怕结的怨就更深了。”

“哈哈，小罗，你是来帮冯啸辰说情的吧？他不经请示就敢大包大揽，给人家放出有七成把握的豪言壮语，我真不知道他的底气是从哪来的。”

“张主任，我倒是觉得小冯的话有点道理。其实，地方上的投资我们已经管不住了。等到中央的政策放开，咱们批与不批还有什么区别？还不如趁现在有点约束力的时候，拿出来给地方上当个甜头呢。”

“这个小冯，对政策这么敏感，真是难得啊……”

冯啸辰从乐城回到京城之后，便向罗翔飞报告了自己与尚仁业达成的协议，请罗翔飞向经委领导请示，批复乐城建设电视机厂的报告。冯啸辰的理由很简单，两年之内，国家肯定会放开地方的投资决策权，现在卡着乐城的脖子已经毫无意义，还不如提前拿出来做个人情。

冯啸辰说两年之内，其实已经是留出了余地。事实上，在第二年，国家就将出台《关于经济体制改革的决定》，从而全面地启动城市经济体制改革。新一轮改革的重点就是放权，地方政府获得了投资、外贸、劳动用工等方面的权力，企业方面则开始了全面的责任制改革，这是后世政企职责分开的萌芽。

地方政府获得经济自主权之后，投资积极性空前高涨。在冯啸辰的记忆中，仅 1985 年一年，全国开工新建的电视机厂就不下 50 家，此前国家的各种限令全都变成了废纸。地方政府只要有钱、有外汇，就可以自主决定引进技术，建设工厂。这一轮的投资高潮带来了严重的经济过热，国家为此付出了高昂的学费，后世的经济学家对此都是扼腕不已的。

以冯啸辰的穿越视角，知道国家经委此时卡着乐城电视机厂的建设已经是毫无必要的事情，不出一年时间，人家就根本用不着再管你批不批了。与其现在做这个恶人，还不如装出勉为其难的样子给他们批下来，这样无论是乐城乙烯项目指挥部，还是冯啸辰自己，都能在乐城市政府那里落下一个天大的人情，这对于乙烯项目的建设和后续的经营是有极大好处的。

换句话说，就是你明明知道明天就要取消肉票，猪肉可以敞开供应，却在今天拿着一把肉票去做人情，换得人家千恩万谢，难怪尚仁业打心底里认为冯啸辰就是一个有文化的流氓了。

冯啸辰把这套道理讲给罗翔飞听的时候，罗翔飞还有些半信半疑。虽说他知道这些年国家一直都在提倡扩大地方自主权，但要说最多两年之内地方的投资权就会全面放开，罗翔飞就有些不敢相信了。

他把这个意见带到经委来向张主任请示的时候，意外地从张主任那里得到了一个肯定的答复。张主任表示，国家高层的确正在酝酿一个改革的大动作，而这个大动作中间就包含着放开地方投资自主权的内容。如果不出意外，相关文件将会在明年的会议上通过，并成为指导未来若干年经济体制改革的方针。也就是说，冯啸辰的预言是完全靠谱的。

对于冯啸辰的这种预见，两位领导都认为冯啸辰视野开阔，能够把握国家的政策精神，这是一种难能可贵的能力，在体制内，拥有这种洞察力的人也是不多的。

“既然如此，那咱们何妨就直接给乐城一个答复呢？告诉他们说此事已经列入经委的议事日程，拖上半年之后，再给他们批复，让他们承乙烯项目部的人情。”罗翔飞笑呵呵地建议道。

“恐怕还包括了承你们那位小冯的情吧？”张主任笑着揭露道。

罗翔飞道：“我的确有这样的想法。小冯这一次把乐城得罪得太厉害了，冤家宜解不宜结啊。他还年轻，以后说不定还会有到地方上工作的机会，在基层结下这样的矛盾，对他的发展很不利。”

张主任点点头，说道：“我也想到这一点了。这个人情，我们可以给，反正也是空头人情了。不过，说起小冯，我倒是觉得，他的性格的确不太适合在机关里工作，锋芒太盛了，容易得罪人啊。现在他有你这位伯乐给他保驾，出了什么事情还能给他兜着，以后他翅膀硬了，能够单飞了，谁来帮他呢？”

“这也是我担心的事情。”罗翔飞轻轻叹道。他知道张主任的话说得比较隐晦，其实是说以后罗翔飞退休了，就没有人能够再罩着冯啸辰了。他说道，“说实在话，我很欣赏小冯的这种闯劲，很像解放初期我们的那股劲头。搞工业，就得有敢为天下先的精神，不能总是蝇营狗苟，前怕狼，后怕虎。但张主任你说的也是实情，这种工作作风，在今天已经有些过时了，尤其是在机关里，太容易得罪人了。”

“实在不行，过几年把他调到企业里去吧，企业里做事的自主权会更大一些，说不定更能够发挥他的长处呢。”张主任说道。

罗翔飞道：“我也想过这一点。但重装办的确是最适合他的地方。他的知识面很广，懂工业，也懂得经营、投资，还了解国际事务，这样一个人才放到某个企业里去做一些具体的工作，太可惜了。”

“的确是可惜了。”张主任微微颔首道。

关于冯啸辰的安置问题，也就只能谈到此了。在两位领导的心里，都存下了一些想法。至于这些想法在未来会如何影响到冯啸辰的仕途发展，就是后话了，暂且不表。

根据冯啸辰的提议，经委重新讨论了乐城电视机厂的建设问题，随后便通知乐城市报送各种材料，前前后后一耽误，半年时间也就过去了。等到经委最终批复乐城电视机厂建设项目的时候，距离中央作出全面放权的决定也只剩下了半年时间。不过，由于并非所有的人都有历史的预见性，乐城市政府拿到国家经委批文之时，还是喜极而泣，并在心里记下了冯啸辰一个大大的人情。

冯啸辰从乐城回到京城之后，就没有再去管电视机厂的事，他又有了一件新的事情要去操办。年初晏乐琴他们回来时与经委商定的“中国装备工业科技基金”一事，如今已经有了一些进展。由德国明堡银行承销的中国装备工业科技债券在欧洲市场上的销售情况良好，第一笔共计 1 亿马克的资金已经到账，现在需要开展项目招标了。

按照最初的设想，发行装备工业债券所筹集的资金，将用于中国的装备技术研发。重装办负责提出研发的重点任务，根据任务的重要性和难度将资金分配到各个项目上去。国内的工业企业、科研院所、高校等机构将作为项目的承担者，利用基金的支持，完成研发任务，全面提高中国的装备工业水平。

在以往，选择哪些单位来承接研发任务，是根据上级领导的好恶以及下属单位的游说能力来决定的，而且为了平衡利益关系，往往要做到人人有份，张三吃肉的同时，李四至少能喝上一口汤。但这一回，经委提出了新的方式，那就是公开招标，由有意向并且有能力的单位来竞标。不想干的，不会强迫你干；没能力的，想干也不会给你。招标的范围也跨出原有的行业界限，不管是哪个行业的机构，都有资格投标。

“全国所有的工业企业、研究院所、高校乃至个人，只要符合条件，都可以承接研发任务，获得基金支持。”

这是重装办向全国发出的通告。这个通告除了以文件形式下发到各地区、各行业之外，甚至还在报纸上刊登出来，公之于众。按照冯啸辰的说法，这是要不拘一格动员全国力量，除了体制内的力量之外，体制外也同样可以参与。

第三百三十二章

“冯处长，我想打听一下，你们重装办搞的那个项目招标，我们公司可以申报一个题目吗？”董岩从遥远的海东省打来了长途电话，向冯啸辰求证道。

“董总，当然可以，你可是化工行业里的老人了，经验丰富，学识渊博，我们就需要像你这样的专家加盟呢。”冯啸辰笑呵呵地回答道。

董岩从海东化工设备厂办理了停薪留职之后，便成立了一家技术咨询公司，名叫“山研化工装备技术服务公司”，并自任董事长兼总经理。一开始，他还有些不好意思，出去见人的时候遮遮掩掩的，不敢说企业是他自己的，也不愿意提自己下海的经历。

他的第一个客户，自然就是阮福根的全福机械厂。全福机械厂承接了大化肥设备的分包任务，其中涉及许多技术难题，都需要董岩这个行家里手帮助解决。仅这一个订单，就已经解决了董岩的生计问题，给他吃了一颗定心丸。随后，他又壮着胆子去联系了自己过去认识的一些同行，怯生生地向别人拉业务。让他觉得意外的是，同行们对于他下海一事都给予了高度的理解，甚至表现出无穷的羡慕。

“这年头，真是笑贫不笑娼啊！”

这是董岩私底下对老婆谢莉发的感慨。谢莉也从厂里办了停薪留职，目前担任山研公司的副总经理兼行政主管兼财务以及其他若干职位。两口子现在的工作强度比在海化设的时候高了十倍都不止，几乎是每天早上睁开眼就开始忙各种事情，直到晚上困得倒在床上就呼呼大睡。

两口子对于目前的生活都非常满意，谢莉经常跟以往的闺蜜说，人生最重要的就是自由，不用再看领导的脸色，至于赚钱多少，那是无所谓的。但闺蜜们对此都很是不屑，如果不是看在一年十几万的进项上，谢莉能有这么卖力，能有这么追求生活的意义吗？

在拿到了省里其他几家企业的订单之后，董岩就开始琢磨着扩大公司规模了。这么多的事情，靠他一个技术人员肯定是干不完的。谢莉毕竟不是搞技术的，在公司里只能做点后勤工作，帮不上董岩的忙。董岩去了省里的几所高校，想找几个毕业生到公司来工作，结果一无所获。想想也是，这个年代的天之骄子怎么可能丢掉编制跑到一家民营机构去工作呢？

董岩开始有了如阮福根一般的烦恼，钱已经有了，但却没有地位。朋友们羡慕他有钱，但对于他的身份却是不屑一顾。有些人当着他的面一口一个“董老板”叫得挺欢，背地里却说些诸如“有钱的王八大三分”、“兔子尾巴长不了”之类的话。他出去谈业务，人家听他谈技术的时候有几分敬重，但一听说他是民营企业的人，立马就换了一副嘴脸，把他看轻了几分。

在这个时候，传来了装备科技基金招标的消息，董岩一开始并没有打算去投标，一来是因为自己的业务压力已经很大，没有精力搞这种科研活动，二来也有些自惭形秽，觉得这种招标肯定是面向国营单位的，他一个民营企业有什么资格去投标呢？

在一次与阮福根闲聊的时候，董岩说起了此事。他是当一句闲话来说的，阮福根却极其认真，当即建议他去投标。阮福根用以说服董岩的理由，正是他自己当初去重装办接任务时候的理由：不管你挣了多少钱，做过多少项目，只有拿下国家的大项目，才能证明你的地位。

阮福根一语点醒梦中人，董岩也反应过来了。由重装办发包的装备科研项目，如果他能够承担一项，不正说明他有足够的实力吗？连国家重装办这样的机构都不嫌弃他的民营身份，其他那些小单位又有什么资格看不起他呢？

带着这样的念头，董岩马上开始着手准备。他找到了在海东大学化工系工作的一位老同学，共同商议从重装办接课题的事情。这位老同学在多年前就已经转岗做行政了，时下已经没有能力做前沿的科学研究，但又急需课题和论文，用以评职称。董岩与他商定，两家共同联手申请课题，申请下来之后，由董岩负责完成，老同学则负责帮他联系化工系的实验条件，并且从化工系给董岩找几名研究生作为助手。事成之后，成果由两个人平分。

董岩这样做也是没办法，他的公司只是初创，一没有人手，二没有实验条件，唯一值钱的就是他本人的知识和经验。要承接科研项目，上述两个条件都是必须的，他只能从海东大学去寻求支持。

就这样，董岩拨通了冯啸辰的电话，向他询问自己能否申报课题。在董岩想来，国家或许不会答应把课题交给他这个民营企业，自己少不得还得求冯啸辰给开开后门，打点政策擦边球。谁承想，他这个电话对于冯啸辰来说却是雪中送炭，冯啸辰正需要找一个民营企业的榜样出来，以激励其他民营企业大胆地申报。海化设也是国家重点装备企业，董岩作为海化设从前的技术处长，对于董岩的能力，冯啸辰是毫不怀疑的。

“你可以选择一个你擅长的课题，做好研究方案，先给我们发过来。我们会请业内专家进行评审，如果能够通过初评，那么还得麻烦你到京城来参加一个答辩。”冯啸辰交代道。

“冯处长，你看我是以我们山研公司的名义申报好，还是以海东大学的名义申报好？”董岩怯怯地问道。

冯啸辰笑着反问道：“董总自己的打算是什么呢？”

董岩讪讪地答道：“如果可能，我当然希望用山研公司的名义，这样以后我们也可以跟别人说，我们山研公司是得到国家重装办认可的。当然，如果冯处长觉得……”

冯啸辰打断了董岩的话，说道：“董总，你不用有什么顾虑，民营企业也是咱们国家的企业，中央已经明确提出，非公有制经济也是社会主义经济的组成部分，是公有制经济的有益补充。我们现在正需要树立一个非公有制经济参与国家重点建设的典型，所以我们非常欢迎你以山研公司的名义来承接我们的课题。”

“真的！”董岩喜出望外，“如果是这样，那可太好了！”

冯啸辰笑道："董总，我们唯一的要求，就是你不能掉链子。我们的课题经费不是很充足，你做下来可能没多少利润，远不如你帮阮厂长他们做技术服务那样赚钱。我希望董总不要因为钱少就不重视哟。"

"这是不可能的！"董岩恨不得飞到冯啸辰面前去向他赌咒发誓，"冯处长，你放心，我董岩用人格保证，只要接下了课题，我一定会用百分之一百二十的努力去做好。如果出了纰漏，你可以砍了我的脑袋。"

冯啸辰哈哈笑道："这就免了吧，对董总的人品和能力，我还是非常信任的。这样吧，你们抓紧时间做好立项申请书，我等你的好消息。"

看上了重装办课题的，可不仅仅是董岩一个人。通知发布出去之后，设在重装办的招标办公室的电话就几乎没有停过，全都是来询问投标细节的。投标工作是由吴仕灿负责的，而他又恰好是从化工设计院出来的人员，在化工设备领域里有无数的老关系，那些昔日的老同学、老同事、老同行等等很多人直接把电话打到了他的案头，请他吃顿"便饭"的邀请都可以排到明年去了。

"大家的热情很高啊！"

吴仕灿拿着一本登记册，半是欢喜半是忧郁地向冯啸辰说道。

冯啸辰在这次招标活动中被指定为吴仕灿的副手，吴仕灿负责技术把关，冯啸辰则负责行政方面的事务。所谓行政，不过是一个好听一点的说法，用冯啸辰自己的话说，就是专门负责得罪人的差使。

"现在企业里情况还好一点，科研机构和高校都穷得叮当响，听说咱们这里有1亿马克的资金，大家还能不红了眼睛？"冯啸辰笑着评论道。

吴仕灿道："很多和我多年没有联系的人，都给我打电话了，一张嘴那通热情啊，又是请我吃饭，又是要跟我结儿女亲家的，说到最后，都是想要项目。"

"这是好事啊，咱们不就是希望有更多的人来参与吗？"

"是好事，也不是好事。有些人的本事我是知道的，如果认真一点做，完全可以承担下我们的课题。还有一些人就够呛了，像京城工业大学的肖全良，早前倒是搞化工的，但过去十几年一直都在搞行政，现在当着京城工业大学组织部的副部长，这样一个人，怎么可能做得好科研呢?”

“找到你头上了?”

“可不是吗？转了好几道关系找到我头上，让我推都没法推。”

“为什么要推呢？让他把立项申请书提交过来就是了。”冯啸辰心平气和地说道。

第三百三十三章

“原料气转化为产品氨是合成氨工艺中的主要矛盾，而甲醇、甲醛等有毒物质的产生是次要矛盾。次要矛盾在一定条件下有可能转化为主要矛盾，这就是生产中产生的不合格合成气。如果我们能够采取措施，把废气中的有用气体进行回收，则可以变不利因素为有利因素，从而……这他妈都是什么玩艺！”

冯啸辰把一份立项申请书远远地扔开，脸上显出一个恶心的表情。吴仕灿却是叹了口气，走上前把那份申请书捡起来，交给旁边的规划处工作人员胡月鸿，道：“小胡，你给写几条意见，措辞上不要太激烈，虽然是要退回去，也不要让人家觉得脸上挂不住。”

“老吴，你也太善良了吧，就这样的垃圾，还需要顾忌他们的面子吗？”冯啸辰没好气地说道。这份题为《基于两类矛盾观点对合成氨工艺中三废治理问题的研究》的立项报告书，正是吴仕灿说的那位工业大学组织部副部长交过来的，里面化工术语没用几个，马列经典的引用倒是处处可见，颇显出一些政治工作功底。可问题在于，重装办要的是大化肥设备的工艺技术，要你大段大段讲马列干什么？

吴仕灿苦笑道：“小冯，咱们毕竟是个协调机构，也不好太得罪人了。这个肖全良在业内的人际关系不错，好几个知名教授给我打过招呼，我也是硬着头皮才决定把他的申请退回去，如果不说几句场面话，恐怕以后不好见面呢。”

“这样的人还有大教授帮他说话？”冯啸辰诧异道，“这些教授也不怕自己被他给连累了？”

吴仕灿道：“有什么办法，听说肖全良有可能会提拔成工业大学的组织部长呢，工业大学的那些中层干部都得拍他的马屁，教授也是在学校里待的，总不能不食人间烟火吧?”

冯啸辰看看吴仕灿，小心翼翼地问道：“老吴，你不会也想食人间烟火吧?”

“我本来就是食人间烟火的，你以为我是神仙?”吴仕灿斥了一句，随后又叹气道，“小冯，你放心，我既然做了这份工作，肯定不会拿国家的利益来做交易的。但是，你也要体谅一下我的苦衷，搞化工的也就是这么点大的一个圈子，都是过去的老熟人，我能一点面子都不给吗？就是这样客客气气地把人家挡回去，我都已经得罪不少人了。唉，早知道是这个结果，我当初还不如留在化工设计院呢。”

这最后一句话，就是冲着冯啸辰发出的抱怨了。吴仕灿当初离开化工设计院来到重装办，是罗翔飞和冯啸辰二人亲自上门去请来的，更直接地说，是冯啸辰使出的激将法把他给激来的。人家好端端一个大专家，抛了自己的专业跑到重装办来干这些行政事务，还为了重装办的事情而得罪了这么多业内同行，就算抱怨几句，冯啸辰也得接受吧?

冯啸辰嘻嘻笑了起来，说道：“老吴，你就别抱怨了。你想想看，如果不是你在这里把关，换成一个原则性不如你强的人，把这些乌烟瘴气的申请都通过了，浪费了国家宝贵的科研基金，你不觉得痛心吗?”

“说的也是啊。”吴仕灿继续叹着气，“得罪人就得罪人吧，总比让国家蒙受损失要好。再说，这次投标也不只有窝火的事情，让人觉得高兴的事情也不少呢。比如那个使用钌触媒的新工艺思路，就非常有创见性，如果能够搞成，无异于合成氨工艺的一次革命呢。最为难能可贵的是，提出这个方案的人居然只是一个年轻讲师，才刚刚 30 岁，真是后生可畏啊!”

“吴处长，您说的是浦江交大化工系那个叫王宏泰的申请人吧，我听您都已经夸过他好几次了。”胡月鸿笑着说道。

“没错没错，就是他!”吴仕灿的脸上泛着喜色，对冯啸辰说道，“小冯，你可能不太了解，钌触媒采用促进剂可以使触媒活性大幅度提高，这样就避免了反应过程中经常出现由于氢而导致的触媒中毒，合成系统可以在低压条件下达到很高的转化率，合成氨设备的制造难度将大幅下降，而且能够节省大量的能源。我也是看了这个王宏泰的申请书之后，才去查了一下文献，发现日本、英国的科学家都注意到了这个方向，不过目前也都是刚刚起步。如果咱们能够现在就开展这方面的研究，就能够和他们一争高低了。”

“这是好事啊！”冯啸辰道。他不是很了解合成氨方面的技术，但记得后世的许多合成氨新工艺的确是在这个年代开始酝酿的。中国因为种种原因，一直处于跟随的状态，往往是等着别人把一种工艺开发出来了，我们再花重金予以引进，始终都是落后一步。如果在今天就有人看到了技术前沿的发展方向，能够积极进行探索，即便不能抢先一步把这些技术开发出来，至少也能够达到与国外平分秋色的水平。一项革命性的新工艺往往是由数以百计的专利支撑起来的，早一天进入，或许就能够早一天取得这些专利中的一部分，从而拥有对其他国家的话语权。

这个钌触媒新工艺到底有什么样的前景，冯啸辰说不上，不过既然吴仕灿对它给予了这么高的评价，想必是有些价值的。科研这种事情，有时候就是风险投资，投进去的钱不一定能够获得收益，但如果不投入就一定不会有收益。

这一次从明堡银行转回来的1亿马克，经委方面已经做过安排，全部用于大化肥装备的研发，其中八成用于当前急需的新材料、新工艺开发，另外两成则作为理论研究的经费，用于开发那些面向长远的技术。像王宏泰提出的基于钌触媒的合成氨新工艺，目前在国外也属于前沿研究，显然就归于后面那20%支持的项目了。

“既然是国外也在研究的技术，咱们也不能错过了，应当给予大力支持才是。老胡，这个王宏泰申请了多少资金，在不在咱们能够承受的范围之内？”冯啸辰向胡月鸿问道。

听到冯啸辰的问话，胡月鸿脸色有些古怪，他看看吴仕灿，然后说道：“他申请的是8万元人民币。”

“8万人民币！”冯啸辰用手抠了抠耳朵，问道，“老胡，我没听错吧，搞一个新工艺开发，他只申请了8万元人民币？”

吴仕灿道：“是啊，这也是我打算和你商量的事情呢。我看过他的申请书，看得我都有点想掉眼泪了。每一项支出都算得十分节省，有些实验设备打算买人家的二手货来改造，还有到外省的化肥厂去做实验，连住宿费都没列支，说是可以找熟人解决。”

“我靠！”冯啸辰来了一句穿越者才懂的国骂，用手指着自己刚才扔掉的那份申请书说道：“这个他妈的用矛盾观点治理废气的申请都敢报25万的预算，一个有可能导致工艺革命的研究课题居然只报8万，这都是什么规矩啊！”

吴仕灿道：“很简单啊，这个肖全良是教授，还是组织部的副部长，在业内有名气、有人脉，出来申请一回课题，少于20万他都不好意思提。而这个王宏泰，不过是个讲师，无名小辈，如果不是只要求8万元的经费，估计在他们学校初审的时候就会被刷下来，说他好高骛远。”

“这就是所谓的论资排辈吧？”冯啸辰道。

“可不是吗？论资排辈，在哪都免不了。”吴仕灿说道。

冯啸辰想了想，说道：“老吴，你觉得王宏泰的那个申请可行吗？”

“当然可行，非常有希望。”

“用8万元去做，也能做出希望来？”

“这个恐怕有点难，估计也就是完成一个理论推导而已，做几个实验验证一下，然后就完了。”

“如果要做出一些成果来，能够和日本、英国的那些研究并驾齐驱，需要花多少钱？”

“并驾齐驱？”吴仕灿脸露苦色，摇摇头道，“据我了解，日本、英国的那些企业搞新工艺的开发，投入至少是以千万计算的。咱们要想和他们并驾齐驱，几乎是不可能的。”

“好吧，不说是并驾齐驱，至少达到能够望其项背的程度，需要花多少钱呢？”冯啸辰只能退而求其次了。的确，前沿技术的开发都是用钱堆出来的，以中国目前的国力，想和发达国家去比科研投入，无异于乞丐和龙王比宝。但就现有的条件，至少做到跟上国际前沿还是有希望的。

吴仕灿想了想，说道："如果这个王宏泰的确有能力，用一两百万的资金支持，他应当能够做出一些不错的成果，让国外的同行也不得不高看我们一眼。"

"既然如此，那咱们就把王宏泰请到京城来，让他系统地谈谈他的思路，您也摸摸他的底，看看他有没有足够的能力。如果他真有能力，咱们先拿出 50 万来支持他一下，等到有了第一期的成果，再追加其他的资金，又有何妨?"冯啸辰说道。

第三百三十四章

浦江交通大学化工系年轻讲师王宏泰从重装办小会议室里走出来的时候，脑子有点晕。回想着这些天发生过的一切，他有种正在梦游的感觉。

运用钌触媒改进合成氨工艺，这是一个很冷门的课题。王宏泰也是偶然之间发现了使用以钌为促进剂的新触媒能够极大地提高氨合成的效率，有可能会导致一场合成氨工艺的极大变革。

一种新工艺的诞生，仅仅有想法是不够的，还需要进行反复的实验，并在实验中发现新的问题，提出新的解决方案。在王宏泰所设想的新触媒中，钌只是其中的一种元素，其比例的确定，以及其他元素的选择，都是需要进行研究的。这些研究可以从理论入手，但最终必须用实验来检验，而这就需要花钱了。

王宏泰曾经向领导提出过研究申请，但不出意外地被驳回了。国家目前还很穷，科研投入极其有限，这些有限的投入要分配给全国的科研院所和高校，再肢解成人头费、基建费、设备费等等。经过多年的政治运动，各家科研机构都是百废待兴，科研人员要改善福利，办公楼要打着实验楼的旗号进行改造甚至新建，还有职工宿舍、食堂、招待所等等的建设，都要从科研经费里列支。

七折八扣之后，余下的那一点点科研经费，必须用于保障国家交付的重点科研任务，因为不完成这些任务，下一期的经费就堪忧了。至于说像王宏泰提出的这种前沿研究，在领导看来就是吃饱了撑的，把钱往水里扔。王宏泰如果是个什么知名教授，系领导不看僧面看佛面，估计也得给点小钱糊弄一下。可王宏泰仅仅是一个小讲师而已，居然也想花钱做实验，有没有搞错啊！

在没有任何资金支持的情况下，王宏泰也只能是先做理论研究了。一两年下来，王宏泰积累了一大堆的理论研究结论，只差用实验验证之后，就能够变成有价值的成果。每每看着国外学术期刊上偶尔报道出来的一些成果，王宏泰真是扼腕叹息，如果自己有几万块钱的实验经费，这些成就的发现断不会让外国人抢了先手的。

就在这个时候，一纸通知贴到了化工系办公室的墙上，上面赫然写着国家装备工业科技基金招标的消息，第一期的投标内容正是大化肥装备工艺。化工系的领导紧急召开了全系教师大会，号召大家踊跃投标。说是大家，其实系主任高辛未的眼睛一直都在几个大牛教授的身上转来转去，而这几个大牛教授也都当仁不让地作出了表态，说了些“舍我其谁”的豪言。

动员会之后，全系的教师都躁动了起来。“牛格”不够的教师纷纷往大牛们身边凑，声称愿意给大牛们牵马执鞭，大牛们也没闲着，一个个给自己的老朋友们打电话，询问重装办这一轮招标的细节，看看能不能通过什么关系拿到一个大一点项目，今后几年吃香喝辣就都有着落了。

在此期间，倒也有人找过王宏泰，问他愿不愿意加入某大牛的项目团队，虽然排名可能会在前十之外，但大牛一旦能够吃到肉，他最起码也能闻到点肉香。王宏泰拒绝了这些善意的邀请，这倒不是因为他有多么清高，而是他自己所做的方向与大牛们并不一致，而大牛们也不会愿意多看一眼他提出来的钌触媒新工艺问题。既然道不合，又何必去凑这个热闹呢。

他自己在图书馆里闷了一星期，写了一份申请报告，把自己几年的积累都倾注于其中了。在最后计算项目预算的时候，他几乎把每一分钱的作用都算到了极致，这才报出一个 8 万元的数字。他也知道，区区 8 万元，只够做一些最基础的实验验证，想进入前沿是难以办到的。不过，能够有 8 万元，对于他来说也非常满意了，他不敢奢望更多。

所有教师的申请报告是由化工系统一收齐后上交学校，再提交给设在重装办的项目招标办公室。王宏泰把自己的报告交给系办时，系办主任董红英把漂亮的眉毛皱成了一个疙瘩，没好气地问道："王老师，你这是开什么玩笑?"

王宏泰颇为诧异，反问道："董主任，我怎么是开玩笑呢?"

董红英道："这次申报的是国家经委下达的重点项目，咱们系的申请都是由德高望重的教授当主持人的，你一个讲师……到时候国家经委会怎么看我们，人家会觉得我们对这件事不重视的!"

"还有这样的要求?"王宏泰懵了，他辩解道，"董主任，我认真看过经委下发的通知，上面并没有对申请人的职称作出限制。再说，高主任做动员的时候，也是说不分职称高低、资历深浅都可以申请，我这也是呼应系里的号召嘛。"

高主任是逗你玩的，这都听不出来!

董红英在心里鄙视了王宏泰一番，然后换了一副和缓一些的表情，说道："王老师，虽然国家的通知上没有这样的要求，但是，如果申请人的职称高一点，给上级领导的印象也会更好一点吧? 咱们系有好几位业内顶尖的教授，你让他们挂个名，一块申请，岂不是更好吗?"

王宏泰摇摇头道："董主任，我也这样考虑过。不过，咱们系的吴教授、成教授、屈教授他们都申请了这次的课题，不宜再做另一个项目的负责人。此外，他们对我这个项目也不是特别看好。"

王宏泰这话已经是比较客气了，他原本想说的是，这几位大牛教授对他做的东西根本就不懂。其中那位名叫屈寿林的大牛，那可是解放前留美回来的，在圈内颇有一些名气，第一眼看到王宏泰送过去的申请书时，直接就来了一句："什么钉触媒，标新立异!"

"那个字念钌……"王宏泰讷讷纠正道。

"那也是标新立异，毫无价值!"老屈大手一挥，便把王宏泰给赶出了自己的办公室。

要说起来，也不能怪这几位教授不学无术，化工是一个非常庞大的体系，即便是合成氨工艺，也包括数以百计的分支，一个教授分不清"钉"和"钌"，实在无损其学术声誉，但让这样一个教授来挂名主持这个关于钉触媒的项目，就极为不妥了。

董红英最终还是收下了王宏泰的申请报告，系里几位领导讨论之后，决定把这份报告与其他那些大牛们提交的报告一起交上去。系领导这样做的理由有三：第一，在若干教授中间混一个普通讲师，能够体现出化工系全体教师对这件事情的重视；第二，其他教授提交的申请都是针对现有工艺进行改进的，属于应用性研究，王宏泰这个项目是唯一进行理论研究的，算是填补了空白；第三，按照一般惯例，一个单位申请的项目都会有个别被刷下来的，以显示评审机构的公平和权威，王宏泰正好适合当分母，这也算是废物利用了。

申请报告提交上去之后，不到半个月的时间，招标办公室便发来了通知，告知一部分申请通过了初审，要求项目主持人前往京城参加二审答辩，以确定是否能够获得资助。让化工系全系领导和教师大吃一惊的是，王宏泰的名字居然出现在二审名单之中，而系里有两位顶尖的大牛居然落榜了。

“这是怎么回事，是谁评的!”

落榜者之一的屈寿林得到消息之后，直接就跑到系主任高辛未的办公室拍桌子去了。其实他也知道自己更应该到京城去拍桌子，因为这事和高辛未真没啥关系。可浦江离京城不是太远吗？再说，他其实真不是特别在乎自己的申请能不能获得通过，他郁闷的是别人的通过了，自己却落榜了，这让他在系里如何有面子？找系主任拍一通桌子，也是挽回面子的一种方法。

“老屈，你别急，这中间肯定出了什么岔子。”

高辛未赶紧进行着安抚。在他心里，多少也能猜出屈寿林落榜的原因。这老爷子过去的确是个牛人，但最近几年有点不着调了，基本上就是靠吃老本混日子。自己不做科研，没事就在别人的成果上挂个名字，而且排名还不能太靠后，否则他就翻脸。这一次，他申请的课题实在没多少技术含量，有些思路还是来自于五十年代的理论，到现在早就过时了。原来指望着重装办那边的人会看在他的名气上睁一只眼、闭一只眼，现在看来人家没给这个面子，也难怪老屈觉得脸上挂不住了。

“那个王宏泰，搞的什么钉触媒，怎么就通过初审了？这完全就是标新立异的东西嘛，国家经委那些人，到底懂不懂化工啊！”屈寿林骂骂咧咧地嚷道。

第三百三十五章

得知屈寿林被淘汰，而自己却进入了第二轮，王宏泰心里说不清是什么滋味。一方面，他觉得这是一个合理的结果，因为他所研究的课题是前沿的，他做的工作也是扎实的，而屈寿林却恰恰相反。屈寿林被淘汰，说明招标办公室的专家是懂行的，同时也是公正的。但另一方面，王宏泰也有一种惴惴不安的感觉，大牛被淘汰了，他这个小人物却入围了，实在是压力山大啊。

整个交大入围的有十几个项目，除了化工系之外，机械系、电子系等也都有入围项目。交大派出科技处长当领队，领着这十几个入围项目的负责人来到了京城，参加第二轮的答辩。在整个队伍中，王宏泰是最年轻的一个，他能够感觉得到众人看向他的目光中包含着各种情绪：诧异、不屑、嫉妒、欣赏……

走进答辩场的时候，王宏泰一眼就认出了坐在主席位置上的吴仕灿，这让他明白了自己入围的原因。尽管吴仕灿并不认识他，他却是认识吴仕灿的，知道吴仕灿是化工领域的权威人物，学识渊博，思想开放，而且为人正直，真正配得上德高望重这四个字。

答辩一开始，吴仕灿便直入主题，接二连三地提出了一些工艺中最关键的问题。这些问题有些是王宏泰过去曾经研究过的，有些则超出了他已知的范畴。幸亏他在这个领域里已经研究了好几年，即便是没有准备过的问题，他经过思索之后，也能给出一个大致靠谱的回答。从吴仕灿的反应来看，他知道自己的回答是能够让对方满意的。

这场答辩，持续了足有一个小时的时间，王宏泰出了一身透汗，心里却感觉到了久违的酣畅淋漓。两年多了，他第一次遇到真正懂得他所研究内容的人，对方的问题问得非常专业，很多时候还能够给他以新的启示，让他看到自己的不足，并且在一瞬间想到无数新的思路。他甚至感觉到，这一次的京城之行，哪怕不能通过终审，无法得到基金的资助，他也不虚此行了。

“你有这么多的想法，仅仅依靠 8 万元的资金支持，能够把实验做出来吗?”

在完成了学术考核之后，吴仕灿向王宏泰抛出这样一个问题。

听到这个问题，王宏泰脸上露出了一些羞惭之色，讷讷地说道：“我也知道 8 万元是不够的，不过，我毕竟只是一个讲师……”

“讲师怎么了?”坐在吴仕灿旁边的一个年轻人笑着向他问道。年轻人的面前摆着一个姓名牌，写着他的名字：冯啸辰。王宏泰没听说过这个名字，看对方年纪虽轻，不过，能够坐在这个位置上的人，想必都是有权决定他申请成败的人，王宏泰是必须重视的。

“冯老师，我们系这次申请基金课题的都是教授，他们申请的经费从 10 万到 20 万不等。我一个讲师如果申请超过 10 万，系里肯定不会允许的。”王宏泰解释道。

冯啸辰笑着向吴仕灿问道：“吴处长，还有这样的规矩，讲师申请课题的预算必须比教授少?”

吴仕灿摇摇头道：“我没听说过这样的规矩。”

“这也不是规矩吧，只是惯例。”王宏泰道，“如果我申请的金额太高了，会被人说是不知天高地厚的。”

“课题内容不同，所需要的经费也不同，这和职称没关系。”冯啸辰道，“王老师，如果不考虑那些所谓的惯例，你觉得申请多少经费是最合适的。”

王宏泰一愣，随即想了想，说道：“如果有 15 万左右……”

“远远不够。”吴仕灿摇了摇头，“就你刚才跟我说的那些想法，有些可以在实验室里完成，有些需要到化肥厂去进行实验。化肥厂那边，我们可以帮你打个招呼，让他们配合你的研究，不过必要的一些材料费，还有耽误了人家生产的一些补偿，都是不可避免的，15 万够吗？”

“这……”王宏泰瞠目结舌，不知道说什么好了。

申请项目这种事情，从来都是申请者漫天要价，评审者坐地还钱。一些专家知道其中的规矩，申请的时候往往会把费用报高一些，以便让评审者能够有砍价的余地，这种做法还有一个顺口溜，叫作“头戴三尺帽，不怕砍一刀”。

可如今听这二位评审官的意思，好像是觉得自己报的费用太低了，在怂恿自己多报一些呢。难道是他们的钱太多花不完，希望我们替他们多花一些吗？好像也不对，系里的成教授比自己早一些参加答辩，出来以后说经费被砍了 30%，原来报的是 20 万，现在只剩下 14 万，显然对方把钱捏得很紧，并非大手大脚。那么，为什么到自己这里的时候，对方居然会这样说话呢？

“吴教授，您的意思是……”王宏泰看着吴仕灿，迟疑着问道。

冯啸辰忍不住了，笑着插话道：“王老师，咱们也别兜圈子了。这么说吧，如果我们给你 50 万，你能做出什么成果来？”

“50 万！”

王宏泰闻言腾地一下就站了起来。他的脑子里嗡嗡作响，站起来之后又不知道该说什么，过了好一会，才尴尬地又坐了下去，说道：“冯老师，这怎么可能呢？50 万，我从来也见过这么多钱啊。”

“扑哧！”坐在一旁做记录的周梦诗笑出了声。

吴仕灿看了冯啸辰一眼，然后转回头，对王宏泰说道：“小王，冯处长并不是在跟你开玩笑。有关钌触媒工艺的问题，我前几天找几位化工界的老前辈探讨过，大家都觉得是一个非常不错的方向，很有可能做出一些让人兴奋的成果。刚才我和你谈过，我感觉到你对这个问题的掌握非常深入，具备了主持这个课题的能力。我们国家目前还很穷，但不管多穷，都要拿出一些资金来支持前沿研究，你现在申请的这个课题，就是值得去做的一个方向。区区 8 万元的支持，对于这个课题来说太少了，我们讨论过，如果你有这个决心，我们可以拿出 50 万来支持你把这个课题做下去，做大，做好，做到世界一流水平。现在你只需要回答我一个问题：你有没有这样的信心。”

“我吗？”

王宏泰只觉得浑身的血液都在沸腾，眼睛里不知什么时候已经蒙上了一层轻雾。君以国士待我，我当以国士报之！要做到世界一流水平，谈何容易，但面对着这样沉甸甸的信任，自己还能畏缩吗？

“吴教授，冯处长，如果你们信任我，我发誓，一定会拿出世界一流的成就来回报你们，不成功，便成仁！”王宏泰再次站起身来，攥紧一个拳头，发出了誓言。他想好了，如果基金会真的给了他50万的资助，他宁可拼出这条命，也一定要做出一些响当当的成果，让世人知道，基金会没有看错他，他能够对得起这份信任。

吴仕灿微微地点点头，然后说道：“小王，你有这样的决心，我们很欣慰。不过，你应当知道，不是我们信任你，而是国家需要你。你做出来的成果，也不是回报我们，而是报效国家。”

“我明白，吴教授，冯处长，你们就放心吧！”

“好，这件事就这样定了，你可以退场了。”

就这样，王宏泰忍着汹涌的激情走出了答辩会场，站在外面，对着刺眼的阳光，他有一种做梦一样的感觉。他觉得，自己的人生从这一刻起已经发生了改变，他不再是凭着自己的兴趣爱好在做科研了，他的肩上担起了一份责任。

看到王宏泰那一副恍惚的神情，同来的同事们围上了他，纷纷地问道：

“没事吧，小王，答辩顺利吗？”

“是不是没通过，不要气馁……”

“是经费被砍了吗，没关系，只要能够立项，就可以算是科研成果了……”

“什么？经费追加了？50万！”

当王宏泰向领队的科技处长报出自己获得的资助金额时，在场的众人都懵了，这是什么情况，怎么经费还有追加的说法，而且王宏泰仅仅是区区一个讲师而已，怎么可能得到这么高额度的资助?

难道基金会的领导脑子有问题，放着大牛教授不资助，却给这个小讲师这么多钱?

难道这个王宏泰一贯都在扮猪吃虎，其实人家有很硬的背景，早就给他打点好了?

难道他所申报的这个课题歪打正着，正好符合了某个评审委员的胃口?

难道这个所谓的钌触媒真的是一个极有前景的方向，自己是不是也该向这个方向关注一下呢?

各种人带着各种心态，开始想入非非了。

第三百三十六章

重装办的这一次招标，刷新了很多人的三观。一些业内大牛惨遭淘汰，而一些名不见经传的小字辈却获得到了资助。海东省一家名叫“山研化工装备技术服务公司”的民营企业居然也拿到了一个课题，而且此事还登上了报纸，惹得许多在体制内不得志的科研人员心痒难耐。好几家业内响当当的研究院因为申请的课题水平太低，连一个项目都没有拿到，被各自的上级机关好一通批评，许多大腕都闹了个灰头土脸。

来自于方方面面的说情和抱怨让经委和重装办都承受了很大的压力，吴仕灿更是焦头烂额，扬言要和他割袍断义的老朋友不下二十人。当然，积极的影响也是有的，毕竟圈里的人都不傻，知道那些被淘汰的项目是怎么回事，也知道被资助的项目有多大价值。许多人都意识到，重装办做事是认真的，也是公正的，除了那些不要脸的学阀之外，大多数人还是愿意看到一个公正的评价机制的。

京城工业大学的金属材料专家蔡兴泉也参加了这次招标，他申请的《30万吨氨合成塔厚壁压力容器焊接工艺研究》课题获得了基金的资助。按照项目招标要求，他要在两年内完成SA508Cl3和15CrMo异种钢的焊接工艺评定、焊接冷裂纹敏感性、焊接接头回火脆性、焊后热处理规范选择等方面的研究，涉及许多国际先进技术的消化吸收和再开发，难度不小，同时也有着重要的理论和实践价值。

接到项目资助的通知之后，蔡兴泉马上开始组建自己的课题组。他邀请了好几位系里的老师加盟，又组织了十几名博士、硕士研究生作为研究助手。看着整理好的课题组名单，蔡兴泉总觉得还有一些欠缺，坐在办公室里，他的眉头微微皱了起来。

这时候，一名学生在门外通报道："蔡老师，有人找您。"

"哦，那就请他进来吧。"蔡兴泉收起名单，随口吩咐道。

一个年轻人走了进来，笑呵呵地向蔡兴泉打着招呼："蔡教授，您好，您还记得我吗？"

"你是……"蔡兴泉愣了一下，旋即就想起来了，不由得站起身迎上前，一边与对方握手，一边笑着说道，"哦，你不是重装办的冯处长吗，今天怎么有空到工业大学来了，是有什么指示吗？"

来访的正是冯啸辰，蔡兴泉去重装办答辩的时候与他见过面。因为冯啸辰显得很年轻，却已经是副处长，所以蔡兴泉对他有些印象。见冯啸辰到自己办公室来，蔡兴泉有些诧异，还以为对方是来检查工作的。

冯啸辰与蔡兴泉握过手，在蔡兴泉的招呼下坐了下来，然后笑着解释道："我今天是到你们科技处去联系工作的，主要是落实一下工业大学承接的几个项目的条件保障问题。刚从科技处出来，路过你们材料系，就专程过来拜访一下蔡教授了，蔡教授不会怪我太唐突吧？"

"哪里哪里，我们随时都欢迎冯处长来检查工作呢。"蔡兴泉应道，心里却依然在嘀咕着，对方的来意到底是什么呢？

"我到蔡教授这里来，主要是来了解一下蔡教授承接我们的课题有没有什么困难，看看我们重装办能够帮蔡教授提供点什么条件。此外嘛，就是有点私事，想请蔡教授帮忙。"冯啸辰笑呵呵地说道。

"困难嘛，肯定会有不少的，不过目前课题研究还没有开始，也不好说需要重装办提供什么帮助，以后遇到具体困难了，我们肯定会去麻烦冯处长的。至于冯处长说的私事，不知道是什么事情，如果是在我能力范围内的，肯定义不容辞。"

蔡兴泉不明就里，只能敷衍着回答道。在他的心里隐隐觉得有些不快，冯啸辰这种走后门的方式，实在是有些太嚣张了。自己刚刚接了重装办的课题，他就找上门来让自己帮忙解决私事，这个年轻人就如此不计较自己的小节吗？

他嘴里说着义不容辞，心里却有另外的盘算。如果冯啸辰说的私事无伤大雅，不是什么特别原则性的问题，他出于与重装办第一次合作的考虑，也就顺手帮他解决了。但如果冯啸辰的要求太过分，他则非但不会帮忙，还得向重装办的领导反映一下，让重装办好好打击一下这种不正之风。

冯啸辰像是没有听出蔡兴泉话里的不悦一般，自顾自地问道："蔡教授，我记得您负责的课题是厚壁压力容器的焊接工艺问题，这种课题免不了需要做焊接实验吧？不知道您的课题组里，有没有合适的电焊工呢？"

电焊工？

蔡兴泉心中一凛，他突然意识到自己刚才想到的欠缺是什么了。他刚刚组建的课题组中，做理论研究的，做实验设计的，做结果分析的，都已经有了，偏偏就缺一名能够完成实验要求的优秀焊工。没错，要做厚壁压力容器的焊接工艺研究，的确需要一名技术过硬的电焊工。他自己和他的几个学生都是会用电焊的，但技术上只能说是勉强过关而已，算不上是熟练工。他要开发一种新的焊接工艺，实验过程中电焊工的技术非常重要，如果电焊工不能准确地领会工艺要求、高质量地完成工作，他就无法判断焊接中出现的问题到底是理论上的缺陷，还是电焊工操作上的不足。

"冯处长提醒得太及时了，我们课题组里，的确是缺一名优秀的电焊工！"蔡兴泉高兴地说道，话一出口，他马上又感觉到了不对，冯啸辰并不是专门来向他提醒这件事的，而是来求他帮忙的，那就意味着……

"我想向蔡教授推荐一个亲戚，不知可以吗？"

果然，冯啸辰的后一句话便让蔡兴泉感到为难了。

"冯处长的亲戚是电焊工？"

"是的。"

"水平怎么样？"

"非常优秀。"

"多大岁数了。"

"20 岁。"

"20 岁……"蔡兴泉咧了咧嘴，这也未免太年轻了吧？这么年轻能有多高的技术，不会是想到自己的课题组里来镀镀金的吧？他心里满是不快，脸上则带着冷冷的笑容，说道，“冯处长，课题组的事情，我一个人说了也不算，还得听学校的。电焊工这件事，我想我们还是到校办工厂去请个师傅来帮忙，就不麻烦冯处长的亲戚了。”

冯啸辰笑嘻嘻地道：“蔡教授，您就不问问这位电焊工的名字吗？”

“名字？”蔡兴泉有些诧异，“怎么，我认识吗？”

“杜晓迪。”冯啸辰抖开了一直藏着的包袱。

“杜晓迪！”蔡兴泉眼睛蓦然亮了起来，他盯着冯啸辰，不敢相信地问道，“你说的，是通原锅炉厂的那个杜晓迪？那个小丫头？”

冯啸辰笑道：“除了她还能是谁？她可告诉过我，说蔡教授一直都想认她做干闺女呢。”

“什么叫一直想，她就是我干闺女好不好！”蔡兴泉满脸的皱纹都笑得舒展开了，他用回忆的口吻说道，“我认识她，应该是 1980 年的事情了，那次松江省的跃马河特大桥抢修，我在现场负责设计焊接方案，她是跟她师傅一起去的。我给他们讲解，她理解得最快，悟性非常强。后来，她一个人钻到钢梁里面去焊的仰焊，全是一级焊缝。再后来，好像是前年吧，铁道部有辆钳夹车出了故障，正好让她赶上了。当时机械部的同志打电话问我，知不知道杜晓迪这个人，她的技术怎么样。我跟他们说了，别人的技术我不敢打包票，杜晓迪搞焊接是绝对没问题的。”

“然后呢？”冯啸辰笑着问道。

“然后？”蔡兴泉遗憾地摇摇头，道，“然后我还真的就再没听到她的消息了。我一直说找个出差的机会到通原去看看她，结果总找不着机会。这一转眼，也两年多了呢。对了，冯处长，刚才你说她是你的亲戚，你们是什么亲戚？”

“她是我的女朋友，算亲戚吗？”冯啸辰应道。

“女朋友？”蔡兴泉一怔之下，便哈哈笑了起来，说道，“难怪，难怪，也只有冯处长这样年轻有为的小伙子，才配得上晓迪。你刚才怎么不说呢，是不是耍我这个老头子玩呢！”

冯啸辰装出老实的样子，说道："我这不是怕蔡教授坚持原则，不同意接收吗?"

"同意，完全同意!"蔡兴泉连声说道，好像怕冯啸辰反悔一般，"不瞒冯处长说，我刚才就在担心找不到一个合适的电焊工呢，我哪想得到晓迪啊，她毕竟远在松江省嘛。怎么，她现在已经调到京城来工作了吗?"

冯啸辰道："没有，她还在松江。不过，我和她现在已经确定了关系，所以我想请蔡教授帮个忙，让她加入到您的课题组里来，这样她就有理由到京城来工作了。您这也算是成全了一桩姻缘是不是?"

第三百三十七章

“姐夫!”

“姐夫!”

通原火车站，冯啸辰刚刚走下火车，就见一个少年和一个少女冲了过来，嘴里甜甜地叫着姐夫，忙不迭地接过了冯啸辰手里拎着的沉甸甸的行李。紧接着，杜晓迪也出现在他面前，她一边红着脸训斥着那两个孩子，一边向冯啸辰介绍道：“啸辰，这是我弟弟晓远，今年18岁，这是我妹妹晓逸，今年16岁。你别听他们瞎叫，都是你送他们的礼物闹的!”

“哈哈，叫得没错，回去有赏!”冯啸辰哈哈笑着，在杜晓远和杜晓逸的脑袋上各拍了一下，装足了姐夫的范儿。两个孩子乐呵呵地冲杜晓迪扮着鬼脸，让杜晓迪又是羞涩又是幸福，俏脸想绷也绷不住了，笑容不由自主地绽放开来。

在京城工业大学，冯啸辰与蔡兴泉一拍即合，蔡兴泉表示热烈欢迎杜晓迪加盟他的科研团队，不过他只能从项目经费里给杜晓迪支付工资，却无法解决杜晓迪的户口和编制问题。冯啸辰声称自己并不在乎这个，他需要的只是由京城工业大学材料系开一个借调函，这样就可以名正言顺地把杜晓迪从通原锅炉厂借调到京城来工作，实现他那与女友双宿双飞的梦想。

除了加盟课题组的事情之外，冯啸辰还与蔡兴泉私下约定了另一件事：杜晓迪在材料系工作期间，蔡兴泉要负责安排几名研究生给她补习专业课，等到条件成熟的时候，蔡兴泉将招收她为自己的研究生。只要能够上研究生，毕业的时候自然会有分配工作的机会，届时户口、编制就都不是问题了。

杜晓迪进厂工作的时候，只有初中毕业的文凭，但据她自己说，她初中时候的成绩还是挺不错的，只要有人给她补课，掌握高中的文化以及大学的专业课都不会太困难。冯啸辰自己前世就是一个学霸，辅导一个女友考个研究生啥的，应该没有什么难度吧。

八十年代的研究生招生，导师的权力是非常大的。那种事先把专业课考题泄漏给学生，以便让学生考一个高分的事情，也并不算奇闻，甚至不被当作什么招生腐败。蔡兴泉对杜晓迪的印象极好，知道她是一个电焊天才，不仅技术上过硬，对理论的领悟能力也很强，只要她的外语能够过关，蔡兴泉是非常愿意把她招到自己门下来的。

办妥了这件事情，冯啸辰便启程前往通原来拜访杜晓迪的家人。他要把人家的闺女拐到京城去，总得让未来的泰山泰水先审查一下吧。

听说毛脚女婿要上门来，杜家老两口提前十天就忙碌开了。屋里屋外都得细细打扫，窗户玻璃擦得纤尘不染。家里的一些陈设也得更换，用了多年的吃饭桌子漆皮都已经掉完了，再擦洗也没用，老两口一咬牙，到农贸市场上去扯了一块时下很流行的尼龙桌布给盖上了。吃饭的碗、喝酒的杯子、喝水的搪瓷茶缸，都专门买了新的。多亏杜晓迪年初从海东省带回来足足 2000 块钱，还有一些在日本节省下来的零用钱，否则光是这一通收拾，就足以让这个经济较为紧张的家庭陷入财政破产了。

杜晓迪对于父母的这一番安排还是颇为欣慰的，父母这样重视这件事情，说明在他们心目中冯啸辰是很有地位的，哪个姑娘不希望自己的男友能够在父母心里获得认可。杜家老两口则是另外一种心态，他们担心的是自己的身份太平凡，家境太穷，让京城的处长女婿瞧不上。

有关冯啸辰其人的情况，他们不仅从杜晓迪那里问过好几遍，还专门向见过冯啸辰的李青山、高黎谦他们打听过。据李青山等人说，冯啸辰是国家重点机关里的副处长，非常有能力，而且也很受领导器重，前途无量。对于这样一个女婿，杜家老两口又欢喜又担心，欢喜之处自不必提，担心的地方就是自家的闺女怎么能够配得上人家呢？

杜晓迪的弟弟杜晓远和妹妹杜晓逸没有这么多的顾虑，他们只知道未来的姐夫是一个非常有能耐也非常有地位的人，就冲上次姐姐带给他们俩的那两块德国电子表，就足以证明姐夫非同凡响。杜晓远目前在本地的一个中专学校就读，杜晓逸则是在上高中，他们戴着电子表在各自的校园里出现的时候，立马就引来了无数羡慕嫉妒恨的目光，让他们感到极其自豪。

尽管杜家老两口和杜晓迪几度呵斥，杜晓远和杜晓逸始终都是以“姐夫”来指代冯啸辰的。以他们俩乃至整个通原市所有同龄人的世界观来评价，杜晓迪傍上冯啸辰这样的京城“大官”绝对是一步登天的事情，是灰姑娘遇上了王子，这时候还有啥可犹豫矜持的，赶紧上前逆推，把生米做成熟饭再说呗……

冯啸辰到的这天，杜家老两口一早就出门买好了菜，然后在家里忙着烹饪。杜晓迪则带着弟弟、妹妹骑着自行车来到火车站等着迎接冯啸辰。杜家只有一辆自行车，另外两辆车都是向左邻右舍借的。接到冯啸辰之后，杜晓远和杜晓逸二人分别骑车载着冯啸辰的行李，冯啸辰则骑了杜晓迪的车子，载着杜晓迪，向通原锅炉厂行去。

杜晓迪侧着身子坐在冯啸辰的车后架上，心里又是甜蜜又是害羞。她只觉得满大街都是熟人，而且都在看着自己，这种错觉让她感到无地自容。她曾无数次看过通原的那些女孩子坐在男朋友自行车后座上招摇过市的场景，也一直憧憬着有朝一日自己能够坐在哪个小伙子的车后座在街头徜徉。现在美梦成真，她却无论如何也不好意思像那些女孩子一样，把一只手亲亲热热地勾在男友的腰上，向过往行人炫耀自己的幸福。她只能委委屈屈地用手抓着车后架，把头低得几乎要藏进怀里去了。

“啸辰，你来就来，怎么还带了那么多行李，都是些什么东西啊?”杜晓迪看着骑行在前面的弟弟妹妹车座上的大旅行袋，没话找话地问道。

“一些烟酒布料啥的，还有出差的时候下面的单位送的一些礼品，正好带过来送人。”

“送谁呀?”

“首先当然是丈人丈母娘了，还有小舅子小姨子，你看他们俩叫姐夫叫得多顺溜，我这个当姐夫的不得表示一下?”

“你可别乱说，咱们俩还没……那啥呢。”

“呃呃，口误，口误。除此之外，还得去看看李师傅、小高、小刘，再就是你们厂领导，这次要把你借调到京城工业大学去，还得他们点头不是?”

“厂领导那边，我爸已经去找过了，给他们也送了点烟酒，他们已经答应了。”杜晓迪低声地说道。

关于离开通原去京城一事，杜晓迪心里很是纠结，既想去和心上人终日厮守，又舍不得离开父母以及自幼在此长大的工厂。父亲是个办了病退的残疾人，母亲只是一个家属工，而弟弟妹妹又都还在读书，杜晓迪算是家里唯一的顶梁柱，她这一走，这个家可就没个能担事情的人了。

但父母对于她去京城的事情却是十分积极的，这事关女儿的前程以及终生的幸福。京城是一个全国人民都向往的所在，而未来的女婿又是一名年轻有为的副处长，无论从哪方面来说，他们都应当支持女儿到京城去。接到冯啸辰写来的信，杜晓迪的父亲杜铭华专程去找了厂长马承程和书记艾秋奇，请求他们同意杜晓迪借调的事情，同时奉上了茅台酒和中华烟作为礼物。这酒和烟还是上一回杜晓迪从京城带回来的，老杜一直没舍得享用，此时便拿出来派上了用场。

听说杜晓迪有可能被借调到京城去工作，而且是参与国家的重点项目，马承程、艾秋奇二人自然不会有什么异议。慢说通原锅炉厂还有好几名优秀的电焊工，并不缺杜晓迪一个人，就算是杜晓迪真的不可替代，作为厂里的老领导，他们也不会耽误杜晓迪的前程。更何况，他们早就听到了一些风声，说杜晓迪在京城处了一个对象，是国家经委的一个副处长，年轻异常，前途无量，谁犯得着在这样的事情上为难一个普通工人呢?

冯啸辰这一次就是送借调函过来的，拿到借调函，杜晓迪就可以在厂里办借调手续了，最多再在家里过个年，她就要启程前往京城。如果不出什么意外，她这一走，除了探亲之外，就不会再回到通原来了，用父母的话说，嫁出去的女儿就像泼出去的水，一去就不能回头了。

想到此，她心里又浮起了一桩心事，那也是一直想和冯啸辰商量的，只是不知如何开口。此时此刻，似乎也不是提这件事的时候，她只能先把心事压回去了。

“啸辰，你看，那就是我们厂！”

前面，出现了一片用青砖围墙包围起来的建筑，杜晓迪指着那片建筑对冯啸辰喊了起来。

第三百三十八章

“叔叔，阿姨，你们好！”

“哎呀，是冯……呃，冯……”

“叔叔，阿姨，你们叫我小冯就好了，或者叫我啸辰也行。”

“哎哎，那我们就叫你小冯了……”

与杜家二老见面的第一件事，是先把称呼确定下来。尽管杜晓迪在父母面前已经说了无数次，让父母把冯啸辰就当成一个普通的晚辈看待，但这对工人夫妇在面对这位京城来的处长时，还是犹豫着要不要称呼一下对方的官衔。待看到冯啸辰那一脸真诚与谦恭的模样，二老才真正地适应了自己的角色，不管对方的地位有多高，他毕竟也是自家的姑爷，自己是对方的长辈。

一家人前呼后拥地把冯啸辰领进了家门，让他在客厅里坐下。杜铭华与他对面而坐，掏出香烟，向冯啸辰示意了一下，冯啸辰赶紧摆手，称自己不抽烟。杜晓迪的母亲车月英从厨房里端出来茶壶和茶杯，招呼了一句，让这爷俩边喝茶边聊，自己则返回厨房继续准备饭菜去了。杜晓迪不好意思在客厅里久待，也一头钻进厨房去给母亲帮忙。杜晓远和杜晓逸两个人躲进了杜晓迪的房间，兴高采烈地摆弄着准姐夫刚刚送给他们家的四喇叭录音机，尤其是杜晓远，心里狂喜不已，这个年头，喇叭裤、蛤蟆镜，加上四喇叭录音机，那可是时尚青年的标配。

客厅里，准翁婿二人正在漫无边际地聊着天。

“小冯，你家里几口人啊？”

“四口，我爸妈，我自己，另外还有一个弟弟。”

“你爸妈是做什么工作的？”

“我爸是中学老师，我妈在大集体工作。”

“听晓迪说，你学历也不太高，但懂的东西特别多，还特别受领导器重。你是怎么到京城工作去的?”

“这事说来话长了，我爷爷原来是个冶金工程师……”

冯啸辰老老实实地向杜铭华汇报着自己的简历，其实这些事情他此前也向杜晓迪说起过，想必杜晓迪也向父母汇报过了。杜铭华此时拿出来问他，一是确认杜晓迪报告的信息是否无误，另外一方面，多少也有些没话找话的成分。别看这种随随便便的闲聊，有社会阅历的人自能够从中判断出对方的性格、人品、能力，这其实就是老丈人对毛脚女婿的一次考校了。

借着这会工夫，冯啸辰也在观察着杜晓迪的家庭。

杜家的二老，其实根本就算不上什么“老”，杜晓迪跟他说起过，她父亲杜铭华今年才 43 岁，母亲车月英是 42 岁，这样的年龄，搁在后世简直都可以算是青年的范畴了。别笑，后世很多单位里申请青年课题，或者评选杰出青年，都是以 45 岁作为年龄边界的，按这个标准来算，杜家二老实实在在算是正当年呢。

杜铭华原本是个电焊工，因为工伤，一只手残了，无法再拿焊钳，不得不办了病退，让杜晓迪顶了他的岗位。如今的杜铭华闲居在家里，平时除了做做家务之外，便是在厂子里和那些真正到年龄退休的老工人一起打牌下棋，听起来似乎很是惬意，其实是无聊透顶。冯啸辰在与他谈话的时候，能够感觉到他带着一种沉沉的暮气，这原本不是应当在一个 40 刚出头的汉子身上看到的东西。

车月英没有正式工作，目前在厂子里做家属工，也就是干些在食堂洗洗菜、在办公楼打扫打扫卫生之类的杂活。她是一个很典型的工厂家属形象，热情、开朗、没有太多的心计。冯啸辰进门的阶段，她上上下下打量了冯啸辰老半天，看罢之后，又丝毫没有掩饰那满意的神情，这让冯啸辰顿时对她产生了强烈的好感。

再看杜晓迪的家，这是一套两室一厅的单元房，带有自家的厨房和卫生间，在这个年代里算是很不错的房子了。两间卧室大致都是 10 平方米左右，一间杜铭华夫妇住，另一间则是杜晓迪和妹妹杜晓逸住，至于大小伙子杜晓远，就只能睡在客厅里了。冯啸辰看到客厅一角有一张收起来的折叠床，想必就是杜晓远晚上睡的地方。

他们现在坐的这个客厅，只有七八平方米的样子，中间摆了一张圆桌，确切地说，是在一张四方形的八仙桌上搁了一个圆形的桌面。靠墙摆了一个碗柜，还有几张规格不同的凳子，这就是客厅里所有的家具了。视力所及的范围内，东西都显得简陋而陈旧，显示出这个家庭的清贫。只有餐桌上铺的尼龙桌布是崭新的，甚至能够隐隐闻到一些化学品的异味，明显是为了迎接他这个“贵客”而临时添置的。

杜晓迪在京城的那些天，冯啸辰也向她问起过家里的经济状况，杜晓迪每每都是语焉不详，冯啸辰只能自己去想象具体的情况。杜铭华办的是病退，能够拿到一份退休工资，杜晓迪的工资是全部交给家里的，再加上车月英当家属工的收入，全家人一个月大约有 130 元左右的收入，勉强算是一个温饱家庭。不过，家里有三个还没结婚的孩子，其中两个小的还正处在长身体的阶段，吃多少都不嫌够，家里这点收入实在是不敢大手大脚地使用，所以家具陈设的简陋就可以理解了。

唉，穷人的孩子早当家，如果不是这样一个家庭，杜晓迪恐怕也不会那样努力和懂事吧？冯啸辰在心里暗暗地念叨道。

说话间，菜已经一个接一个地端上桌来了，很快就把桌子摆得满满当当的。为了欢迎准女婿上门，杜家夫妇也是狠狠地出了点血，杀了鸡，买了鱼肉，一桌子全是泛着油光的硬菜，让冯啸辰深深感觉到了东北人的实诚。杜晓远和杜晓逸都被喊了出来，脚不沾地负责拿碗筷、摆凳子，然后宾主各自落座。

一开席，车月英便给冯啸辰夹了一个大鸡腿，又从一个蒸得烂熟的蹄膀上连皮带肉地给他撕了一大块搁在碗里，足有半斤上下。饶是冯啸辰一向以吃货自居，此时也是瞠目结舌，担心自己能不能应付得住了。

“小冯，多吃点，别客气!”

“谢谢阿姨……”

“谢什么，都是一家人嘛，来来来，你再吃块鱼……”

“别别，阿姨，我真的吃不了了，还是给晓远和晓逸吧……”

“不用管他们，他们才不会客气呢！”

“我也不会客气的。”

“那就对了，一家人嘛……”

车月英看着准女婿，越看越是喜欢。这个年轻人长得眉清目秀，说话斯文，一颦一笑都和厂子里那些没文化的青工大不相同，显得那么大气。这样一个小伙子能够看上自家的姑娘，还千里迢迢上门来求亲，这真是姑娘的造化。身为准丈母娘，车月英只觉得心里像喝了蜜一样地甜。

“叔叔，阿姨，我上次写给晓迪的信里，说托了关系，要把晓迪借调到京城去，现在我向你们详细解释一下。京城工业大学的蔡教授，晓迪过去也是认识的，李青山师傅也认识他。他是一位德高望重的老教授，在业内非常有名气，学术造诣也很高。我的打算是，让晓迪在他的课题组里先做一名助手，同时向他学习一些电焊和金属材料方面的理论知识，未来争取能够考上蔡教授的研究生，这样以后就可以分配到京城的大单位里工作了。”

酒过三巡，菜过五味，冯啸辰开始向杜铭华和车月英介绍这次借调杜晓迪的细节。

“这个丫头还能考上研究生？”杜铭华有些不敢相信地问道。

冯啸辰道：“事在人为。晓迪非常聪明，只是没有机会读书而已。到京城以后，蔡教授答应找几个研究生帮她补习一下功课，我也会给她补补课，考个研究生应当不会是太大的问题。”

“姐夫，听说你不也就是一个初中毕业生吗？你怎么给我姐补课啊？”杜晓逸在旁边笑着插话道。刚才从火车站回来这一路上，她和这个姐夫也聊了好一会，觉得姐夫很是平易近人，丝毫没有一点官样，和邻居的张阿毛、李阿狗等等小青工没啥区别，因此说话也就没遮没拦了。

“晓逸，你胡说啥呢，你姐夫……呃，你冯哥本事大着呢……”车月英训斥了杜晓逸一句，却不留神把姐夫二字也给带出来了。杜晓迪在旁边听着，只能装鹌鹑，把脑袋藏得严严实实的。

冯啸辰没有去计较称呼的问题，而是把头转向杜晓远和杜晓逸，认真地说道："晓逸说的没错，我的确就是初中学历。不过，我一直都在自学，先后掌握了五门外语，所以才有机会被调到京城去工作。其实，你们的姐姐虽然也是初中文凭，但她在日本学习期间，自学了日语，现在也已经达到了能够阅读日语电焊专业资料的水平。你们俩也应当有这种精神，不要成天只知道玩。咱们国家现在正在搞现代化建设，以后知识的重要性是越来越大的，铁饭碗已经靠不住了，只有知识才能改变命运，你们明白吗？"

第三百三十九章

“知道了！”

“明白！”

两个孩子乖乖地低下了头。冯啸辰当了两世的处长，天然就带着一种威严的气场，先前为了和大家套近乎，刻意装出了一副和蔼可亲的模样，此时认真起来，两个小屁孩还真是感觉到了一种威压，让他们不敢争辩。

“晓远、晓逸，既然你们称我一句姐夫，我也就以姐夫的名义跟你们说几句。”

既然已经开了头，冯啸辰索性也就多说几句了。

自己与杜晓迪的关系确定之后，杜家的生活状况肯定要发生天翻地覆的改变。他不会让自己的丈人家里依然是这样清寒，以他的经济实力，让杜家一夜之间走进现代化也并非难事。此外，他是部委里的副处长，大小算个实权官员，这个身份对于杜家来说也是一个很大的靠山。

杜家的二老都是老实本分的工人，不用担心他们会借着自己的名义去招摇过市。但这两个孩子就不同了，在一个普通工人家庭里长到十七八岁，突然有了个扬眉吐气的机会，没准就变成什么纨绔太妹的模样了。冯啸辰可不希望自己的亲戚里出现这种人，不说对自己的名誉会造成多大影响，就光是给他们擦屁股善后，恐怕就是一件麻烦事了。

“你们现在都在通原。晓远中专毕业以后，估计会分在通原的哪个单位里工作。晓逸明年面临高考，具体考到哪个学校还不好说。我可以给你们一个承诺，未来会给你们谋一个好的前程，让你们有一个更好的平台。如果你们未来想到京城、浦江这些大城市去工作，也不是没有可能的。不过，这是有前提条件的，那就是你们必须有足够的能力，不是靠着我这个姐夫的照顾去混吃混喝。我现在是国家机关里的一个副处长，说起来是一个干部，但其实只是一个芝麻官。在京城，比我级别高的干部不下几万人。我能够把晓迪借调到京城去，其实根本不是我的本事，而是晓迪自己的本事。我刚开始去和京城工业大学的蔡教授谈这件事的时候，他是坚决不愿意接受我推荐的人选的，等到我说出我推荐的是晓迪，他马上就改变了主意，表示非常欢迎。为什么呢？就是因为他见过晓迪的技术，知道晓迪有本事。所以，你们要想混得出人头地，就得自己好好学知识、学技术。"冯啸辰滔滔不绝地教训道。

"小冯说得太好了！"杜铭华赞道，"我先前学技术的时候，李师傅也是这样跟我说的，他说，万贯家财，不如一技在身，这是一句老话。你们看你们冯哥，年纪轻轻，还只是一个初中文凭，又没有靠山，现在当了中央的处长，这就是靠本事挣来的。"

"你们俩记住了吗？"车月英打着圆场，对两个孩子说道，"还不给你们冯哥敬杯酒，谢谢冯哥给你们讲的道理？"

"谢谢姐夫！"

两个孩子无奈地站起身，向冯啸辰举了举杯子。在家宴上，他们俩都没资格喝酒，他们杯子里倒的只是汽水而已。好端端吃着饭，突然被教训了一通，两个孩子心里肯定是不痛快的。不过，冯啸辰说的那番话，对他们还是颇有一些刺激，尤其是冯啸辰承诺可以帮助他们到京城、浦江这些大城市去工作，这对于他们这种在小城市里长大的孩子有着特别的吸引力。

他们在这一刹那都打定了主意，一定要好好听这个姐夫的话，抱紧姐夫的粗腿，以后就会有光明的前程了。

吃过饭，冯啸辰提出要去拜访一下李青山以及厂里的领导，杜晓迪自然是要负责带路和陪同的。杜铭华派出杜晓远和杜晓逸二人负责帮他们俩拎东西，这样冯啸辰和杜晓迪到某个人家里去的时候，小兄妹俩就可以拎着其他家的礼物待在外面等着。

年轻人都出门之后，杜家老两口一边收拾着碗筷，一边谈论着未来的女婿，都觉得颇为满意。尤其是冯啸辰在饭桌上对杜晓远、杜晓逸二人的教育，让老两口觉得这个年轻人品行正派，像个当姐夫的样子。

“铭华，小冯说以后能够帮着把晓远和晓逸都弄到大城市去工作，你信吗?”

“这有啥不信的，你看他不是已经把晓迪给弄到京城去了吗？而且还说能给晓迪弄个研究生读读呢。”

“他真有这么大的能耐？那他自己咋不去读一个呢?”

“你知道人家自己没在联系？他自己的事情，跟你这个老妈子说个啥?”

“这倒也是。铭华，我觉得咱们这个姑爷挺不错的，咱晓迪真有眼光。”

“那是啊！我师傅早就说过，晓迪这丫头人性好，又肯吃苦，小时候没过上好日子，长大了必有贵人相助的。”

“唉，晓迪这也算是跳出龙门了……对了，铭华，晓迪到京城去工作了，那她的工资……”

“这事吧，我是这样想的，咱们苦点没啥，家里不是还有些积蓄吗?熬一两年，晓远就中专毕业了，那时候就有工资了。晓迪的工资，还是让她自己带上，虽说晓迪也跟咱们说过，咱这姑爷收入挺高的，可他们毕竟还没办事，让一个姑娘家去用对象的钱，不太合适，会让人家给看轻了……”

“嗯，也只能这样了……”

老两口所纠结的事情，其实也正是杜晓迪在纠结的事情。在走访过通原锅炉厂的相关人员之后，杜晓迪把弟弟妹妹打发回家，自己送冯啸辰去厂招待所。走在路上，她便怯生生地提起了这件事情：“啸辰，有件事，我想跟你商量一下。”

“什么事?”冯啸辰诧异地问道。今天一天，杜晓迪的情绪都很高，在李青山家里以及厂领导家里的时候，杜晓迪虽然显得害羞，没怎么说话，但脸上一直都是笑容不断的。但这会，冯啸辰感觉到杜晓迪的声音有些低落，似乎是有什么不开心的事情一般。

“我到京城去以后，我想把工资都寄回来。”杜晓迪低着头，像是犯了什么错误一般地说道。

“为什么?”冯啸辰下意识地问了一句，旋即就明白过来了，他笑着说道，“我明白你的意思，这件事你自己做主就行了，为什么要跟我商量呢?”

“可是，我爸不同意，他说我的工资就留给我用，不让我寄回来。”杜晓迪继续说道。

“这又是为什么呢?”这回轮到冯啸辰纠结了。他纠结的倒不是杜晓迪的工资要不要寄回来的问题，而是这父女俩的意见为什么不统一的问题。

杜晓迪道：“我爸说，我在京城也要花钱的，而且京城的生活贵，他让我把钱都留着自己用。”

冯啸辰笑道：“你没告诉他我是一个大款吗？难道还养不活你呢?”

杜晓迪道：“我不用你养活。我爸说了，我们还没……那啥呢，现在就用你的钱，不合适……”

“那咱们就抓紧那啥呗，这还不简单?”冯啸辰笑嘻嘻地说道。

“跟你说正经的呢!”杜晓迪打了冯啸辰一下，怒道。

“好好好，说正经的。那你打算怎么办?”冯啸辰道。

杜晓迪鼓起勇气道：“我是这样打算的。我到京城去以后，锅炉厂这边的工资就停了，是由蔡教授的课题组给我开工资的。我每个月领到工资之后，自己留 15 块钱当生活费，剩下的就寄回家里来。”

“可以啊，我没意见。”冯啸辰答应得极其爽快。

杜晓迪又道：“所以……咱们俩可能得分开吃饭。”

“唉……”冯啸辰不由仰天长叹，感慨真是一分钱难倒英雄汉，好吧，就算杜晓迪不是汉子，那也是一个胜似汉子的妹子了。

杜晓迪她家一直是靠她的工资、杜铭华的退休金以及车月英做家属工的收入来生活的，她去京城了，就相当于家里少了一大块收入。她是一个顾家的女孩子，所以想把在京城的工资寄回来补贴家用，自己只留下最最基本的一点生活费即可。

然而，如果她要和冯啸辰一起吃饭，以冯啸辰的少爷作风，恨不得一顿饭就要吃掉 15 块钱，她那点钱就不够看了，相当于她占了冯啸辰的便宜。而以杜铭华两口子的价值观，女儿在处对象的时候就用男方的钱，会让人看不起的。

说到底，这就是一个穷人家的计较了，而且是一家有骨气的穷人。可问题在于，冯啸辰怎么可能自己一个人吃香的喝辣的，却看着女朋友用一个月区区 15 块钱的伙食标准吃点清汤寡水？再说，他还指望杜晓迪住到他的小四合院去给他做饭呢，总不能让杜晓迪做完饭再赶回工业大学去吃食堂吧？

“晓迪，你想得复杂了……”冯啸辰用手拍了拍杜晓迪的后背，说道，“这件事，我早就考虑过了，你放心，我会安排好的，肯定不会让你为难。”

第三百四十章

冯啸辰在通原住了几天，除了与杜晓迪到处闲逛之外，也到通原的几家大企业去转了转。他这趟来通原也是打着出差的名义出来的，总得干点什么活，回去好向罗翔飞交代。

到通原的第四天，冯啸辰向杜晓迪一家发出邀请，请他们到城里的饭馆去吃顿饭，聊表寸心。杜铭华和车月英二人自然是觉得没有必要，一家人出去吃顿饭起码得花上二三十块钱，还不如买点菜自己在家里做。杜晓迪也弄不明白冯啸辰的意思，不过既然是冯啸辰发了话，她也就自然而然地站在冯啸辰一边，帮着劝说自己的父母，说小冯一片心意，不好回绝云云。

就这样，一家人出了锅炉厂，来到通原大街上。走了约摸十分钟光景，冯啸辰用手指着远处一个标牌说道："大家看，咱们就去那家酒楼吃饭。"

众人抬头看去，杜晓远首先欢喜地喊了起来："姐夫，你不会是要请我们去春天酒楼吃饭吧?"

"没错，就是春天酒楼啊。"冯啸辰嘻嘻笑着回答道。

"真够哥们啊，姐夫！我太爱你了!"杜晓远两脚腾空地跳了起来，看向冯啸辰的眼神里充满了热情，看那意思，他都恨不得替姐姐在冯啸辰脸上亲一口了。

杜铭华瞪了杜晓远一眼，道："晓远，不许跟你冯哥这样没大没小的。你说那个什么春天酒楼，你很熟吗?"

杜晓远叫屈道："爸，我哪熟啊？我长这么大，总共在外面也没吃过几回饭好不好？我跟你们说，这家春天酒楼，是前几月刚开张的，租的是原来粮食局招待所的楼，里里外外都重新拾掇过了，现在是整个通原市最高档的酒楼。我们班上有同学去吃过饭的，说里面的装潢特别高档，菜做得那个好吃啊……哈哈哈哈，想不到我杜晓远也有到春天酒楼去吃饭的时候了！”

“嗯嗯，我也听我们同学说过，我们有个同学的爸爸在那里吃过饭，说里面的菜做得特别好，还有就是特别贵。”杜晓逸也扑闪着大眼睛补充道。她和杜晓远两个人都是在市里读书的，消息自然更灵通一些。相比之下，杜家老两口以及杜晓迪天天待在厂子里面，对于市里的一些新鲜事反而不那么敏感。听到春天酒楼这个名字，杜晓迪心里闪过一个念头，总觉得在哪里听说过，可一时又想不起来。

车月英却是皱起了眉头，她转头对冯啸辰说道：“啸辰啊，你听晓逸说的没有，那家酒楼里的菜特别贵呢，我看咱们还是别去吃了。”

冯啸辰笑着摆摆手，道：“阿姨，你就别操心这个了，我来了这么多天，理当请家里人吃顿饭的，找个最好的饭店没什么。晓远和晓逸不是说了吗，那里的菜做得特别好，今天就算咱们一块去尝尝鲜了。”

“唉，花那个冤枉钱干什么……”车月英心疼地说道，在她心里，已经隐隐觉得女婿的钱也是这家里的钱，这样浪费掉实在是太可惜了。

杜铭华没有说啥，脸上装出一副矜持的模样，其实心里是百感交集。从内心来说，他也觉得到全市最高档的酒楼去吃顿饭太浪费了，但另一方面，他又觉得这是女婿在给他们挣面子。改天回厂里一说，女婿请他们全家去了全市最好的春天酒楼，没准有多少工友会羡慕得两眼通红呢。厂里不还有人说京城的女婿不可能看得起他们这个普通工人家庭吗，有这顿饭，他就能够去打对方的脸了。

说话间，一行人已经来到了春天酒楼的门前。众人抬头看去，果然见整个酒楼装饰得富丽堂皇，门前的迎宾小姐身穿红色旗袍，透着一派雍容气息，全然不像市里其他酒楼那样土得掉渣。杜铭华也微微点着头，感叹道：“真不错，看来这个老板真是挺有钱的，眼光也挺不错。”

冯啸辰笑而不语，他走到迎宾小姐面前，说道：“劳驾，我姓冯，事先在你们这里订了包间的。”

“哦，是冯先生！”迎宾小姐满脸笑容，躬身说道，“您订的包间是我们的富贵花包间，我这就带你们去。”

这行人中，冯啸辰是最为淡定的，杜晓迪多少也见过一点世面，跟在冯啸辰身边，还能保持着一些从容。余下的杜家二老和小兄妹俩可就没那么好了，从走进酒楼的那一刻起，四个人就觉得手足无措，既想装出一副经常到高档酒楼来吃饭的样子，又忍不住要东张西望四周那琳琅满目的装饰，尤其是杜晓远、杜晓逸二人，恨不得多长出几只眼睛，以便把所有的一切都看完，回头可以到学校里去向同学们炫耀。

“这就你们的包间，请入座吧。”

迎宾小姐把众人带进包间，招呼着大家坐下之后，微微偏过头，向冯啸辰问道：“冯先生，现在可以上菜了吗？”

“可以了，上菜吧。”冯啸辰淡淡地回答道。

迎宾小姐退出去了，杜铭华和车月英看看冯啸辰，犹豫着不知道该不该发问。杜晓迪却抢先说出来了：“啸辰，你事先来过了吗？为什么菜就已经点好了？”

冯啸辰笑道：“我怕点菜耽误时间，所以就先打电话把菜点好了，点的都是他们的招牌菜。”

“这……”杜晓迪总觉得哪里有点不对，可一时又说不出来。看到父母向她投来狐疑的目光，她也只能是无奈地笑笑，毕竟冯啸辰身上的秘密太多了，她还真不知道这一回冯啸辰葫芦里卖的是什么药。

这家春天酒楼，自然就是陈抒涵在新岭开的那家春天酒楼的分店了。经过两年的经营，新岭的春天酒楼已经发展成为整个新岭市最大的酒楼，每天食客盈门，说是日进斗金也不为过。规模扩大之后，冯啸辰便与陈抒涵商量到外地去开连锁店的方案，但一时还没有找到合适的地方。

今年上半年，冯啸辰在京城向杜晓迪表白，二人确定了恋爱关系，冯啸辰便在琢磨如何照顾杜家的问题。他现在自然是不差钱的，但也知道如果直接拿钱给丈人家，杜家的老两口或许会觉得不自在，翁婿之间的关系也会变得太过复杂。灵机一动，他便想到了这个点子，当即让陈抒涵派人到通原来开了一家春天酒楼的分店，并打算给杜家老两口一份干股，再让他们在酒楼里做些管理工作。

这两年，国家的政策越来越宽松，私人开酒楼已经不再是什么离经叛道的事情，不再需要像过去那样借合资企业办事处的名头来掩人耳目。此外，百姓的生活水平日益提高，餐饮市场也越来越红火，尤其是各地都有一些“先富起来”的个体户，吃一顿饭花上一两百块钱也不在话下。春天酒楼从一开始走的就是高档路线，在通原这样的三线城市里，这样高档次的酒楼独此一家，赚钱是不用担心的。

在通原开一家分店，给杜家老两口一些股份，自然就解决了杜家的收入问题，用不着杜晓迪再纠结要不要把工资寄回家里了。让老两口参与酒楼的管理，看中的是他们在当地的人际关系，还有就是作为亲戚的忠诚。在这么远的地方开一家店，肯定无法指望陈抒涵三天两头过来检查，有自己的泰山泰水在店里守着，就不用担心职业经理人吃里扒外，损害酒楼利益了。

要论起比通原更适合开分店的地方，当然不止一处。但事关冯啸辰的终身大事，他也就考虑不了其他了。陈抒涵知道在通原开分店的真实原因之后，更是极为上心，从新岭的总店里挑选了几位最得力的人员派往通原，并且亲自到通原来筹办此事。在陈抒涵的心目中，冯啸辰就如自己的亲弟弟一般，而且如果没有三年前冯啸辰带她出来开饭馆，也就没有她陈抒涵的今天，所以，对于冯啸辰的事情，她自然是要当作最最重要的事情来办的。

有关自己在新岭开了一家春天酒楼的事情，冯啸辰其实向杜晓迪说起过，只是杜晓迪并没有记住酒楼的名称而已。这一次冯啸辰让陈抒涵到通原来开分店，并没有告诉杜晓迪，杜晓迪直到现在仍然是蒙在鼓里的。

冯啸辰今天请杜家一家人到酒楼吃饭，就是准备正式向杜家老两口摊牌了。在事先，他给坐镇在酒楼里的陈抒涵打了电话，让陈抒涵给他安排好了包间，列好了菜单。酒楼的服务员并不知道冯啸辰是何许人也，只知道这位冯先生是老板交代过要好好照顾的贵客。

由于事先打好了招呼，菜上得非常快。服务员如穿梭一般进进出出，转眼就摆下了满桌子精美的菜肴。酒水饮料也都上齐了，杜家老两口和冯啸辰面前的酒杯里倒的是五粮液，而杜晓迪姐弟三人面前则各摆着一只易拉罐，里面插着一根吸管。

“是可口可乐！”

见多识广的杜晓远再次欢呼起来，他愿意摸着古往今来所有的经书起誓，这是他一生中第一次喝如此名贵的饮料。

第 三 百 四 十 一 章

陈抒涵是个做事认真而且勇于探索的人，冯啸辰则有着超前的眼光。在冯啸辰的指点下，春天酒楼从一开始就在模仿后世的经营理念，讲究内部装修，注重菜品开发，强化服务质量。在新岭的时候，春天酒楼就是其他饭店的标杆，只是那些饭店的经营者缺乏冯啸辰和陈抒涵联手的魄力，无法完全效仿春天酒楼的做法。

这家开在通原的分店，是照着新岭总店的模式复制过来的，在这样一个三线城市里，自然是鹤立鸡群。今天这一桌子菜，都是陈抒涵在新岭精心开发出来的招牌菜，即便放在京城、浦江这种大城市，也是足够惊艳的。杜家一家人一下筷子，就再也控制不住了，直吃得满口油光，大呼过瘾。

这个年代的人，平时没太多油水，因此饭量都是极其恐怖的。陈抒涵帮着准备的满满一桌子菜，被他们六个人吃了个精光，连盘里子的菜汁都被用馒头蹭着吃掉了。看着符合后世“光盘行动”要求的一堆盘子，冯啸辰迟疑着要不要再加几个菜，杜铭华赶紧给拦住了。冯啸辰也没坚持，他看了看杜晓远和杜晓逸，笑着问道：“怎么样，吃饱了吗？”

“吃饱了！”杜晓远笑着答道。

“太撑了，我准备明天和后天都不再吃饭了！”杜晓逸大声宣布道。

“要不，你们俩去活动活动吧。”冯啸辰建议道。

二人同时一愣，问道：“怎么活动？”

冯啸辰对门外喊了一声，服务员应声而入，冯啸辰说道：“麻烦你带他们俩到楼上的台球室里，让他们打打台球，活动一下。顺便麻烦你跟陈总说一句，就说富贵花包间的小冯请她过来坐坐。”

“打台球?”杜晓远和杜晓逸面面相觑，不知道冯啸辰怎么会突然做出这个安排，也不知道冯啸辰如何知道酒楼的楼上居然还有台球室。不过，年轻人毕竟有猎奇的心理，在用眼神向父母征求过意见之后，兄妹俩便欢天喜地地跟着服务员出去了。

看到两个孩子走开，杜铭华看着冯啸辰，诧异地问道：“小冯，你这是个什么安排？还有，你刚才说的陈总是谁，你怎么会认识这里的人?”

冯啸辰笑而不答，少顷，包间门一开，一位穿着职业套装，30 出头的漂亮女子走了进来，身后还跟着一位服务员，手里拎着一瓶五粮液酒。那漂亮女子先是向冯啸辰递过去一个笑容，然后微笑着向杜家二老微微欠了一下身子，说道：“您二位就是杜叔叔和车阿姨吧？我是这个酒楼的负责人，我叫陈抒涵。我敬叔叔阿姨一杯酒，你们请随意。”

听她这样说，跟在她身后的训练有素的服务员连忙走上前，先给杜铭华和车月英面前的酒杯里倒上了酒，又找出另一个酒杯，倒了一杯酒递给那陈抒涵。陈抒涵把酒杯举起来，杜家二老不知道是怎么回事，但见对方如此恭敬，也赶紧起身，端起了酒杯。陈抒涵与对方碰了一下杯，然后将自己杯里的酒一饮而尽，杜家二老互相看看，也跟着喝光了杯子里的酒。

陈抒涵把自己的酒杯交给服务员，递了个眼色，服务员乖巧地退出了包间，同时关上了包间的门。到了这个时候，冯啸辰才笑呵呵地站起身，走到陈抒涵身边，伸出一只手挽着陈抒涵的胳膊，转过头对杜家二老说道：“杜叔叔，车阿姨，我给你们介绍一下，陈姐是与我过去当知青时候同在一个知青点的。当年我才 14 岁，啥都不会，陈姐就像我亲姐姐一样照顾了我好几年。这家春天酒楼，是陈姐开的，我也有些股份在里面。酒楼的总店是在我们南江省的新岭市，通原这家是分店，陈姐就是酒楼的老板。”

“哦，原来这就是你说的……”杜晓迪也站了起来，用手指着陈抒涵，后知后觉地说道。直到这个时候，她才想起来，冯啸辰的确跟她说过与一位大姐合开酒楼的事情，闹了半天，这家春天酒楼就是冯啸辰名下的产业。

陈抒涵扭头看着杜晓迪，笑着说道："你就是晓迪吧？啸辰写信跟我说起过你的。不过他光说了你技术非常好，没说你竟然长得这么漂亮。看起来，啸辰也知道不好意思呢。"

"陈姐，瞧您说的……"杜晓迪的脸一下子就红了，对于这位初次见面的大姐也顿生了无穷的好感。

听说这家酒楼居然是冯啸辰与陈抒涵合开的，杜家二老先是感到震惊，继而便想到了一些什么。他们俩虽然憨厚老实，却不是不通人情世故。自己的女儿是上半年在京城与冯啸辰私订终身的，而这家酒楼则是两三个月前才刚刚开业的，显然酒楼在通原开业与自己家是有莫大关系的。

"叔叔，阿姨，其实今天我让啸辰请你们二位到这里来吃饭，是有一件事想和你们商量一下，不知道叔叔阿姨愿不愿意帮忙。"陈抒涵坐到了杜铭华的身边，露出满脸真诚之色，对二老说道。

"陈总，有什么事你就说吧，只要我们在通原能够帮上忙的，肯定会尽力。"杜铭华应道。

陈抒涵道："是这样的，这家通原分店，是我们春天酒楼在外地开的第一家分店。从开业两个多月的情况来看，经营效果还不错。不过，我不能一直待在通原，酒楼里的经理和几位主管虽然都是我从总店选出来的，能力上没有什么问题，但如果没有一个可靠的人在酒楼里坐镇，时间长了，只怕他们会有一些想法……"

"那是肯定的，不是自己的买卖，又这么赚钱，人家能没点想法吗？"杜铭华点头附和道。

冯啸辰刚才说陈抒涵就像他的亲姐姐一样，杜铭华和车月英也就把陈抒涵当成了自己的晚辈。陈抒涵说起酒楼经营上的困难，杜铭华迅速地产生了代入感，像是在看自己的产业一般。

"所以呢……"陈抒涵见杜铭华理解了她的意思，便直接进入了正题。她拖了个长腔，给了对方足够的思考时间，然后才说道，"我和啸辰商量，想请杜叔叔和车阿姨到酒楼来帮忙，杜叔叔可以当酒楼的副经理，车阿姨当行政主管，你们看如何?”

“这……”

杜铭华和车月英都傻眼了，画风转得太快，他们俩根本就适应不过来。这么高档的一个酒楼，自己走进来都觉得战战兢兢的，现在居然要交给自己去管理，这让他们怎么敢相信呢?

“陈姐……啸辰……”杜晓迪却是完全听明白了，眼圈里顿时就噙满了泪水。这件事的幕后主使是谁，她还能猜不出来吗?陈抒涵口口声声说是请自己的父母帮忙，其实不就是要给父母一些赚钱的机会吗?她可以想象得出来，让爸爸当副经理，让妈妈当行政主管，肯定都是没有太多具体事情要做的，但却会有一份非常丰厚的工资，这是冯啸辰在变相地贴补她家。这种安排的聪明之处在于，请杜家二老在酒楼里当个监工，本身也是必要的，这是别人无法替代的工作，二老不会有受到施舍的感觉，丝毫无损他们的自尊心，远比直接送钱给他们更好。冯啸辰能够把事情考虑得如此周全，他对自己的那一片用心，自己如何报答呢?

“陈总，我过去只是个普通工人，现在还是个残疾人，你阿姨她就是个家属工，也没啥见识。你让我们当经理和主管，我们怕干不了啊。”杜铭华磕磕巴巴地回答道。

陈抒涵温柔地笑着，说道：“杜叔叔不用担心，我从南江派过来的几个人能力上都不错，具体的事情他们都能做好。请叔叔阿姨来，主要就是帮着做做日常监督，保证酒楼不会出现吃里扒外的事情。这件事交给其他人我都不放心，交给你们二位，我就踏实了。”

陈抒涵把话说到这个程度，杜铭华还能说啥。杜晓迪悟出来的事情，他也想到了，心里对冯啸辰充满了感激。冯啸辰先斩后奏，已经把酒楼开起来了，如果自己不帮着女婿照看一下，那么酒楼真的被外人捞了油水，岂不也是女婿的损失?自己两口子在酒楼做事，女婿肯定不会亏待自己，这份好意自己也只能收下了。不过，这位陈总说自己两口子不需要做什么事情，自己可不能这样想，自己两口子也就是40刚出头，还是精力充沛的时候，要尽可多做点事情，对得起女婿给的好处。

想到此处，杜铭华郑重地向陈抒涵和冯啸辰说道："陈总，啸辰，你们如果信得过我和你们阿姨，那这件事我们就接下来了。你们放心，有我们在这替你们守着，绝对不会出任何差错的。"

第三百四十二章

从酒楼出来的时候，车月英脸上笑得开了花，杜铭华虽然刻意地板着脸，腰板却显得挺拔了许多，全然没有前几天冯啸辰与他初见时候那种颓然的模样。

老两口最终还是接受了陈抒涵的邀请，答应出任春天酒楼通原分店的副经理和行政主管。他们俩最主要的任务就是作为陈抒涵和冯啸辰的利益看管人，监督酒楼的日常经营，保证酒楼的利益不会被别有用心的高管瓜分。除此之外，他们还可以做一些力所能及的工作，包括在通原本地的一些关系的协调等等。

老两口虽然都只是工厂里的工人，但毕竟也是通原本地人，远比陈抒涵千里迢迢派来的职业经理人更为熟悉本地情况。开酒楼迎的是八方客人，有这么两位本地人帮着接洽关系，总是有些好处的。

至于二人的待遇，也在现场确定下来了。杜铭华的工资是每月 120 元，车月英是每月 100 元，遇到全酒楼都发奖金的时候，他们也有一份。除了工资之外，冯啸辰还从自己名下分给他们俩两成的股份，他们可以在年终的时候拿到这部分股份的分红。

起先，两口子坚决不同意接受股份，最后还是陈抒涵笑吟吟地说了一个理由，说这是作为迎娶杜晓迪的聘礼。看到冯啸辰那真诚的态度，再看到女儿羞答答地不吭声，老两口最终还是点头接受了下来，同时心里五味杂陈。他们知道，这两成股份拿下来，女儿就算是卖给冯啸辰了。按照最保守的估计，一年下来这两成的分红也得有几万元，这一点冯啸辰和陈抒涵都没有向老两口说，否则估计要把他们吓趴下了。

有关工资和股份的事情，大家都瞒过了杜晓远和杜晓逸二人，省得他们知道家里多了这样一个收入来源，会变得花天酒地。这些新增的收入，老杜两口子也是有所打算的，除了拿出一部分改善生活条件之外，大部分都将存起来，作为老二、老三这两个孩子结婚之用。至于杜晓迪，他们已经不用操心了，冯家的财产不可估量，他们到时候送一份小小的陪嫁也就够了。

把父母和弟弟妹妹送回家，杜晓迪接着送冯啸辰去招待所。走到一个没人的地方，两个人不约而同地停下了脚，冯啸辰笑呵呵地问道："晓迪，这回你不用再操心工资的问题了吧?"

"谢谢你，啸辰，你真是替我家考虑得太周全了。"杜晓迪低声地说道。

"这不是应该的吗?"冯啸辰道，"谁让你是我未来的老婆呢……"

他的话还没有说完，忽然觉得脸颊上被一个热乎乎的东西碰了一下。转头看去时，杜晓迪已经蹦蹦跳跳地跑远了。

冯啸辰捂着脸上的吻痕，嘿嘿地笑了：

这两成股份，真是值了……

1984年的春节，晏乐琴再次回国探亲，同时也带回了冯凌宇和冯林涛俩人，让他们能够和父母团聚一阵。堂兄弟俩在德国待了一年时间，明显成熟了许多，与冯啸辰坐在一起的时候，已经不再是一味地听冯啸辰训话，而是能够提出一些自己的观点。虽然这些观点在冯啸辰看来还有些幼稚，但毕竟也算是今非昔比了。

冯飞原打算到京城来与母亲团聚，但厂里临时接到任务，他就无法抽身出来了。只能让夫人曹靖敏到京城来向晏乐琴问候请安，住了几天之后，便带着冯林涛回了青东省。冯林涛将在家里待上十几天，再返回京城，随晏乐琴一道回德国去继续自己的学业。

冯立和何雪珍二人到了京城，也住进了四合院。已经借调到京城工业大学蔡兴泉课题组里工作的杜晓迪见到了婆家奶奶和未来的公公、婆婆以及小叔子。一家人对杜晓迪的印象都非常不错，冯立、何雪珍看中的自然是杜晓迪的漂亮、本分以及贤惠，而晏乐琴则更欣赏杜晓迪的技术，觉得这样年轻就有如此过硬的技术，堪为冯啸辰的良配。

在这些天里，晏乐琴在冯啸辰的陪同下，到重装办去走了几趟，听取了有关装备科技基金使用的情况。她毕竟还挂着一个头衔，那就是装备科技基金会的理事长，甚至冯啸辰与杜晓迪双宿双飞的那个小四合院，也是借着这个名义弄到手的。

当然，晏乐琴去重装办并非只是露露面、应付差事，她对于基金的使用的确是非常关心的。罗翔飞、吴仕灿、谢皓亚、郝亚威等人都就自己分管的方面向她作了汇报，她则亲自调阅了项目招标的有关文件，详细了解项目基金的分配情况。看到重装办在招标中严格要求，没有把资金浪费在那些不着边际的项目上，晏乐琴觉得颇为欣慰，同时表示回德国之后会向投资人作一个说明，并劝说他们一如既往地支持中国的装备科技工作。

过完年，晏乐琴带着两个孙子返回了德国。冯立夫妇在京城又待了两天，然后也回南江去了。南江那边还有辰宇公司这么一个大摊子，虽说杨海帆是个很能干的职业经理人，但冯立两口子还是心里放不下，总觉得要在那里盯着才踏实。

众人一走，热热闹闹的小四合院里便又只剩下了冯啸辰和杜晓迪两个人了。其实杜晓迪在家的时候也不多，工业大学离四合院这边还挺远的，蔡兴泉帮着在工业大学给她找了一个单身宿舍里的床位，她平时都是吃住在工业大学的，只在周末的时候回来和冯啸辰团聚。

当然，冯啸辰也没闲着，重装办的业务越来越多，每个人都忙得脚不沾地，冯啸辰岂能独善其身。要说起来，重装办的许多业务都是冯啸辰揽过来的，他也算是咎由自取。比如装备科技基金这件事，原本是并不存在的，现在却成了重装办的一项重要工作，而且还是挺麻烦的一项工作。

“小冯，我听到一些风声……”

冯啸辰走进吴仕灿办公室的时候，吴仕灿这样对他说道。吴仕灿的眉毛皱得很厉害，像是有什么极其为难的事情一般。

“什么风声？”冯啸辰在吴仕灿的对面坐下来，问道。

吴仕灿道：“王宏泰那个钌触媒的项目，进展很不顺利。”

“怎么会呢？”冯啸辰一愣，王宏泰可是他们颇为看重的一个人，有头脑，也有工作热情，而他选择的钌触媒这个研究方向，经过大家论证，也确定是一个非常有前途的方向。上次由吴仕灿做主，给王宏泰定了 50 万的投入，王宏泰当即就作出了“士为知己者死”的表示，大家对他也是充满希望的。现在吴仕灿说他的项目进展不顺利，这可是会让重装办很灰头土脸的。

“我记得王宏泰当时提出的研究方案是非常可行的，技术路线也很清晰，不存在什么大问题，怎么会进展不顺利呢？”冯啸辰问道。

吴仕灿道：“具体情况我也不是太清楚，只是听在浦江交大的一个老朋友说王宏泰那边有些小麻烦。今天我给王宏泰打了个电话，问他实验的进展情况，他语焉不详，好像有点难言之隐，所以我觉得不太妙啊。”

“按照他原来报的设计方案，他应当已经完成以氧化镁和氧化铝为载体的钌化合物催化剂活性的测定了，能够验证氯离子对钌基催化剂的毒化作用。”冯啸辰回忆着当初王宏泰答辩时候讲过的一些技术细节，向吴仕灿求证道。

吴仕灿点点头，道：“的确如此。我今天也是问他这个情况，但他说，实验目前还没有做好，可我听他那个意思，好像根本就没开始做。”

“这不是胡闹吗！”冯啸辰的脸也变黑了。第一批项目经费拨付下去已经有好几个月了，即便中间隔了一个春节，也不该耽误这么多时间。科研项目是有步骤的，第一期的实验完成之后，才能进行后续的数据处理和理论研讨，进而提出第二期的实验设计。现在最初的实验都没有完成，后面所有的工作都要耽搁了，这算个什么事？

如果没有竞争对手，冯啸辰倒也能够容忍王宏泰从容不迫地去做事。但目前日本、英国的科研人员都已经盯上了钌触媒这个领域，人家在马不停蹄地前进，自己却在歇着，那装备科技基金还有什么作用呢？

“这件事不平常。”吴仕灿道，“王宏泰不是一个不知轻重的人，这件事应当另有隐情。我怀疑是交大化工系那边出了问题。”

“有可能！”冯啸辰心念一动，不禁想起王宏泰来申请课题时候流露出的一些蛛丝马迹。

“小冯，我现在手头事情多，走不开，你有没有时间到浦江去走走，帮我看看浦江那边各家研究机构的项目开展情况，重点了解一下王宏泰那边出了什么问题。”吴仕灿对冯啸辰说道。

第三百四十三章

浦江交通大学，化工系。

王宏泰坐在实验室里，看着面前一本才写了几页纸内容的实验记录本，脸色像要下雨前的天空一样阴沉。

几个月来，王宏泰最怕的就是接到来自于京城的电话，因为他不知道该如何向信任他的重装办领导们交代，尤其是不知道如何去面对自己非常敬重的前辈师长吴仕灿。自己只是一个小小的讲师而已，重装办的吴教授、冯处长却是那样地相信自己，为自己的研究项目提供了 50 万元的资金支持，这是整个浦江交通大学在这次招标中获得的资助金额最高的项目。

在走出答辩会场的那一刹那，王宏泰就已经下定了决心，宁可少活二十年，也要攻克钌触媒。不错，他这一代人就是听着铁人的故事长大的，从小就非常希望能够成为那种为国建功立业的英雄模范。他是一个书生，手无缚鸡之力，不可能像铁人那样去茫茫冰原钻探石油，但他有他的报国方法，那就是做出达到国际一流水平的科研成果，让中国的科技能够登上一个更高的台阶。

一直以来，他都认为自己有这个能力，也有这样的抱负，只是缺乏条件而已。现如今，重装办给了他 50 万元的资助，他还有什么理由做不出成果来呢？

带着满心的希望，他与学校里的其他老师一起回到了浦江。重装办的资金拨付非常及时，王宏泰他们回来不到两个星期，资助的第一笔资金就已经到了学校的账户上。这笔钱有 60 万之多，分属于不同的课题，其中王宏泰的钌触媒课题有 10 万元之多。学校财经处根据课题主持人所在的院系，发出了用款通知单，告知各个项目主持人可以开始申请使用这些经费了。

王宏泰自然也接到了通知，他兴冲冲地来到化工系会议室，一进门，就感觉到了气氛有异。在会议室里，坐着系里的几位主要领导，还有几位大牛教授。看到王宏泰进门，所有的人都向他投以慈祥的笑容，一个个笑得露出洁白的或者被香烟熏黄的牙齿，让王宏泰有一种不寒而栗的感觉。

“小王，祝贺你啊，为咱们化工系争了光！”

系主任高辛未亲自站起身，上前与王宏泰握手，并把王宏泰拉到自己身边坐下。在王宏泰记忆中，自己似乎从来没有得到过这么高的待遇，他觉得自己应当表示一下激动或者别的什么情绪，但脑子里却不由自主地浮上来一句很不合时宜的话：

黄鼠狼给鸡拜年……

王宏泰坐下之后，高辛未便宣布会议开始。他清了清嗓子，对众人说道：“各位老师，今天我们召开一个专家会议，主要议题就是讨论国家重装办交付给我们化工系的钌触媒合成氨工艺研究课题。这个课题的申请报告，是在全系老师的通力协作下，由王宏泰老师执笔完成的。王老师还不负众望，在京城接受了重装办专家的质询，使这个课题得到了批准。重装办为这个课题提供了50万元的资助，这是全校在这一次项目申报中所获得的资助金额最高的项目，这是咱们化工系全体教师的光荣！”

呃……王宏泰有些懵了。自己明明是课题研究方案的提出者，怎么成了“执笔”了？所谓执笔，就是人家出了主意，自己负责把它写出来，说得难听一点，就是一个会议记录人员而已。如果说执笔这个说法还可以商榷一下，那么把这个项目说成重装办交付给整个化工系的，这好像味道就不太对了。

学校里的课题，从来都是要说明具体主持人的。尽管对外可以说是浦江交大承接的课题，或者化工系承接的课题，但在内部，绝对得说这是张教授的课题，或者李教授的课题，哪有含糊其辞，归到全系名下的？如果这是全系的课题，那么谁说了算呢？

王宏泰是个不善交际的人，遇到这种事情，他一下子就不知道该如何处理好了。他有心反驳一下高辛未的话，但又觉得大庭广众之下，直接和系主任对着干不太合适。他把嘴张了好几次，都没有发出声音来。这时候，高辛未已经继续说下去了：“国家装备科技基金的重要性，我想是不用再重复的。国家把这样重要的项目交给我们，我们必须要集中全系的力量，努力攻关，锐意进取，以最饱满的热情、最严谨的态度，完成课题研究任务，向国家交出一份最完美的答卷。”

“高……高主任，集中全系力量……有些不必要吧？”王宏泰磕磕巴巴地开口了。这是一个大项目，当然是需要人手的，但系里的老师各有各的研究方向，很多人对这个问题根本就不了解。比如说屈寿林，他是一位大牛不假，但对钌触媒这种东西是一窍不通，把这些不懂这个问题的老师集中到课题组里，有什么意义呢？

听到王宏泰的话，高辛未的脸一下子就沉下去了，他严肃地说道：“小王，你这种想法是非常危险的！重装办交给我们这么大的项目，我们怎么能够掉以轻心呢？你以为系里派你一个人去京城答辩，就意味着你一个人能够把这个项目做下来吗？”

“不是的，我从来没觉得我一个人能够把项目做下来。前两天，我已经和系里的几位老师沟通过了，包括汤瑞好、黄雨、张强……”王宏泰说了几个名字，都是化工系里搞这方面研究的老师，平日里与他的关系也还不错。他说道，“他们几个都同意参加这个项目。另外，浦江化工局那边还有几位专家，我过去向他们请教过有关合成氨触媒方面的问题，等到项目开始之后，我会请他们也过来参加。”

高辛未皱着眉头道：“汤瑞好、黄雨他们都是年轻讲师，份量不够。至于浦江化工局的专家，偶尔请他们过来开个会没问题，但如果指望他们来帮我们完成这个项目，咱们浦交大的脸往哪放？咱们系里又不是没有知名教授，为什么要舍近求远，去找其他单位的专家呢？”

“可是……”王宏泰不知道怎么说了。系里的这几位知名教授，都不是搞这个方向的，再知名有个啥用？可现在这几个人就坐在自己对面，自己怎么能够当着人家的面把这话说出来呢？

高辛未没有在意王宏泰的态度，他说道："这件事情，系里非常重视，我们刚刚已经开会讨论过了。系专家委员会的意见是，成立一个专项课题组，由屈寿林教授担任组长，我担任常务副组长，吴荣根教授、成炽荣教授担任项目的第二、第三副组长。你对这个项目比较熟悉，又去京城汇报过，所以专家委员会决定任命你为课题组的第四副组长。至于课题组的其他成员，一会我们再议一议。你说汤瑞好他们有兴趣，也可以吸收进来，做一些日常的工作也好嘛。"

"第四副组长……"王宏泰的心里羊驼狂奔，有没有搞错，这是我申请下来的项目，我怎么成了第四副组长了？还有屈寿林，居然成了项目组长，他好意思吗？

高辛未此时也觉得有些不好意思了，毕竟八十年代的知识分子还是比较要脸的，那时候教授多少知道点啥叫廉耻。他假意地咳嗽了一声，说道："小王，其实这个职务的排名只是虚的，屈教授、吴教授他们在课题组里只是挂个名，主要是让上级领导觉得我们比较重视，派出了很强大的阵营。至于我自己嘛，挂个常务副组长，是为了给大家服务的。项目要做起来，涉及实验室的使用、设备购置、经费报销等工作，总得有人去跑腿吧？"

"这样……呃，也好吧。"王宏泰妥协了。既然高辛未说那几位大牛都只是挂个名，想必是觉得这么大的课题，他们置身事外有点不好意思。王宏泰倒不在乎别人和他抢功劳，甚至将来做出了成果，让几位教授署个名，王宏泰也能接受。第四副组长虽然显得排名比较靠后，但听高辛未的意思，这项研究工作还是会由他来主持的，只要能够做事，他又何必去纠结于这种虚名呢？

人在屋檐下，也不能不低头。正如高辛未说的，要做课题，涉及的事情多得很，实验室的安排、设备的采购、经费的报销，还有使用系里的研究生，都是需要系领导协调的。你一点好处都不让领导沾，领导能给你提供便利吗？

“小王，好好干，你的前途是非常远大的。对了，明年评副教授的时候，系里会把你排在第一位的。你作出了这么大的贡献，系里是知道的。”

高辛未又抛出了一根胡萝卜，这让王宏泰心里又舒坦了几分。

第三百四十四章

实践表明，王宏泰乐观得太早了。

化工系把王宏泰的课题抢过来，让屈寿林当课题组长，最初的想法只是为了安抚屈寿林那颗受伤的心。屈寿林申请了项目，但没有获得批准，反而是王宏泰这个小讲师得到了 50 万的高额资助，这让老屈觉得很没有面子。老屈已经是奔六的人了，是化工系的元老，排名第一的大牛，啥时候这样掉过面子？

如果当初屈寿林没有申请项目，也就罢了，他尽可说自己不与年轻人抢机会，或者声称自己年事已高，淡泊名利，说不定还能够赢得无数的景仰。可偏偏是高辛未为了在这次课题申报中争点荣誉，动员他出马进行了申报，那么申报被驳回所带来的屈辱，就得由高辛未或者化工系来负责了。

王宏泰的项目获得资助的消息传回来之后，屈寿林好几天脸色都十分难看。他并没有主动提出要抢王宏泰的项目，但高辛未哪里不懂得屈寿林的想法。钌触媒这个项目是整个浦交获得的最大额度的资助项目，意义十分重大，估计未来都是可以写入系史的。像这样的项目，屈寿林不挂一个名字上去，那绝对是无法接受的。

于是，便有了这样一出。大家都明白这是什么意思，但表面上的说辞则是动员老教授为项目保驾护航，以帮助年轻人更快地成长。在担任组长这个问题上，屈寿林很好地演绎了一番高风亮节，他仿古之先例，搞了一个“三辞三让”，最后才勉为其难地答应接受这个重任，并声称一旦有更合适的人选，他就要自动让贤，谁也别拦着。

王宏泰决定忍了。这就是所谓怀璧其罪啊。吴教授和冯处长对他高度信任，给了50万的资助，居整个浦交之首，想让别人不觊觎是不可能的。让大牛们挂个名，自己负责做事，也可以接受。既然第一期经费已经到位，那么当下最重要的就是采购实验材料，准备开始实验工作了。

王宏泰列了一张详细的实验材料清单，交给董红英。按照学校的工作程序，老师要采购实验材料，需要先填写采购申请单，说明事由，经所在院系盖章确认后，才交给相关部门去购买。一般来说，院系盖章也就是走走过场，因为经费是分配到课题主持人名下的，主持人肯定知道该买什么、不该买什么。当然，如果你在申请单上写着要买什么茅台酒、中华烟之类的，院系就得把单子打回去了。所谓把关，主要也就是针对这种不合理的采购行为。

王宏泰列出的单子上，都是课题需要的材料，如三氯化钌、氧化镁、活性炭等等，实在没什么审查把关的必要性。可偏偏就是这样一张单子，却被董红英退回来了，说是金额太大，要有课题组组长签字才行。

"组长？"王宏泰一脸诧异。

"对啊，就是屈教授啊。"董红英说道。

王宏泰道："可是高主任说过，这个项目是以我为主的，屈教授他们只是挂个名而已，买实验材料的事情，没必要让他们签字嘛。"

董红英道："这怎么能行？屈教授是课题组长，经费的使用当然是要经过他批准的。挂名的组长也是组长，总不能组长说了不算，你说了才算吧？"

王宏泰无奈，只能回去找屈寿林签字。结果一问，屈寿林关节炎发作，到医院住院去了，啥时候回来上班还没个准数。王宏泰好不容易才打听出屈寿林住在哪家医院，他自己掏腰包买了点水果、点心之类的东西，跑到医院去探病去了，"顺便"请屈寿林给他的申请单签个字。

"十二羰基三钌，10克就2000多块钱，怎么会这么贵？"

屈寿林翻看着王宏泰递上来的采购单，指着其中一项，皱着眉头问道。老屈好歹也是化工界的权威，此前闹出过"钌触媒"这样的笑话，在担任了课题组长之后，还是恶补了一下相关的知识，至少这个十二羰基三钌的分子式他是能够认得出来的，只是没想到这东西会这么贵。

王宏泰也有些尴尬，钌本身就是贵金属，做钌触媒的研究，不可避免地要用到各种钌的化合物，都是死贵死贵的。当初吴仕灿觉得他申请 8 万元的经费不够用，也是因为这个原因。说老实话，以他一个月才 100 块钱出头的工资，买试剂花上好几千块钱，他也是极其心疼的。但不管多心疼，该买的东西还是得买的，否则就做不了实验。他赔着笑脸对屈寿林说道：“屈老师，这种试剂是从国外进口的，咱们国内做不了，所以价格稍微高了一点。不过，现在国外做钌触媒的研究，首选的就是这种十二羰基三钌。文献上说，它对于合成氨的催化效果非常好，只是基材的选择还要再探索一下。我想做做这方面的实验，看看实际的效果如何。”

“小王啊，你这种探索精神是很好的，做科研，的确是需要有这种精神。不过，咱们也得考虑到咱们国家的国情，中国毕竟还只是一个发展中国家嘛，不能和人家发达国家去比。你刚才说国外做钌触媒的研究，都是哪些国家的？”

“有日本的，还有英国的，美国也有几家高校在做，目前这个领域的研究还是比较热门的。”

“看看，看看，日本、英国、美国，人家是什么发展水平，咱们是什么发展水平，能一样吗？人家买 10 克试剂，也就是拔一根毫毛的事情，咱们可就费劲了，2000 多块钱，足足是一个教授一年的收入。如果能够做出成果，倒也无所谓。你能保证做出有价值的成果吗？”

“这……”王宏泰张口结舌，科研这种事情，哪有十拿九稳的？其实，这 10 克试剂也就是做一些前期的探索而已，他需要从这一组实验中得到启示，再设计下一阶段的实验。如果要说得出有价值的成果，怎么也得等到下一阶段了。现在就让他保证做出成果，这不是强人所难吗？

屈寿林看出了王宏泰的心虚，于是更加语重心长地说道：“小王，国家重视这个项目，拨付了 50 万的资金，看起来是一笔很大的投入，但分摊下来，就没多少钱了。你这张单子上的试剂总共要花 5000 多块钱，这还只是一个阶段的工作，还不能保证出来有效的成果，这怎么能行呢？如果大家都像你这样申请，这个项目的经费还够用吗？”

王宏泰听出有些不对，他看着屈寿林问道，“屈老师，您刚才说的是什么意思？什么叫大家都像我这样申请？这个项目除了我申请购买材料之外，还有谁申请了？”

屈寿林像看傻瓜一样地看着他，说道：“大家都可以申请啊。成教授、吴教授、高主任，还有我，这个课题组有十多个人，你怎么能说别人没资格申请呢？”

“可是，这是我的项目啊！”王宏泰急眼了。他老实不假，但泥人还有个土性子呢，自己好端端申请来的课题，让别人当了项目组长也就罢了，现在连他的经费都要抢走，让他还怎么做？50 万的经费是吴仕灿他们认真评估之后确定的，金额所以会这么高，就是因为这个项目难度很大，使用的实验材料也非常昂贵。套一句后世的话来说，预算虽然很高，但没有一分钱是多余的。

可听屈寿林那个意思，前面那些挂名的人，不但要名，还要分他的经费，而且是人人平分的那种。不，他还是太乐观了，人家才不屑于和他平分呢，人家是教授，是大牛，他只是一个蝼蚁，有什么资格跟人家平分？

意识到这一点，王宏泰终于无法淡定了，这可不是一件能够妥协的事情，重装办把课题交给他，是有要求的。他可以不在乎挂名，但如果经费被人分了，他就无法完成这个课题，届时是无法向重装办交代的。想到吴仕灿、冯啸辰他们对自己的信任，王宏泰有一种想暴走的冲动。

跟屈寿林吵架是没有意义的，老屈也不会和他吵，人家还在住院呢。王宏泰扔下自己带来的礼物，气冲冲地返回了学校，一头冲进系主任高辛未的办公室，大叫大嚷起来：“高主任，我的那个课题到底是怎么回事！为什么我申请来的课题，经费却分给了其他人，我甚至连动用经费的资格都没有了，这是谁给你们的权力！”

第三百四十五章

听到王宏泰发飙，高辛未也是有些头疼。

让屈寿林他们几个在项目里挂名，目的是为了安抚大家的情绪，同时也使得向上级汇报的时候显得好看一点。如果这么大的项目主持人只是一个名不见经传的讲师，上级难免会产生一些疑问，觉得化工系里的知名教授出了什么问题。

挂名是一件小事，并不会影响到课题的进展。按照高辛未原来的想法，这个课题还是要交给王宏泰去做的，至少主要的工作应当由他来完成。因为别人对于钌触媒这个方向不太熟悉，而且屈寿林他们也根本没兴趣把自己的研究方向转到钌触媒上来。重装办把课题安排下来，最终肯定要看到成果，不让王宏泰去做，还有谁能做出成果来呢?

想归这样想，具体做的时候就出了变故。国家为这个课题下拨的一期经费是 10 万元，是一个不小的数字，难免会让人心动。正巧，老教授吴荣根那边有个课题缺少了一点经费，数目不大，也就是几千块钱的样子。吴荣根脑子一转，便盯上钌触媒的经费了。据说这个项目的经费总额有 50 万，拿出几千块钱来支持一下自己，又有何妨呢? 不管怎么说，自己也在课题组里挂了个名，名正则言顺啊。

就这样，吴荣根把自己课题里买试剂的账，拿到钌触媒的课题里报销去了。董红英是个行政干部，不懂技术，也分不清哪种材料是用来做什么研究的。吴荣根既然是钌触媒课题组的副组长，自然有花钱的权力，他把单子递过来，董红英也就接了，很顺利地给他报了账。

吴荣根得了便宜，难免会在同事面前感慨一番，大意是说王宏泰给大家办了一件好事，如果没有王宏泰弄来的钱，自己的实验就麻烦了。说者无心，听者有意，别的教授听说还有这样的好事，哪能不上来沾沾光。不错，每个人名下都有一些科研经费，可科研经费这种东西谁会嫌多呢？自己原来的经费不够，想出去参加个学术会议也拿不出钱来，现在有了这样一个大课题，自己只是报一趟差旅费，区区千把块钱而已，小王还能不同意吗？想当年小王也是系里的学生，他就没花过自己的经费吗？

接二连三地有人开单子要花钌触媒项目的钱，董红英自然要问问课题组长屈寿林的意见。屈寿林还是一个比较公正的人，看不惯这种随便揩油水的行为，他给课题组里的专家定了个规矩，每人花的钱不能超过一定的额度，否则自己必定会铁面无私，坚决不予签字。

这样一来，第一期的 10 万元就名花有主了，在课题组里挂名的人都有一个额度，不能超支。落到王宏泰的名下，只剩下了不到 1 万元，这还是屈寿林努力给他争取下来的，以那些教授的愚见，能给他剩个三两千就不错了。

高辛未是听说自己名下的研究生拿着票据去报钌触媒项目经费的时候，才知道了这件事。屈寿林没有直接把额度告诉他，而是通知了他名下的研究生。高辛未再一打听，才知道屈寿林等几个人已经自作主张，把课题的钱都给分了，有些钱甚至已经花出去了。得知此事之后，高辛未就知道不妙。王宏泰现在才来找他算账，实在是有些太后知后觉了。

“小王，你别急，这事我也是刚刚听说……”高辛未关上办公室的门，硬拽着王宏泰坐下来，用难得的低声下气的口吻向他说道。

发飙一般都是得站着发的，一旦坐下来，气势就弱了几分。王宏泰被高辛未按着坐下了，气焰也就没有刚才那样大了。他黑着脸，向高辛未问道：“高主任，这件事你说怎么办吧？这笔经费是重装办拨付下来专门用于钌触媒研究的，现在 10 万元只给我留了 1 万元，我想买一些实验材料都不行，这个课题还怎么做？”

“这是系里工作上的失误。”高辛未很坦率地作出了检讨，接着又解释道，“课题经费，肯定是要以你为主的，因为钌触媒这个课题主要是由你申请下来的嘛，系里对你给予了很大的期望。不过，屈教授、吴教授他们毕竟在课题组里挂了个名字，要说他们一分钱都不能动，也太不近人情了。”

“是我求着他们挂名的吗？”王宏泰这回可真不客气了，“高主任，你摸摸良心说一句，谁稀罕他们挂名了？他们挂名就已经够过分了，还因为这个原因要分我的经费，这算什么道理？”

高辛未道：“小王，你这样说也不对。屈教授他们挂个名字，对课题还是有帮助的嘛。你上次申请到市计算中心去做一个数值计算，要学校出具介绍信，如果不是看在屈教授的分上，学校会那么容易给你开出介绍信来吗？”

“这……”王宏泰让高辛未给挤兑住了。上次校办的确是看在屈寿林的面子上才同意开介绍信的，否则以他一个小小的讲师，还真难把介绍信开出来。从这个意义上说，让大牛们在课题组里挂个名，的确有一些好处。可问题在于，为了这些好处付出的代价实在是太大了，10 万元的经费被分掉了 9 万多，这是一份介绍信能换来的吗？

“当然了，我刚才也只是举了一个例子，并不是说现在这个经费分配的方案是合理的。”高辛未也知道自己的理由站不住脚，他说道，“这件事，你不来找我，我也打算和屈教授他们商量一下的。钌触媒研究的经费是必须保证的，有多余的经费，再用来支持系里其他的课题。你说说看，一期研究里，你需要多少经费？”

“我需要多少？”王宏泰看着高辛未，哭笑不得。这些经费都是自己的，重装办拨付经费的时候，也是进行过评估的，哪有什么多余？吴仕灿也是业内顶尖的牛人，在预算评估方面很有经验。他提出给王宏泰 50 万的经费，是因为他希望王宏泰做出来的成果需要有这么多的投入。当然，如果王宏泰愿意节省一点，也还是有些余地的。

“一期经费的 10 万元，我可以贡献出 2 万来。”王宏泰咬了咬牙，对高辛未说道。

“贡献 2 万？”高辛未摇摇头，“这太少了。系里各位老师手里都有一些经费，再紧张，也不至于缺这 2 万元。”

“这和我没关系啊。”王宏泰道，“我列出的一期研究方案，至少要花8万元的经费。”

“可是，你最早的申请报告上才列了8万元，现在怎么一开始就要花这么多钱?”高辛未质疑道。

王宏泰道：“我原来的方案太保守了，在京城答辩的时候，重装办的吴教授和我讨论过研究方案，让我把思路再放开一些，要努力跟上国际潮流，所以才会增加了经费。”

高辛未沉吟了片刻，说道：“依我看，你还是要努力控制一下研究的范围，不要好高骛远。跟上国际潮流是必要的，但不可能一蹴而就。通过这个课题，我们能够达到国外七十年代末，或者七十年代中期的水平，就已经非常成功了，哪能一下子就和国外齐头并进呢?你说是不是?”

七十年代中期……王宏泰觉得齿冷。自己这个课题就是追赶世界潮流的课题，如果只是达到国外七十年代中期的水平，这个项目根本就没必要存在，因为七十年代中期国外对于钌的催化作用的研究也只是刚刚起步，没有什么特别的技术门槛，根本不需要去追赶。

吴仕灿他们之所以对这个项目寄予厚望，就是因为目前钌触媒的应用还很不成熟，现在开始研究，有很大的概率能够抢到先机，甚至获得一些重要的专利技术。如果耽误了时间，到了别人把这个领域开发得很充分的时候，自己再进去，就没啥意义了，只能掏钱买人家的专利，重蹈在上一代合成氨工艺上的覆辙。

这一点，其实王宏泰在此前也向高辛未介绍过，只是高辛未根本没放在心上罢了。现在听高辛未这样说，王宏泰也懒得再去争辩，他现在关心的只有一个问题：到底化工系打算给自己留下多少钱。

“2万元!”

这是高辛未给王宏泰的答复。虽然屈寿林已经把用钱的额度分配下去了，但很多教授还没来得及动用这笔钱。高辛未出面斡旋一下，帮王宏泰收回一部分还是可以的，但要想收回8万元，那就是天方夜谭了。

“我不同意!”王宏泰恨恨地说道，“系里可以动用这些钱，但只限于

20%，余下的80%必须由我支配，否则我无法完成重装办交给的任务。”

“好吧，这件事，等我拿到系办公会议上再讨论一下。现在呢，你还是先把工作开展起来再说，饭要一口一口地吃嘛。”

高辛未来了一个缓兵之计，把王宏泰给打发走了。

第三百四十六章

高辛未答应先给自己解决2万元的经费，余下的经费等系办公会议讨论之后再决定，这个结果虽然不足以让王宏泰满意，但也算是有些进展了。王宏泰向高辛未撂了几句狠话，然后便接着找董红英送单子买材料去了。他不可能等到一切问题都解决了才开始工作，这样一来耽误的时间就太多了。

高辛未给董红英打了个招呼，董红英也就没有再为难王宏泰，把他的采购申请单送到了学校里。两星期之后，各种材料陆续采购回来了，王宏泰和几位研究方向比较接近的同事一起，开始了紧张的工作，一时间也就顾不上再去找高辛未理论了。

高辛未对这件事倒也算是比较重视的，虽然王宏泰没有催促他，他还是找屈寿林、吴荣根等人磋商了一次，讨论是否要给王宏泰增加一些经费额度。屈寿林等人对此颇不以为然，他们认为，重装办在这个问题上肯定是看走眼了，钌触媒这个题目，在国外也就是刚刚开始，人家那么强的实力，都没做出什么名堂，我们有什么资格去当这个出头鸟？有这么多的经费，应当资助那些更重要的课题才是。正所谓千羊在望，不如一兔在手。

至于哪些课题是更重要的，答案也很清楚，当然就是他们几个人做的课题，他们都是业内大牛了，选的方向能有错吗？

高辛未是想替王宏泰再争回一些经费的，毕竟他是个系主任，还是需要考虑一下影响问题的。但屈寿林他们死咬着不松口，高辛未也很难说服他们。一来二去，个把月时间又过去了。无可奈何的高辛未转念一想，既然现在王宏泰已经能够做实验了，还不如等他做出点名堂，再来考虑经费的问题。万一他根本做不出什么名堂，又何必浪费钱呢？

王宏泰做完第一轮实验之后，果然没有什么拿得出手的成果。这并不是他的实验有什么问题，而是按照原来的设计，这个阶段原本就是在补课，还没到能够出成果的阶段。王宏泰根据第一阶段实验中获得的启示，设计了第二轮的实验。这一轮实验中需要用到的实验材料就更多了，还要采购几种学校实验室里没有的实验设备，总共有 2 万多元的支出。加上前一轮采购的材料，他的支出总额已经超出高辛未此前答应的 2 万元的额度，董红英自然不能批准，于是官司再次打到了高辛未的面前。

面对王宏泰的质疑，高辛未说了自己与屈寿林等人协调的结果，也委婉地转述了屈寿林他们对这个课题的悲观评价，建议王宏泰收缩一点思路，不要好高骛远。王宏泰哪里肯干，他再次向高辛未发了飙，但这一回却没能解决问题。他需要的实验设备无法纳入采购计划，所需要的试剂材料也被打了折扣，后续的实验一下子就卡住了，无法进行下去。

几个月时间就在这样的扯皮中度过。因为实验做不了，王宏泰只能先做一些理论研究，同时分出大量的精力去和高辛未作斗争。再后来，看到高辛未一直在拖延时间，王宏泰又去了学校科技处，找科技处长张怀彬出面给高辛未施加压力。

张怀彬正是当初带王宏泰一行去京城答辩的领队，对王宏泰颇有一些好感，听说他的遭遇之后，也颇为同情，答应帮着他做些协调工作。不过，当高辛未告诉张怀彬说经费是被屈寿林、吴荣根等顶尖大牛挪用了之后，张怀彬也无语了。屈寿林这些人可是学校里的宝贝，他贵为科技处长，也不敢跟这些人龇牙。

在这段时间里，王宏泰最怕的就是重装办那边过来询问项目进度，因为他的进度实在是太慢了，根本无法向重装办交代。他也想过是不是可以找重装办反映一下这件事情，让重装办出手来帮忙解决。但每次拿起电话，他又犹豫了。这件事一旦被捅到重装办那里去，化工系乃至浦交大都要受到影响，很难想象重装办那边会作出什么样的反应。王宏泰毕竟还要在浦交大待着的，不敢轻易地和学校撕破脸皮。

前几天，吴仕灿终于打来了电话，了解前期成果。王宏泰支支吾吾，强调了一些客观困难，算是把吴仕灿给糊弄过去了。其实吴仕灿已经从他的话语中猜到了问题所在，只是因为远隔千里，无法亲自过来了解详细情况，所以才没有深入地追究下去。王宏泰心理压力更甚，愁得好几天晚上都没有睡好。

“王老师，有人找你。”

一位研究生走进实验室来，向王宏泰报告道。这名学生名叫严寒，是浦江本地人，是系里一位副教授名下的研究生，这一次也被吸纳到钌触媒项目课题组中，干活颇为麻利，深受王宏泰的欣赏。

“是什么人?”王宏泰随口问道。

严寒迟疑了一下，低声说道：“王老师，他说他是从京城过来的，姓冯。”

“姓冯!”王宏泰一个激灵，那就是重装办的综合处副处长冯啸辰了。项目申请答辩那天，冯啸辰就坐在评委席上，也正是他最早说出了 50 万元的经费额度。从吴仕灿当时的表现来看，对这位年轻的冯处长极为欣赏，甚至有几分尊重，似乎冯处长在这件事情里所处的地位颇为重要。

“快请他进来!”王宏泰急忙站起身，向严寒吩咐道。借着严寒出门去请冯啸辰的机会，他整理了一下自己的衣服，又伸手在脸上使劲地揉了几把，让自己那因为郁闷而显得有些僵硬的脸变得舒展了一下，这才挤出一个笑容，向门外迎去。

“王老师，冒昧打搅了!”

跟着严寒走进实验室里来的，正是冯啸辰。见到王宏泰，他呵呵笑着伸出手来，同时热情地打着招呼。

“冯处长，稀客，稀客啊。”王宏泰与冯啸辰握了一下手，躬身做了个邀请的手势，把冯啸辰让进了实验室，在实验室的办公区坐了下来。严寒颇有一些眼色，赶紧找来了两个杯子，清洗之后给二人倒来了两杯茶水。

两个人寒暄客套了几句之后，冯啸辰把话头引回了正题，对王宏泰说道：“王老师，我这次到浦江来出差，吴处长专门叮嘱我要到浦交大来走一走，看望一下为我们重装办承担课题的各位老师，其中又尤其交代我一定要来看看王老师你。吴处长对你承担的钌触媒课题是寄予了很大希望的，他同时还说，王老师学术功底扎实，眼界开阔，是难得的人才，以后咱们国家的合成氨工业发展，离不开王老师这样的青年才俊支持啊。”

冯啸辰的话说得非常满，可谓是不吝溢美之辞。可他越是这样说，王宏泰就越是尴尬。如果冯啸辰说重装办根本不在乎这个课题，王宏泰还好接受一点。现在人家说了，对这个课题寄予厚望，自己做成这个样子，如何交代呢？

“吴教授过奖了，其实我才疏学浅，能力有限，承担这么重要的课题，真的有些……力不从心，只怕要让吴教授和冯处长失望了。”王宏泰讷讷地回答道。

冯啸辰眼睛里闪过一缕异样的光彩，平静地问道：“王老师此话怎讲，难道课题的进展不顺利吗？”

王宏泰硬着头皮道：“这个嘛……的确有些不太顺利，遇到了一些障碍，我们正在研究如何解决。”

“具体是哪方面的障碍？”冯啸辰问道。

王宏泰迟疑了一下，说道：“我们根据国外文献中的方法，用活性炭作为载体，采用浸渍法实现了钌催化剂的制备，并在微型反应器中进行了催化实验，获得了与国外同行相同的结果，证实钌基催化剂确有良好的应用前景。实验表明，钌的母体化合物、制备方法、载体、助催化剂等因素的选择，会对钌催化剂的性能产生重要的影响。下一阶段，我们考虑采用正交实验方法，对这些因素进行比较，筛选出性能和成本最优的组合……”

“这不是很好吗？”冯啸辰微笑道，“我记得你原来的方案设计就是这样的，现在看来，第一阶段的实验是成功的，完全可以进入第二阶段的研究。从时间上来看，第二阶段的研究也应当已经进行了两个月以上了吧？有什么有意思的结果吗？”

“这件事稍微有些耽搁。”王宏泰说道。显然，冯啸辰是做了充足功课来的，对于这个项目的情况了如指掌。的确，按照时间表，王宏泰至少在两个月以前就应当启动第二阶段实验了，但因为所需要的材料和设备没有到位，这些实验到目前还没有开始，更谈不上有什么成果了。

冯啸辰皱起了眉头，问道：“是在哪个环节耽搁了？”

“设备方面，出了点意外。”王宏泰只能睁着眼睛说瞎话了，“我们实验室原来的气相色谱仪，突然损坏了，送回厂家去维修，到目前还没有修好。我们的实验需要用气相色谱仪做反应产物的成分分析，因为缺乏设备，所以实验就只能暂停了。”

第三百四十七章

气相色谱仪是化工研究中非常重要的实验设备，因为气相色谱仪损坏而足足两个月时间不能做实验，这个理由冯啸辰无论如何都是不会相信的。不过，王宏泰要这样说，冯啸辰也不能指着他的鼻子说他在撒谎，于是只能问道："怎么，王老师，你们化工系的实验室里，只有一台气相色谱仪吗？"

王宏泰下意识地嗯了一声，又赶紧摇头否定道："这倒不是。不过，其他老师做实验也要用到气相色谱仪，平常就要排队才能轮上。现在损坏了一台，就更紧张了。"

"既然如此，你们完全可以用课题经费再买一台啊。"冯啸辰道，"重装办给这个课题50万的经费，其中也包括了设备采购的费用。一台国产的气相色谱仪也就是5000多块钱吧，你们怎么不考虑买一台作为课题专用呢？没有设备，你们就只能在这里白白浪费时间，这两个月的时间价值，也不止5000块钱吧？"

"这个……"王宏泰的脸涨得通红，都不知道该如何回答才好了。他当然知道应该自己买一台设备来使用，而且在申请课题的时候，吴仕灿也这样交代过他，说有些常用的设备可以自己添置，以免学校里设备不敷使用影响了项目进度。他早就向董红英递了单子，要求采购一台气相色谱仪，但因为经费总额超出2万元的额度限制，董红英把这张单子压了下来。可这种事情，让王宏泰如何向冯啸辰说呢？如果事情闹大了，学校会不会给自己穿小鞋呢？

看到王宏泰表情异样，冯啸辰心里有数了。不过，王宏泰不说，不意味着冯啸辰就可以不管。装备科技基金不是从天上掉下来的，这其中承载着太多的期待，不能随便给人拿去做人情。

两个人又聊了些闲话，冯啸辰便起身告辞了。他声称自己还要去其他系走一走，王宏泰也就没留他，只能把他送出实验楼，看着他向其他系的办公楼走去。

“王老师，系里的事情，你刚才怎么不跟冯处长说？”严寒站在旁边向王宏泰问道。

王宏泰叹了口气，道：“这事让我怎么说呢？一说不就成了告高主任、屈教授他们的黑状了吗？”

严寒愤愤道：“告他们的状有什么不对的？本来就是他们做得不对嘛，我们研究生都知道这件事，都替你打抱不平呢。”

“还有这事？”王宏泰有些惊讶，转念一想，研究生里有各位导师的学生，相互之间传递点消息也是很容易的。自己的经费被瓜分的事情，外人不清楚，系里的人哪能不清楚呢？有些老师是为他抱不平，有些老师则仅仅是因为与屈寿林、吴荣根这些人有些龃龉，逮着一个机会就要说点闲话，这些话传到自己的弟子那里，再逐渐扩散，自然也就人人皆知了。

“严寒，你们研究生对于这件事是怎么看的？”王宏泰好奇地问道。

严寒道：“大家都觉得这事对你不公平。钌触媒这个研究方向，很多同学都挺有兴趣的，觉得是个非常不错的方向，反而是屈教授他们做的液相催化脱硫工艺研究已经很落后了，完全没有做下去的必要。系里压缩了你这个课题组的经费，挪给屈教授他们去用，大家都很反感呢。”

王宏泰在心里叹了一声，暗道高辛未作为一个系主任，学术敏感还不如研究生强，人家研究生都能够看出来的问题，高辛未居然看不出来。但这种话，他也不能对学生讲，只得不置可否地叮嘱道：“严寒，这种话你们几个就不要去说了，影响不好。”

“王老师，刚才冯处长好像对你的工作不太满意，你打算怎么办？”严寒问道。

“我再去找高主任谈谈吧。”王宏泰说道。

王宏泰去找高辛未不提。冯啸辰离开化工系之后，又到其他几个系去转了转，了解了一下这几个系的老师所承担课题的进展情况。各个课题组的情况不尽相同，有些进展很顺利，也取得了一些有价值的成果。有些则遇到了障碍，卡在某个环节一时难以突破。不过，即便是那些进展不顺利的课题组，遇到的困难也是客观原因造成的。冯啸辰是懂行的人，一听就能够明白是怎么回事，因此也不会责难他们，反而是鼓励他们不要有思想包袱，继续努力。

转了一大圈，等冯啸辰打算去科技处找张怀彬聊聊的时候，已经到了下班时间。冯啸辰只能放弃了这个想法，准备第二天再来。就在他走出浦交大校门的时候，一个人在背后轻轻喊了他一声："冯处长！"

冯啸辰转回头来，见身后不远处站着一个怯生生的学生，正是在王宏泰的实验室里见过的那名研究生严寒。冯啸辰有些诧异地问道："你是喊我吗？"

"是的。"严寒应道，"冯处长，我能跟您谈谈吗？"

"跟我谈谈？"冯啸辰愣了一下，问道，"你想跟我谈什么呢？"

"关于钌触媒课题的事情。"严寒答道。

冯啸辰心念一动，点点头道："那好吧，咱们……嗯，现在也到了吃饭的时间了，要不我请你吃饭吧。"

"谢谢冯处长，不过，得是我付账。"严寒笑着说道。

冯啸辰也笑了，说道："那怎么能行，你还是个学生呢，用的没准还是父母的钱吧？怎么能让你付账？"

严寒认真地说道："冯处长，正是我父母让我请您吃饭的。"

"你父母？"冯啸辰瞪大了眼睛，"这是什么缘故？"

"冯处长请吧，一会我再向您解释。"严寒说道。

冯啸辰便不再说什么了，严寒带着他坐了两站公交车，来到离学校有一些距离的一个小饭馆，进门找了个角落坐下。服务员走上前来请他们点菜，冯啸辰指指严寒，说道："你来吧，我对浦江菜不太熟悉。"

"呃……我也不太熟悉。"严寒脸上露出一些窘样，显然并不是经常下馆子的那种人。

二人推让了一番，最后还是由冯啸辰点了两个家常菜，又要了一升啤酒。服务员拿着菜单离开之后，冯啸辰看着严寒，说道："说说看吧，为什么是你父母让你请我吃饭，他们又是怎么认识我的？"

严寒道："冯处长，这真是一个巧合。我一直都知道您，只是没想到您今天会到我们交大来。我父亲是浦江第二机床厂的退休工人，现在在南江省辰宇公司工作。我这样说，您就明白了吧？"

"原来是这么回事！"冯啸辰恍然大悟。辰宇公司有几十名来自于浦江的退休工人，这些人是认识自己的，也知道自己在重装办工作。估计这位严寒的父亲回家探亲的时候向儿子说起过这件事，严寒就记在心上了。

"我家兄弟姐妹很多，我是最小的孩子。前两年，我两个姐姐在家待业，我在上大学，家里经济非常困难。多亏辰宇公司把我父亲招到南江去工作，家里多了一笔收入，日子就好过多了。我父母经常说，我能够读上研究生，多亏了冯处长给我父亲提供的工作机会。"严寒诚恳地说道。

冯啸辰笑道："这个机会可不是我给的，你们要感谢，也应当是感谢辰宇公司才对。"

严寒微微一笑，含蓄地说道："其实我们都知道的……"

"呃……"冯啸辰无语了，严寒没有说他们知道的是什么，但从他那副表情里，冯啸辰多少能够猜出他的意思了。辰宇公司挂的是中外合资的牌子，似乎与冯啸辰没什么关系，但冯啸辰的母亲和弟弟都在公司里工作，而且杨海帆对他们恭敬有加，外人或许看不出什么问题，厂里的工人还能察觉不出里面的问题吗？

不过，既然严寒没有明说，冯啸辰也就不再纠缠这个问题了，大家心照不宣即可。他换了个话题，问道："严寒，你刚才说你想跟我说说钌触媒课题的事情，到底是什么事？"

严寒收起了刚才那副谈笑的嘴脸，换上严肃的表情，说道："冯处长，我想向您反映一下，钌触媒课题的问题，不完全是王老师跟您解释的那样，其中还有其他的隐情。"

"是王老师让你来跟我反映的？"冯啸辰问道。

“不，王老师不让我们说，是我自己想跟您说的。”

“既然王老师不让你们说，你为什么又要说呢？”

严寒想了一下，说道：“这里面有两个原因吧。第一，我们觉得这件事对王老师不公平，希望上级领导能够关注一下；第二，我父母一直说您对我们家有恩，这件事情既然是您的事情，我觉得不应当向您隐瞒。”

第三百四十八章

冯啸辰点点头道："如果是这样，那我就先谢谢你了。你跟我说说看，王宏泰老师这边到底出了什么问题。"

"王老师的经费被其他老师挪用了。"严寒说道。接着，他便把自己了解到的情况一五一十地向冯啸辰述说了一遍，同时还告诉冯啸辰，系里有不少老师和学生对于这件事情是很不满的，只是因为事不关己，也不便主动出来反对。

"如果是这样的情况，王老师完全可以向我们反映啊。"冯啸辰听罢，有些纳闷地说道，"课题由谁申请下来，经费就由谁支配，这是惯例了。我们当初给这个课题拨 50 万的经费，就是因为看好王宏泰老师的研究计划。这笔钱是专门用于这个课题的，怎么能够挪作他用呢？"

严寒道："这个我就不清楚了。我向王老师提过几回，建议他向你们反映一下情况，他好像有些顾虑。听其他同学说，王老师正在申报副教授，可能也是怕得罪了高主任和屈教授他们吧。"

"嗯，我明白了。"冯啸辰道。人在屋檐下，不得不低头，说的就是王宏泰这种情况吧。王宏泰当然可以向重装办告状，让重装办出面来帮他讨回经费，但这样一来，他就把系里的领导和权威们给得罪了，以后评职称之类的都要受到刁难。重装办不可能把王宏泰调到其他单位去，所以王宏泰有顾虑也是可以理解的。

"小严，既然是这样，你现在把这个情况反映给我们，我们也有些为难啊。如果我拿着这件事去找化工系的领导谈，化工系的领导会不会认为是王老师向我们报告了此事，从而对王老师不利呢？"冯啸辰试探着问道。

严寒脸上有些为难之色，说道："冯处长，这个问题我也没有考虑好。

现在的情况就是王老师的研究没有办法做下去，我前期是跟着王老师一起做这个项目的，关于下一阶段的实验设计，我也参加了讨论。如果没有足够的经费支持，下一阶段的工作肯定是做不了的。我觉得，国家投入了这么多钱，如果这个项目做不出来，实在是太可惜了。”

“是啊。”冯啸辰皱起了眉头，一时也有些难以抉择。如果不在乎王宏泰日后的处境，他当然可以直接去找高辛未，以重装办的名义进行交涉，甚至闹到学校层面上去也是可以的。可这样一来，王宏泰的处境就很为难了，就算经费能够全部到他手上，系领导对他有意见，他的工作也很难开展下去，最终还是会影响到项目的成败。

这时候，服务员把酒菜都端过来了，冯啸辰向严寒招呼了一声，道：“小严，这件事容我再考虑一下，咱们先吃饭吧。很高兴认识你，希望以后还能继续合作，来，咱们先碰一杯。”

“谢谢冯处长。”严寒很是乖巧地双手捧起啤酒杯，和冯啸辰碰了一下杯，然后皱着眉咕噜咕噜地喝完了。他说过家里的经济不是特别宽裕，估计平日里也很少有出来喝啤酒的机会，这回算是舍命陪君子了。

两个人一边吃喝，一边聊起了一些闲话。严寒从父亲那里听到不少关于冯啸辰的传说，在没见到冯啸辰之前就已经对他很崇拜了。如今见到真人，虽然没聊几句话，但他还是能够很明显地感觉到冯啸辰身上流露出来的一种特殊气质。

从王宏泰的事情引申出来，严寒对于国内的科研环境颇有一些失望，进而也产生了一些愤世的情绪，和这个年代里许多人一样，话里话外不经意间便会带上一句“咱们中国如何如何”之类的牢骚。冯啸辰却是对国家前途很有一些信心的，针对严寒的牢骚，他开解道：“小严，没必要有太多的情绪。其实，任何一个时代，任何一个国家，都难免会有一些不尽如人意的事情，我们应当多看一些积极的方面。比如说，王宏泰老师就非常不错，在这样困难的条件下，他还是在想方设法地做事，没有随波逐流。还有你自己，面对不正之风敢于仗义执言，而且据你说，你们同学中间有很多人也是支持王老师的。这不都是咱们国家的希望吗？”

"可是，看着这些事情，真的让人很灰心啊。我们很多同学都说如果能出国，就要尽量出国去，省得成天看这些乌烟瘴气的事情。"严寒说道。

冯啸辰道："如果有机会出国去开开眼界，学习一些先进技术，当然是很好的。但如果把出国当成逃避，就不对了。这个国家是咱们自己的，就算有什么问题，咱们也应当是去改变它，而不是一走了之。如果像你们这样优秀的年轻人都走了，国家怎么办？"

严寒看着冯啸辰，好奇地问道："冯处长，我看您的年龄和我也差不了多少，最多也就是比我大三四岁吧？你怎么就会对国家这么有信心呢？"

冯啸辰笑了，他没有问严寒的年龄，按上大学的时间算下来，估计严寒和他应当是同岁的。不过，也许是因为当干部的缘故，他看起来的确要比同龄人大几岁。至于说为什么对国家这么有信心，恐怕真不能用年龄来解释，真正的原因在于冯啸辰是一名穿越者，有着对历史的前瞻性。

八十年代初，国家在逐步走向开放，国人对外面的世界了解得越来越多，心理上的落差也变得越来越大。在开放国门之前，大家还可以欺骗自己说资本主义是腐朽的、没落的，资本主义国家里的工人生活在水深火热之中，只有我们自己才是世界上最幸福的人。但打开国门之后，大家突然发现国外并不像从前媒体里说的那样糟糕，相反，西方发达国家有着高度的物质文明和精神文明，西方一个普通工人的家里都有空调、电冰箱和小汽车，根本谈不上什么水深火热。

再说国外的技术，就更是令人目眩了。我们搞了 30 多年的工业建设，到头来还是不得不从国外引进技术。什么 60 万千瓦火电机组、30 万吨合成氨等等，都是人家在六十年代就已经掌握的技术，而我们却还要依赖进口。

面对着这样的差距，大多数人都是十分悲观的。认为中国将永远落后的人不在少数，即便是有点志气、有些勇气的人，也只是希望在 50 年或者 100 年之后能够达到人家的水平，不敢奢望更好的结果。

只有像冯啸辰这样的穿越者，才知道中国会以什么样的高速度发展起来。八十年代乃至九十年代对中国的种种悲观预言，到了新世纪都逐渐变成了笑话。以 2017 年的心态去看 1984 年的中国，绝对不会有失望的感觉，相反，还会觉得处处都是生机和活力，处处都是建功立业的机会。

但这些事情，冯啸辰是没法跟严寒说的，他只能把自己接触过的一些案例讲出来给严寒听，诸如胥文良、杜晓迪、阮福根、董岩等等，这些人都在自己的岗位上兢兢业业，做出了非凡的成绩。严寒平时只在学校里，少有机会了解这些产业界的情况，听冯啸辰一说，也不禁感慨万千，心生向往。

“唉，人家都在认真地做事，我们化工系的这些老师怎么就尽在搞这些名堂。冯处长，实在不行，你们就把给化工系的经费全部冻结起来，谁也别想用了。”严寒愤愤不平地说道。

“那怎么行。”冯啸辰道，“化工系也不只是王老师这一项目，还有其他几位老师也有项目，他们的项目进展倒是挺顺利的，我们没有理由冻结他们的经费……咦，这倒是一个不错的主意呢。”

冯啸辰说到一半，突然脑子里闪过一个念头。

“小严，你刚才说你们研究生都知道王宏泰老师的事情，你是指你们化工系的研究生，还是全校的研究生？”冯啸辰问道。

严寒道：“当然是我们化工系的研究生。不过外系也有一些同学知道的，因为我们化工系的同学和外系同学也有往来，有同乡，还有处对象的，有时候就会说起来的。”

“你有没有办法让全校的研究生都知道这件事？”冯啸辰道，“不需要太多的细节，只要说化工系有位老师承接了国家重装办的课题，结果完成情况非常不理想，重装办的领导很不满意。要想办法让他们知道这件事，并且把这个消息传到他们各自的导师那里去。”

“这件事不难，包在我身上了！”严寒拍着胸脯，向冯啸辰保证道。

第三百四十九章

“什么，冻结所有的项目经费！消息没有搞错吗？”

接到学校财经处打来的电话，科技处长张怀彬腾地一下就从座位上站了起来，握着听筒的手都忍不住有些发抖了。

“是国家重装办来电话通知的，说他们发现咱们学校承担的研究课题存在一些问题，要求我们先把所有的项目经费全部冻结，等他们派人进行调查后，再决定是解冻还是收回全部经费。”

电话那头，财经处处长陈谨茹黑着脸说道。一大早接到重装办电话通知的时候，她的反应也如张怀彬一样，觉得很是震惊。她马上把这件事向主管副校长焦同健作了汇报，焦同健当即作出了两点指示：其一，按照重装办的要求，暂停所有重装办委托项目的经费使用；其二，责成财经处与科技处联合调查这件事，尽快消除重装办的疑虑，恢复资金的使用。

这一次重装办招标，交大共有 14 个项目中标，经费总额达 200 多万。在当前国家科研投入不足的情况下，200 多万的经费算是非常大的一个数目了。此外，这次的项目经费来自于装备科技基金，据说这个基金是在欧洲发行债券募集的，有着超乎寻常的政治意义。能够承担这个基金资助的项目，本身就是一种荣誉，如果资金被收回了，对于学校的声誉将是极大的打击。焦同健深知这些情况，所以对于资金被冻结这件事情十分重视。

“陈处长，重装办那边有没有说是哪个项目出了问题？”张怀彬平静了一下心态，重新坐下，向陈谨茹问道。

陈谨茹道：“他们没有说，估计是让咱们先自查自纠吧。焦校长指示，我们一定要在重装办检查之前，把问题找出来，并且予以纠正，这样才能够让上级部门看到咱们改正错误的诚意。如果咱们自己没查出来，最后被重装办查出来，咱们就被动了。”

“自查自纠？”张怀彬狐疑地说道，“他们不会是在吓唬咱们吧？据我了解，各个承担了课题的系工作态度都很认真，就算是进度上参差不齐，也算不上是什么严重的问题，哪有把全校的经费全部冻结的道理？”

陈谨茹道：“这个我就不清楚了，科研是张处长你们这边的业务，具体情况如何，恐怕还是你们最熟悉。要不，你们先向各系了解一下情况，然后我们再一起向焦校长作个汇报？”

“好的，那我们就先了解一下情况吧。”张怀彬应道。

挂断陈谨茹的电话，张怀彬先给另外几个学校的科技处打了电话，找自己相识的同行打听，这些学校都没有得到冻结经费的通知，也就是说，重装办的这个举措，仅仅是针对交大而来的。

了解过这个情况之后，张怀彬没有耽搁，接连给好几个系打了一通电话，询问他们承担的重装办项目是不是出了什么问题。几个系的回答都是一切正常，还声称头一天重装办的冯处长曾经去过他们那里，打听过项目的进展情况，并且没有表示出什么不满意的意思。

待张怀彬把电话打到化工系时，高辛未告诉他，王宏泰刚刚找自己反映了一个情况，说冯啸辰到了化工系，询问钌触媒课题的进展情况，还提出了一些质疑。王宏泰向高辛未赌咒发誓，说自己并没有向冯啸辰泄露经费使用方面的问题，他只是要求高辛未尽快为他解决后续经费，以便钌触媒项目能够顺利进行下去。

王宏泰的钌触媒项目！

张怀彬以手击额，在心里叹了口气。他知道，如果自己没有猜错的话，重装办认为出现问题的项目，应当就是这个了。对于化工系把钌触媒课题经费挪作他用的事情，张怀彬早就听王宏泰反映过，他也专门找高辛未进行过协调，但因为挪用经费的是屈寿林、吴荣根这些大牛，张怀彬也没有办法，只能是睁一只眼、闭一只眼。现在看来，这件事还真是捅出娄子了。

“老高，现在麻烦了，重装办刚刚给咱们财经处打了电话，要求财经处把他们拨付的项目经费全部冻结起来。我刚刚了解了一下，其他各系承担的课题都没有太大的问题，我估计主要问题就是出在你们这里。王宏泰的这个钌触媒课题，是全校资助金额最高的，显然是重装办最重视的课题，你们却把经费给挪用了，人家能不恼火吗？”张怀彬在电话里说道。

“可是，我们也不能算是挪用啊，屈寿林、吴荣根都是课题组的负责人，他们也是有权使用这些经费的。”高辛未争辩道。

张怀彬没好气地说道：“高主任，你说这话有意思吗？事实是怎么回事，就算人家不知道，你觉得我会不知道吗？这个课题分明是王宏泰申请下来的，你们让屈寿林他们掺和进去，他们又不了解这个方向，能发挥什么作用？我听说王宏泰想买一批实验材料和设备，你们卡着不同意，这不是明目张胆地妨碍项目执行吗？”

“这件事也怪我们一开始考虑欠周吧。”高辛未的态度转得倒是挺快，不过，他还是有些不相信，就算是化工系挪用了王宏泰的经费，重装办为什么要把全校的经费都给冻结了呢？他们光冻结王宏泰的经费不就行了？更好的办法，应当是由重装办直接与化工系交涉，为什么要用这种迂回的方法呢？

想到此，他又对张怀彬说道：“张处长，现在还没有证据说重装办冻结咱们学校的经费就是因为我们化工系的缘故吧？冤有头，债有主，如果真的是我们化工系出了什么问题，让他们把王宏泰这个项目的经费冻结起来也就行了，人家为什么要对整个学校下手呢？”

“这个……我也说不好。不过，高主任，你们还是尽快把这件事情解决掉吧，别等着人家下来检查发现了就不好了。”张怀彬劝道。

高辛未道：“好吧，我们再想想办法吧……”

他说再想想办法，其实还是没有办法。他把张怀彬的要求转述给屈寿林的时候，屈寿林把眼一瞪，直接就恼了：“张怀彬是什么意思？钌触媒这个项目是化工系承担的，科技处凭什么说我屈寿林就没资格做，只有王宏泰才有资格？我上个月就已经安排我的两个研究生去整理有关钌触媒的文献了，等我现在手上的项目结束，我就准备做做钌触媒这方面的研究。

我在这个行业都已经做了30多年的研究，难道还不如王宏泰的水平高吗？”

“可是，老屈，当初申请课题的时候，是以王宏泰为负责人的。人家重装办就认王宏泰。”高辛未解释道。

屈寿林把脖子一梗，说道：“这就证明重装办那些所谓的专家都是狗屁不通，国家的基金交给他们管理是完全错误的。老高，你跟科技处说，重装办有什么疑问，让他们直接跟我说，我来回答他们。我不怕和他们争论，真理总是越辩越明的嘛！”

“这……”高辛未无语了。他知道，屈寿林一旦犯了倔脾气，还真没人能够说服他。科研这种事情，本身也是仁者见仁、智者见智，在结果出来之前很难有什么定论。你说王宏泰的研究方法有价值，能如何证明呢？你吴仕灿是专家，人家屈寿林也是专家，凭什么吴仕灿能够决定给王宏泰50万的经费，而屈寿林就不能把这些经费拿来给自己用呢？

不过，高辛未很快就发现不需要自己去说服屈寿林他们了。重装办经费被冻结的事情，影响到了全校好几个系，涉及六七十位老师，一时间便在校内掀起了轩然大波。在财经处通知各系暂停使用重装办经费的同时，一个传言迅速在学校传播开来：

“知道咱们的经费为什么被冻结了吗？”

“不知道啊，好端端的怎么就出了这事，我还急着要买一批实验材料呢。”

“我告诉你吧，那是因为化工系那边出了这样一桩事……”

“真的假的？化工系也太过分了吧？”

“我是听我的学生说的，他说他们研究生里都传开了。”

“就算是这样，那也是化工系的事情，怎么连累到咱们了？”

“这不奇怪啊，事情发生在咱们学校，人家重装办没准就怀疑咱们学校管理制度出了问题呗。”

“这他妈真是殃及池鱼，我们招谁惹谁了？”

“可不是吗，屈寿林那帮人也太过分了。”

“不行，我得说说他去！”

最初，大家对于这个传言还有些将信将疑。有的老师从学生那里听说此事之后，又专门去找自己在化工系认识的熟人打听验证，结果发现传言的确是真实的。至于说项目经费被冻结的事情是否就与化工系的这件事有关，大家也成功地演绎了一回什么叫三人成虎，当持这种观点的人越来越多的时候，所有的人也都相信了这个理由。

第三百五十章

“屈教授，我听到一些传言，说你们化工系在经费使用上有点小瑕疵，现在已经影响到我们这边的经费了，您看是不是可以做些调整?”

“屈老，你可是把我们给害苦了!”

“老屈，你这件事干得可不太地道，有点晚节不保啊!”

“屈寿林，你他妈知道不知道啥叫廉耻啊!”

“……”

电话一个接一个地打到了屈寿林的办公室，有委婉劝解的，有善意批评的，有兴师问罪的，也有一上来就直接骂街的。当然，最后一类肯定都是匿名的，估计是有些实在气不过的人，也顾不上给老屈留什么面子了。

在此前，屈寿林挪用王宏泰名下的经费，与其他人毫不相干，别人就算是知道，充其量也就是在背后嘀咕几句，不会直接向屈寿林发难。但重装办冻结所有的经费，情况就不同了，这是直接动了大家盘子里的奶酪，大家不急眼才怪。

国家现在还很穷，能够拨给高校用于科研的经费十分有限。许多老师申请到重装办的这笔装备科技基金，几乎就是久旱逢甘霖，受苦受难的农奴见到了金珠玛米。一些老师指望着用这些经费做点有价值的成果出来，发几篇不错的 Paper，提高一下自己的学术声誉。还有的导师让研究生用这些项目来作为自己的毕业设计，项目一旦被冻结，这些研究生就毕不了业了，这简直就是毁人前途的事情。

最关键的是，对于大家来说，这件事完全是无妄之灾，明明是屈寿林他们作的孽，却要由大家来买单，谁还能保持淡定?

也不是没人想过要向重装办提出申诉，表示自己的课题并没有出问题，不应当冻结自己这部分经费。但随即就有人解释说，重装办此举也是有道理的，化工系出了性质这么恶劣的事情，人家不可能不怀疑整个学校的管理体制都有问题，先冻结整个学校的经费并不奇怪。解铃还须系铃人，这件事必须让屈寿林出来承担责任才行。

自从高辛未向屈寿林讲过冻结经费这件事情之后，屈寿林就在等着重装办的人来和他理论。他甚至准备好了一整套的说辞，自信能够把重装办那些他认为的“伪专家”们说得掩面而走。他万万没有想到的是，重装办并没有出面，反而是学校里的其他老师前来找他理论了。

接到第一个质疑电话的时候，屈寿林觉得有些意外。面对老朋友的指责，屈寿林很耐心地把为反驳重装办专家而准备的那番话说了一遍，声称自己并未黑心挪用年轻人的经费，而是受系里的委托，帮助年轻人完成国家的重点课题。要做课题研究，少不得就得动用一些经费，同样一笔钱，自己这个资深专家来使用，肯定会比一个年轻讲师使用更有效率，这也是在为国家节约经费嘛。

好不容易把第一个电话应付过去，没等屈寿林喝口水润润嗓子，第二个电话又打进来了，还是同样的指责，以及真诚的规劝。解释完第二遍，紧接着又是第三个电话、第四个电话……电话之间的间隔如此短促，让人怀疑在刚才电话占线的时候，打电话的人是在一刻不停地重拨着号码，直到能够接通为止。为了骂一个人而如此锲而不舍，屈寿林不知道自己是该觉得荣幸还是觉得愤怒。

屈寿林的耐心很快就消耗殆尽，而打进电话的人似乎也越来越暴躁，他们根本不愿听屈寿林的辩解，上来就是一针见血地指责屈寿林此举是明目张胆地欺压年轻人，是为老不尊的行为。屈寿林终于也急了，在电话里便与人对吵了起来。

“你怎么能这样说话，我们化工系怎么做事，还需要你们电子系来教吗？”

“你们化工系做事，影响到了我们电子系的项目，我怎么就不能说你！”

“冻结你们经费的是重装办，不关我们化工系的事情。”

“是你们一颗老鼠屎坏了我们学校的一锅粥!”

“你说谁是老鼠屎?”

“你自己心里明白!”

“你有什么资格批评我，我做科研的时候，你还在穿开裆裤呢!”

“你资格老又能怎么样，老而不死谓之贼!”

“你你你……噗!”

急火攻心的屈寿林只觉得嗓子眼里一甜，一口老血就从嘴里喷了出来。听筒咣当一声掉在地上，屈寿林连人带椅子摔了个仰面朝天……

“冯处长，出大事了!”

严寒气喘吁吁地跑到冯啸辰下榻的招待所，向冯啸辰通报着学校里的情况:“屈教授吐血住院了，情况非常不妙，听说已经神志不清了。”

“不会吧?这老头这么不经骂?”冯啸辰咂舌道。

这一场戏的幕后总导演，自然便是冯啸辰了。在了解到王宏泰的事情之后，冯啸辰就在琢磨着如何破局。他最先想到的当然是去和化工系协商，用重装办的名义说服或者强迫化工系改变不正确的做法，把经费还给王宏泰。但这个办法未免太过消极，化工系有可能会以各种名义拖延，也可能会阳奉阴违，口头上答应保证项目经费得到合理使用，实际上却我行我素，让你干着急却毫无办法。重装办不可能派人常驻在学校里盯着经费的使用，系里如果想搞点名堂，是非常容易的。

冯啸辰也想过索性把经费收回去，让化工系落一个鸡飞蛋打的结果。但这样做的结果就是杀人一千、自损八百。他和吴仕灿对于王宏泰的项目都是非常看重的，因为屈寿林等人捣乱，就把项目收回去，实在是太可惜了。

在这件事情里，王宏泰自己的毛病也是很大的。他如果态度强硬一些，哪怕不直接找重装办告状，而是以告状为威胁，高辛未他们也不敢如此放肆。可这就要说到知识分子的劣根性了，大多数的知识分子是非常软弱的，有着一种“精致利己主义”的自私心态。面对着强权，他们更多的是采取了明哲保身的态度，这就让冯啸辰只能是哀其不幸，怒其不争了。

冯啸辰甚至相信，如果自己拿着这件事去向高辛未发难，王宏泰很可能会站在高辛未一边说话，让冯啸辰的拳头只能打在棉花上。

严寒的一句气话，给了冯啸辰启发。冯啸辰连夜给罗翔飞打了电话，罗翔飞则找来吴仕灿、郝亚威等人，与冯啸辰隔着一千多公里开了一个电话会议，确定下冻结浦交大所有项目经费的方案，并于次日一早用电话通知了浦交大的财经处。电话是由郝亚威打的，他是基金会里负责财务管理的人员。郝亚威当初在冶金局的时候就有“冷面阎王”的恶名，一旦认真起来，那种严肃的态度隔着电话线都能够让人感觉到冷峻。他没有说明冻结经费的原因，只是强调了事态的严重性，给浦交大这边造成了巨大的心理压力，也留下了广阔的想象空间。

与此同时，严寒在冯啸辰的指使下，在研究生中展开了宣传，把王宏泰的事情传得人人皆知，并暗示说重装办冻结经费正是因为这件事的恶劣影响。这样一来，大家的意见就都转移到屈寿林、吴荣根等人身上去了。用不着冯啸辰亲自出马，众人的唾沫星子就足以把屈寿林等人淹没掉。

屈寿林被人骂吐血了，吴荣根也好不到哪去。他一天之内接到了十几个质问的电话，让他深深体会到了什么叫人言可畏。如果面对的是重装办的吴仕灿等人，他们根本不会在意，因为他们能够用各种理由为自己辩解。但冯啸辰发起的是群众攻势，人民群众一旦急眼了，是根本不会跟你讲理的。你伤害了别人的利益，别人就会找你算账。你是个什么大牛，关人家屁事。你再牛能比秦始皇牛？老陈和老吴不也说“王侯将相宁有种乎”了吗？再说了，真正的大牛有这么无耻的吗，哪个老教授的悼词上没有“德高望重”一词？你们这么缺德，也配自称大牛？

听说屈寿林、吴荣根他们的遭遇，高辛未在第一时间就找到了王宏泰，质问他是不是在外面说了什么不该说的话。王宏泰对于这件事一无所知，自然是矢口否认。高辛未察言观色，认定王宏泰并无作伪，也就是说，屈寿林、吴荣根他们受到围攻的事情与王宏泰并没有直接的关系，他想迁怒于王宏泰都找不着理由了。

事情闹到这个程度，学校也不得不介入了。副校长焦同健亲自前往医院，看望卧床不起的屈寿林。屈寿林躺在病床上，出气多于进气，一副奄奄一息的模样，让人看着好不心伤。

“屈教授，有些风言风语，您不必在意。您放心，对于那些传播谣言的人，学校一定会追究他们责任的。”焦同健坐在病床前，口是心非地向屈寿林保证道。其实他哪不知道这些所谓传言都是事实，在他的心里，同样是把屈寿林给恨得要食肉寝皮的，但人家老爷子都这样了，身为学校领导，还能说啥？

“唉，早知今日，早知今日啊……”

屈寿林没有搭理焦同健的安慰，只是在嘴里反复地念叨着这句话，眼角都有些晶莹之色了。

第三百五十一章

屈寿林因身份原因，向化工系提出辞去钌触媒课题组组长的职务，并申请办理退休手续，不再从事科研教学工作了。随后，吴荣根等几位教授也纷纷以血压不稳、胆固醇太高、前列腺增生等理由，退出了钌触媒课题组。教授们都有高尚的节操，既然不再从事这个课题的工作，那么此前使用的课题经费自然就会全额退还。他们手里都有一些其他的课题，想办法挤一挤，还是能够挤出一些钱来弥补亏空的。

王宏泰半推半就地担任了课题组的组长，高辛未倒是没有辞掉常务副组长的职务，但他表示，自己只是替王宏泰跑腿打杂的，课题中的经费他一分钱都不会动用。

气相色谱仪以及其他一些仪器、材料的采购清单由董红英亲自送到了物资采购处，只等重装办通知解冻项目经费，就可以开始采购。焦同健专门给物资采购处的处长打了电话，要求化工系的这些物资要纳入优先采购范围，一刻也不能耽搁。

这些事情听起来繁琐，其实也就是几天之内的事情。冯啸辰在这些天没有再去浦交大，而是在浦江的其他一些科研单位走访，与这些单位的专家们讨论课题研究方面的问题。严寒担任了他的专职联络员，每天过来向他通报学校里的情况。冯啸辰没有给他报酬，只是口头上承诺未来可以给他提供一些帮助。严寒是个聪明人，知道能够结交冯啸辰这样一个手眼通天的国家机关干部是很有好处的，眼前的些许利益反而不必放在心上。

几天之后，张怀彬给国家重装办打了一个电话，名义上是汇报浦交大所承担课题的进展情况，但大部分的时间却是在谈化工系钌触媒课题的事情。在电话中，张怀彬委婉地提出希望重装办派出领导前来检查工作，电话那头的吴仕灿心领神会，假意说综合处副处长冯啸辰恰好在浦江公干，或许可以抽时间前去拜访。

就这样，冯啸辰再次出现在浦交大的校园里，带着几分谦恭的神色走进了张怀彬的办公室。这次拜访，其实在几天前就应当进行了，如果没有严寒告密的事情发生，结果可能会是完全不同的。

“冯处长，咱们又见面了！”

“张处长，冒昧叨扰，没影响你的工作吧？”

“哪里哪里，向冯处长汇报工作就是我最重要的工作内容。”

“我是来向张处长和各位专家学习的……”

两个人说着毫无营养的客套话，在办公室的沙发上坐下。在相互问候了对方的领导、同事和家人之后，谈话这才进入了正题。张怀彬拿过一份统计表，详细地向冯啸辰汇报了浦交大所承担 14 个课题的进展情况，列出了一些已经完成的成果和即将发表的论文，在似乎不经意地提到钌触媒课题时，张怀彬专门解释了此前的情况：“这个课题的负责人是王宏泰老师，化工系担心他资历太浅，而且目前的职称只是一个讲师，还没有带研究生的资格，不便于组织全系的力量进行集体攻关，因此专门聘请了化工系的几位老教授，包括屈寿林教授、吴荣根教授等等，作为课题组的顾问，协调王宏泰的工作。前一段时间，屈寿林教授身体出了一些问题，自己提出辞去课题组名誉组长的职务。化工系和王宏泰老师挽留再三，屈教授坚决表示自己年事已高，到了让年轻人起来挑大梁的时候了。再加上经过几个月的磨合，目前课题组的工作也已经走上正轨，所以化工系最终同意了屈教授的请求，任命王宏泰担任了课题组长。”

“屈教授真是高风亮节，值得我们学习啊。”冯啸辰脸上写着大大的“真诚”二字，对张怀彬说道，“化工系也不愧是一个有战斗力的群体，老中青三代如此团结一致，看来我们把钌触媒这个课题交给化工系来承担，是一个正确的决定。”

“那是那是，我们对于国家交付的任务都是非常重视的。”

“这都是张处长领导有方。”

“哈哈，我也只是校领导的耳目而已，真正领导有方的是我们领导……”

“哈哈哈哈……”

一通虚情假意的谈笑过后，张怀彬说道：“对了，冯处长，有一件事情我还要请教你一下，前几天，经委的郝处长突然打电话通知我们暂时冻结这笔经费的使用，不知道是什么原因，你了解吗？”

“有这样的事情？”冯啸辰瞪圆了眼睛，“这不可能吧，我怎么没有听说呢？”

“是啊，我们也觉得很意外。”张怀彬道，“冯处长，这件事弄得我们有点被动，好几个课题组的材料采购计划都搁置了，直接影响到了研究的进度。我们正打算向重装办了解一下情况，正好冯处长来了，能不能麻烦你帮我们问问呢？”

“没问题，我这就给郝处长打电话。”冯啸辰颇为仗义地说道。

张怀彬办公室里的电话就可以打长途，冯啸辰当着张怀彬的面，拨通了郝亚威的电话，直接询问有关经费冻结的事情。说了几句之后，他放下电话，满面歉意地对张怀彬说道：“张处长，不好意思，这是一个误会。前两天机械进出口公司给重装办打了一个电话，说是你们学校委托他们从国外进口一台脉冲信号发生器，用的是装备科技基金的经费和外汇额度。进出口公司那边认为这项采购有点问题，与当前国家鼓励使用国产仪器的政策存在一些冲突，于是就向重装办作了反映。重装办出于谨慎的考虑，提出暂时冻结你们这边的经费使用，核查一下有没有违反政策的情况。不过，这件事情现在已经搞清楚了，你们申请进口的仪器是目前国内还无法替代生产的，完全不违反国家政策要求。郝处长说了，他马上就会给你们财经处打电话通知解除经费冻结，他还再三让我代他向你们学校的老师表达歉意。”

歉意你个大头鬼！

张怀彬在心里问候着冯啸辰和郝亚威家里的先人，这一次的问候可是真心实意的，只差咬牙切齿了。不过，在面上他还是要装出一副和蔼的模样，说道："郝处长真是太客气了，还说什么歉意不歉意的。重装办对我们要求严格是完全必要的，我们也会从这次的事情中汲取教训，认真审查经费使用的情况，不但不能出现违反政策的事情，甚至也不能出现容易让上级领导产生误解的事情。"

"是啊是啊，纯粹是误会，以后咱们双方还是要加强沟通，避免再次出现这样的误会。"冯啸辰打着哈哈说道。

一场风暴就这样悄然过去了，雷声很响，却没洒下几滴雨水。重装办那边甚至根本就没有提到钌触媒课题的事情，而是用了一个荒唐可笑的理由把此前的雷霆手段给敷衍过去了。但张怀彬、焦同健、高辛未等人都非常清楚，这件事情的根源所在。对方所以不直接指出来，可以理解为不想撕破脸皮，也可以解释为不屑于与化工系纠缠。

高辛未心里是很明白的，如果重装办选择了直接问责的方式，双方肯定会打一场乱仗，化工系早就准备好了各种狡辩的理由，哪怕是最终不得不屈服，至少也会让重装办灰头土脸。可重装办没有这样做，只是巧妙地放了个风声，就在浦交大激起了众怒，用浦交大自己的力量把屈寿林送进了医院，自己完全置身事外，让化工系想找麻烦都说不出一个由头来。

对于这个事件中的一个关键人物王宏泰，高辛未、吴荣根等人也不是没有想过要给他穿个小鞋，让他也难受难受。但一来王宏泰在这件事情里的确很无辜，没有证据表明他向重装办告了状，自始至终他都是忍气吞声的一个人，让高辛未不好意思对他下手。另一方面，这一次老屈栽得实在太狠，让人对王宏泰也产生了几分畏惧情绪。如果找个理由收拾了王宏泰，再把重装办招过来，倒霉的就不知道是谁了。对于这样邪门的一个人，大家还是绕着走为好。

王宏泰身上有知识分子的软弱性，屈寿林、吴荣根这些人也同样有。他们此前敢欺负王宏泰，只是因为王宏泰没有靠山，好欺负，不欺负白不欺负。现在知道这个人不好惹，大家立马就怂了，惹不起还躲得起，实在躲不过的时候，就只能堆出一个和蔼的笑容，说几句"宏泰不错"之类的勉励话语。

王宏泰在化工系的地位迅速看涨，高辛未承诺给他的副教授职称很快就兑现了，他的课题组里也聚焦了不少唯他马首是瞻的精英。春风得意的王宏泰迅速做出了几项不错的成果，在国外的知名刊物上发表出来，让人刮目相看。

20 年后，晋升为业内大牛的王宏泰成了新一代的学阀，打击年轻一代的嚣张气焰较早已过世的屈寿林有过之而无不及，这就是后话了。

第三百五十二章

处理完钌触媒课题的事情，冯啸辰便启程返回京城了。为了避免给王宏泰带来一些不必要的困扰，冯啸辰离开浦江之前没有再去见王宏泰。不过，他对严寒做了一些交代，让严寒随时向他通报钌触媒课题的研究进展。没有人能够想到严寒这样一个小研究生会和重装办的领导有什么瓜葛，因此有关重装办是如何了解到这件事情的原因，在浦交大一直是一个难解之谜。

有关对屈寿林的传言在浦交大一夜传开的事情，焦同健表示要进行追查，但最终并未付诸实施。他从一些老师那里了解到，这个消息是研究生里先传开的，如果深入追查下去，恐怕会越描越黑，对学校的声誉会造成严重的损害。再说，这个传言本身也并非谣言，屈寿林、高辛未他们自作主张，给学校惹来了麻烦，学校没跟他们计较就已经不错了，还有必要替他们去辟谣吗？

冯啸辰返回京城，照例到罗翔飞那里去汇报工作。他在浦交大导演的这场戏，是经过罗翔飞批准的，从总的结果来看，还算是比较成功的，唯一漏算的，就是屈寿林被气得吐血住院这件事。

“屈教授的身体怎么样，没有什么危险吧？”罗翔飞向冯啸辰问道。

“我让那个学生去看过，他说屈教授没有生命危险，不过受打击很大，身体彻底垮了。”冯啸辰说道。

“你们采取的手段是不是太过头了？”罗翔飞皱着眉头说道。

冯啸辰道：“这个的确是我考虑欠周了，我本来只是想通过群众来向屈寿林等人施加一些压力，用舆论的力量来达到目的。没想到有些老师的反应会那么强烈，听说有人直接骂屈寿林是‘老而不死’，就是这句话让老屈受不了了。”

“查出是谁打的电话没有?”

“听说是校外的一个公用电话，估计打算这样骂人的老师也怕暴露自己的身份吧。”

“这未免太过分了，屈教授毕竟也是咱们国家化学工业的奠基人之一，这么多年专注于教学和科研工作，成果斐然，桃李遍地，就算是在这次的事情上处理有些不妥，也不应当用这样的语言去辱骂一位老教授，你说是不是?”

“这实在是我们控制不了的事情了。”冯啸辰无奈地笑了笑，说道，“我也没想到知识分子骂人会这么难听呢。”

“我看你是有些幸灾乐祸吧?”罗翔飞没好气地揭露道。冯啸辰预计不到这个结果可能是真的，但要说冯啸辰对此事有多少歉疚，那就只有天知道了。冯啸辰平时做事还是比较讲究策略的，但他内心却是嫉恶如仇。能够让自己看不惯的人栽个大跟头，冯啸辰肯定是喜闻乐见的，这种性格在机关里就显得有些锋芒太盛了。

“小冯，我记得你只有初中毕业的学历吧?”罗翔飞换了一个话题，对冯啸辰问道。

“是的。”冯啸辰答道。

“现在中央提倡干部队伍要年轻化、知识化，各级部门在提拔干部的时候，对于学历越来越重视了。你现在还很年轻，有没有打算去拿个学历呢?”罗翔飞道。

冯啸辰点点头：“罗主任，您说的这个，我也的确考虑过。我一直想找个机会到哪个学校去深造一下，拿个学历，省得走到什么地方人家都说我是个初中生。不过，自从到京城以后，这几年一直都忙忙碌碌的，也抽不出时间，所以也就耽误了。”

“时间再紧，也得解决一下这个问题啊。”罗翔飞道，“学历太低，对你以后的发展恐怕是一个很大的障碍，趁现在年轻，还是抓紧时间解决一下为好。”

“我明白，我会抓紧的。”冯啸辰把这番话当成了罗翔飞对自己的关心，忙不迭地点头应道。

谁承想，罗翔飞前面的话仅仅是一个铺垫，见冯啸辰点头应允，他直接伸手从抽屉里掏出了一份表格，递到冯啸辰面前，说道：“小冯，眼下正好就有一个机会。社科院有一个免试攻读硕士研究生的名额，脱产学习三年，通过论文答辩之后，就可以获得硕士学位，拥有研究生学历。这个名额是给咱们经委系统的，我专门从张主任那里把这个名额讨过来了，你有没有兴趣？”

“脱产学习三年？”冯啸辰瞪圆了眼睛，看着罗翔飞，一时不知说什么好了。

罗翔飞的目光有些游移，似乎是不敢和冯啸辰正面对视。他把表格向前推了推，说道：“这个机会很难得，很多单位都有年轻干部想要这个机会。张主任对你很欣赏，特地叮嘱要把这个机会让给你，你不要辜负了领导对你的期望。”

“是这样？”冯啸辰猛地一下清醒了过来，他脸上浮出了微笑，伸手接过表格，说道，“那我就多谢张主任和罗主任的关心了。不瞒罗主任说，我刚处了一个女朋友，最近也可能要读研究生的，我还生怕自己学历太低，以后被人家看不起呢。这下好了，能到社科院去拿个学位，以后在女朋友面前也能抬头说话了。”

“哈哈，你这事可没向组织汇报过，是不是松江省那个漂亮的女焊工啊？”

“正是她。我找工业大学的蔡教授走了个后门，让她到蔡教授的课题组去帮忙，顺便补习一下大学的专业课，争取一两年后能够考蔡教授的研究生呢。”

“这是对的，现在学习的机会多了，你们年轻人应当珍惜这个大好的时机，努力提高自己。咱们以后搞建设，没有知识可不行。”

“谢谢罗主任的勉励，那我先回办公室去了。”

“嗯嗯，去吧，表格抓紧填好，然后交给刘处长就可以了。”

冯啸辰带着笑容离开罗翔飞的办公室，罗翔飞也带着笑容目送着他出门。待到冯啸辰走出办公室之后，罗翔飞的脸上显出了几分无奈。

"老薛，这件事是怎么回事，你了解吗？"

下班后，冯啸辰把薛暮苍请到了离单位不远的惠明餐厅，点好几样酒菜之后，冯啸辰把罗翔飞安排他脱产学习的事情向薛暮苍作了一个介绍，然后向他问起了其中的缘由。

罗翔飞关心冯啸辰的学历问题，绝对是一番好心，但让冯啸辰以脱产学习三年的方式来取得学历，其中的深意就很令人玩味了。学历这种东西，对于一个基层小干部来说，或许是个麻烦事，但到国家经委这个级别，就根本算不上什么事了。

听罗翔飞的意思，让冯啸辰脱产学习这件事是张主任安排的，冯啸辰有一百个理由相信，这件事的核心不是"学习"，而是"脱产"。如果张主任或者罗翔飞仅仅是想让冯啸辰拿到一个学位，他们完全可以替他联系一个在职学习的机会，甚至只是在某个高校挂个研究生的虚名，拖上几年就送他一个学位。对于冯啸辰的能力，张主任和罗翔飞都非常清楚，知道他根本不需要真的去哪里学习，他的学识相比许多博士也不惶多让。

既然如此，罗翔飞的安排却是让冯啸辰脱产学习三年，那就是说，他或者张主任是希望冯啸辰离开重装办。至于拿学位这件事，只是一个比较委婉的说法，或者充其量是一种补偿。

罗翔飞没有直接向冯啸辰点破这一点，自然有自己的难言之隐。冯啸辰是个聪明人，也不会向罗翔飞逼问。整个重装办，他觉得能够询问这件事情的人，只有薛暮苍了。薛暮苍是经委的老人，人脉广、信息通畅，而且社会阅历丰富，相信他是能够为冯啸辰解惑的。

"听说你在浦江把一个老教授给气吐血了？"薛暮苍没有直接回答冯啸辰的问题，而是笑嘻嘻地问起了其他的事。

"这可不是我气的，我真的没想到舆论的力量会这么大。"冯啸辰郁闷地说道。

"那人家可不管，你惹下的事情，总得付出点代价吧？"薛暮苍笑道。

冯啸辰心中一凛，问道："老薛，你不会是说让我脱产学习这件事，和那位屈教授有关吧？"

薛暮苍道："直接原因的确就是这个。你恐怕不知道，这位老屈桃李满天下，有好几位得意弟子现在已经是部级干部了。老师被你这个小毛孩子气吐血了，差点送了老命，人家当学生的能不出来说话吗？"

"可是，这笔账怎么会算到我头上呢？"冯啸辰叫屈道。

"古话说，要想人不知，除非己莫为。出事的时候，你就在浦江，而且头一天还去过浦交大，人家能猜不到你头上？"

"可是这不能算是证据吧？"

"人家也没说是证据啊。"薛暮苍道，"人家甚至可能根本就没提起你小冯的名字，只是打个电话随便提一句这件事情，可张主任和罗主任能不知道是什么意思吗？"

"也就是说，为了这么点事，罗主任就把我踢出重装办了？这算是丢卒保帅吗？"

冯啸辰带着几分苦楚地说道，心里隐隐地产生了几分怨气。他说不上这些怨气是针对谁而来的，难道应当埋怨的是罗翔飞吗？

第三百五十三章

“怎么，你觉得罗主任对不起你？”

薛暮苍像是看透了冯啸辰的心思，问道。

冯啸辰想了想，摇摇头道：“不是的。罗主任是我的伯乐，没有罗主任，我根本就不可能到京城来，也不可能有今天的成就。在此之前，我捅过的娄子比这大得多的也有，没有罗主任保护我，我恐怕早就被踢回南江去了。我相信罗主任的为人，他不是那种会让下属背黑锅的领导。”

“罗主任果然没看错你啊。”薛暮苍感慨道，“难得你在这个时候还能够这样评价罗主任，也不枉罗主任一路提携你了。”

冯啸辰苦笑道：“老薛，你这是骂我呢。我再幼稚，也知道谁对我好，如果连罗主任都不相信，我那不是成了狼心狗肺了吗？”

薛暮苍道：“你说得没错，罗主任不是那种让下属背黑锅的人，而且我能够感觉得出来，整个重装办，他对你是最器重的。我敢这样说，如果真的出了什么大事，要在牺牲他的前途和牺牲你的前途之间作一个选择的话，他会毫不犹豫地选择牺牲自己。”

冯啸辰轻轻地点了点头，认可薛暮苍的这个判断。在他接触过的老一代中，罗翔飞、孟凡泽等人都是真正堪称高风亮节的，这些人为了扶持年轻人成长，的确有不惜牺牲自己的精神。

薛暮苍继续说道：“小冯，这一次罗主任安排你脱产学习，离开重装办，你认为是什么原因呢？”

“我没太想明白。”冯啸辰道，“如果仅仅是因为屈寿林的事情，我觉得可能性不大。一来，屈寿林的那几个学生恐怕也只是打个电话问问这件事，不会真正地给经委施加太大的压力，毕竟这件事是屈寿林理亏在先。

过去我也捅过娄子，罗主任乃至张主任都只是提醒或者批评我，甚至连比较重的处分都没有过，这一次因为这件事就让我离开重装办，有些太奇怪了。二来，就算是经委扛不住压力，要对我略施薄惩，也不会这么快就能够确定下来。我感觉，这件事应当是已经筹划过一段时间的，现在不过是一个契机而已。”

薛暮苍露出一副欣赏的表情，赞道：“难怪罗主任这么偏爱你，你的确头脑清晰，能够洞察事情的真相。”

冯啸辰道：“我这算什么洞察真相，我到现在还没弄明白这件事到底是怎么回事。”

“其实吧，这就是张主任和罗主任对你的一种保护。”薛暮苍道，“不瞒你说，这件事罗主任也征求过我的意见，而且不是这几天的事情，而是去年年底的事。你在重装办的工作做得非常出色，很多别人解决不了的难题，到了你的手上就能够迎刃而解，这一点别说罗主任，就连张主任都是非常欣赏的。”

“恐怕只是因为我比较大胆吧。”冯啸辰半是谦虚半是无奈地说道。

薛暮苍道：“工作大胆是你的长处，也是你的缺陷。去年乐城乙烯的事情，你处理得很好，但手段上有些过于激烈了，当时张主任和罗主任就讨论过这个问题，觉得你锋芒太盛了，在机关工作容易得罪人。张主任和罗主任倒是愿意给你撑一把保护伞，但他们担心你得罪的人太多，对你未来发展不利，所以一直在考虑让你离开重装办，或者至少是暂时避一避风头。”

“加上这一次的事情，就让他们不得不下决心了，是吗？”冯啸辰有些明白过来了，罗翔飞让他脱产学习，的确不是因为屈寿林这一件事，而是谋划已久的。他也知道，罗翔飞此举的确是用心良苦，这是一位真正能够为下属着想的好领导、好前辈。

“其实，你去读几年书也不是一件坏事。”薛暮苍劝道，“你今年才 23 岁吧？脱产读三年书出来，也就是 26 岁，仍然算是非常年轻的干部。你现在出去联系工作，年龄是你的硬伤。有些事情，如果是我去联系，人家觉得我年龄大，资历深，一般会给点面子。而你去联系，人家就不放在心上了。这样一来，我可以轻松解决的事情，你却需要和别人斗争一番才能解决，这就容易得罪人了。”

“的确如此。”冯啸辰点头应道。年龄上的硬伤，是他早有感觉的。许多人因为轻视他的年龄，而在他面前吃了亏，但随后这些人就会觉得不服气，难免要说三道四。同样一件事，找个四五十岁的干部去处理，人家心悦诚服，而他冯啸辰去处理，人家心里就有些疙瘩。既然如此，索性到社科院去脱产学习几年，拿个文凭，再熬出点资历，也是一个不错的选择。

至于说重装办这边的工作，来日方长，中国的装备制造业振兴不是三年五载就能够完成的，而是要持续几十年时间，他还有得是机会。

另外还有一点是不便向薛暮苍提起的，那就是他打算利用这几年时间好好运作一下辰宇公司，让它能够成为自己的助力。在此前，他是重装办的官员，不太方便出面去做自己的公司，现在既然是脱产，他就只是一个普通学生了，做点什么事情别人也无可指责。

想到此处，冯啸辰的脸上终于浮现出了轻松的笑容，不再是刚才那种装出来的假笑。薛暮苍看到冯啸辰脸色的变化，笑着问道：“怎么样，想通了?”

“想通了。”冯啸辰答道。

薛暮苍道：“我还可以告诉你两件事。第一，罗主任帮你联系了社科院的著名专家沈荣儒先生当你的研究生导师，沈先生在国内经济界的地位想必你是知道的，能够当他的学生，对于你未来的发展是很有好处的。”

“是吗？那可真是太荣幸了！”冯啸辰欣喜地说道。沈荣儒其人他是知道的，在他的前一世，也和老沈打过交道，知道他是一位非常睿智而且非常和蔼可亲的学者。沈荣儒早在五十年代就已经是国内知名的经济学家，参与过许多重大的经济决策，与许多国家领导人的关系都非常亲近，能够成为他的学生，对于自己的前途的确是有极大帮助的。

“第二。”薛暮苍继续说道，“你虽然是脱产学习，但你的干部编制依然保留，也就是说，你从社科院毕业的时候，至少能够带着现在的副处级别参加分配，如果你能够在此期间作出一些重大的贡献，没准还能有所提升。一毕业就是副处级，而且是有6年副处资历的研究生，全中国能找出几个?”

“哈哈，也就是说，我虽然是脱产读书，但并不妨碍我升职，这样的好事，的确是打着灯笼都找不着啊。”冯啸辰笑道。罗翔飞帮他安排到这个程度，哪是什么惩罚，分明就是一种奖赏了。他甚至还想到，没准在他读书期间，罗翔飞也会时不时给他找点事情做做，让他能够有打怪升级的机会。以一个社科院研究生的身份去做事，又要比重装办副处长这个身份显得谦和一些，正好弥补了他过于咄咄逼人的缺陷。

“不过，小冯，我可跟你说好了，你离开重装办，别人的事情你可以不管，我那个重装技师学校那边的事情，你还得给我担着。我碰上什么麻烦事，是得去找你帮忙的。”薛暮苍瞪着眼睛对冯啸辰说道。

“老薛你都发话了，我敢不答应吗?”冯啸辰嬉皮笑脸地说道。他想完全脱离重装办的工作是办不到的，装备科技基金的理事长依然是晏乐琴，而他是晏乐琴的助手，怎么可能置身事外呢?

“来，为了你小冯龙门登科，咱们干一杯!”薛暮苍拿过服务员刚送过来的啤酒壶，给冯啸辰和自己各倒了一杯，然后高高地举起自己的杯子，向冯啸辰说道。

冯啸辰也举起杯子，说道:“谢谢老薛给我解惑，以后多多联系。”

回到家里，冯啸辰向杜晓迪说起罗翔飞安排自己去读书的事情，杜晓迪没有想得太多，只是觉得冯啸辰有机会去读研究生是一件好事，体现出了罗翔飞对他的关心。冯啸辰也没向杜晓迪解释其中的缘由，只是笑嘻嘻地提醒杜晓迪也要抓紧，虽然目前他们俩都是初中学历，但自己有机会拿到研究生学历了，杜晓迪可别落后了。

“放心吧，蔡教授说了，今年来不及，明年一定招我做研究生。这段时间我也跟着去听他们的本科生课程的，已经能够听个大致明白了。”杜晓迪信心满满地说道。

“想不到咱们还是一个研究生家庭，到明年岂不是要天天坐在一起做作业了?”冯啸辰笑着说道。

杜晓迪脸上微微一红，低声问道：“啸辰，如果咱们俩都在读书，那是不是就不能……那啥了?”

她没有说出“那啥”是指什么，不过冯啸辰却是能听懂的。他笑着安慰道：“没事的，研究生不是大学生，读研究生期间是可以结婚的。不过，你今年才21呢，没这么着急结婚吧?”

“谁着急了!”杜晓迪面有窘色，抡着拳头往冯啸辰身上猛砸。

冯啸辰只好抱着头求饶道：“是我着急了，是我着急了，这不是咱爹咱妈都急着抱孙子吗……”

第三百五十四章

南江，新岭市街头，冯啸辰与杜晓迪手牵着手，在人行道上悠闲地走着。在杜晓迪的另一只手上，还握着一把从郊外山坡上采来的杜鹃花。鲜艳的花儿衬着姑娘俏丽的脸庞，在夕阳的辉映下美不胜收。

在解决了思想问题之后，对于离开重装办去脱产读研究生这件事情，冯啸辰就显得非常淡定了。他专门又找罗翔飞谈了一次，郑重地对罗翔飞的良苦用心表示了感谢，并声称未来重装办不管有什么事情，他都会召之即来、挥之即去，绝无怨言。罗翔飞对他进行了一番教育，让他安心学习，努力提高自己的专业水平，并承诺等他毕业之后会给他安排更好的工作。当然，如果那时候冯啸辰还想回重装办，也是完全有机会的。

接下来，冯啸辰便正式提出了离职申请，他的离职理由也是很充分的，那就是要去读书，在此前则需要复习迎考。其实罗翔飞给他要到的是一个免试推荐上研究生的机会，虽然此前会有一个面试，但也只是走走过场而已，并不需要冯啸辰兴师动众地请假复习。不过，既然已经要离开了，冯啸辰也就懒得再多事了。他又不在乎单位的这点工资，还不如提前办了离职手续，也好了无牵挂地去办自己的事情。

对于冯啸辰离职这件事，重装办的人没有太大的反应，大多数人都认为这是罗翔飞对冯啸辰的一种提携。时下都在讲究知识化，文凭的重要性不断提高，冯啸辰能够去社科院拿个硕士文凭，对于他未来的发展肯定是有极大好处的。离职学习在机关里有两种不同的含义，一是组织上要提拔你的前兆，二是组织上要你靠边站的前兆，大家一致认为，冯啸辰的离职应当是属于前一种的。

当然，像吴仕灿、薛暮苍这些老人，还是会想得更多一些的。在冯啸辰离开之前，吴仕灿也找他谈了一次，问了一下他离开的缘由，又跟他讲了一些大道理，让冯啸辰不要有什么思想包袱。冯啸辰给了吴仕灿一个很积极的回答，这也让吴仕灿放心了不少。

办完离职手续，冯啸辰又让杜晓迪去向蔡兴泉请一段时间的假，随他一起回南江去转转。杜晓迪在蔡兴泉那里是当实验助手的，这段时间正好没有她的事情。蔡兴泉对待她真的如同对待自己的女儿一般娇宠，听说她要陪着男朋友回老家探亲，便爽快地准了假，还说杜晓迪愿意什么时候回来就什么时候回来，不用考虑其他的问题。

就这样，冯啸辰和杜晓迪坐着火车回到了南江。何雪珍听说儿子和准儿媳回来了，赶紧从桐川请了假回到新岭，给儿子他们做后勤服务。自从冯啸辰的行情看涨，冯家也已经换了新的住处，不再是住在原来的那幢简易楼里，而是搬进了一套新建的大三居单元房。

这套房是南江省冶金厅新盖的职工住宅，冶金厅以照顾老工程师冯维仁家人的名义，把这套房分给了冯立一家。但冯立心里明白，真正替自己赚到这套房的，并不是已经过世多年的父亲，而是那个在京城重装办当副处长的儿子。

家里的三个房间，原本是冯立夫妇一间，冯啸辰和冯凌宇哥俩每人一间。如今冯凌宇人在德国，正好就把自己的房间腾出来了。何雪珍让冯啸辰住冯凌宇的房间，让杜晓迪住冯啸辰的房间，一家人住在一起，倒是颇有几分其乐融融的感觉。

冯啸辰回到新岭之后，除了抽空去拜访了一下乔子远等几位熟人之外，余下的时间就是带着杜晓迪在周围闲逛。自从几年前被罗翔飞带到京城去之后，冯啸辰已经有很长时间没能这样清闲了，这让他觉得脱产去读几年书还真是一件不错的事情。他现在这个身体从生理年龄上说只有 23 岁，搁在后世也就是一个一年级的研究生而已，本应是无忧无虑到处玩耍的。

“晓迪，我发现天天这样过日子也挺好的。”拉着姑娘柔软的小手，冯啸辰感慨地说道。

“怎么样过日子？”杜晓迪有些没明白冯啸辰所指，诧异地问道。

冯啸辰道：“就是天天爬爬山，采采花，逛逛街啥的，什么事都不用想，什么事都不要操心。”

“这怎么行，这不是荒废光阴吗？”杜晓迪认真地说道。

“光阴不就是用来浪费的吗？”冯啸辰说着歪理，“你想想看，我今年才 23 岁，你才 21 岁，正是享受生活的年龄。可是你看咱们俩过去过得多累，尤其是你，在日本学习这一年，都瘦得不成样子了。”

杜晓迪笑道：“一开始是瘦了，可后来多田太太给我们改善了伙食，我和师兄都胖了呢。”

冯啸辰道：“那也够苦的。你自己不是说了吗，你在日本这一年，每天睡觉时间还不到 6 个小时，实在是太拼命了。”

杜晓迪想了想，说道：“可能是我习惯了吧。我 14 岁就顶我爸爸的职进了厂，跟着李师傅学电焊。我年龄小，文化水平又低，如果不好好学，人家肯定会看不起我的。从那时候起到现在，我都已经习惯这样生活了。几天不做事，浑身就难受呢。”

“我想好了，这回要在南江待个十天半月的，好好休个假。”冯啸辰说道。

杜晓迪轻声道：“可是，蔡老师那边没准还有事情要做呢，我不回去，他们没有好的电焊工，很多实验都做不了。”

“做不了就让他们等着。我就不信了，离了咱们两个，其他人就建设不成四个现代化了？”冯啸辰霸道地说道。

杜晓迪不吭声了，只是把冯啸辰的手握得更紧。最开始的时候她没有想太多，但这几天她慢慢有些感觉了，觉得冯啸辰离开重装办去读研究生，似乎并不是那么单纯的事情，其中或许还有一些她不了解的缘故。冯啸辰在她面前表现得很轻松，但这个聪明的女孩子还是敏感地察觉到了冯啸辰心里的那一丝失落。

“晓迪，你说咱们就在南江待下来，不回京城了，怎么样？”沉默了一会，冯啸辰又突发奇想地问道。

杜晓迪道："在南江待下来干什么呢？"

冯啸辰道："当然是留下来经营自己的公司了，不用再看别人的脸色，不用去平衡各种关系，这样的生活多惬意？"

在从京城回南江的火车上，冯啸辰已经把辰宇公司的事情向杜晓迪作了一个交代。在他想来，杜晓迪愿意跟他回南江，二人的关系就算是板上钉钉了，不会有什么变化。到了这个时候，他还有什么必要向杜晓迪隐瞒辰宇公司的情况呢？时下国家的政策已经在全面松动，如果历史没有改变，在今年的下半年就会通过"关于经济体制改革的决定"，届时改革将会进入一个狂飙突进的时代，私人开公司已经不再有任何风险了。

其实，这段时间里，冯啸辰一直都在犹豫，到底是读完研究生之后重新进入体制，继续从前的工作，还是索性一脚迈出来，当一个私人老板，一心一意地经营辰宇公司。他相信，凭着他穿越者的先知先觉，再加上他的能力，用不了 20 年，他完全可以把辰宇公司发展成世界 500 强之一。细想起来，这个目标似乎也挺诱人的。

不得不说，罗翔飞和张主任让他离开重装办这件事，在冯啸辰的心里还是留下了一些阴影。尽管他非常清楚罗翔飞他们此举并无恶意，甚至是为了保护他，但他还是觉得有些委屈。屈寿林的事情，错并不在冯啸辰，冯啸辰却依然付出了代价。他有时候在想，与其成天琢磨着方方面面的关系，做一点事都要谨小慎微，还不如跳出体制，到广阔天地里去自由发展呢。

杜晓迪琢磨了一下，说道："这件事太大了，我也不知道该怎么做才好。不过，啸辰，你真的舍得放下你过去做的事情吗？"

"放不下又能如何？"冯啸辰叹道，"这些事情不单是身体上辛苦，最关键的是还非常累心。这几年我做的事情，哪一件不是需要殚精竭虑，而其中又有很大一部分精力是用在照顾各方面的情绪上，实在是浪费生命。"

杜晓迪摇摇头道："啸辰，我倒不是这样想。其实，这几年你做的事情都很重要。露天矿设备、热轧机、大化肥设备，这些都是咱们国家需要的重大装备，任何一样能够做好，都是了不起的大事业。你能够参加这样的大事，就算辛苦一点，又算得上什么呢?”

“了不起的大事业，也不一定非要我去做吧?”冯啸辰抬杠道。

“总得有人去做的呀。”杜晓迪道。她看看冯啸辰，又继续说道，“这句话是我师傅说的。那是师傅带我们几个去参加跃马河特大桥抢修的时候说的，他说，这是咱们自己国家的事情，总得有人去做的。”

“总得有人去做的。”

冯啸辰在心里默默地回味着这句话，脸上的表情也变得凝重起来了。

第三百五十五章

是啊，要想从一个落后的工业国，发展成为世界一流的工业强国，哪会那么一帆风顺？在这条路上面临的障碍，除了工业基础薄弱、资金短缺、国外技术封锁等等客观原因之外，还会包括发展观念上的冲突，以及各种利益的纠葛。要解决这些问题，必然要付出艰辛的代价，那么，谁来做这件事呢？

用李青山的话来说，那就是总得有人去做的。如果大家都持观望的态度，都不愿意去惹这样的麻烦，那么国家如何发展呢？

这个道理，冯啸辰并非不懂，只是少年心性，遇到挫折之后萌生了遁世的念头。其实，前一世的他哪里又没有遇到过这样的挫折，只是穿越到这个世界之后，他的发展太顺利了，以至于消磨了锐气。杜晓迪转述的李青山的话，听起来朴素无华，却包含着深刻的道理，让冯啸辰一下子醒悟过来，发现了自己的颓废。

事情总得有人去做，命运让他穿越到了这个时代，给了他超前于时代的眼光和超出同龄人的能力，不就是让他来挑这副重担的吗？他如果放弃了，又如何对得起命运给他的垂青？

“晓迪，谢谢你，我现在知道我该做什么了。”冯啸辰捏了捏杜晓迪的手，感激地说道。

杜晓迪却是有些脸红了。在冯啸辰面前，她一直觉得自己懂得太少，一向都是听从冯啸辰的安排。这一次，她是感觉到了冯啸辰的消极，才试探着劝解了几句，没想到居然得到了冯啸辰的感谢。而且从冯啸辰情绪的变化中，她能够猜出自己的话或许发挥了几分作用，这让她有些骄傲，也有些欣慰。

自己终于不仅仅是依附在冯啸辰身上的一根藤萝，而是能够与冯啸辰相互扶持，相互提醒的伴侣，她更喜欢这样一种感觉。

“啸辰，其实你做过的事情都挺重要的。去年我在阮厂长那里，听他讲起过你。他说如果不是你支持他，他是不可能接下国家的大项目的。你可能觉得你做的事情只是举手之劳，可对于阮厂长他们这些人，就是雪中送炭了。”杜晓迪绞尽脑汁地找着鼓励冯啸辰的理由。

冯啸辰哈哈一笑，伸出手在杜晓迪脑袋上揉了一把，说道：“晓迪，你不用再劝我了，我已经完全想通了。你放心吧，我不会那么容易被打垮的。这次到社科院去读研，对我来说是个好机会。等我读完研究生，我会让他们知道，我胡汉三又回来了。”

“你可别变成一个恶霸了！”杜晓迪半开玩笑地说道，接着又看了看天色，说道，“啸辰，咱们是不是该去春天酒楼了，杨总他们该到了吧？”

“嗯，差不多该到了。”冯啸辰应道，“咱们现在走过去，应该来得及。”

今天，冯啸辰约了杨海帆等人在春天酒楼碰面，其实是一次合伙人大会。目前冯啸辰的合伙人只有杨海帆、陈抒涵和姚伟强三人。其中杨海帆只是辰宇金属制品公司的经理，而不是真正的股东，冯啸辰打算在这次会议上明确他应得的股份，从而把他真正绑上自己的战车。

陈抒涵一直都在新岭，自然是不需要通知的。杨海帆在桐川，冯啸辰通知他过来开会，他因为手头还有一些紧急的事情没有处理完，所以耽搁了两天，今天才到。而姚伟强远在海东省，来新岭需要先坐汽车再坐火车，因此也要今天才能赶到。

冯啸辰和杜晓迪来到春天酒楼的时候，杨海帆和姚伟强都已经到了，正坐在包间里等着他们。姚伟强身边还坐着一个中年汉子，也是冯啸辰认识的，正是海东省金南市政府的干部包成明。去年年初，他自告奋勇担任了金南市“石阳县轴承产业诚信联盟”的理事长，如今已经升格为整个金南市的标准件产业联盟理事长。看到他出现在包间里，冯啸辰有些诧异，但也没有多问，而是上前与众人一一握手问候。

杜晓迪跟在冯啸辰身后，微微笑着向众人点头致意，姚伟强以手相指，向冯啸辰问道："冯处长，这位是？你还没给我们介绍呢。"

不等冯啸辰说什么，杨海帆先笑着说道："如果我没猜错的话，这位就是咱们未来的弟妹了吧？"

"哈哈，正是。"冯啸辰笑道，"我给大家介绍一下，这是我的女朋友，叫杜晓迪，是松江省通原锅炉厂的电焊工。晓迪，这是海帆，这是姚总，这是包理事长。"

"杨总，姚总，包理事长！"

杜晓迪挨个称呼着对方的头衔，几个人都连连摆手，纷纷说道：

"小杜，可别这样叫，你叫我名字就好了。"

"不敢当，你叫我老姚吧。"

"我这个理事长不作数的，弟妹叫我一句老包就好了。"

杜晓迪有些窘，还是冯啸辰给她解了围，说道："这样也好，晓迪，你就别称他们的头衔了，都叫哥吧。其实，以姚总和包理事长的岁数，你叫句叔也不算错，不过这样他们就该不高兴了。"

大家哈哈笑起来。这时候，陈抒涵推门进来了。杜晓迪和她更熟一些，连忙上前喊了声"陈姐"，陈抒涵和她简单寒暄了两句，便招呼着众人入席。紧接着，各色菜肴和酒水也都纷纷摆上了，这就是开酒楼的好处了，吃饭的事情是不需要费心的。

酒席一开始，大家互相碰杯，以各种名目互相问候。酒过三巡，姚伟强向包成明递了个眼神，包成明会意地站起身，向众人说了声抱歉，便以上洗手间的名义出了包间。看到他离开，姚伟强把头转向冯啸辰，用带着歉意的语气说道："冯处长，对不起啊，我没跟你商量，就把老包给带来了。"

冯啸辰不置可否地笑笑，问道："老姚，你带他过来，是什么意思呢？"

姚伟强直截了当地说道："他想和冯处长你合作，我觉得冯处长你好像也流露过这个意思，所以就把他带来了。如果冯处长觉得不合适，一会我就让他先回避一下，咱们谈咱们的。”

包成明是姚伟强的远房亲戚，当初在姚伟强的轴承店里还有一点点股份。冯啸辰以菲洛公司的名义与姚伟强合办菲洛（金南）轴承经销公司的时候，冯啸辰占股七成，姚伟强占股三成，这三成里面就有一小部分是包成明的股份，所以严格说起来，包成明也算是冯啸辰的合伙人之一。

不过，包成明真正进入冯啸辰的视野，是因为他办的一份很原始的轴承商情，这种利用信息来赚钱的意识让冯啸辰颇为欣赏。在冯啸辰的建议下，包成明把他原来用油印机印刷的轴承商情改成了胶版印刷，又扩充成了“金南标准件商情”，如今已经小有名气，一年也能赚到几万块钱的利润了。

在此之前，姚伟强曾在电话里向冯啸辰说起过这件事，冯啸辰也的确说过这份商情继续办下去肯定会有很大的前途。姚伟强说冯啸辰流露过与包成明合作的意向，就是因此而来的。

从包成明那边来说，想与冯啸辰合作的念头是更强烈的。虽然冯啸辰与姚伟强合作的时候假托了德国菲洛公司的名头，但精明的海东人哪里看不出这其中的奥妙。姚伟强与包成明闲坐聊天的时候，都感慨冯啸辰能耐通天，觉得能与冯啸辰合作是难得的机遇。

这一次冯啸辰通知姚伟强到新岭来开合伙人会议，姚伟强便与包成明商量，让他跟到新岭来，当面向冯啸辰提出合作的意愿。照常理来说，姚伟强要带包成明来新岭，事先应当要和冯啸辰商量一下的。但他与包成明二人都觉得，电话里很难把事情说清楚，万一冯啸辰直接拒绝了，那包成明就彻底没有机会了。

念及此，姚伟强便决定先斩后奏，把包成明带过来再说。如果冯啸辰真的不愿意与包成明合作，那也无妨，大不了开会的时候把包成明支走就是了，包成明本来也是不速之客，让他退场他是没什么怨言的。

姚伟强当然也知道这样做有可能会让冯啸辰不高兴，但富贵险中求，没有一点冒险的精神，也就不是海东人了。他想好了，如果冯啸辰生气了，他就自罚三大杯，大不了拼个胃出血也要让冯啸辰消气。而万一冯啸辰欣然接受了包成明的输诚，那不就是皆大欢喜的事情了吗？

听到姚伟强这样说，冯啸辰微微一笑，说道："老包倒的确是个能人，如果能够一起合作，也是挺好的。不过，他想跟我合作，具体有什么条件呢？如果条件太高，我可不敢高攀了。"

"他说了，一切听冯处长的。"姚伟强不假思索地回答道，"冯处长是中央的领导，不管是从政还是经商，都比我们强到天上去了。老包和我一样，都是对冯处长崇拜得五体投地的，冯处长怎么说，我们就怎么做，你看如何？"

第三百五十六章

姚伟强这话，可谓是低调到了极致，杜晓迪在旁边听着，都有些替冯啸辰觉得不好意思了。不过，冯啸辰可不是那么好糊弄的人，他心里非常清楚，姚伟强和包成明只是看好自己的地位和眼光，同时也相信自己的人品，知道自己肯定不会对他们太过苛刻，所以才敢说出这样的话。别看他表态表得如此大方，如果自己开出来的条件不能让他们满意，他们也是会马上翻脸不认账的。说到底，大家真没那么熟，维系他们之间关系的，只有实力和利益。

当然，姚伟强能够把话说到这一步，冯啸辰还是挺满意的。他并不是那种对合伙人吝啬的守财奴，对方愿意低头求包养，这就省了双方讨价还价的麻烦。

“我考虑投入 20 万，以老包的商情为基础，建立一个全国性的商业情报中心。这个中心交给老包去经营，股份上我占七成，老包占三成。你去和老包商量一下，他如果同意，就进来大家一块商量事情。如果他不同意，你就安排他先回宾馆去吧。”

冯啸辰沉吟片刻之后，向姚伟强作出了交代。包成明搞的金南标准件商情，从一开始就是冯啸辰帮着策划的，在那时候，冯啸辰就已经有过一个更为远大的设想。现在既然商情已经做出了一定的名气，包成明又愿意投奔冯啸辰，冯啸辰索性就把自己的考虑和盘托出了。

姚伟强闻言，面露喜色，显然冯啸辰开出的条件是优于他和包成明事先预计的。他站起身来，说道：“冯处长，我现在就去跟老包说。冯处长给了这么好的合作条件，他如果敢不接受，不用你冯处长骂人，我就直接把他打吐血。”

说罢，他就出门去了，没过两分钟，便带着包成明笑吟吟地回来了。包成明走到自己座位上，二话不说，先给自己倒了一满杯酒，冲着冯啸辰高高举起，说道："冯处长，你的意思，伟强都跟我说了，我没有二话。以后我就是冯处长的手下了，你叫我往东，我绝不往西。这杯酒，我干了，冯处长随意。"

冯啸辰站起身，也端起了酒，笑着说道："哈哈，岂敢岂敢，来，各位，咱们一块陪老包干了这杯，以后老包就是咱们自己人了。"

包括杜晓迪在内，大家同时起身，一起举杯，正式接纳包成明成为合伙人中的一员。喝罢杯中酒，冯啸辰让众人坐下，陈抒涵有意起身去给大家倒酒，杜晓迪夺过酒瓶子，担当起了倒酒的差使。冯啸辰向她微微点头笑了笑，然后对众人说道："各位，今天请大家一起过来，是想和大家商量一下下一步的事情。大家都是自己人，有些事我也就不瞒大家了。我先介绍一下我和在座各位的合作情况，首先要介绍的是陈姐，陈抒涵，我把她当成自己的亲姐姐一样。目前我和陈姐合作开办了这家春天酒楼，股份是我占六成，陈姐占四成。这几年里，一直都是陈姐在操持酒楼的生意，我什么事也没干，我有意给陈姐多一些股份，陈姐坚决不同意……"

"啸辰说啥呢。"陈抒涵面有忸怩之色，说道，"其实最初开酒楼的时候，启动资金全部是啸辰出的，我一分钱都没出。酒楼能够办到今天，啸辰出了很多力，我也就是帮着管管日常的事情而已，拿这四成股份我都觉得不好意思了。"

"陈姐，这是你应得的。"冯啸辰说道。

"是啊，陈总，你没听冯处长说吗，他是把你当成亲姐姐看待的，这些股份是你应得的。"姚伟强不失时机地附和了一句，心里却是有着另一番想法。

冯啸辰先把春天酒楼的股份拿出来说事，不是没有考虑的。冯啸辰声称把陈抒涵当成亲姐姐，又说酒楼一直是陈抒涵在操持，最后陈抒涵只占了四成股份，这话未尝没有说给姚伟强、包成明等人听的想法。他们与冯啸辰的关系显然不能与陈抒涵相比，陈抒涵只占了四成股份，他们在与冯啸辰合作的项目中占三成股份，还有什么可抱怨的？

至于说金南轴承，或者未来的金南标准件商情，可能是姚伟强和包成明付出的精力更多，冯啸辰只是作为最初的出资者而已，这与春天酒楼的情况也是类似的。人家陈抒涵都没抱怨股份太少，他们能说个啥？

的确，在与冯啸辰合作之前，姚伟强已经有一些资本了，但如果没有冯啸辰出手，姚伟强那点资本恐怕早就被石阳县政府给没收了，他自己也会有牢狱之灾。冯啸辰救了他的小店，又出钱与他合资，还帮他疏通了从欧洲市场上进货的渠道，这才有今天的“中德合资菲洛（金南）轴承经销公司”。冯啸辰在公司里占着七成股份，看起来像是姚伟强吃亏了，但姚伟强自己知道，没有冯啸辰的助力，他现在没准已经是一文不名了。

陈抒涵多少也能猜出冯啸辰先提她的原因，因此客气了两句之后，就不再吭声了。冯啸辰接着又介绍了自己与姚伟强的合作，让大家没有想到的是，他在说完菲洛公司占七成股份的事情之后，直截了当地说所谓德国菲洛公司就是他个人的企业，并非有什么神秘的德国背景。

对于这一点，杨海帆是早就知道的，陈抒涵没有问过，但也不觉得意外。倒是姚伟强和包成明两个人微微一愣，心里泛起了几分疑虑。

菲洛公司是冯啸辰个人的产业，姚伟强和包成明都是能够猜得到的。他们惊愕的地方，在于冯啸辰居然敢公开地说出来。在此之前，冯啸辰对这一点一直都是遮遮掩掩的，现如今，冯啸辰直接点破这一点，这其中的意味就值得人推敲了。

冯啸辰看出了二人的心思，他笑了笑，说道：“这件事，过去我一直都向大家隐瞒了，是因为有一些顾虑。现在我把这一点告诉你们，是因为两个，不，是因为三个原因。第一，过去我是国家重装办的干部，直接经商办企业，违反政策，所以假托了德国菲洛公司的名义。现在我已经离开了重装办，再以自己的身份办企业，就无所谓了。”

“冯处长离开重装办了？”姚伟强瞪大眼睛看着冯啸辰问道。他与冯啸辰一直只是电话联系，关于这件事，冯啸辰还真没有跟他说起过。

“是的，我已经办了离职手续。”冯啸辰说道，看到姚伟强眼里有一些狐疑之色，他又笑了笑，说道，“是经委的领导器重我，给我找了一个脱产读研究生的机会。我的研究生导师是社科院的沈荣儒老师，你们恐怕也听说过吧？”

“沈荣儒？”姚伟强摇摇头，表示自己不太清楚。

包成明却是差点跳了起来：“冯处长，你竟然要当沈荣儒的学生了！”

姚伟强看看包成明，问道：“老包，你知道这个人？”

包成明用恨铁不成钢的目光看着姚伟强，说道：“老姚，难怪人家说你是个土包子，你连沈荣儒都不知道。他是咱们国家最有名的经济学家，国家领导人都要经常向他请教的。放到古代，他这样的人就叫作国师呢，冯处长给他当学生，这简直……简直……”

他自己也是简直都不知道该如何形容才好了。他原来是坐机关的人，对于国家政策之类的事情当然了解得更多。他说沈荣儒是国家最有名的经济学家，这话略有一些夸张，其中当然也有奉承冯啸辰的成分在内。不过，沈荣儒在国内经济学界以及在国家决策层中的地位，的确是非常重要的，给这样一位大牛人当学生，未来的发展前途还值得怀疑吗？

其实，冯啸辰把这一点指出来，也是想给姚伟强他们一点信心。他知道，自己离开重装办这件事，肯定会让姚伟强他们觉得不踏实，会怀疑他是不是犯了什么错误，至少肯定是在上头失宠了。现在告诉他们自己要去跟沈荣儒学习，稍微懂点行的人就会知道，自己并未失势，未来的发展只会更强。

姚伟强、包成明这二位，都是因为冯啸辰的实力而投奔过来的，冯啸辰如果不向他们展示自己的实力，难保他们不会有背叛之心。

“第二个原因……”解释完自己离开重装办的原因，冯啸辰继续说道，“前几年，国家的政策有些反复，包括金南的十大王事件，就是这种反复的表现。出于自保的需要，我也不便透露太多有关股权的事情，只能借一个德国菲洛公司的帽子来保护自己，就像拿这个帽子保护老姚一样。如今，国家的政策已经明朗，改革开放的方向不会再有变化，我们再也不用担心因为私人开公司而受到打击了，所以，我也就可以大大方方地把这件事情说出来，不用再隐瞒下去。”

第三百五十七章

冯啸辰说国家政策不会再变，相当于给姚伟强他们吃了一颗定心丸。同样的话，在报纸上也登过，但姚伟强他们是不会轻易相信的，谁知道啥时候又全部被推翻了。但这话经冯啸辰之口说出来，可信度就强得多了，冯啸辰既是国家机关的干部，又是沈荣儒的准弟子，在姚伟强、包成明他们看来，几乎就是国家政策的代言人。既然冯啸辰说政策不会有变，他们起码就有九成的信心了，冯啸辰总不会拿他自己的前途去开玩笑吧？

“至于第三个原因嘛。”冯啸辰巡视了全屋子的人一番，说道，“那就是我们不应当辜负这个时代，如果想做出一番轰轰烈烈的事情，那么现在就要全力以赴。我今天把大家召集过来，就是想谈这件事情。”

大家都竖起了耳朵，刚才冯啸辰的忽悠，已经成功地吊起了大家的胃口，他们都想知道，冯啸辰到底有什么大动作。

“春天酒楼，辰宇公司，金南轴承，加上金南商情，这是目前我们的四项业务。其中，辰宇公司是做实业的，到目前为止发展情况最好，去年的营收已经超过了 500 万，利润有 300 多万；春天酒楼做餐饮业，去年营收 250 万，利润 120 万；老姚的金南轴承营业额也是 500 万，利润 80 万；金南商情的情况我不太了解……”

冯啸辰说到这里，停顿了一下，看了看包成明。

包成明面有窘色，讷讷地说道：“金南商情去年赚了 4 万块钱，我还觉得挺多的，和其他几位一比，实在是太可怜了……”

杨海帆道：“也不能这样说，光靠卖信息就能赚到 4 万，非常了不起了，包理事长真的挺有魄力的。不瞒包理事长说，你办的金南标准件商情，我们公司也是每期都要买呢。”

“自家人，还说什么买，以后我让人给杨总寄就是了。”包成明赶紧说道。

冯啸辰道：“大家可别看不起这份商情，以后它的发展是不可估量的。”

“冯处长放心吧，我一定会好好干的。”包成明拍着胸脯保证道。

冯啸辰收回话头，继续说道：“如果按照一般人的眼光，咱们这四项业务，都已经做得非常不错了。尤其是陈姐的春天酒楼，目前是新岭最高档的酒楼，利润也非常丰厚。不过，相对于这个时代给我们提供的发展机会，我觉得咱们的步子还是迈得太小了。”

听到这话，其他人还算是能够淡定，杜晓迪却是瞪大了眼睛，好生觉得不可思议。她想到春天酒楼在通原开了一家分店，还由冯啸辰作主，送给她家两成干股。春天酒楼的新岭店去年赚了120万的利润，如果通原分店有它20%的利润，一年也是20多万，两成股份就是4万元了，届时父母还不知道敢不敢拿呢。这样多的利润，冯啸辰居然还说步子迈得太小，这家伙的心得有多大啊。

看到杜晓迪的眼神，冯啸辰笑了一下，但没有解释，他转向众人，伸出一个手指头，说道：“我提一个小目标，10年时间，也就是1994年之前，我们所有的项目利润之和，要做到1个亿。”

只听得杯子和盘碗间发出一阵稀里哗啦的响声，这一回终于是大家一起惊了。一年一个亿的利润，还他妈是一个小目标，冯啸辰这口气也未免太大了。按一个机关工作人员一年800块钱的工资计算，一个亿相当于十几万人的工资总和。换成硬币的话，恐怕足够砸死新岭市一半的人口了。

“啸辰，你这个目标……未免太大了一点吧？”陈抒涵讷讷地开口了，这个时候，也只有她有资格提出质疑了。

“这个目标很大吗？”冯啸辰笑嘻嘻地反问道，“陈姐，当初你在琴山路上开春风饭馆的时候，想过一年能赚到120万的利润吗？”

“那哪敢想啊。”陈抒涵回想起三年多前的情景，嘴角浮出一些笑意，说道，“那时候我觉得一年能赚到2000块钱都很了不起了。”

“从 2000 块钱，到现在 120 万，差出了 600 倍。从 120 万增长到 1 个亿，也不过是 100 倍而已，你有什么不敢想象的呢?”冯啸辰说道。

“这……”陈抒涵有些傻了。她突然发现，冯啸辰说的很有道理，刚刚开始开饭馆的时候，她三个月赚了 3000 元，还不敢存在一个银行里，愣是存了五个存折。可一转眼，她就拥有了这样一幢楼，年利润 120 万，光她自己的分红就让她实实在在地成了一个十万元户。

她不敢太露富，但前前后后补贴给母亲和两个弟弟的钱也有四五万了。那两个弟媳妇，过去见了她眉毛不是眉毛、鼻子不是鼻子的，一心想着让她早点嫁出去，省得在家里碍眼。而现在，她却成了家里最受欢迎的人，两个弟媳妇成天像供着祖宗一样地奉承她，巴不得这个大姑子一辈子不嫁人，待在家里才是最好的。

“啸辰这样一说，我倒真觉得这个目标真有点希望呢。”陈抒涵笑着说道，“不是还有 10 年时间吗？我打算未来几年每年在外地开一家分店，浦江、羊城、明州的金钦市、海东的建陆市，这些地方的消费能力比新岭强得多，一年做到 100 万以上的利润问题不大。这样算下来，到 1994 年的时间，酒楼这方面不敢多说，一年 2000 万的利润估计是能够做到的。”

杨海帆也发话了：“嗯，我也觉得这个目标还是比较有可能达到的。辰宇公司这边，过去三年的利润差不多也是一年翻一番吧，未来 10 年就算速度再慢一点，用 10 年时间做到 3000 万利润，也是有可能的。只不过不知道未来的竞争情况会怎么样，我们现在是占了一个先手优势，如果有其他企业和我们竞争，就不好说了。”

看到陈抒涵和杨海帆都表了态，姚伟强也不能沉默了，他想了想，说道：“我这边的业务要扩展有点难度，轴承销售的利润不高，要扩大规模，就要增加人手，成本提升得也很快。现在我们石阳这边卖轴承的商户越来越多，竞争太激烈了。我估计，10 年时间增长 10 倍恐怕够呛，能够做到一年 300 万利润，我就要感谢上天了。”

“我这个商情，唉，就更难了，都不好意思跟大家说了。”包成明垂头丧气地说道。刚才大家晒利润的时候，他就已经受了一轮打击，现在陈抒涵和杨海帆都报出了几千万的目标，包成明就更没有信心了。他甚至隐隐有些后悔这次跟着姚伟强过来，他原本觉得自己与冯啸辰合作勉强也算是有资格，现在看来，还差得远呢。

冯啸辰嘿嘿笑道："老姚，老包，你们可别妄自菲薄。我既然说要定一个目标，那么你们肯定就不能再照着过去的模式做了，需要有一些新思维。这样吧，我先说我的考虑……"

大家再次安静下来，等着听冯啸辰的规划。

"首先，我们需要把分散的力量集中起来。我打算成立一家总公司，暂时就叫辰宇实业公司，公司的股权由我持有85%，陈姐占5%，海帆占4%，老姚和老包各占3%……"

听到此处，几个人都不约而同地抬起手，打算插话，但冯啸辰摆了摆手，示意大家稍安勿躁，自己则继续说了下去："未来春天酒楼、辰宇金属制品公司、金南菲洛轴承、金南商情这几家企业中你们各位占有的股权，依然保留。我的股权则全部转到辰宇实业公司。也就是说，各家企业的利润，你们可以根据你们在企业中的股权分红，属于辰宇实业公司的这部分，你们还有权再进行一次分红。"

"这个……没必要吧？"姚伟强先发言了。他的话有些言不由衷，但还是要说出来的，冯啸辰的这个安排，相当于凭空又给他们送了一些利益。

按照去年的利润来说，金南轴承赚了80万，姚伟强可以分到三成，也就是24万。但同时，几家企业中归属冯啸辰本人的利润共有340万左右，姚伟强按3%来分配，也能拿到10万元。

再如果按照冯啸辰的"小目标"，未来公司做到1亿的利润，3%就是足足300万，这可是姚伟强做梦都不敢想的一个大数字啊。

陈抒涵也说道："啸辰，我在春天酒楼占了四成的股份，本来就是白得的，你那六成是属于你的，怎么能再分给我5%呢？我看完全没有必要嘛。"

包成明没有说话，他是觉得自己根本没资格说话。而最纠结的，莫过于杨海帆了。别人都是冯啸辰的合伙人，只有他是一个职业经理人，并没有在辰宇公司里占有股份。可以这样说，冯啸辰刚刚提出的方案，是第一次给他分配了股份。与其他人在各自的企业里占有三成或者四成股份相比，杨海帆只在总公司占股，显然是比较吃亏的。但换一个想法，冯啸辰不给他股份，他又有何话说呢？

第三百五十八章

看到杨海帆欲言又止的样子，冯啸辰在心里笑了笑。与杨海帆合作了几年，他对于这位职业经理人的印象越来越好，已经打定主意要把他笼络住了。在总公司里给杨海帆留出4%的股份，只是冯啸辰整个计划中的一部分。其他几个合伙人，除了在冯啸辰刚刚提出来的辰宇实业公司中占有股份之外，最重要的是他们各自还都有一份与实业公司合作的产业。杨海帆是唯一没有这种股份的，冯啸辰自然不会让他受委屈，只是操作方法上还需要再考虑，暂时还没法说出来。

杨海帆负责的辰宇金属制品公司是由菲洛公司和桐川县合资建立的，桐川县占了30%的股权。冯啸辰当初这样做，实属无奈，因为那个时候不允许私人办企业，而中外合资企业又必须有中方的股份。要说起来，桐川县仅占有30%股权，都已经算是打了政策的擦边球，因为在一般情况下，国家对于中外合资企业的要求是由中方控制，也就是至少占有51%的股份。幸好这个要求只是一个潜规则，并未写入正式的法律文件，所以冯啸辰才能占有七成的股份。

这几年，随着辰宇公司的经营状况越来越好，桐川县凭着三成股份拿到的分红一年也有几十万了，这还是因为冯啸辰要求公司要留下一半以上利润用于扩大再生产。辰宇公司现在已经成了桐川县的一棵摇钱树，连带着杨海帆在县里的地位都是水涨船高。

如今，国家的政策已经放开，私人办企业的现象已经很普遍，冯啸辰也想过是不是要卸磨杀驴，通过某些运作，把桐川县的那部分股权抽掉。不过，当他把这个想法和晏乐琴、冯立等人商量的时候，奶奶和父亲都表示了反对。他们的理由如出一辙，那就是既然公司能够赚钱，让家乡政府获得一些利润有何不可？这也算是报答家乡父老了。

用冯立的话说：你一个才 20 多岁的小年轻，一年能赚上百万，还不知足吗？给自己的老家留一点利润有什么不行，以后人家记着你的名字，不比你自己家财万贯更好？

冯啸辰认真琢磨了一下，觉得奶奶和父亲的想法也是对的。天底下的钱是赚不完的，分给桐川县三成利润又有何妨？能够把家乡建设得好一点，让大家多念叨念叨冯维仁、晏乐琴他们的好处，也算是冯啸辰尽了一份孝道吧？中国人还是比较在乎身后清名的，冯立的观念很朴素，也很传统，冯啸辰也只能认同。

桐川县的那 30％股权不能动，如果再给杨海帆分一些，冯啸辰自己的占股比例就太低了。此外，杨海帆原本是桐川县的干部，是自告奋勇去合资公司当中方经理的。如果他最终获得了合资公司里的股份，难免会有人说三道四，这对杨海帆也是不利的。

冯啸辰的打算，是在辰宇金属制品公司之外再开展一项新的业务，由杨海帆负责，并以管理层持股的方式，给杨海帆一部分股权。这个安排，冯啸辰不打算在这个场合里说，还是等开完会之后，私下里告诉杨海帆。至于杨海帆会如何反应，冯啸辰基本上也能猜得出来，不外乎表面上坚决地拒绝，而内心又充满渴望。杨海帆是一个有远大抱负的人，绝对不会甘心一辈子只当一个职业经理人。在即将到来的全民创业年代里，如果不给杨海帆一些股权，只怕是留不住这个人才。

“这件事大家不必再说了。”冯啸辰止住大家的议论，说道，“之所以要成立一个总公司，就是因为我们要把分散的资源加以集中，各家企业要互相支持。另外，咱们还要考虑扩展新的业务，而新业务的扩展，必然要涉及调配各公司的资金和人员。让大家在总公司占有一定的股份，就是为了调配资源的时候，大家能够心情愉快，不要出现拉后腿的现象。”

“冯处长说到哪去了，就算不占股，该调配资源的时候，我们也没二话，是不是？”姚伟强带着几分尴尬向陈抒涵、杨海帆他们说道。其实，冯啸辰的话还真是说到他心坎上去了，如果没有这个总公司，再如果总公司没有属于他的3%股权，冯啸辰要从金南轴承公司抽调资源的时候，姚伟强心里肯定是会有些疙瘩的。现在的情况就不同了，知道总公司也有自己的一份股权，哪怕只是区区3%，姚伟强还是觉得心里舒服了许多，盼着总公司能够蓬勃发展，这样他那3%也就会变得越来越值钱了。

屋里几个人，除了杜晓迪没做过生意，脑子转得慢一点，其他人也都一下子就想明白了冯啸辰的用意。在没有辰宇实业公司的时候，大家都是各干各的，虽然都与冯啸辰合伙，与其他企业之间却没什么关联。冯啸辰搞出这样一个辰宇实业总公司，还给大家分了一点股权，大家就被拴到一根绳子上了，有点一损俱损、一荣俱荣的意思。

下一步，冯啸辰肯定要以辰宇实业公司的名义来扩展新业务，届时就可以光明正大地调配各家企业手里的资源，大家还没法反对。可以这样说，这百分之几的股权，给大家的不仅仅是权利，还包括着义务。拒绝这些股份，那就是不打算与冯啸辰在其他领域里合作，这就相当于是不给冯啸辰面子了。

想明白了这点，大家也就没法再反对冯啸辰的安排了。不管怎么说，冯啸辰毕竟也是在向他们让利，而且以冯啸辰的逆天能力，说不定又弄出一个什么赚钱的业务，届时大家就能够坐着分钱，何乐而不为？至于说调配资源啥的，其实不也是冯啸辰自己的资源吗？他想怎么用，自己又有什么资格反对呢？

看到大家都接受了前面的安排，冯啸辰便开始布置下一步的任务，具体到每个人头上，都有一些新的思路。

春天酒楼这边，冯啸辰要求加快扩张的步伐。他让陈抒涵不要打算自己去建分店，而是要在目标城市选择恰当的合作伙伴，通过合股经营的方式来建立分店。春天酒楼的经营理念是比较超前的，实力也比时下大多数的个体饭馆要强得多。陈抒涵完全可以在各地招募合作伙伴，通过向他们提供资金、输出管理模式以及菜品来帮助他们做大。在股权分配方式上，冯啸辰认为让合作方占有五成甚至六成都无所谓，现在是跑马圈地的时候，在一个城市里早一天建起分店，就能够早一天占领这里的市场，即便只是拿到四成的利润，也胜似一无所获。

辰宇金属制品公司将更名为辰宇轴承公司，除了原有的油膜轴承业务外，还将发展滚动轴承业务。冯啸辰知道，未来几十年都将是中国制造业高速发展的时期，轴承的需求量将会不断增长，直至成为全球最大的轴承市场。按照后世的发展水平来看，仅中国市场一年的轴承销售额就达到2000多亿元，这是一个大有可为的市场。

“海帆，轴承公司的发展，要有长远眼光，着眼于21世纪，着眼于全球市场。为了做到这一点，公司要加强技术研发，培养高级技术工人，不惜重金留住那些工人技师，这些人才是公司最重要的财富。”冯啸辰盯着杨海帆交代道。

杨海帆自信满满地说道：“你放心吧，啸辰，我们目前就在这样做。前年招聘进来的年轻人，经过老师傅们的培养之后，现在已经有相当一批人能够独当一面了。研发中心这边，闫百通老师和陈工搭档，干得非常出色，我们的一些新产品，在欧洲市场上都是有竞争力的。”

“管理人才这边的积累怎么样？”冯啸辰又问道。

“目前我们的管理班子已经基本搭起来了。副经理范加山，是罗冶的王处长介绍过来的，原先是罗冶的党委副书记，老爷子很正直，人品好，也懂技术，在公司里很有威望，我不在公司的时候，他基本上能够把公司的管理全部挑起来。管生产的副经理刘刚，是我从东山市工业局挖过来的，他在那边是个科长，也是不甘心在机关里虚度年华，所以办了停薪留职，到公司来当生产副经理，能力很强。还有就是何阿姨，那可是咱们公司的大管家，财务、后勤都由她管着，全厂干部职工没一个人不喜欢她的。”

说到这里，杨海帆嘿嘿地笑了起来。他说的何阿姨，正是冯啸辰的母亲何雪珍。她原本只是新岭一家大集体企业里的普通职工，辰宇公司成立之后，冯啸辰安排她到桐川去，目的是让她当个监工，毕竟这么大的产业，没个自家人盯着也不行。谁承想，何大妈挂上个副经理的头衔之后，活力迸发，把分管的财务和后勤工作抓得有声有色，让杨海帆都叹为观止。可见人的潜能是无限的，区别只在于有没有被放在合适的位置上。

第三百五十九章

谈完轴承公司的情况，冯啸辰没有多说什么，直接又转到了姚伟强的金南菲洛轴承经销公司业务上。

金南菲洛轴承是一家销售公司，主要的优势有两点，一是姚伟强多年从事轴承经销所建立起来的人脉关系，二是借助德国菲洛公司的帮助，能够帮国内企业代购欧洲市场上的轴承产品。这两年，随着石阳县的轴承经销户不断增加，金南菲洛公司的市场份额也在不断受到挤压，加上金南的地理劣势，公司要想持续高速地增长，已经是很困难了。

冯啸辰的建议是让姚伟强离开金南，到浦江去开辟一个新的市场。金南这边的业务自然还是要保留的，但只需要交给一位信得过的亲戚照看就可以了，姚伟强自己不应当被拴在这个小空间内。浦江是全国最大的工业城市，也是许多工业品的集散地，姚伟强把自己的轴承经销公司开到浦江，能够利用这个市场优势，不断做大。

如果是在前两年，冯啸辰肯定不会给姚伟强出这个主意，因为那时候对于私营企业的管束还很严，姚伟强只有躲在金南这个小地方，再用中德合资企业的帽子当保护伞，才能存活下来。此外，那时候的姚伟强实力也比较薄弱，到浦江这样的大城市去，很难有什么建树。如今就不同了，国家已经打开了鼓励民营经济发展的口子，而姚伟强也积累起了足够多的资本，可以去浦江试试水了。

“你放心，我现在虽然不在重装办了，但这些年在很多企业里也交了一些朋友，他们会给你一些照顾的。当然了，最终能不能打出一片天地，还是要靠你自己，我的那些朋友只能在原则范围内给你帮助，想让他们违反原则来帮助你，恐怕是做不到的。”冯啸辰最后这样说道。

“冯处长，有你这句话就足够了。”姚伟强只觉得浑身上下热血沸腾，恨不得马上就回金南去，带上老婆孩子杀奔浦江。其实，他早就有到大城市去闯一闯的想法，只是前两年的十大王事件让他有些心有余悸，同时也不知道作为控股股东的冯啸辰对于此事有什么想法。现在冯啸辰鼓励他到浦江去，还承诺联络一些企业里的朋友给他帮助，他还有什么可担心的?

冯啸辰认识的朋友可不是什么寻常之辈，很多人都是一些大企业里的领导或者总工之类，即便是在原则范围内的一些照拂，也比姚伟强这么多年结交的那些供销科长管用得多。姚伟强对自己的智商和情商都是颇为自负的，冯啸辰给了他授权，又给了他平台，他再不能做出点成就，就真没脸在这个屋里待着了。

“最后就是包总这边了。”

冯啸辰把头转向包成明，微笑着开口了。

包成明有些尴尬，说道：“唉，冯处长，你可别叫我包总，我老包原来不知道自己有几斤几两，刚才听冯处长一说，我真有些无地自容了。陈总、杨总、姚总，他们都是能人，生意随随便便就做到了几百万的规模。我也就是小打小闹，一年做不到 10 万块钱的业务，真是太丢人了。”

冯啸辰摇摇头道：“老包，其实这几项业务里面，我最看好的，反而就是你这块业务呢。”

“冯处长，你不会是在安慰我吧?”包成明半信半疑地说道。

冯啸辰道：“当然不是。我想请大家思考一个问题，到 21 世纪，最值钱的东西是什么?”

“……”

所有的人都傻眼了，冯啸辰这样凭空问一句，大家哪知道该如何回答呀。再说，21 世纪是何等遥远的时代，大家再有想象力，也无法预见那时候的事情。

说来有趣，在整个八十年代，大家最喜欢畅想的一个时间节点就是“2000 年”，据说那是中国实现四个现代化的时候。有关四化是什么，众说纷纭。在中学生的作文里，基本上是说家家都拥有一个机器人，街上跑的是水滴形状的私家小汽车，所有的城市都繁花簇锦，就像挂历上的“外国”一样。

不过，在领导人的头脑里，世纪末却是更为现实的。人均收入翻两番，达到1000美元，其实也就相当于日本六十年代中期的水平，哪里谈得上家家户户都有花园洋房，能够不再如现在这样三代人挤在40平方米的小房子里，就已经是很乐观了。

不管是哪种认识，大家的想象都是截至2000年的，对于21世纪是什么样子，很少有人去谈及。现在冯啸辰突然说起21世纪，连杨海帆这样眼界比较宽的人，也有些莫名懵圈了。

冯啸辰看看大家，微微一笑，说道：“21世纪，最值钱的东西是信息。目前我们国家还是短缺经济的国家，很多东西都是供不应求，大家只愁买不到东西，不愁东西卖不出去。我相信，经过十几年的建设发展，到21世纪的时候，咱们国家将进入过剩经济的时代，企业会哭着喊着求消费者买他们的东西。到那个时候，谁能够掌握信息渠道，谁就掐住了所有企业的命脉，自然会有人上门来给你送钱。”

“会这样吗？”

陈抒涵、杨海帆等人面面相觑，对于冯啸辰的预言都有些不敢相信。倒是包成明眼睛一亮，说道：“这一点，我倒有一些感触。去年冯处长让我办金南标准件商情的时候，说我不但可以靠卖商情赚钱，还可以收那些商家的钱。我当时不是很相信，结果半年不到，金南的那些商家真的给我送钱来了，都是想把他们的目录登到靠前的位置上，还有人愿意出钱在商情里插彩页的。”

“你个奸商！”姚伟强没好气地斥道，“我们本来是一家的，结果你收了人家的钱，生生把人家的目录插到我菲洛轴承的前面，你这算不算是见利忘义了？”

包成明委屈地辩解道：“这件事我跟你通过气的好不好？你说了，冯处长也是赞成我这样做的。”

“也就是冯处长替你说话，要不我肯定跟你割袍断义，再也不认你这个表哥了！”姚伟强装作气呼呼的样子说道，但他眼角流露出来的笑意却泄漏了他的真实想法。

“老包，和老姚这边的情况一样，你把金南商情交给一个信得过的人，你自己也到浦江去吧。你的公司也别叫金南商情了，改叫‘辰宇商业信息科技有限公司’。初期你可以先做标准件方面的信息发布，同时开始积累其他方面的商业信息。三年之内，你要建立起全国的商业信息网络。六年内，也就是 1990 年之前，你要把你的信息网铺到海外去。”冯啸辰吩咐道。

“海外？”包成明眼睛瞪得滚圆，饶是他有过种种野心，此时也被冯啸辰勾勒的目标给镇住了。在全世界建立一个商业信息网络，这是何等重大的一件事情，冯啸辰居然就这样轻飘飘地说出来了。

冯啸辰道：“中国人买国外的东西，外国人也同样要买中国的东西。就说你们金南那些标准件企业，他们的产品可能技术不是特别先进，质量也很一般，但好就好在比国外的东西便宜。如果外国有家企业想从中国进口一批便宜的标准件，却又对中国完全不了解，他们会怎么做？”

“他们会买一份我编的标准件商情，找到经销地址，再派人过来采购。”包成明顺着冯啸辰的话头往下猜测道。

冯啸辰又道：“如果他们要买的数量不多，而派个人到中国来跑一趟的费用又太高，他们会怎么做？”

“他们会直接给厂家写信……对了，他们还有可能直接和我联系，让我帮他们采购。”包成明兴奋地说道。

冯啸辰笑道：“那你怎么办？”

“当然是帮他们做了，收一点代办费，再赚个价差，这样的钱，不赚白不赚。”包成明说道。

冯啸辰摇摇头，道：“我倒不建议你这样做。术业有专攻，你就专注于做好商情，只做信息，凭信息赚钱。你的商情如果做出了名气，光是各家厂商给你付的广告费，就足够你赚了。代购产品这种事情，还是要交给专业的人去做才行……”

“专业的人?”包成明一时有些反应不过来。

姚伟强在旁边用胳膊肘拐了他一下，愤愤地说道：“那就是我嘛，论搞产品经销，你能比我精通?”

包成明这才明白冯啸辰所指，他扭头看看姚伟强，又回头看看冯啸辰，用力地点了点头，说道：“冯处长，我明白了，术业有专攻，我的确没必要去和老姚抢生意。如果有人找我代购，我就介绍给老姚……再收他一笔信息转让费就是了。”

“你这个财迷!”姚伟强又做出暴怒的样子。众人一齐笑了起来，都为包成明的商业头脑感到钦佩。包成明说收姚伟强的信息费，可真不是一句笑话，一次两次的代购信息，自然是不值得谈信息费这件事的。但如果包成明的商情真的能够有很大影响，能够带来数以百计的代购请求，那么绝对有人愿意出钱购买这些信息。冯啸辰说 21 世纪信息最值钱，看来真不是空穴来风。

第三百六十章

半开玩笑半认真地打闹过后，冯啸辰摆手让大家安静下来，继续对包成明说道：“不过，老包，你应当知道，从事信息业，最重要的是积累。你积累的信息越多，价值就越大。初期，这项业务可能很难赚到钱，至少需要三到五年的时间，才能看到赚钱的希望。对此，你需要有充分的心理准备。”

包成明的脸色也变得凝重起来，他点点头，道：“冯处长，我知道。我已经准备好了，大不了五年不开张，我就靠金南那份商情养活这个公司就是了。”

“这倒不必。”冯啸辰道，“我前面说过，我投入 20 万，占七成股份。这 20 万就是公司的启动资金，你可以用来在浦江打基础。另外，未来五年，每年辰宇实业公司会向你支付 20 万元的信息服务费，从你手上购买国内外的商业情报。有了这笔钱，公司的日常经营支出就足够了。”

“冯处长要购买的是什么样的商业情报?”包成明下意识地问道。

“国内主要工业企业的经营情况、技术实力、领导班子构成、中层干部能力，国内主要的在建工业项目情况，工业品市场的供销情况。另外，还包括与这些内容相关的街头巷尾的各种传言，这些都属于商业情报。”冯啸辰说道。

说这些话的时候，冯啸辰的语气是平平淡淡的，但在场的众人，恐怕也就除了没什么商业经验的杜晓迪之外，都齐齐地打了个寒战。他们不一定能够知道冯啸辰的真实打算，但仅仅是冯啸辰说的这些内容，就足以让他们心惊了。

冯啸辰让包成明成立一个商业信息公司，主营业务是编辑工业产品商情，以卖商情和收取广告费作为盈利手段。要获得全国范围内的工业产品信息，自然需要安排一些信息员前往各地去与厂家联系，索取这些厂家的产品目录，用于汇编。冯啸辰每年向包成明支付 20 万元，就能够把这些信息员的开支包揽下来了，信息公司的运营将不成问题。

让人感到震惊的，是冯啸辰把这笔钱叫作信息费，要求这些信息员除了搜集产品目录之外，还要打听各家企业的经营情况、领导班子情况等等，最后一句“街头巷尾的各种传言”，可不仅仅是为了满足八卦之心，而是要打探这些企业及其领导的秘辛，并将其记录在案。

想想看，如果一家公司手里掌握着全国所有企业厂长、经理的隐私，知道他们谁和谁是儿女亲家，谁和老婆关系不睦，谁和秘书不清不楚，那将是何其恐怖的一个情报库。拥有这样的情报，要想和这些企业联系业务，或者与这些企业展开竞争，都能够事半功倍。试想，如果两家企业要展开竞争，其中一家企业手里拿到了对方所有高层和中层干部的详细资料，知道谁贪财、谁好色、谁嗜酒、谁惧内，对方还怎么玩？

再联系到此前冯啸辰说的“信息最值钱”的话，这话里的“信息”二字，恐怕是要换成“情报”二字了。这样的情报，初期是看不出太多价值的，但如果坚持不懈地搜集和积累，过上十年时间，它的价值就无论如何估量都不为过了。这些情报可以留在公司内部使用，也可以出售给需要这些情报的买家，一份竞争对手的情报卖出几万、几十万，恐怕也不为过吧？

大家觉得不可思议的，还并非冯啸辰的这份情报眼光，而是他的用意。得有何等的勃勃野心，才会想要构建一个如此庞大的情报体系？

冯啸辰却没有众人想得这么复杂，他想建一个情报体系的初衷，来自于这几年在重装办工作时候的感触。通过官方渠道，他能够了解到各家企业的情况，但对于企业内部那些盘根错节的人事关系，却是无论如何也了解不到的。好一点的时候，能够通过知情人打听到一二，惨的时候，就只能是把人得罪了都不知道自己到底错在何处。

就说这次在浦交大的事情，如果不是严寒出来向他告密，他恐怕根本就不知道化工系出了什么事情。而事后自己因为屈寿林的事情受到连累，也同样是一场无妄之灾。他甚至直到现在都不知道是谁给重装办施加了压力，使罗翔飞不得不挥泪斩马谡，把他清理出重装办。幸好罗翔飞是个好领导，把他从重装办推出去之后，还给他找了一个不错的去处。换成一个不负责任的领导，冯啸辰的政治前途恐怕也就到此结束了。

对方在暗处，自己在明处，这种感觉实在是太糟糕了。冯啸辰希望能够摆脱这种困境，那么就不得不建立起一个属于自己的情报体系。类似于《红楼梦》里那种“护官符”，冯啸辰也想拥有，无论是想做事还是想自保，搞清楚这些人际关系，都是非常重要的。

除去自身的考虑之外，这种人际关系上的情报本身也是重要的商业情报。在这个世界上，日本人就是最擅长积累这类情报的。日本企业在进入中国市场的时候，花费了大量的人力财力去了解中国的情况，给所有重要的官员都建立了档案，这才使得他们能够很顺利地拿下中国的许多订单。

中国企业不太重视情报工作，为此在与外商打交道的时候屡屡吃亏。冯啸辰打算利用包成明的这个平台，把商业情报这个环节补上。初期先做国内的情报，未来再扩展到国外。他心目中的辰宇信息公司就是一个专门靠信息盈利的公司，这种思维就是后世说的大数据思维，用信息赚钱的利润是不可估量的。

包成明不懂得什么叫大数据思维，但他也感觉到了这项业务的深不可测。他原本就是机关干部，知道机关里传的各种“小道消息”有多大的价值。如果能够把全国的小道消息都汇集起来，那意味着什么，包成明简直都不敢去设想了。到这个时候，他才真正理解了冯啸辰此前的话，冯啸辰说他这块业务才是自己最看好的，包成明还以为是一句安慰话，现在看来，这是实实在在的真心话啊。

“冯处长，你什么都不用说了，我知道自己该做什么！”包成明一下子就精神焕发了，他拍着胸脯向冯啸辰作着保证。

冯啸辰点点头，道：“老包，我相信你，你毕竟是从机关里出来的，对信息很敏感，肯定能把这件事情做好。我只需要叮嘱一句，那就是不用太心急，三年五载能够有所成，就已经很不错了。经费方面，你也不用担心，一年 20 万只是一个大概的想法，如果不够，我还可以继续追加，信息的投入，将来必然是有回报的。”

“我明白，冯处长就放心吧。”包成明大声地应道。

这件事情，说到这个程度也就差不多了，更深的意义并不适合在这个场合说出来。陈抒涵、杨海帆、姚伟强几人心里也都充满了激情，从冯啸辰给包成明的安排中，他们感觉到了冯啸辰的雄心，这种乐观的情绪也感染到了他们的身上。

大家又聊了几句家常话之后，这顿晚宴便告结束了。姚伟强、包成明知道自己与冯啸辰的关系不如陈抒涵他们近，便很有眼色地先告辞离开了，约好次日再和冯啸辰细谈具体的业务安排。陈抒涵有意邀请冯啸辰和杨海帆一起去喝茶，冯啸辰却推了推杜晓迪，道：“晓迪，你去陪陈姐聊聊天吧，我和海帆到外面去抽根烟，就不污染陈姐办公室的空气了。”

陈抒涵明白冯啸辰是有话要和杨海帆单聊，也不挑破，笑着说道：“呵呵，那你们去吧，我把茶给你们留着。晓迪，走，上我那去坐吧。”

两个姑娘先走了。冯啸辰与杨海帆出了酒楼，来到外面的大街上。冯啸辰找的借口是出门抽烟，但事实上他和杨海帆都已经没有这样的嗜好了。两个人顺着大街静静走了一段路，最后还是杨海帆先打破了沉默：“怎么，啸辰，有什么事情要跟我说吗？”

冯啸辰笑笑，道：“没事就不能一起走走吗？好歹咱们也是朋友吧？”

“两个男的，没事这样一起压马路，总觉得哪里不对。”杨海帆讷讷地说道。

冯啸辰忍不住笑了，这个杨海帆，平时显得挺正经的，想不到也有玩这种冷幽默的时候。不过，他知道，杨海帆越是如此，就越说明他心里正在纠结，说笑话只是掩饰一下情绪而已。

“海帆，有没有想过彻底离开桐川县？”冯啸辰终于还是把话说出来了。

“离开？怎么离开？”杨海帆平静地反问道。

“从桐川县辞职，彻底下海。”冯啸辰道。

“彻底下海？”杨海帆愣了一下，然后苦笑一声，道，“其实我现在这个样子，早就已经在海里了。你上次问过我，我还回得去吗，我认真地想过了，让我再回到县里去，熬资历等着升副处级、正处级，恐怕我已经接受不了了。不过，真到要考虑彻底辞职的时候，还真有几分犹豫呢。”

第三百六十一章

杨海帆目前的身份，是辰宇金属制品有限公司的中方经理，是桐川县政府派出的人员。他非但编制仍然在桐川县，甚至还保留着正科级的干部级别，随时可以从公司抽身出来，到县里的某个局去当个局长，或者到哪个乡去当个书记。

这样的身份，对于杨海帆的好处就是有了一条退路，而且还是一条很不错的退路。如果有朝一日他不想再在公司干了，凭着他此前的业绩，回到县里也同样可以得到重用，熬够资历就能够进入县领导的行列。

在这个年代里，非国有单位在许多人的眼睛里都属于另类，像阮福根、姚伟强这样的民营企业家，即便是身家过百万，其社会地位也仍然是很低的，到政府机关去办事只能畏畏缩缩，随便一个小科员都可以对他们吆三喝四。

但杨海帆就不同了，他虽然也在合资企业里任职，但同时还有一个干部编制，这就是他地位的保障。别说在桐川，就算他去东山市联系工作，一般的科长、股长对他都得恭恭敬敬的，办点事情也要方便很多。

这样一种双重身份在给杨海帆带来好处的同时，也不可避免地会带来一些麻烦。比如说，冯啸辰要给他股份，就无法光明正大地给，因为他还是国家干部，在私营企业里公然持股，是违反政策的。

这里也要顺便说一下，冯啸辰在此前也不敢公开声称自己在企业里有股份，春天酒楼的股份，他是让母亲何雪珍代持的，辰宇金属制品公司和金南菲洛轴承经销公司，都是挂着德国菲洛公司的名头，而菲洛公司的股权，也是经过层层包装之后，才攥在冯啸辰的手里。

如今，冯啸辰离开了重装办，要去社科院读研究生。如果他研究生毕业之后不进体制内工作，自然无所谓股权的问题。但如果他还想进体制，那么在他打算成立的这家辰宇实业公司里，他还是不能公开持股，只能借冯立、何雪珍或者弟弟冯凌宇的名义来持股。即便是这样，麻烦事还是不少的，只是看他未来的领导会不会用这件事来揪他的辫子了。

杨海帆的情况比冯啸辰还要敏感。冯啸辰办企业，好歹是凭着自己的本事，并没有用到重装办的资源，这也是罗翔飞、孟凡泽他们对此事睁一只眼、闭一只眼的原因。杨海帆是主动请缨到辰宇公司当中方经理的，如果干了几年突然变成辰宇的股东，无论如何都甩不掉假公济私的指责。桐川县的领导恐怕也没有罗翔飞他们的心胸，更何况其他的普通干部。别说杨海帆从辰宇公司拿到股份，就算是他的年终奖拿得比机关里的干部多了几块钱，都会有人写匿名信告状，这就是身处体制内的苦恼了。

冯啸辰上一次回南江的时候，专门和杨海帆谈过一次，其中便问了杨海帆一个问题：你还回得去吗？

杨海帆认真地想了许久，终于无奈地承认，自己已经回不去了。想当年，他努力表现，这才换来了一个干部身份，并且成为县委书记范永康的大秘，在众人眼里俨然是一颗政治新星。但以他今天的眼光来看，那时候的生活简直就是在浪费生命，每天小心翼翼地琢磨领导的喜怒哀乐，在人前人后说着各种无聊的套话，蝇营狗苟地熬着资历，只不过是为了在更高的位置上重复这些事情。让他重新回到这样的生活中去，他恐怕连一天都忍受不了。

可是，就这样离开吗？

杨海帆觉得自己似乎还没有做好准备。

“辰宇轴承的业务，交给范加山他们。你说刘刚是东山工业局的干部，让他接替你当中方经理也未尝不可。咱们俩另外开一个摊子，我出1000万，还是占七成股份，你作为管理层持股，占三成，条件是至少在公司服务满十年。”

冯啸辰直接抛出了自己的打算，中间甚至没有给杨海帆留下思考的时间。

“投1000万，做什么？”杨海帆的心怦怦地跳了起来。他想显得淡定一些，无奈冯啸辰的话太让人震惊了，他实在无法装出无动于衷的样子。

辰宇金属制品公司经过几年的发展，现在已经颇具规模了。按设备的原值来计算，恐怕也有上千万的样子。但其中有许多设备是从德国买来的二手设备，实际的花费并没有那么多。冯啸辰直接开口说要投入1000万开辟一个新业务，那么至少是不亚于今天辰宇公司的业务规模。而在这个公司中，杨海帆居然能够凭空得到三成的股份，这让杨海帆如何还能淡定得下来。

的确，冯啸辰还有一个条件，那就是杨海帆要为公司服务满10年以上。以杨海帆的想法，在一家大企业里坐拥30%的股权，别说服务10年，就是干上一辈子，又有何妨？以冯啸辰的眼光，敢于投入1000万元去做的业务，绝对是大有前途的。辰宇公司现在已经能够达到年利润300万了，冯啸辰还想另外开辟新业务，显然是有更好的目标，那么新公司的利润水平，将会达到什么样的程度呢？

或许，冯啸辰所说的那个先赚一个亿的“小目标”，就得着落在这个新业务上了。

“海帆，你觉得现在中国市场上做什么产品最好？”冯啸辰没有回答杨海帆的问题，而是先让杨海帆来发言。

杨海帆想了想，说道：“据我所知，目前很多地方都在搞电视机，你不会是想赶这个热潮吧？”

“当然不会。”冯啸辰道，从杨海帆的话里，他能感觉得到杨海帆对于电视机业务是不看好的，这与冯啸辰的想法完全一致。事实上，此时经委已经批复了乐城的电视机厂项目，与此同时，国内还有许多省市也正在向经委打报告，要求上马电视机业务。如果历史没有发生太大的变化，到明年这个时候，全国已有以及在建的电视机厂将达到近200家之多，按照后世的说法，那将是一片竞争残酷的“红海”。冯啸辰如果扎进这个市场，那才叫犯傻呢。

“其他的家电，市场情况也不会太好，我觉得不宜进入。”杨海帆继续说道。

“你的判断与我一样，现在搞家电是最糟糕的时候。”冯啸辰道。

“如果不是家电的话……”杨海帆陷入了沉思。除了家电，当然还有其他很多领域可以进入，比如服装、食品等等，但进入这些产业用不了1000万的投资，而且似乎也不是自己和冯啸辰熟悉的领域，冯啸辰不太可能去做。那么，还有什么呢？

冯啸辰道：“据我了解到的内部情况，今年下半年，国家将会推出全面改革的政策，其中最重要的一条就是扩大地方的自主权，地方政府将会拥有更多的投资、基建等权力。从这几年的情况来看，地方政府有着强烈的投资意愿，你刚才说的各地都在建设电视机厂，就是一个表现。咱们没必要去凑他们的热闹，但是，他们要搞基建，总离不开工程机械吧？”

“你是说想搞工程机械？”杨海帆眼睛一亮，脱口而出道，“这倒真是一个很不错的方向啊。”

我当然知道这是一个很不错的方向。冯啸辰脸上露出得意的表情。

从现在开始，一直到冯啸辰穿越之前的21世纪前叶，中国都将是全球最大的建筑工地。尤其是进入21世纪之后，中国每年新建1万公里高速公路，上千公里的高铁，还有遍地开花的房地产工程，光是消耗的钢材和水泥就占到全球产量的一半还多。这样大的建筑工程量，在中国国内造就了若干家世界领先的工程机械企业。

别人忙着建厂子生产电视机，我就给他们提供建厂子用的挖掘机好了。用十年时间培育起品牌和生产能力，等到九十年代中期中国的房地产业开始蓬勃发展的时候，每个工地上都要有印着“辰宇”二字的挖掘机，那是何等富有成就感的场面啊。

杨海帆没有注意到冯啸辰的表情，他沉浸在对这个项目的思考之中，嘴里喃喃地念叨着：“搞工程机械，的确是一个好主意。现在别说是新岭，就连东山这样的小城市，都在大兴土木，未来工程机械的需求量绝对是会大幅度增加的。搞工程机械咱们也有基础，从罗冶来的那些老师傅，过去就是搞矿山机械的，像挖掘机之类的，矿用的和建筑用的基本上是同样的道理。还有，咱们这些年搞轴承，联系的装备企业不少，咱们可以从他们那里得到支持，我看应当是能搞成的。”

“这么说，你同意这个想法了？”冯啸辰笑着问道。

杨海帆这才回过神来，他看了看冯啸辰，笑着连连点头道：“同意，当然同意。冯处长的战略眼光，我一向是非常佩服的，你说怎么做，咱们就怎么做。”

“既然如此，那我们就初步这样确定下来了。”冯啸辰道，“给你几天时间，你把辰宇轴承的事情安排好，然后咱们一块出去转转。”

第三百六十二章

定下这件事，两个人又聊了几句家常话，冯啸辰便把杨海帆送回了酒楼。春天酒楼的前身是某单位的驻新岭办事处，兼具餐饮和住宿的功能。陈抒涵接手之后，把大多数的客房改成了包间，但也还保留了一些房间，除了作为办公室之外，还有几个房间是可以住宿过夜的。杨海帆以往到新岭来办事，一般都是住在这里。

两个人来到陈抒涵的办公室，陈抒涵和杜晓迪二人果然正在喝茶，用的还是一套在内地很罕见的工夫茶具，据陈抒涵说是杨海帆送给她的。冯啸辰调侃了两句陈抒涵和杨海帆的小资情调，又喝了几口茶，这才与杜晓迪一道告辞出了酒楼，回自己家去。

走在路上，冯啸辰随口向杜晓迪问道："你和陈姐刚才在聊什么呢?"

杜晓迪笑道："主要还不是聊你吗，陈姐跟我说了好多你在知青点的事情，说那个时候你还小，闹了不少笑话。"

"完了完了，以后我在你面前就没有威信可言了。"冯啸辰装出懊恼的样子说道。

"才不会呢。"杜晓迪道，"你都是想赚一个亿的人了，我以后恐怕都得仰视你了。"

杜晓迪这话一半是玩笑，另一半却是认真的。她此前也知道冯啸辰能耐很大，颇有一些叱咤风云的感觉，但好歹冯啸辰做的那些事情还在她的常识范围之内，但今天这个会议，冯啸辰说的商业上的安排，尤其是一个亿的"小目标"，却实实在在地把杜晓迪给惊呆了。

刚才与陈抒涵喝茶的时候，杜晓迪就不无担忧地说到了此事，还隐约透出一层意思，那就是自己与冯啸辰之间是不是有太大的差距，自己到底能不能成为冯啸辰的良配。陈抒涵不愧是个大姐姐，她似乎是不经意地和杜晓迪聊了一些往事，却让杜晓迪明白了冯啸辰的为人，让她心里逐渐踏实下来了。若非陈抒涵的这番开解，杜晓迪此时恐怕不会这样轻松地与冯啸辰开这样的玩笑。

冯啸辰伸出手，揽住了杜晓迪的纤腰，笑着说道："我赚一个亿或者十个亿，不都是为你赚的吗？没听人说过吗，我负责赚钱养家，你负责貌美如花。"

杜晓迪挣了一下，却没有成功。她做贼心虚地左右看看，见并没有人注意到他们俩的亲昵表现，这才淡定了一点。她向冯啸辰胸前偎了偎，娇嗔地说道："你说什么呢？什么我负责貌美如花，我怎么没听人说过这样的话？"

"嗯嗯，等咱们的孩子会和女朋友轧马路的时候，就有这句话了。"冯啸辰像一个合格的穿越者一样预言道。

杜晓迪伸手掐了冯啸辰一下，以惩戒他的口无遮拦，然后说道："啸辰，你干嘛要赚这么多钱呢？我觉得你现在赚的钱就够多了，咱们十辈子都花不完，再这样赚下去，咱们不就成资本家了吗？"

"咱们现在就是资本家呀。"冯啸辰哑然失笑道，"今天开会的这些人，除了你之外，我们大家都是资本家。"

"可资本家不是坏人吗？"杜晓迪认真地看着冯啸辰问道。

冯啸辰反问道："你觉得你爸妈是坏人吗？通原的春天酒楼，我给了他们两成的股份，所以他们也是资本家了，你会觉得他们是坏人吗？"

杜晓迪道："他们当然不是坏人……咦，你这样一说，我才发现，我爸明明是个工人，怎么一转眼就变成资本家了？"

"资本家只是一个职业，无所谓好坏。只有为富不仁的资本家，才是坏人。像你男朋友这样的资本家，就是好人。"冯啸辰用尽量简单的语言向杜晓迪解释道。

八十年代的中国，正处在新旧两种体制和两种观念的变革过程之中。许多后世的人们觉得司空见惯的事情，在这个年代里还显然那么惊世骇俗。投机倒把、资本家、剥削等等带着政治意味的概念，还残留在相当一部分人的脑子里，甚至为人所不齿。但冯啸辰知道，再过上两三年，社会上的观念就会发生激烈的变化，中国将进入“十亿人民九亿商”的全民大创业时代。

杜晓迪无疑属于思想比较保守的那一批人，她只是一个普通工人，在国企里长大，在国企里工作，受到外界商业经济的熏陶极少。冯啸辰既然把她带出来了，自然就要对她进行一些市场观念的启蒙。今天他带杜晓迪来参加这个股东会议，就是想让她亲身体验一下商业场景的氛围。

“其实，说我们是资本家也不准确。更确切地说，我们是一群企业家。”冯啸辰斟酌了一下用词，重新说道，“比如陈姐，她并没有多高的文化水平，过去也没有当过厂长经理，却有一个企业家的天分。我最早请陈姐出来一起开饭馆，只是觉得她比较稳重，同时还有很好的手艺，却没想到她的经营才能也这么高。春天酒楼在短短几年时间内，就做到了这样的规模，非常不容易。如果是在一家国有企业里，你觉得陈姐这样的人，会有这样的机会吗?”

杜晓迪摇了摇头，她自己是在国企里工作的，对于国企里的论资排辈深有体会。她很清楚，如果陈抒涵是在国企里工作，现在恐怕也就是一个普通工人而已，不会有人把这么大的一个产业交给她去打理，她的经营才能只会埋没在人群之中。

“国营企业有国营企业的责任，同时也有自己的局限性。国企的经营要对国家负责，很多时候就会受到各种条条框框的影响，不能随着经理人的个人好恶行事。而民营资本就不同了，我信得过陈姐，就可以把酒楼交给她经营，而不需要征求其他人的意见。也许我的眼光有问题，选错了人，那么遭受损失的也就是我自己，不会影响到国家的利益。同样，国企要选择一个新的经营方向，也要非常慎重，要按照一定的决策程序去做事。而民营企业则可以凭着企业家的敏感性去进行选择，虽然可能存在一些风险，但同时也不容易错过机遇。”

冯啸辰滔滔不绝地说着。杜晓迪一开始还听得挺认真，慢慢就有些倦了。冯啸辰说的这些道理，其实都挺直白的，杜晓迪有生活阅历，并不难理解这些观念。至于更深层次的一些意义，就不是杜晓迪有兴趣关心的内容了，她本质上只是一个痴迷于技术的年轻女工而已。

“好了，别说了，你以为是在单位做报告呢！”杜晓迪白了冯啸辰一眼，然后说道，“对了，啸辰，我其实是想跟你说另一件事情的，被你一打岔，差点忘了。”

“什么事情？”

“你不觉得陈姐的个人问题也该解决一下了吗？”

“个人问题？”冯啸辰一愣，随即脸上就有了一些愁容，“这件事我也想过啊，可陈姐自己都不上心，我有什么办法？”

杜晓迪嗔道：“你就知道自己到处追漂亮姑娘，陈姐对你那么好，你都不知道帮她物色个合适的人，亏你还好意思说陈姐就是你的亲姐姐。”

“晓迪，咱不带这样夸自己的好不好？”冯啸辰笑着纠正着杜晓迪的话。杜晓迪也真是个实诚人，光顾着批评冯啸辰，却忘了她说的“漂亮姑娘”就是指她自己，虽然她的确在通原锅炉厂就有“厂花”的盛名，属于并列前几名的美女，但这种话怎么能自己说出来呢？

杜晓迪自知失言，一下子就红了脸。她压低声音说道：“你敢说你不是到处追漂亮姑娘？你以为我不知道在大营那次你非要跟我一起守车的目的……”

“嗯嗯，我虚伪，我口是心非！”冯啸辰赶紧作着自我批评，然后又说道，“咱们还是说陈姐吧，我倒也想过给她物色合适的人，可你也知道，陈姐因为一些事情，个人问题拖到了现在。她今年 32 岁了，要找一个合适的人，恐怕就不容易了。真给她找个半大老头，又觉得太委屈她了。”

杜晓迪道：“谁说要给她找半大老头了，眼前不就有一个合适的吗？岁数和陈姐差不多，能力也强，长得也挺英俊的。”

“谁啊？”冯啸辰一时有些懵，不知道杜晓迪所指。

“就是杨总，杨海帆啊！”杜晓迪道。

“海帆？”冯啸辰愣然了，“你怎么会想到他呢？”

杜晓迪道：“怎么，我记得你不是说过杨总也是单身吗？有哪不合适吗？”

冯啸辰摸着脑袋，好半天才冒出一句：“我不是说他们俩有哪不合适，而是他们俩实在是太合适了，我怎么就没想到呢？”

杜晓迪笑了起来，说道：“这就是我师傅经常说的，叫作灯下黑。我刚才和陈姐聊天的时候，总听她说起杨海帆，好像他们俩挺熟的样子呢。不过，估计连陈姐自己也没往那方面想，就是把杨海帆当成一个好朋友而已了。”

“看我这个脑子！”冯啸辰拍了一下自己的头，恨恨地说道，“不行，我得马上跟海帆说，陈姐这么好的人，打着灯笼都难找，万一被别人抢了先，杨海帆就等着打一辈子光棍吧！”

第三百六十三章

“什么？你说谁？”

“陈抒涵，我陈姐。”

“等等，啸辰，你这玩笑开大了吧，小陈不是说她爱人在部队里吗？”

“部队里？你没搞错吧，我陈姐一直都是单身呢！”

“这怎么可能，她亲口跟我说的！”

这是在从新岭到南方鹏城市的火车上，冯啸辰向杨海帆说起要撮合他和陈抒涵的事情时，杨海帆说出了一个让冯啸辰目瞪口呆的消息。

那天的股东大会之后，杨海帆便回了桐川，去安排辰宇轴承公司的事情。他向桐川县委正式提出了辞职申请，而没有选择时下比较流行的停薪留职的方式。杨海帆骨子里是个骄傲的人，他已经想好了，这一脚踏出去，就不会再回来。如果创业失败，他宁愿回浦江去找个民营企业打工，也不想回桐川来看旧日同事们那幸灾乐祸的嘴脸。

按照杨海帆的推荐，他先前从东山市工业局挖来的副经理刘刚接替了他的中方经理职务，而从罗冶过来的退休干部范加山则被冯啸辰以德国菲洛公司的名义聘为外方经理。辰宇金属制品公司正式更名为辰宇轴承公司，一切经营活动照旧，没有其他的变化。杨海帆当经理期间，已经把公司与地方政府之间的关系磨合得差不多了，形成了不少约定俗成的规矩，刘刚和范加山只要坚守这些规矩，就不用担心桐川县或者东山市会对公司做出什么不利的举动。

安排好公司事务之后，杨海帆回到了新岭，准备与冯啸辰一同外出。此时，杜晓迪已经在南江待了半个多月时间，不好意思再续假期了，一个人坐火车返回了京城。冯啸辰则与杨海帆一道，坐上火车前往鹏城，准备从鹏城出境到港岛，再从港岛前往欧洲。

这一趟出行，照冯啸辰的说法是去考察一下市场，但他真实的想法却是带杨海帆到处走走，开开眼界。他想通了，自己未来还是打算重新回到体制内去的，他的事业在于管理全国的装备产业体系，不能拘泥于一两家小企业。这样一来，未来要成立的工程机械公司就要由杨海帆来担纲了。趁着现在有时间，冯啸辰想培养一下杨海帆的国际商贸意识，免得将来有点什么事情还要让他这个幕后老板出来解决。

冯啸辰记得杜晓迪的建议，坐在卧铺车厢里聊天的时候，便向杨海帆说起了陈抒涵的事情。没想到，杨海帆居然认为陈抒涵是有家的人，还说陈抒涵的爱人是在部队里的，这不能不让冯啸辰惊诧莫名。

“陈姐怎么会跟你说起这个？”冯啸辰疑惑地向杨海帆问道。

杨海帆有些不好意思地说道：“我每次到新岭来办事，都是住在春天酒楼，吃饭也在那里。你也知道的，小陈家里的房子小，再加上她弟弟生了孩子，占了家里的房间，所以她也搬到春天酒楼来住了。晚上酒楼打烊之后，除了两个住在楼下的保安，楼上就剩我们两个人了……”

“呃……海帆，你不会告诉我说你们俩早就已经擦出火花了吧？”

“没有没有！”杨海帆矢口否认道，“我一直以为她有爱人的，而且她也一直以为我有爱人……哦，我明白她为什么这样说了。”

“你们俩可真逗啊。”冯啸辰也反应过来了，其实说穿了，这就是两个大龄剩男剩女顾及面子互相撒谎而导致的误会。陈抒涵以为杨海帆已经成了家，问起他夫人的情况，杨海帆不好意思说自己是单身，于是随口瞎编了一句，说夫人在浦江工作，自己是两地分居。及至他反过来问陈抒涵的时候，陈抒涵也觉得单身剩女是个尴尬的身份，便谎称爱人在部队，这就便于解释她为什么不住在家里，而是住在酒楼了。

据杨海帆承认，他与陈抒涵颇为投缘，没事经常会坐在一起喝茶聊天，在许多事情上也都有些共同的看法。他还带着几分羞涩地承认，他一直觉得陈抒涵很有气质，虽然已经 30 出头，却一点也不显老，反而有一些成熟女子的独特魅力。

“你怎么不早说?”冯啸辰没好气地打断了杨海帆，斥责道，“你早说你对陈姐有好感，我早就给你们撮合了，我还以为你们俩没感觉呢。幸好还是晓迪眼睛尖，看出你们俩关系不正常，这才提醒了我。”

杨海帆讷讷道：“我和抒涵怎么会关系不正常呢?我们就是正常的同志关系，我一直把她当成妹妹的。”

“我呸!”冯啸辰毫不客气地唾了一口，道，“老杨，你知不知道，对一位美女说自己只是把对方当成妹妹，这是禽兽不如的行为。你也是30好几的人了，泡妞这样的事情，还要我这个小老弟来教你?”

“啸辰，我怎么觉得这件事让你说得这么不堪啊?”杨海帆不满地说道。他好歹也是一个文化人，受不了冯啸辰这种粗俗的表示。明明是花前月下的雅事，怎么就成了泡妞呢?

冯啸辰道：“我只问你一句，我把我陈姐介绍给你，你要不要?”

“也不知道她愿意不愿意……”

“她愿不愿意，是我的事!”冯啸辰霸道地说道，“你只说你愿意不愿意就行。”

“我……我当然愿意，抒涵……其实就是我理想中的伴侣。”杨海帆鼓起勇气说道，他那张平素显得挺从容淡定的脸上，居然露出了几分忸怩之色。

“呃……”冯啸辰觉得一阵恶寒，真受不了这些人的小资情调。

愿意不愿意，这件事情也只能等他们从欧洲回来再说了。不过，自从冯啸辰告诉杨海帆说陈抒涵其实是个单身女子之后，杨海帆的情绪明显就不一样了，一路上抓耳挠腮，晚上也睡不踏实，把卧铺当成了平底锅，躺在上面翻来翻去的，像是烙大饼一般。冯啸辰心中好笑，这位仁兄算是坠入情网了，万一陈抒涵真的看不上他，或者一时不想考虑感情问题，杨海帆可怎么活呀。

一个没事偷着乐，一个满腹纠结，二人一路无话，辗转来到了鹏城。拎着行李走下长途汽车的那一瞬间，杨海帆终于从梦幻状态中恢复过来了。他是个有自制力的人，知道他们这一趟出来是考察市场的，他得把心里那些想入非非的念头暂时放下。

“啸辰，咱们从哪开始？”

站在鹏城的街头，杨海帆向冯啸辰请示道。此时的鹏城，正值开发区建设之初，到处都是建筑工地，来来往往的都是南腔北调的建筑工人，虽说是尘土飞扬，却透着一股蓬勃向上的热情，让人忍不住就有一种想参与其中的冲动。

其实，冯啸辰在鹏城也没有具体的事情要办。他此行的第一个目的地是港岛，鹏城不过是一个过境地点罢了。但既然来了，他也有意想在街头走走，看看这个被称为改革开放前哨的特区是什么样子。后世的他，到鹏城起码也有过上百次了，但 1984 年的鹏城他却是第一次见，这算是一种猎奇的心理吧。

在这个念头之外，还有一个想法就更不足为外人道了，那就是他想起自己曾经劝说了一个女孩子到鹏城来闯荡。他期待着能够在鹏城遇到这个女孩子，看看这大半年时间里她有什么变化。不过，他也知道，这只是一个不切实际的想法罢了。自从乐城一别，韩江月就像人间蒸发了一般，没有再与冯啸辰联系过。冯啸辰不知道她去了哪里，自然也无法主动与她联系。

冯啸辰唯一能够联系上韩江月的渠道，就是通过李惠东来打听，但想到自己把人家的闺女忽悠得连已经到手的副科级都扔了，跑到人生地不熟的鹏城来打工，估计李惠东对他已经充满了怨念，他哪里还敢去触李惠东的霉头。

没有联系方法，茫茫人海，上哪去找一个外地来的姑娘呢？

冯啸辰站在街头，看着热闹的城市，心里生着莫名的感慨。

“喂，是……是冯处长吗？”

就在冯啸辰思绪万千的时候，背后传来一个怯生生的声音。冯啸辰回过头去，只见自己的身后站着两个年轻人，一胖一瘦。瘦的那个挺帅气的，胖的那个就有些夸张了，他有着三尺有余的腰围、C 罩以上的胸肌、粗壮的胳膊和大腿，粗略目测一下，体重当在 200 斤以上。

看到冯啸辰回过头来，两个年轻人互相交换了一个眼色，脸上都绽开了笑容。那个胖子二话不说便扑了过来，张开双臂，粗着嗓子喊道："嘿，哥们，真的是你啊！"

"哈哈，宁默，赵阳，你们俩怎么到鹏城来了！"冯啸辰也是满脸喜色，乐呵呵地和胖子来了个激情的拥抱，兴奋地说道。

第三百六十四章

站在冯啸辰面前的，正是临河省冷水矿的职工子弟宁默和赵阳。三年前，冯啸辰到冷水矿去协调自卸车工业试验的事情，靠着一起打乒乓球等方法结交了宁默等待业青年，并成功地利用待业青年给矿长潘才山施加压力，使其接受了工业试验的安排。后来，因为去冷水矿帮助解决供电指标问题，冯啸辰与宁默又见过一次，还一道去了电厂镇，也算是有过战斗友谊了。

此后的两年多时间里，冯啸辰再没有听到过宁默的消息。两个人可能都起过要写封信问候一下对方的念头，但不知怎的就拖过去了。这一次突然在鹏城街头遇到宁默，冯啸辰好生惊奇，不知道宁默怎么会跑到这里来了。

男人之间的友谊，一向是不太注重形式的。朋友分开之后，有可能很长时间都不会互相联系，但一旦见面，却又能够亲近如故。冯啸辰与宁默正是如此，乍一相见，在短暂的错愕之后，双方都想起了过去的那些趣事，于是一下子又熟络了起来。

“哥们，你还在那个什么冶金局吗？是不是已经升主任了？”

宁默用肥厚的熊掌拍着冯啸辰的肩膀，笑嘻嘻地问道，他觉得只有这样才能表现出自己的高兴之情。

冯啸辰摇头笑道：“你想啥呢，我怎么可能当主任？冶金局已经撤销了，我去了新成立的重装办，在那里当副处长。不过上个月我已经离职了，单位安排我到社科院去读研究生，估计要读三年呢。”

“看看，咱哥们就是有能耐。研究生，啧啧啧，我们冷水矿全矿都没几个研究生，老潘把他们当宝贝一样。以后咱哥们也是研究生了，我就是研究生的同学，看老潘还敢在老子面前嘚瑟吗！”宁默得意地说道，好像是他自己上了研究生一般。

冯啸辰懒得去和宁默计较这种逻辑问题，他拉过杨海帆，给他和宁默二人互相作了介绍。宁默和赵阳听说杨海帆是个什么中德合资企业的总经理，都不由肃然起敬，一口一个杨总，让杨海帆都有些尴尬了。

“对了，胖子，你们还没说你们是怎么到鹏城来的呢，不会是从石材厂辞职下海了吧?”互相寒暄过后，冯啸辰问起了宁默他们的现状。

赵阳抢着回答道：“没有没有，胖子和我也就是两个待业青年，怎么可能辞职呢？不过，小冯说我们下海，我们也算是下海了吧，现在不就时兴下海扑腾吗?”

“没有辞职，又下海了，这话怎讲?”冯啸辰奇怪地问道。

宁默道：“是这么回事，小赵最近谈了个对象，马上要办事了。现在结个婚，没个万儿八千的，你都不好意思跟人姑娘亲热是不是？石材厂的那点工资，小赵那个对象看不上，所以呢，我就和小赵商量，一起下海做点买卖。人挪死，树挪活，当年你是不是跟我们说过这话?”

“呃……不记得了。”冯啸辰哪记得自己当年跟这些待业青年说过什么，那会为了忽悠这些年轻人给自己当炮灰，他的确给他们灌过不少心灵鸡汤，没想到宁默居然还能记得。不过，他还是没弄明白对方的意思，于是继续问道：“你说你们下海了，可赵阳又说你们没有辞职，是什么意思?”

赵阳有些羞怯地说道：“其实就是我们俩和石材厂签了个协议，负责帮厂子推销一些边角料，按销售收入提成。这是胖子出的主意，他还说，鹏城这边建筑项目多，所以我们俩就跑到鹏城来了。”

原来事情是这样的：冷水矿的石材厂一直都在做出口石材的业务，虽然近几年国内的其他地方也盯上了这块业务，出现了不少竞争对手。但因为冷水矿的石材品质更好，又有先发优势，所以业务一直都很不错，生产规模也较三年前扩大了两倍多，已经成为当地的一个支柱产业。

出口石材的质量要求比较高，石材加工中出现的残次品自然是无法出口的，只能当成废料被抛弃了。再加上加工过程中的边角料，日积月累，在原来的废石堆旁边，又出现了一座新的石头山。

也许是和冯啸辰在一起厮混过的原因，宁默多少沾上了一点商业意识，他想到，国外对石料的要求高，国内的建筑企业或许没有这样高的要求。这些相对于出口而言并不合格的残次石料，如果卖给国内的企业，是否也能变成钱呢？

产生了这个念头之后，宁默就有些坐不住了。他找到分管石材厂的领导，提出建立一个内销部门，并且由他承包，专门负责把残次石料卖给国内建筑部门，赚到的钱由石材厂和他按八二比例分成。这些残次石料原本就是废品，一分钱都不值，只要能够卖出去，就是凭空得来的利润，领导对于这个方案自然是不会反对的。于是，宁默就摇身一变，成了石材厂的国内销售科科长，开始从事半公半私的经营活动。

赵阳一向是宁默的死党，此时又因为要结婚面临着沉重的经济压力，在宁默的忽悠下，便毅然放弃了打磨石料这份毫无前途的工作，成了宁默的助手。

按照宁默和石材厂签的承包合同，宁默和赵阳二人依然保留在石材厂的身份，但不能领石材厂的工资。他们的收入全来自于石料销售的分成，卖得多就赚得多，上不封顶。但如果石材卖不出去，他们俩就只能饿肚子了。赵阳说他们俩没有辞职，但却下海了，就是这个意思。

“不错不错，有胆略，像我的朋友。”冯啸辰拍了拍宁默的肩膀，给了一个表扬和自我表扬。

宁默觉得自己的行为能够得到冯啸辰的承认是一件挺光彩的事情。冯啸辰先是在冷水矿智斗矿长潘才山，后来又在平河电厂力挫日本九林公司的工程师，这些事迹都是宁默看在眼里的。在他心目中，冯啸辰是个需要他仰视的牛人，能够被牛人夸奖一句，也是颇有面子的。

“你们的生意做得怎么样？不会是一块石头都没卖掉吧？”冯啸辰问道，他原本想问问对方是不是发了大财，但看二人的打扮，不太像是赚了大钱的样子，于是便换了一个问法。

“哪能啊，也不看看我胖子是谁!”宁默吹嘘道，“我和小赵光跑了一趟依川，就卖出了300多平方米，足足赚了6000多块钱呢，厂子里拿了八成，我和小赵各拿一成，每人就是600多，抵得上我们在石材厂磨石头磨半年的工资了。我跟小赵说了，依川算什么，咱们到鹏城去，卖个十万八万的，每人分上一两万，那才过瘾呢。这不，我们就来了。”

赵阳在旁边笑而不语。冯啸辰不知道，赵阳却是知道的，依川市那300多平方米的石材，其实是靠宁默的父亲在市里找了关系才卖出去的，严格上说并不是宁默的能耐。不过，也就因为首战告捷，而且手里拿到了第一笔分红款，他们俩才头脑发热，背着一堆石材样品跑到鹏城来了。

鹏城的建筑工地的确很多，对装饰石材的需求量也不小，但关键在于，人家也不是没有供货商的，他们两个小年轻，一无人脉，二无商场经验，想把石材卖出去谈何容易。两个人在鹏城已经住了十几天，到现在一片石材都没卖动。宁默在冯啸辰面前如此吹牛，让赵阳听着都有些害臊。

“你们的眼光不错，鹏城是个很不错的市场。在这里投资的很多是港商，他们对优质装饰材料的需求很大，市场肯定比你们依川要大得多。十万八万不算很大的目标，做得好了，一年卖出去几百万也是可能的。”冯啸辰替宁默分析道。

宁默更加得意了，他用胳膊肘捅了一下赵阳，说道：“小赵，你听到没有，咱冯哥也这样说了，你不相信我，总得相信他吧?”

赵阳苦笑一声，对冯啸辰说道：“小冯，你的分析可能没错，可问题在于，我和胖子到鹏城都已经半个来月了，到现在还没开张呢。在依川卖石材赚的那点钱，都搭进去变成路费和住宿费了。再卖不出去一块石头，我们俩就只能靠讨饭走回临河去了。”

“你说啥呢!”宁默脸上有些挂不住了，“新琦成公司的那个林总，不是说了对咱们的石材感兴趣吗，咱们再和他聊几回，估计就能成了。”

“人家是跟咱们客气好不好，他哪说要买咱们的石材了?”赵阳呛声道。他是有女朋友的人，不能像宁默那样没心没肺。刚赚到依川那600多块钱提成的时候，女友与他的关系立马升温了好几百度，让他觉得自己都快要融化了。可这一段时间没能开张，600 块钱也花得差不多了，他能够想象得出女友得知这个消息会有什么样的表情。那双美眸中透出的寒光，穿过几千公里依然能够让赵阳在这个南方城市里感到冰凉刺骨。

第三百六十五章

“啸辰，我觉得咱们还是别站在这大街上聊天了。既然你和小宁、小赵都是这么长时间没见面了，咱们找个地方坐下慢慢聊吧。”

杨海帆听出宁默和赵阳所说的事情有些差异，又见冯啸辰似乎对这两个人颇为关心，便出了个主意。冯啸辰答应了，几个人顺着大街走了不远，走进街边的一家小咖啡馆。冯啸辰让杨海帆做主给大家都点上了咖啡，又叫了两碟点心，然后便详细问起了宁默、赵阳二人的情况。

正如赵阳所说，他们俩来到鹏城，倒是看到了不少建筑工地，也上门去向人家推销过石材。可半个多月时间过去了，连一家有兴趣的单位都没有找到。宁默说的那个新琦成公司，是一家准备到鹏城来投资的港资企业，正在建厂房和办公楼。宁默、赵阳二人见过它的老板林先生，对方对他们倒是挺客气的，也问了一下有关石材的情况，不过却没有表示要使用他们的石材。与其他企业不同的地方，只在于林老板比较客气，没有当面拒绝他们的要求。

“什么叫没有当面拒绝，人家那就叫感兴趣了！”宁默不满地纠正着赵阳的讲述。

赵阳争辩道：“他明明没有兴趣好不好？我觉得他就是看咱们两个人年轻，不忍心打击咱们，所以才说得很委婉。”

宁默道：“委婉就表示有余地嘛，咱们把价格再降一点，估计他就愿意接受了。你不信，咱们明天再去和他谈谈。”

“根本就不是价格的问题。”

“价格是一个重要问题好不好？”

“……”

听着两个人争执起来，冯啸辰赶紧抬手制止住了他们，然后问道：“胖子，小赵，你们俩是怎么跟这个林老板谈的？”

赵阳一指宁默，道：“你问他，主要是他谈的，我只是给他帮腔。”

宁默点点头道：“没错，是我谈的。我跟他说了，我们的石材质量非常好，是能够出口欧洲的，在国内销售的这些，虽然是残次品，但一点都不影响使用，价格比出口的要便宜很多……”

“残次品？你可够实诚的。”冯啸辰欲哭无泪，这哥们可真敢说啊，也难怪一块石头都卖不出去了。

宁默没听出冯啸辰话里的讽刺意味，他自豪地说道：“本来就是这样嘛，做生意就要讲究诚信，以诚相待，人家才会愿意买你的东西。”

“打住打住。”冯啸辰没让他再吹下去，他说道，“生意不是这样做的，尤其是在南方做生意，你这么实诚，人家哪敢买你的东西？你没听说过无商不奸这句话吗，人家知道你是卖东西的，本身就对你说的话不放心。你还直接告诉人家这是残次品，那人家还敢用你的产品？”

“我们卖的本来就是残次品嘛，总不能骗人说是正品吧？我们本身就是做出口石材的，如果不是残次品，怎么会留在国内卖呢？我们的出口任务又不是不够，如果是合格品早就卖出去了。”宁默有些委屈地争辩道。

“这个道理没错，但你不能这样说。”冯啸辰道，他有心教宁默几招，想了想，却又不知从何说起。他看看宁默，问道，“对了，你们卖石材，有没有宣传材料之类的？”

“当然有，从厂里出来的时候，我们印了1000张产品宣传单呢，还复印了出口时候的质量检测证明。你看看，就是这个……”

宁默说着，从随身的挎包里掏出一卷纸，递到冯啸辰的面前。那卷纸最前面几张就是宁默说的质量检测证明，倒的确是能够证明这些石材的品质。后面那些，就是宁默说的产品宣传单了，一看就是用冷水矿打字室的打字机打出来的，印得像劣质的学生考试卷一般。前面的一些看起来还干净一点，到后面那些，估计是蜡纸被刮坏了，有些漏墨，看上去脏兮兮的，当手纸都不合格。

“唉，都什么时代了，你们还用这样的方式做生意，没把裤子赔掉就算幸运了。”冯啸辰叹了口气，他转过头，对杨海帆说道，“海帆，反正咱们还得在鹏城待几天，干脆帮帮我这两个兄弟得了。”

“也行啊，闲着也是闲着，就陪陪他们俩吧。”杨海帆笑呵呵地说道。

冯啸辰说的是帮帮宁默他们，杨海帆说的是陪陪宁默他们，其实意思是一样的，只是杨海帆说得更含蓄一些。宁默嘴上说得硬气，但心里也早就在打鼓了，听冯啸辰说可以帮他们一把，他心花怒放，顿时就笑得合不拢嘴了。

“我就说我哥们不会见死不救的嘛，赵阳，这回你放心了吧?”宁默冲着赵阳乐呵呵地问道。

赵阳看看冯啸辰，小心翼翼地问道：“小冯，你和杨总到鹏城来应当也有自己的事情吧？别为了我和胖子这点小事，耽误了你们的大事。”

冯啸辰摆摆手道：“无妨，我们是要从鹏城过境去港岛的，现在还得等旅行社帮我们把港岛通行证和欧洲的签证送过来，弄不好得等上七八天时间。我们先到鹏城来，也就是来看看，陪你们俩跑一跑，正好也是一举两得了。”

“是这样，那可太好了。”赵阳放心了，脸上也绽出了笑容。他虽然不知道冯啸辰打算怎么帮他们，但他相信，只要冯啸辰愿意出手，肯定是能够办成事情的。或者更悲观一点说，如果连冯啸辰都搞不定，那他和宁默还是尽早打道回府为好，他不认为宁默能够比冯啸辰更有能耐。

“现在，我们首先得去找一家平面设计公司……”冯啸辰当仁不让地安排开了。

在1984年的中国，鹏城无疑是市场化程度最高的城市，而且绝对不需要带上“之一”这两个字。冯啸辰带着宁默和赵阳到街上转了一圈，果然找到了一家港资的平面设计公司，是专门负责帮企业设计各种宣传材料的。

冯啸辰把宁默他们带来的样品、质量检测报告等资料交给设计师，让他们按照最奢华的标准设计一份不少于20页的产品介绍，并要用铜版纸印刷，务必达到“高大上”的要求。

宁默他们自己带来的几百块钱显然是不够用的，冯啸辰打电话给陈抒涵，让她电汇了一万块钱过来，作为启动资金。听到这个数字，宁默和赵阳都惊得要把眼珠子瞪出来了，这么一大笔钱，还仅仅是作为启动资金，万一不成功，让他们俩可怎么还呢？

冯啸辰给他们吃了一颗定心丸，声称这笔钱是自己垫支的，如果生意做不成，赔了本，不需要宁默他们负责。反之，未来二人如果赚了钱，就从赚的钱里把这笔钱还给自己，而且不需要支付一分钱的利息。

冯啸辰此举倒不是什么圣母心爆发，他对于这桩业务是有着七八成把握的，相信这笔钱肯定不会打了水漂。能够帮上宁默他们一把，也算是结一个善缘，谁知道未来他们俩会不会有大的发展呢？多交一个朋友，总是没错的。

到了这一步，宁默和赵阳二人也只能是跟着冯啸辰的指挥棒打转了。宁默指天画地地向冯啸辰保证，如果自己将来发了财，绝对不会忘了冯啸辰这个铁哥们，但凡冯啸辰有任何吩咐，他必定义无反顾。

在冯啸辰许下的两成额外佣金的刺激下，设计公司用了短短两天时间就完成了宣传册的设计，并且马上送到港岛去进行了印刷。第三天，500本似乎还散发着热气的彩印宣传册便摆在了冯啸辰一行的面前。

“乖乖，真是太漂亮了，这还是我们出的石材吗？”

赵阳捧着一本宣传册，看着内页上的冷水石材的装饰效果照片，几乎不敢相信自己的眼睛了。这些石材都是他们亲手打磨出来的，赵阳再熟悉不过了，他万万没有想到，把石材拼在一起，再巧妙地使用一些艺术效果，居然能够产生出如此美轮美奂的意境，别说那些建筑装饰公司了，就连赵阳自己都有了一种想要拥有的感觉。

“唉，我这才明白，咱们实在是眼界太窄了。”宁默幽幽地叹道，看过这本宣传册，再对比一下自己带来的那些油印宣传单，他也开始悟出自己为什么打不开市场了。

有了冯啸辰的宣传册，效果就不同了。什么话都不用说，只要把这本宣传册往人家面前一摆，你就已经有了七分的赢面。国内有几家企业肯下血本去做彩印宣传材料的？能够这样做的单位，当然就是最有实力的单位了，这恐怕是各家建筑企业的采购员见到这份宣传册时候的第一个念头。

“走，咱们现在就去找人推销去！”

冯啸辰挥舞着宣传册，信心满满地对宁默和赵阳二人说道。

第三百六十六章

“王总，这是我们的产品资料，请您过目。”

在一处即将完工的建筑工地的项目部办公室里，一身西服革履的冯啸辰向项目部的王经理递上石材宣传册，不卑不亢地说道。

跟在冯啸辰身后的，是背着双肩背包的宁默和赵阳，那包里装的是石材的样品和其他等着送出去的宣传册。他们俩的打扮也如冯啸辰一般，只是西服的款式和色调略有不同。他们的服装都是两天前临时置办的，但买来之后冯啸辰便让赵阳把西装送到干洗店去干洗了好几回，把崭新的衣服洗得像是穿过半年以上一般。冯啸辰告诉二人，服装的品质代表着公司的实力，但过新的衣服又会给人以行骗者的感觉。

除了服装之外，关于在客户面前的言谈举止，冯啸辰也给宁默他们做了突击培训。在这方面，杨海帆的经验也颇为丰富，给他们讲了一些大城市里的社交礼仪，让这两个在矿区里长大的年轻人大开眼界。

一切安排就绪，冯啸辰这才带着二人开始拜访各家建筑工地，向业主单位推销冷水矿的石材。这些石材都有了一些很好听的名字，比如红色的叫作“冷红”，花色的叫作“依川花”，都是在后世由专业的品牌营销顾问公司编出来的，被冯啸辰毫不客气地盗用了。这些名称已经写在了宣传册里，看着就显得很有层次的样子。

精美印刷的宣传册，加上推销员身上那得体的西服，一下子就把对方给镇住了。王经理赶紧满脸堆笑地站起身来，招呼着众人坐下，又吩咐手下拿最好的茶叶沏茶待客，随后拉了一把椅子坐在三个人旁边，小心翼翼地问道：“你们这个冷水石材厂，规模很大吧？我过去怎么没听说过啊？”

“可能是因为我们在北方吧，王经理一直在南方做工程，不太了解我们的情况也是正常的。”冯啸辰面色平静地说道，“冷水石材厂的历史不太长，是三年前在国家经委领导的亲自指导下成立的，是主要面向欧洲市场提供高端出口石材的外贸型企业。经过几年发展，目前勉强达到了年出口创汇 1000 万美元的规模。”

“一年创汇 1000 万美元……嗯嗯，对于一家石材厂来说，也的确是非常不错了。”王经理点头道。他是搞建筑的，对于石材企业能够做到什么样的规模，并没有太清晰的了解，不过，一年 1000 万美元的出口创汇，放到哪个地方也算是不容忽视的大企业了。此外，王经理还注意到冯啸辰用了“勉强达到”这样的说法，似乎是对这个额度还不太满意的样子，这就说明这家企业的背景足够硬气。

“既然你们是主要从事出口石材生产的，那么怎么又到鹏城来了？”王经理接着又抛出了第二个问题。

冯啸辰道：“我们是从事出口石材的不假，但常年都会有一些外贸尾单，还是需要在国内销售的。我们这个部门，就是专门负责尾单销售的。”

“外贸尾单？”王经理有些不太明白这个概念。

冯啸辰道：“就是完成外贸任务之后多余的一些产品。王经理是搞建筑业的，可能不太了解我们制造行业的特点，尤其是出口制造业的特点。外商提出 10 万平方米的订货要求，我们不能按照 10 万平方米去生产，而是需要适当多一点点，比如说 10 万零 5000 平方米。这样万一在运输过程中出现了一些破损，或者海关上碰到一点麻烦，我们就可以及时地用富余的这部分产品去补救。不过这种情况一般都不会发生，所以我们多余的这部分产品，就需要在国内销售了，这就叫作外贸尾单。”

“你的意思是不是说，这是出口转内销的？”王经理似乎是听明白了一些，怯生生地问道。其实冯啸辰说的就是前些年大家常说的出口转内销的概念，但一旦被称为外贸尾单，就透着那么些“港岛范儿”，让人联想到一些高端大气上档次的东西。

坐在一旁的宁默和赵阳都听傻了，明明是人家外国客商拒收的残次品，怎么摇身一变就成了什么外贸尾单了？自己过去跟人家说残次品的时候，人家脸上都是一股鄙夷之色，而经冯啸辰这样一说，人家非但没有嫌弃，反而还显得极其崇拜的样子。

其实，过去那种出口转内销的商品，很多也是外贸的退货商品，都是有些瑕疵的残次品，但国人不也趋之若鹜吗？冷水石材厂抛弃的那些外贸残次品，也就是边边角角上有些磕碰，或者颜色上有些走样，并不妨碍使用，与国内那些小石材厂的产品相比，冷水石材厂的残次品也算得上是好东西了，冯啸辰把它们叫作外贸尾单，还真不能算是骗人。

“王经理，您看，我们的产品有这样几个档次。特级品，这是我们出口创汇的主打产品，国家经委的领导都是要盯着的，能够留作内销的数量很少，价格也相对偏高一些。一等品，色泽方面比特级品稍有不足，个别有些加工时候的缺陷，但不影响使用，在国外市场上也很受欢迎，价格嘛，相对于国内市场可能显得高了一点，但对于欧洲人来说，价格是很便宜的。二等品，品质和一等品差不多，主要缺陷就是尺寸偏小一些，是用加工特级品和一等品之后的边角料生产的，选材和加工工艺都和一等品没有差异，价格上就比较实惠了，每平方米只要 30 到 40 元。还有就是三等品，这是加工时候受到一些磕碰的产品，如果用在一些不太重要的地方，丝毫也不影响美观。它的好处就是价格非常便宜，每平方米只要 20 到25 元……”

冯啸辰翻着宣传册，向王经理侃侃而谈。在说到二等品、三等品的时候，他的音调没有任何变化，让人觉得他所介绍的即便是有些缺陷的产品，也是非常值得拥有的。宁默一边听着，一边回想着自己与人沟通时候的表现，光是冯啸辰的这份自信，就是他所严重缺乏的，这或许也是他卖不出东西的原因之一吧。

“我们盖的这幢写字楼，主要是面对中小型公司租户的，他们的要求没有那么高，还是对价格更敏感一些。你们这个特级品和一等品，漂亮是很漂亮，但价格未免太高了一些，对我们并不适合。”王经理努力地装出淡定的样子，对冯啸辰说道。

所谓店大欺客、客大欺店，其实比拼的就是一个气场。王经理所在的建筑单位，论资产，论业务额，都比冷水石材厂高得多，王经理本人的职位也高于宁默、赵阳他们。但冯啸辰所说的那些话，加上这本精美得让人想收藏起来的宣传册，都给王经理产生了一种无形的威压，让他觉得自己有些底气不足。

他当然不愿意在三个年轻人面前显得气虚，于是只能强撑着，给自己买不起高级石材找一个冠冕堂皇的借口，殊不知这恰恰落入了冯啸辰预设的圈套。

冯啸辰说的特级品、一等品，恰恰就是石材厂出口的那些产品，即使王经理想要，宁默他们也不会卖。因为对于国家来说，出口创汇是重中之重，能够出口的东西，是不会允许其内销的。

在做宣传册的时候，宁默就提出不能把这个级别的产品写上去，以免弄巧成拙。冯啸辰却告诉他，如果没有这些高等级的产品，就会拉低所有产品的档次，让人觉得冷水石材厂不过尔尔，或者认为石材厂内销的都是残次品。

冯啸辰就是先把这些高等级的石材作为幌子，然后再用贵得离谱的价格，让人望而却步，心甘情愿地接受那些被冠以二等品、三等品名称的残次品。

在后世，这样的营销手法简直 Low 到让人发指了，稍有点经验的消费者都能够识别出厂家在玩什么花招。但八十年代前期的中国，有实力的国营企业懒得去做什么营销，乡镇企业和私有企业却因为本身实力太差，只敢拿低价格去砸市场，不敢玩这种欲擒故纵的把戏。冯啸辰在后世也算不上什么营销天才，但剽窃几个粗浅的方法过来，却能够起到良好的效果。

“冯科长刚才说的二等品，我觉得对我们还是比较适合的，30 块钱一平方米嘛，稍微比我们的预算高了一点点，如果我们要的数量比较多，在价格上有没有一些优惠呢?”王经理用商量的口吻问道。

冯啸辰点点头，爽快地说道：“这完全没有问题，如果王经理能要 10 万平方米的话，我们可以按 28 块钱一平方米给你提供。如果少一点，到 3 万平方米，我们向厂里申请一下，降到 29 块钱一平方米，应当还是可以的。”

第三百六十七章

"这就成了?"

离开项目经理部，来到外面的大街上，宁默用不敢相信的口吻向冯啸辰问了一句。

"成了，有什么问题吗?"冯啸辰淡定地应道。

"5000平方米，28块钱一平，我的妈呀，这……这我们得赚多少钱啊!"宁默激动得说话都结巴了，如果不是冯啸辰反复叮嘱他要克制，他这会早就要在街上手舞足蹈起来了。

冯啸辰列出了10万平方米或者3万平方米的优惠条件，超出王经理所需要的范围。正如王经理自己所说，这幢写字楼并不是什么高档写字楼，这些装饰石材只是用于一些重要的场所，总共也就是区区5000平方米而已。

冯啸辰先是装出为难的样子，继而又颇为仗义地表示可以把王经理的订单和别人的订单合并起来，以便让他能够享受到每平方米28元的优惠价。让利2元钱的结果，就是王经理对冯啸辰充满了好感，声称回头会向其他建筑同行推荐他们的石材。

王经理不知道的是，冷水石材厂销售这批石材的批发价是每平方米20元，量大甚至还可以再优惠到16元。如果没有冯啸辰做的宣传册，按每平方米20元销售，恐怕都会有些困难，因为国内其他石材厂的石材价格也就在这个水平上。但王经理看到宣传册之后，本能地把冷水石材与国内其他石材当成了两种不同的商品，冯啸辰开出一个天价，他也毫无还价的意识。

"5000平方米，每平方米28块钱，总共就是14万。咱们可以提两成，胖子，那就是每人一万四啊！咱们发了！”赵阳飞快地计算着自己的所得，越算越兴奋。在依川卖出去300多平方米，他和宁默二人共提了1200元的提成，就觉得是赚了大钱了。冯啸辰一出手，就是5000平方米的业务，结婚需要的“48条腿”和“三转一响”都能置办齐了。

宁默摆了摆手，道：“赵阳，账不是这样算的。这批石材是咱冯哥们替咱们卖出去的，提成得三家平分。总数不是28000吗？先拿1万出来还给啸辰，那是他垫的钱。剩下18000，咱们3个人每人6000。”

“对对对，应该是三个人一起分。”赵阳赶紧附和道。14000元转眼间就少了8000，他的心疼得都要滴血了。但宁默说得对，冯啸辰前期垫了1万元，需要从提成款中扣掉。至于余下的钱，不分一份给冯啸辰也说不过去，毕竟这一单是冯啸辰做成的，换成他和宁默两个，哪能做得这么漂亮。

冯啸辰笑道：“你们俩不是想做一单就散伙了吧？这才刚开张，你们就忙着分钱了，着什么急呢？”

“哥们，你是啥意思？”宁默问道。

冯啸辰道：“王经理这边已经拿下了。不过，要想稳住他这个业务，你们恐怕还得考虑一些其他的手段。现在很多单位做业务都是有回扣的，回头赵阳私下里去和王经理再见一次，听听他的意思。如果他有这方面的想法，你们可以考虑给他千分之一至千分之二的回扣，这钱从你们俩的提成里出，不需要走厂里的账，明白吗？”

“这……”赵阳有些迟疑了，如果是千分之二的回扣，那就是2000多块钱了，还要从他们俩的提成里出，这又是一笔损失啊。

宁默这会已经有些理解冯啸辰的意思了，他对赵阳说道：“赵阳，舍不得孩子套不着狼，我听人说过，现在很多乡镇企业做业务的时候都给对方回扣的，咱们冷水矿的采购员都拿过别人的回扣。如果咱们舍不得这点回扣，冯哥帮咱们谈下的这个业务，恐怕就是一锤子买卖了。我看出来了，这个姓王的做完这个工程以后，肯定还要做其他工程，你算算看，如果他能够再给咱们一个订单，这几千块钱的回扣不就收回来了吗？”

“我明白了，可为什么要让我去办这事呢?”赵阳苦着脸问道。

冯啸辰道：“我不可能一直陪着你们去谈业务，以后业务得你们俩去谈。胖子是业务经理，要代表厂子的形象，不太适合直接去送回扣。赵阳你不做，还指望谁做?”

赵阳这才点点头，道：“好，那就由我去办吧，我这可也是大姑娘上轿，头一回呢。”

“一回生，二回熟，慢慢你就会了。”冯啸辰道。他有心想向赵阳传授一些技巧，无奈这种事情他自己也不精通。前一世的他是个有实权的干部，但一直洁身自好，从来没有拿过别人的好处，所以对于这种事情还真不了解。幸好时下还是市场化的初期，这种事情不多，大家也都是生手，相信赵阳自己摸索摸索，总是能够找出门道的。

“哥们，下一步咱们怎么办?”宁默问道。

“当然是再找下一家了。”冯啸辰道，“胖子，谈判的技巧你差不多掌握了吧？要不下一家就由你主谈，我给你敲敲边鼓就好了。”

宁默连连摆手道：“还是你来吧，我怕我说不好，把一个大单子给丢了。就说刚才这个王经理的 5000 平方米，如果是我去谈，肯定得黄，这一损失可就是好几万块钱呢。”

冯啸辰道：“你想多了，鹏城这么多建筑项目，你们还愁拿不到订单吗？趁着我这几天还在鹏城，可以陪你们走走，你们要多练习练习。丢一两个订单没啥了不起的，其实你们冷水石材厂也没有那么多残次品可以卖的吧?”

“这倒也是……”宁默咧开大嘴笑了起来。他还真是想多了，以鹏城的建筑规模，冷水石材厂哪怕是把出口任务停了，也满足不了这么多的需求，要说丢订单，他和赵阳前些天跑的那些客户，都已经损失掉了，因为他在人家面前说了自己的产品是残次品，还报了一个非常低的价格，现在显然无法再回头去谈。既然前面已经损失了这么多业务机会，再丢几个又有何妨呢?

在随后的几天里，冯啸辰便陪着宁默一行在鹏城到处跑，倒是把鹏城的建筑工地给看了个遍，算是把考察建筑工程机械的事情顺手给办了。宁默努力模仿着冯啸辰的作派，挨家挨户地推销自己的石材，居然也谈下了几单，合计有一万多平方米，按提成来算，他和赵阳每人名下已经有了好几万的收入。

当然，这些收入目前还只停留在账面上。他们与客户签订完合同之后，客户会向冷水矿的账户支付一笔预付款，然后石材厂发货，客户收验完毕，再支付余款，整个过程下来也得几个月了。冯啸辰明确地向宁默和赵阳表示，自己除了收回那 1 万元的垫资之外，分文不取，不参与他们的提成分配。

“老冯，你这就是不拿我们俩当哥们了。”宁默抱怨地说道，“没有你帮忙，我们哪能赚到这么多钱。哥们就是有福同享，有难共当，你帮了我们这么大的忙，最后还一分钱提成都不要，我和赵阳成什么人了？”

说这话的时候，他们正站在下榻的招待所楼下，等着冯啸辰约的出租车。旅行社已经帮冯啸辰和杨海帆把赴港通行证以及欧洲签证办好了，他们俩即将启程出关，前往港岛。在这几天时间里，宁默和赵阳犹如脱胎换骨，已经由原来那两个生涩的青工，变成了两个精明的推销员。宁默爱吹牛的老毛病又重新发作了，一天到晚牛哄哄地声称要赚足 100 万，然后把自己的名字改成“宁百万”，像小时候听过的故事里那些活不过三集的土财主一般。

“胖子，赵阳，你们就别跟我争了。说句不好听的，你们哥俩的那点提成款，我还真看不上。”冯啸辰笑呵呵地说道，“我这趟出去，是打算引进一套工程机械的生产技术，从推土机和挖掘机开始。你们俩如果有心，帮我多交一些建筑业的朋友，未来我的产品推销，就指望你们了。”

“老冯的气魄，就是比我们大多了。”宁默感慨道，“我们还在小打小闹，赚万儿八千的，老冯这是准备一年赚好几百万了吧？”

“呵呵，差不多吧。”冯啸辰笑道，并不多说。

“那好吧，既然老冯你这么仗义，我们哥俩也就不客气了。一句话，以后有用得着我们兄弟的地方，只要言语一声，我们哥俩如果不替你两肋插刀，我们就是王八养的。”宁默毫不吝啬地发了一句誓言。

冯啸辰拍拍宁默的肩膀，道：“没问题，以后我肯定会请你们帮忙的。”

冯啸辰和杨海帆离开了，宁默、赵阳二人目送着出租车远去，这才转身往招待所里走。刚走两步，忽听身后有人喊了一句：“麻烦二位，我们的车坏了，你们能帮我们推下车吗？”

宁默回头一看，眼睛不由得直了。只见他身后站着的，是一位 20 刚出头的姑娘，穿一身蓝布工装，齐耳的短发，面庞姣好，眼波流动，如一汪清水一般。宁默觉得自己像是陷进了那汪水里，连呼吸都变得困难了。

第三百六十八章

“你们的车坏了，是什么地方坏了?”宁默直勾勾地盯着姑娘，问道。

“听司机说，可能是火花塞出问题了，打不着火。”那姑娘含糊地答道，她并不懂汽车维修，所以也说不出个名堂来。

那辆抛锚的汽车就停在他们旁边，司机正在努力地打着火，试图让车子动起来。赵阳侧耳听了听，说道：“应该不是火花塞的问题，可能是分电器烧了吧。”

“你能修吗?”宁默用手一捅赵阳，急切地问道。

赵阳莫名其妙地看了一眼宁默，又扭头看了一眼那姑娘，似乎明白了一点什么。他点点头道：“倒是可以试试。”

“你会修汽车?”姑娘又惊又喜地问道。

不等赵阳说话，宁默便替他回答道：“同志，你可别小看我们小赵，他爸就是我们冷水矿汽车队的，修车是把好手，小赵从小跟他爸学修车，技术好着呢。对了，同志，你怎么称呼，是哪个单位的?”

“我……”姑娘一愣，下意识地回答道，“我叫韩江月，我们单位叫鸿运包装机械公司，是一家港资的企业。”

冯啸辰如果在场，自会认识，这位姑娘正是他到鹏城之后一直想偶遇的红颜故知韩江月。这个世界上就有这么多的阴差阳错，冯啸辰前脚刚走，韩江月就出现了。

韩江月听从冯啸辰的建议，从乐城经委辞职，来到鹏城，几经周折，进了一家港资的机械厂，依然做她的老本行装配钳工。凭着精湛的技术、出众的悟性，尤其是对待工作的热情，韩江月很快赢得了港方老板的青睐，从一名普通工人被提拔成了车间主管。老板是位年逾花甲的老人，早年也是当工人出身的，对于韩江月这种愿意勤勤恳恳做事的年轻工人非常爱惜，他甚至还扬言，半年之内将会让她担任主管生产的副总经理，充分发挥她的才能。

韩江月一直没有与冯啸辰联系，是因为她心里憋着一股劲，想先做出一番成绩，再去与冯啸辰相见。她并不知道这几天冯啸辰就在鹏城，而且每天都在大街上瞪圆了眼睛寻找她的身影。刚才这会，她是坐厂子里的卡车去拉货物，车子就在这附近抛了锚。她下车到路边找人帮忙推车，宁默那硕大无朋的体型自然是最能吸引目标的，因此韩江月第一个便找上了他们俩。

"我叫宁默，他叫赵阳，我们是临河省冷水铁矿的，被单位派到鹏城来做业务，刚来不久，很多事情都不了解。咱们认识一下吧，以后说不定还要请小韩同志多帮忙呢。"宁默流利地说着。他突然发现，自己跟着冯啸辰跑了几天，嘴皮子比过去利索多了，不但会推销石材，还学会了推销自己……

这段发生在鹏城的小插曲，冯啸辰是直到几年后才知道的。此时的他，已经在旅行社工作人员的引导下，与杨海帆一道，通过边检通道，来到了港岛。

"是冯处长吧？我叫司强，在港岛的通讯社工作，和平是我的好朋友，他让我来接你们的。"一个穿着西装的中年汉子迎上前来，热情地向冯啸辰打着招呼，顺便又向杨海帆也点了点头。

"司处长，你好，早听张处长介绍过你，这次来港岛，还要多麻烦你呢。"冯啸辰笑呵呵地与对方握了握手，接着又把杨海帆介绍给了对方。

"走吧，咱们到车上去，边走边聊。"司强用手指了指不远处的停车场，对二人说道。

司强的公开身份是国内某通讯社驻港岛的一名处级干部，真实身份则是安全部门的官员，不过这个真实身份也是半公开的秘密，只是大家都不会点破罢了。安全部门的那些秘密人员，冯啸辰是接触不到的。

冯啸辰此次到港岛来，有一些事情要做，需要有人协助。他没有在港岛的关系，只能请张和平帮忙。张和平现在与冯啸辰也算是朋友了，尤其是有过在乐城并肩作战的经历之后，二人的交情又上了一个台阶。听到冯啸辰的要求，张和平便向他介绍了自己在港岛的同事司强，在此前，冯啸辰与司强已经通过电话，向司强详细谈过自己在港岛的安排，其中有些事情还是必须要请司强出面的。

“你要的资料，都在这个信封里。”

三个人上了车，司强发动车辆，驶上道路，然后用手指了指后座上的一个大信封，向冯啸辰说道。

冯啸辰拿过信封，从里面抽出一叠纸，翻了翻，脸上不禁露出了笑容：“司处长，真是太感谢你了，真想不到你们的效率这么高。”

“哈哈，也算你运气，你要找的人恰好是我们关注过的，所以找起来并不费力。”司强笑道，说完，又问道，“冯处长，你看咱们现在怎么安排，是先去宾馆住下，还是先去找人。”

冯啸辰不假思索地说道：“先找人吧，不把这件事情办妥，后面的事都没法安排了。”

“好，那我们就先去找人。”司强又说道，“对了，冯处长，既然是去找人，咱们把称呼换一换吧，你别叫我司处长了，我比你年纪大一点，就托个大，你叫我一句强哥吧。”

“没问题啊，你本来就是哥嘛。”冯啸辰道，“不过，为什么是叫强哥，不是叫司哥呢？呃，好像的确不妥。”

司强哈哈笑道：“本来你叫我一句老司也可以的，可这样一来，我就占你的便宜了。这边的同志们都不叫我的姓，年纪轻的称我强哥，年纪大的叫我一句大强，这也是港岛这边的习惯叫法了。”

南方人的发音里，“司”和“师”是分不清的，老司有可能被误会为老师，也容易被听成是师哥，这样一想，叫一句强哥的确是最合适的，也显得有些港岛范儿了。

商量好称呼的问题，三个人又聊起了一些闲话，顺便看着街景。杨海帆是第一次来港岛，看着一切都觉得新鲜。冯啸辰前一世自然是经常到港岛来的，但这一世却是第一次来，对于八十年代的港岛同样有些新鲜感。以时下内地人的眼光来看，港岛的确是繁荣富庶，满眼是灯红酒绿，让人目不暇接。

汽车钻进一条小巷，停在一幢单元楼前。三个人下了车，司强用手指了指一个单元门，说道：“张教授就住在这个单元，508 室，正常的话，他这个时候应当就在家里。”

“走吧，咱们去拜访一下。”冯啸辰说道。

司强点点头，没有提出质疑。张和平拜托他给冯啸辰帮忙的时候，就说过一切听从冯啸辰的安排，当然，这是在不违反原则的前提下。安全部门的人做事原本也就是不拘一格的，不管什么样的怪事，他们都能够从容应对，不至于像其他一些部门的人那样大惊小怪，凡事都要问个究竟。

三个人进了门，顺着狭窄的楼梯向楼上走。杨海帆皱了皱眉头，低声说道：“港岛这边的居住条件也这么差吗？张教授不是大学教授吗，怎么也住在这么简陋的房子里。”

司强答道：“这不奇怪啊，港岛也就是这十几年发展得快，但因为土地不足，居住条件是非常差的。这边的人一个月的工资抵得上内地一年的工资，可要论住房条件，还比不上那些稍微好一点的内地企业呢。”

“如果是这样，我就有信心了。”杨海帆笑着说道，“啸辰说要来请张教授去帮忙，我还担心我们出不起价钱呢。现在看起来，我们虽然付不起高薪，起码我们可以给他分大房子啊。”

一席话说得三个人一齐笑了起来。司强也是直到这个时候，才知道冯啸辰让他打听这位张教授是存着要聘他去内地帮忙的念头，心里不禁有些不以为然。从港岛请一位教授回内地去工作，这可不是容易的事情，薪水是多少且不说，内地的生活环境哪有港岛好，人家哪里会愿意回去吃这个苦。

正想着，已经来到了五楼。他们顺着楼道找到了 508 室的门牌，冯啸辰抬手敲响了房门。

“谁呀！”

一个小姑娘的声音在屋里响起来，说的却是粤语。

“请问，张国栋先生是住在这里吗?”冯啸辰隔着门问道，他不懂粤语，只能说普通话了，希望屋里的人能够听懂吧。

门开了，出现在冯啸辰面前的，是一个七八岁上下的小萝莉，长得粉粉团团的，煞是可爱。她仰着头看了看门外的三个人，用带着一些港味的普通话问道:“你们是谁啊? 是我外公的学生吗?”

“你是张先生的外孙女吗?”冯啸辰笑道，“麻烦向你外公通报一句，说有两位大陆南江省的晚辈来访。”

第三百六十九章

“阿莫，是谁啊？”

随着声音，一位头发花白、腰板挺直的老者从里间屋走了出来。他走到门边，伸手抚了抚小姑娘的头发，看着门外的几个人，问道：“你们几位是来找我的吗？”

“外公，他们说他们是从大陆南江省来的，不过，只有两个是，还有一个不知道是干什么的。”名叫阿莫的那小姑娘像邀功似的向外公报告着自己打探到的情报，同时用亮晶晶的大眼睛在三个人身上来回逡巡着，想找出谁是被排除在冯啸辰介绍的“两位南江晚辈”之外的第三者。

“南江省？你们是南江省来的！”老人眼睛一亮，脸上露出了惊喜之色。

“您是张国栋先生吗？”冯啸辰问道。

“是我。”老人答道。

冯啸辰向对方深鞠了一躬，然后说道：“晚辈冯啸辰，是南江省冶金厅子弟，拜见张爷爷。”

张国栋愣了一下，旋即用手指着冯啸辰，用猜测的口吻问道：“你说你姓冯，是冶金厅的，那么冯维仁先生是你的……”

“他是我爷爷。”冯啸辰答道。

“你是冯老的孙子！”张国栋的眼睛里一下就闪出了泪花，他下意识地伸出手去，拉住冯啸辰的胳膊，便往屋子里拽，一边拽还一边招呼着：“快进来，快进来，还有你们二位，也都赶紧进来吧。”

三个人随着张国栋进了屋，来到狭小的客厅里。张国栋一边招呼众人在一张小小的沙发上坐下，一边喊着阿莫进里间去拿凳子。看着小姑娘跑前跑后乐呵呵的样子，张国栋笑着向众人介绍道：“这是我外孙女，大名叫刘青莉，小名叫阿莫，今年 8 岁了，这孩子就喜欢热闹，家里来个客人就乐得像过年似的。”

众人分别坐下，冯啸辰把杨海帆和司强二人也都介绍给了张国栋，张国栋同他们寒暄了两句，便又急不可待地向冯啸辰问道：“小冯啊，你怎么会找到我这里来了？是你爷爷让你来找我的吗？他老人家身体好吗？”

“我爷爷已经去世了。”冯啸辰道，他简单地把冯维仁那些年的情况向张国栋作了介绍。张国栋听罢，唏嘘不已，还掏出手帕拭了拭眼泪，颇为伤感。

“冯老是我的老师，我一直是对他执弟子礼的。”张国栋道，“小冯，你叫我张伯伯就好。我认识你爸爸冯立，当年我们也是以兄弟相称的。冯老对我有恩，如果不是冯老，我恐怕早就没命了。”

这位张国栋，来头可不小。解放前，他在英国帝国理工学院留学，学的是机械工程专业。新中国成立后，他和当年的许多留学生一样，选择了回国报效。因为是南江省人，他被安排在南江省机械厅工作，与冯维仁有过很长一段时间的交集。那时候，冯维仁已经是国内知名的机械权威，而张国栋是个 20 来岁的小年轻，虽然教育背景不错，但经验远远不够，冯维仁给过他很多的指点。他称冯维仁是他的老师，也正因为此。

在十几年的时间里，冯维仁与张国栋的关系亦师亦友，张国栋也经常到冯家去做客，因此与冯啸辰的父亲冯立关系也不错。细说起来，张国栋甚至还见过幼年时候的冯啸辰和冯凌宇小哥俩，只是冯啸辰对于这位伯伯并没有任何的印象。

运动年代里，张国栋因为家庭出身以及留学背景，受到了冲击。与冯维仁不同的是，张国栋平时喜欢说点牢骚怪话，被革命群众记了黑档案，因此遭受的打击更为严重，照他刚才的话说，连生命安全都受到了威胁。

无可奈何，张国栋只好向冯维仁求助。冯维仁通过自己的人脉关系，帮张国栋联系到了一个去南方出差的机会，张国栋便利用这个机会，带着夫人和女儿偷渡到了港岛，并在这里滞留了下来。因为这件事，冯维仁还受了一些牵连，这一点张国栋是能够想象得出的。

张国栋临走之前，冯维仁告诉了他几个人名，都是冯维仁过去认识的同行，当时在港岛的几所大学里任教。张国栋到港岛之后，就是借助这些人的关系，谋到了一个教职，这才养活了一家人，并且在十几年后得以教授的身份退休。

冯啸辰在家的时候，偶尔也曾听爷爷和父母聊起过张国栋这个人，长辈们有时候还会猜测一下张国栋的现状。因为港岛与大陆少有信息往来，而且张国栋是逃港人员，存在着政治问题，不敢与家人联系，这一断音讯，就是十多年时间了。

冯啸辰是在冶金局资料室查资料的时候，偶然发现张国栋的名字的。那时候，冯啸辰受罗翔飞的指派，查阅学术期刊，准备做一份关于露天矿设备的情报综述。在一篇港岛理工大学的论文上，冯啸辰看到了张国栋这个名字，写的内容是有关矿山机械方面的，与他知道的那个张国栋情况相符。

在当时，冯啸辰并没有打算与这位张国栋联系，只是把它当成一桩八卦，稍稍关心了一下，在随后还曾经向父母说起过。父亲冯立因此而又给他讲了一些张国栋的轶事，最后的总结是：像这样一个逃港人员，最好不要去联系，以免惹上政治麻烦。

冯啸辰再次想起张国栋，是因为起了要搞工程机械的心思。国内搞工程机械的企业并不算少，他的企业要想脱颖而出，必须有自己的核心竞争力。这时候，他突然想到了张国栋，这位老伯可是个机械大牛，看他到港岛之后搞的专业，恰好就是工程机械。冯啸辰读过张国栋的论文，发现他提出了不少后世得到过验证的新思路，只是眼下没受到大家的关注而已。

冯啸辰的打算是，把这位大牛请过来当个总工程师，自己再给他提供一些后世的思想。以张国栋的能耐，不难举一反三，设计出几种有竞争力的好产品。

当然，请张国栋加盟，还有其他的原因，那就是要利用他在港岛攒下的人脉，来帮冯啸辰达到其他的目的。

起了这个念头之后，冯啸辰便托张和平帮他调查张国栋其人。张和平把这件事交给了司强，而刚才司强在车上提供给冯啸辰的，就是他们调查的结果。根据司强提供的资料，这个张国栋的确就是当年从南江省逃出来的那个张国栋，这些年一直在港岛工作。司强的资料还显示，张国栋虽是逃港人员，但在港岛期间并未与任何敌对势力接触过，也没有干过反动的事情，这就意味着要请他回大陆去工作，并没有太多的障碍。

逃港这个经历，在当年是挺恶劣的政治问题，但到八十年代之后，逐渐就被淡化了。冯立不了解政策走向，担心与张国栋接触会带来麻烦，冯啸辰却是非常清楚，请张国栋回大陆不会有任何问题，甚至还有可能得到"有关部门"的赞赏，列为引进海外爱国人才的重要典型。

"我父亲经常在家里说起您呢。"

听张国栋说起冯立，冯啸辰笑道："他说您特别爱吃炒年糕，每次都要吃得消化不良，可过后还是忍不住嘴馋。"

"哈哈，他还真记得这事呢？"张国栋爽朗地大笑起来，他乡遇故知，最让人兴奋的就是说起陈年往事。有些事情在当年觉得就是一些琐事，时隔 20 年再提，就充满了温馨，让人觉得心暖，同时又忍不住落泪。

聊了一会家常，张国栋对于冯啸辰的身份已经确信无疑，而且还说了几件冯啸辰小时候尿床之类的事情，让大家又笑了一通。笑罢，张国栋问起了冯啸辰的来意："对了，小冯，你现在在哪工作，到港岛是来出差的吗？这二位是你同事吧？"

冯啸辰坐正身体，郑重地说道："张伯伯，您不问，我也正打算向您汇报一下呢。我这几年在国家经委重大装备办公室工作，是综合处的副处长。不过，上个月我已经从单位辞职了，单位要送我到社科院去读硕士研究生。"

"是吗？那可太好了！"张国栋赞道，"了不起啊，年纪轻轻就在国家经委当了副处长，现在又要去深造，以后肯定前途无量，冯老在天上也应当会觉得欣慰的。"

冯啸辰笑了笑，算是谢过了张国栋的表扬，接着又介绍了杨海帆和司强的身份。杨海帆是辰宇轴承公司的总经理，这一点并没有让张国栋觉得惊讶，毕竟港岛这个地方并不缺乏总经理的头衔。司强是某通讯社的处长，这个身份则是把张国栋给吓了一跳，作为一名从大陆逃过来的人员，他岂能不知道某通讯社在港岛的真实背景，一时间，他差点以为冯啸辰带着司强过来，是要抓他回去归案的。

"晚辈这次来港岛，主要目的就是来拜访张伯伯的，我想请张伯伯回南江去，不知道张伯伯是否有这样的打算。"

冯啸辰的话一出口，张国栋的脸就白了。

第三百七十章

真是怕什么就来什么，张国栋正在琢磨着司强是不是来抓自己的，冯啸辰便冷不丁来了一句要请他回南江。这个“请”字可是很容易让人产生联想的，后世说请人喝茶，一般就不是什么好话。

“小冯，你……你说的是什么意思，你张伯伯我……有点听不懂啊。”

张国栋磕磕巴巴地说道，他倒是想显得从容一点，无奈牙齿不听使唤，咯咯咯地上下磕碰着，像是着了凉一般。

也不怪张国栋胆小，实在是当年的运动在他心里留下了阴影，他现在已经有些像是惊弓之鸟了。近些年大陆的改革开放，他也是一直关注着的。从理性上说，他有些相信政策已经与过去不同了，那个年代不会重现。但一个安全部门的官员突然出现在他面前，再加上这个不请自来的故人后代，由不得他不产生一些不好的联想。

看到张国栋脸色不对劲，冯啸辰有些莫名其妙，不知道是怎么回事。司强却是看出了张国栋的心思，他笑了笑，说道：“张教授，您别误会，我今天陪小冯处长过来，是以私人身份过来的。小冯是我的朋友，他今天来拜访你，也完全是私人拜访，没有其他意思。”

冯啸辰这才明白了刚才张国栋的表现，他有些想笑，却又笑不出来，“张伯伯，强哥说得对，今天他只是以私人身份过来的，主要是给我和海帆当个司机而已。我请您回南江，是我和海帆的私事。”冯啸辰想到司强此前和他约定称呼的事情，暗暗感叹对方经验丰富。倒是自己说话没有遮拦，差点把老爷子给吓出个好歹来。

张国栋不放心看看司强，见他一脸和善的样子，心里算是踏实了一点。他转头向冯啸辰问道：“小冯，你请我回南江，有什么私事？”

冯啸辰先把辰宇轴承公司的事情说了一遍，当然，他说的版本是晏乐琴投资买下了德国菲洛公司，又以菲洛公司的名义回国合资建厂。张国栋没有怀疑，因为这个故事还是颇为合理的，甚至比冯啸辰自己赚钱开了公司更具有合理性。

介绍完轴承公司，冯啸辰接着便把打算建一家工程机械公司的想法和盘托出，这一回，张国栋的神情变得严肃起来了，眼睛里也闪出了一些光芒。

“你们想搞工程机械？”张国栋问道。

“是的，我们判断，国内未来几十年将是基础建设的高潮期，工程机械市场一定会是非常兴盛的。”冯啸辰答道。

“可是，据我了解，大陆目前的工程机械企业已经有不少了。我当年离开的时候，全国就有 50 多家骨干企业，还有 400 多家一般企业。这几年，我零星地看过一些大陆的资料，那些骨干企业现在都还存在，一般企业已经发展到上千家了。产品方面，也已经形成了比较完整的体系，国外有的产品，国内基本上也都有，你们想进入这个行业，恐怕不是太容易吧？”张国栋说道。

冯啸辰与杨海帆对视了一眼，从对方的眼神中都看到了一些兴奋之色。请张国栋加盟的事情，冯啸辰此前是与杨海帆商量过的，杨海帆对于张国栋的技术水平不太了解，只是担心他一直在学校里教书，不见得有多少行业知识。现在听张国栋一说，杨海帆多了几分信心，张国栋声称自己只是零星地看过一些资料，但他报出来的数据，却与杨海帆自己了解到的差不多少，这就说明这位老先生一直都在关注国内的行业动态，这的确是一名总工程师应当具备的素质。

“张伯伯，您说得非常对。”冯啸辰道，“目前国内建筑工程行业有统计的企业是 1053 家，其中骨干企业 66 家，主要都是当年建立起来的那批企业。不过，除了那些骨干企业之外，其他的企业规模都非常小，年产量多则千吨左右，少则一两百吨，并不足以成为我们的竞争对手。此外，因为前些年的运动，国内的工程机械技术水平普通不高，除了少数近年来引进的技术之外，行业的平均技术水平只相当于欧美六十年代初期的水平。国内的主流工程机械产品在作业效率、操纵性、舒适性、安全性、可靠性、维修性能等方面，与国外都有很大的差距，这就是我们的机会。”

张国栋点了点头，即是赞同冯啸辰的观点，又是对故人后代能够有这样的眼光感到欣慰。他说道：“你们能够看到这一点，倒的确是不错。那么，你们过来找我，又是什么想法呢？”

“我想请您去我们公司当总工程师。”冯啸辰直言不讳地说道。

“总工程师？”张国栋又是一愣，下意识地扭头去看司强。

司强心中叫苦，张国栋这个眼神，分明就是想询问一下他自己回大陆是否安全。司强作为安全部门的官员，在没有得到授权之前，怎么能给他这个承诺呢？司强能够保证自己此行不是来抓张国栋的，也就是说，他能够承诺张国栋在港岛的安全。但要说冯啸辰把张国栋请回大陆去，大陆方面是否不会追究他当年逃港的事情，司强就不敢说了，毕竟这不是他能做主的事情。

冯啸辰这回已经学乖了，看到张国栋的表现，他呵呵笑道：“张伯伯，您不会是在担心回去之后的安全吧？您放心，现在政策已经放开了，您当年出走，也是迫不得已，这一点组织上肯定是能理解的。您这些年虽然身在港岛，但却能够洁身自好，没有与敌对势力发生瓜葛，这就充分证明了您对国家的忠诚，您还需要担心什么呢？”

“其实，如果是我自己的事情，倒也无所谓……”张国栋不好意思地辩解着，“我这么大岁数了，也该叶落归根了，就算是回去再被批斗几回，又有何妨？我是担心我这样回去，会连累其他的朋友，尤其是连累到小冯你。当年我逃出来，是冯老帮的忙，冯老想必也受了不少牵连，我不能再对不起他的后人了。”

他这话，只能说是半真半假。怕连累冯啸辰，当然也是真的，但要说对于自己的安危没有任何考虑，那就是往自己脸上贴金了。冯啸辰也没有去揭露他的谎言，只是问道：“张伯伯，您需要什么样的承诺，才敢放心大胆地回去？”

“这个嘛……”张国栋有些语塞了，这样的条件，他能随便提吗？

“省政府的邀请函，可以吗？”

“这个……”

“煤炭部的孟部长您听说过吗，如果是他的口头承诺呢？”

“孟部长，你还能让他说话？”

“孟部长算是我的忘年交吧，他对于海外人士回归，一向是非常欢迎的。这件事如果他知道的，肯定愿意亲自给您一个承诺。”

“如果是这样，那我就没有任何担心了。”张国栋脸上的表情一下子变得轻松下来。省政府能够给他发一个邀请函，至少就说明了官方不再追究他的往事。而孟凡泽部长其人，他在离开大陆之前也是见过的，是工业战线上的一位老领导，颇有威望。如果他能够做一个承诺，哪怕只是口头承诺，张国栋回去的安全系数也就能提高五成以上了。

“张教授，其实您不用担心这些的。”

听冯啸辰说到这个程度，司强也不好再装哑巴了。冯啸辰让他陪着来见张国栋，其实就是想利用一下他的身份，给张国栋吃一颗定心丸。他没有得到上级的授权不假，但这种政策的问题，他做点解释还是可以的。

“具体到您个人的情况，我不太了解，也不能给您什么承诺。不过，当年因为各种原因滞留在港岛的内地人，我们接触过不少，有一些人也已经回大陆去了，据我所知，他们并没有受到什么追查。”司强字斟句酌地说道，话里的暗示意味已经很明显了。

“那就好，那就好！”张国栋道，“其实我们这些人，骨子里都是爱国的。否则建国之初，我们为什么要抛弃国外的优越生活条件，毅然回来参加建设？当年跑出来，也是因为运动的原因，现在国家搞改革开放，只要不再折腾，我愿意回去。我今年60岁了，还能干几年，我要把过去没有贡献给国家的精力，全部贡献出来。”

“这么说，咱们可以一言为定了？”冯啸辰喜滋滋地说道。

“一言为定。”张国栋认真地说道。

冯啸辰道：“张伯伯，我会尽快联系内地的同志，请南江省政府给您做一个政治鉴定，再把鉴定书给您寄来。另外，孟部长那边，我也会和他联系，肯定不会让您悬着一颗心回去的。不过，在这些手续办完之前，我还有一件事，想麻烦您老帮我一个忙。港岛的银行家章九成先生，您认识吗，能不能想法给我引见一下。”

第三百七十一章

港岛西环写字楼，被誉为亚洲最贵的写字楼之一，每平方英尺的月租金达到100港币之高。章九成的章氏财团，在这里整整租了四层楼，其中包括了风水最好的顶层。

50岁出头的章九成是章氏财团目前的掌门人，而章氏财团也正是在章九成的手里，才如一匹黑马从港岛的许多财团中崛起，跻身于全岛的前十大财团之列。章九成最大的特点，就是擅长于投机，慧眼如炬，别人担心有风险而不敢做的事情，他只要看好了，就敢拿出真金白银砸下去。虽然每次重大的投资都让财团的股东们心惊胆战，但到目前为止，章九成的所有决策都被证明是正确的，而且极其英明。

这一刻，章九成正在自己位于写字楼顶层的大办公室里，接待着几位不速之客。这些人中，有一位是章九成所熟悉的，港岛理工大学的教授张国栋。

张国栋与章九成的关系非同一般。章九成投资生涯中最辉煌的一次，就曾得到了张国栋的助力。那是在十几年前，章九成初掌章氏财团的大权，正遇到港岛有一家机械企业濒临破产，准备找人接手。港岛的大多数投资商对于这家企业并不看好，认为其技术落后，没有太大的发展前途。章九成对这桩业务有些心动，但拿不准这家企业的技术到底有多少价值，于是到理工大学去找人咨询，而他找到的正是刚刚从大陆逃过来不久的张国栋。

张国栋随着章九成到那家企业去走访了一圈，查看了企业的技术资料，然后告诉章九成，这家企业正在研发的几项专利非常有前途，假以时日，必然能够一鸣惊人。章九成带着投机的心态，毅然筹集一笔资金买下了这家企业的全部股票，然后支持企业的技术人员完成那几项专利的研究。

结果，正如张国栋预言的那样，这家企业研发的几项专利得到了业界的认同，一下子就打开了市场，企业的业务蒸蒸日上，股价翻着番地往上涨。章九成卖出了自己持有的股票，赚了一大笔，也奠定了章氏财团崛起的基础。

在此后一些年中，章九成还请张国栋帮过他几次忙，每次张国栋也都不负众望，为他提供了很多很好的建议，二人的关系也日益亲密，除了业务上的往来之外，私底下也成了不错的朋友。当然，章九成发了财，是不会亏待张国栋的，张国栋目前那套在杨海帆眼里显得颇为寒酸的公寓，就是用章九成付给他的佣金买下的。

前一世的冯啸辰并不知道张国栋其人，但对于章九成的经历却比较了解。新世纪的中国互联网上，充斥着各种成功学的心灵鸡汤，章九成的发家史以及一些著名的投资案例，都是这些心灵鸡汤的重要原料，冯啸辰哪怕是没有刻意去了解，成天耳濡目染，也把这些案例记了个大概。

回忆起前世看过的章九成的资料，再结合当下的一些信息，冯啸辰有七八成的把握，认定张国栋正是那些鸡汤文中为章九成作出过重要贡献的那位机械专家。在张国栋家里，他带着试探的态度向张国栋问了一句，结果得到了对方一个肯定的回答。张国栋称，自己与章九成有着不错的私交，可以替冯啸辰做个引见，但至于章九成是否愿意为冯啸辰提供贷款支持，那就不是张国栋能够左右的了。

要想在众多的建筑工程机械厂家中脱颖而出，冯啸辰需要的条件很多：技术、人才、资金、设备等等，都是要一项一项去解决的。

技术方面，冯啸辰可以说有，也可以说没有。说他有，是因为他有着来自于后世的经验，知道不少工程机械方面的新技术、新理念。这些技术如果提前 10 年甚至 20 年拿出来，足以形成一个强大的技术优势。说他没有技术，则是因为他对那些技术也只是知道一个大概，能够说得出来，却无法具体实现。要把这些理念转化为真实的技术，需要有一名技术过硬的总工程师才行，张国栋正是他选中的总工。

人才方面，只有慢慢积累，有辰宇轴承的经验，冯啸辰相信自己能够找到足够的人才，来完成工程机械的制造和销售。

设备上的事情，是他此次要去欧洲解决的，在此暂时不提。

最后剩下的一项，就是资金了，他让张国栋帮他引见章九成，正是希望从章九成手里获得公司启动的资金。

冯啸辰向杨海帆说要投入1000万元用于工程机械公司，这个数目足以让国内的乡镇企业家们觉得震惊，但冯啸辰自己却知道，这点钱只能算是小打小闹。如果他的目标是一年捣鼓出几十台挖掘机来，有1000万的初始投资当然是够的。但如果想实现批量化生产，并且达到可持续生产的程度，1000万就远远不够了，需要有其他的资金来源。

"章先生，冒昧打扰了。我给你介绍一下，这是我在大陆时候一位老师的孙子，冯啸辰先生。他先前在大陆的国家经委重装办工作，担任副处长，这次到港岛来公干。他久慕章先生的大名，所以央求我务必要带他来拜会一下章先生。"

张国栋用这样的方式，把冯啸辰介绍给了章九成。

"章先生，您好。"冯啸辰向章九成微微鞠了一躬，彬彬有礼地问候道。

"冯先生，你好。"章九成不失礼貌地回应了一句，接着又招呼道，"老张，你和客人都坐下吧，有什么事情，咱们慢慢聊。"

三个人都坐了下来，章九成也在自己的大班椅上坐下，却并不急着说话。他用鹰隼一般的目光审视着冯啸辰和杨海帆二人，判断着二人的能力。冯啸辰和杨海帆的来意，张国栋在此前已经通过电话向章九成说过了，章九成好奇的是，这两个大陆的年轻人，居然有这样的勇气跑到港岛来贷款，而且所需数目不菲。他们到底想做什么，又有什么样的信心觉得能够从自己手里拿到钱。

眼前这两个年轻人，一个年龄在30出头，另一个则是20出头。但看起来，那个20出头的年轻人反而显得更为成熟，至少在这个场合中能够显得不卑不亢，丝毫没有被自己的身份以及办公室的奢华所吓倒。另一个30来岁的年轻人虽然也在努力地表现出淡定，但他那眼神分明有些游移，反映出了内心的不安。

照张国栋的介绍，这个叫冯啸辰的年轻人，是国家经委重装办的一名副处长，这让章九成有些意外。章九成不是没有和大陆的官员打过交道，一个副处级的干部，在章九成的眼里也算不上什么。但一个如此年轻的副处级干部，对于章九成来说就不一般了，俗话说，欺老莫欺少，冯啸辰的年轻就是他最大的资本。20刚出头就能够当上国家机关里的副处长，那么等他30出头、40出头的时候，他又会给自己什么惊喜呢？

“章先生，我和杨经理这次来拜访您，一个原因是久仰您的大名，想瞻仰一下港岛最传奇投资家的风采。”冯啸辰笑呵呵地开口了，提出自己的要求之前，先狠狠地拍了一记章九成的马屁。

“最传奇投资家？这个称呼我可真不敢当呢。”章九成假意地说道。

冯啸辰道：“您是实至名归。我举个例子来说吧，您所主持的鑫祥公司收购案，坊间只看到您抓住了鑫祥公司新老董事长更替时候出现的短暂股价波动的时机，恰到好处地实现了抄底，却不知道您的决策是基于对全球服装业大盘整所带来机遇的敏锐把握。看一家企业的八卦，这是谁都能够做到的，但能够看到产业全局，才是一名投资家最重要的素质。可以不夸张地说，在这方面，您如果自称是港岛第二，我想不出谁有胆量自称是第一了。”

“我有这么厉害吗？哈哈哈哈，你这个年轻人可真会说话啊。”

章九成哈哈地笑了起来。冯啸辰的话，当然是有恭维的成分在内，但他对于鑫祥公司收购案的评价，却与章九成自己的想法完全一致。鑫祥公司的收购案，是章九成颇为得意的几个成功案例之一。对于章氏财团在这个项目中的成功，港岛的投资界众说纷纭，许多人都认为章九成不过是踩了狗屎运而已，但章九成对于这样的评价是很不服气的，他觉得自己在收购时想到的东西很多，不是坊间那些人能够理解的。

冯啸辰的点评，正搔在章九成的痒处，让他心花怒放，连带着对这个年轻人的看法也好了几分。他觉得，别人都看不出这个案子的妙处，冯啸辰却看得出来，这说明这个年轻人是非常聪明的，堪称他的知音。最难得的是，这个年轻人还是一个大陆人，估计对于这个案子的前后经历也并不甚了解，在这种情况下能够说出这样一番话，就更难得了。

他哪里知道，冯啸辰说的这些话，正是章九成在十几年后对给他写传记的那个枪手说过的，后来他的传记广为人知。冯啸辰用章九成自己的话去奉承章九成，哪有不成功的道理。

第三百七十二章

众人一齐笑罢，章九成拿出烟盒，自己先取了一支烟点上，又向三位客人示意了一下。三个人自然是摆手谢过，章九成也不勉强，他收起烟盒，自顾自地吸了口烟，吐出一口烟雾，然后才对冯啸辰说道："好了，年轻人，你夸奖了我这么多，现在也该说说你的来意了吧?"

冯啸辰知道对方这种表现是在向他显示一种亲近感，如果是严肃的商业谈判，章九成就不会这样大大咧咧地抽烟了。章九成越是这样表现，冯啸辰就越需要显出庄重，他坐直了身体，说道："我们这次来拜访章先生，正因为仰慕章先生的投资眼光。不瞒章先生，我和杨经理正在筹备一个新的投资项目，需要的资金额度比较大，超出了我们现有资金的范围，所以准备从港岛的资本市场上筹集一些资金。我们第一个就想到了章先生，因为我们相信，如果整个港岛只有一个人能够看到我们项目的潜力，那就非章先生莫属了。"

章九成微微一笑，说道："如此说来，如果我对你们的项目不看好，那就属于缺乏投资眼光了?"

冯啸辰点点头，道："没错，看不到我们项目前景的投资家，的确是缺乏投资眼光的。不过，我们坚信，谁都可能犯这样的错误，唯有章先生是不会犯这个错的。"

章九成依然是保持着淡淡的笑容，说道："听你这样一说，我倒真得认真听一下你们的设想了。年轻人，你能把你们的投资计划向我介绍一下吗？我想知道，是什么样的一个投资项目，能够让你们有如此强的自信。"

冯啸辰道："我们想建立一家全中国最大的工程机械公司。"

"全中国最大？有意思，听你刚才所说，你们这家公司似乎是私人投资的，并非国营企业？”章九成问道。

“正是如此。”冯啸辰道。

章九成道：“私人投资的企业，怎么可能做成全中国最大呢？大陆现在虽然也在鼓励私人办企业，但据我所知，大陆的私人企业，现在都集中在轻工业上，绝大多数都是一些小塑料厂、小五金厂、小印刷厂，个别做家电的，也基本上是以手工操作为主，和国营大厂完全无法相比。你们一开头就打算做工程机械这样的重工业，而且目标还是做成全中国最大，你觉得有可能吗？”

冯啸辰道：“章先生有所不知，大陆目前正在进行的改革开放力度还会不断加强，最迟到今年年底，中央就会出台更大的改革措施，届时对于民营经济的约束将会进一步放松，民营经济进入重工业领域将不再是什么问题。”

“即便如此，你又有什么理由相信你能够做得比国营企业更好呢？”章九成继续问道。

冯啸辰道：“事在人为。工程机械的入门门槛并不高，以我们目前的实力，是完全能够进入这一领域的。至于后续的竞争，完全取决于管理者的能力和企业的技术实力。从能力上说，我的总经理杨海帆先生是一位优秀的企业家，而我本人，恕我自夸一句，应当是一位非常有眼光的战略家。我们这个组合，是非常有竞争力的。”

“哈哈，我姑且相信这一点吧。”章九成笑着说道。冯啸辰与杨海帆的能力如何，当然不是在眼下就能够判断出来的，所以章九成也不愿意浪费时间去和冯啸辰计较这个。作为一名依靠冒险而起家的投资家，他对于冯啸辰刚才所表现出来的胆略颇有几分欣赏。

他也接触过不少大陆来的国企领导人，其中不乏阅历深厚、头脑睿智之人，但要说到胆略，却很少有人能够与冯啸辰相比。仅凭这一点，章九成就能够隐隐地感觉到，眼前这个年轻人说不定真的能够成就一番大事业。

其实，是否敢于冒险，正是国营企业领导人和民营企业家之间的一个重要区别。国企是属于国家的，国企领导只是国企的管理者，没有权力拿着国企的前途去冒险。即便是有个别国企领导有冒险精神，他的上级也不会允许他擅自行事。民营企业的情况就不同了，一个企业家可以把自己的身家全部砸上去博一个机会，失败了大不了重新再来，别人也无话可说。

有些重大的投资行为，可能需要忍耐五年、十年，才能够看到效果。如果是国企，在这种不确定的方向上花费若干年时间去探索，上级部门早就要出手干预了，企业领导可能根本等不到投资产生结果，就会被撤职或者调离，而新上来的领导则会果断地放弃这个方向。民营企业的领导人没有上级管着，能够随心所欲，只要自己意志坚定，就能够守着一个方向十年八年地做下去，直到产生结果的那一天。

可以这样说，有些事情在国企中办不成，到了私企却能够办成，这是典型的“体制问题”。所以，根本没必要纠结于是国企好还是私企好，二者各有各的优势，专注做自己擅长的事情，才是最好的。

章九成不是经济学家，想不到太深的层次，他只是凭着自己的投资直觉，觉得冯啸辰的话有几分道理而已。

“再说技术。张伯伯已经答应随我们回大陆，担任我们工程机械公司的总工程师，张伯伯的技术水平，章先生应当是能够信任的吧？有他主持全局，我们的产品一定能够拥有技术的领先优势，从而在众多的同行中脱颖而出。”冯啸辰继续说道。

“惭愧。”听冯啸辰说到自己，张国栋脸上露出一个复杂的表情，其中有自矜，也有兴奋，还有几分羞涩，他向章九成说道，“章先生，我已经答应小冯了，准备随他回大陆去尽一点绵薄之力。说出来你或许不相信，小冯的技术眼光，远在我之上。这两天，他跟我讲了不少技术上的设想，让我听了茅塞顿开。如果这些设想都能够实现，我有把握说，我们这家企业的技术，非但能够在大陆企业中独占鳌头，即便是对上美国、欧洲、日本的同行，也是不遑多让的。”

“老张，你说什么？这个年轻人的技术眼光，居然会在你之上？”章九成瞪圆了眼睛，几乎有些不敢相信自己的耳朵了。

与张国栋合作多年，章九成对于张国栋的性格和人品都是非常了解的。他知道，张国栋是个直性子的人，否则也不至于在当年因逞口舌之快而惹出麻烦，不得不远走天涯。在港岛这些年，张国栋稍微学得谨慎了一些，不会再乱说话了，但要让他昧着良心说瞎话，那也万万办不到的。

张国栋的技术水平如何，章九成是非常清楚的，在机械领域里绝对算是一个权威了，尤其是技术眼光，更是比那些纯粹在书斋里厮混的教授们要强得多。而张国栋居然称冯啸辰在技术上比他更有眼光，那将是一种什么样的境界呢？

在过去几天里，冯啸辰的确与张国栋进行过认真的技术交流，张国栋一开始是带着老师指导学生，甚至可以说是内行指导外行的心态来进行交流的。以他的想法，如果冯啸辰虚心一些，再稍微有点基础，自己也不妨给他讲几堂工程机械的入门课，让他多少有点这方面的常识。

谁承想，二人一交谈起来，张国栋就被惊住了。冯啸辰在机械方面的造诣，丝毫也不比张国栋差，甚至在很多地方还让张国栋感到难以望其项背。张国栋搞了一辈子的机械，基本功当然比冯啸辰要扎实得多。但冯啸辰是 21 世纪的机械专业博士，后来在重装办工作的时候，又接触到了许多顶尖的机械技术，论知识的新颖以及眼界的开阔，都不是张国栋这样一个老人能够相比的。

具体到工程机械的设计上，冯啸辰毫不客气地把后来几十年国际上出现过的新设计、新工艺等等都向张国栋描述了一遍。这些新技术，外行人可能听不出什么妙处，但张国栋一听就能够想到是怎么回事。他越听越觉得惊心动魄，恨不得纳头便拜，请冯啸辰给他当老师了。

有了这样一番洗脑式的交流，张国栋便死心塌地地答应去为冯啸辰效力了。冯啸辰明确说了，他说的那些设想，仅仅是自己开的脑洞，具体如何实现，需要张国栋这个总工程师去完成。想到有这么多精妙绝伦的想法等着自己去验证，张国栋恨不得马上就返回大陆去开始工作。

如果说在此前答应带冯啸辰去见章九成，主要是出于报答冯维仁对自己的救命之恩，那么在经过与冯啸辰的技术交流之后，张国栋这样做就已经是心甘情愿了。他认定冯啸辰的设想是能够成功的，他也希望能够帮助冯啸辰去实现这样的设想。

第三百七十三章

听过张国栋的介绍之后，章九成低下头，陷入了沉思。一个有胆略的年轻人，加上独到的技术眼光，在一个充满机遇的国度里，能够做出怎样的一番事业，这让人忍不住有些期待。港岛不乏白手起家的先例，很多很优秀的人才，需要的只是一个机会而已。

一些港岛投资家对大陆的前景心存疑虑，而章九成却不是这样的，他对大陆的未来充满了信心。也正因为对大陆有信心，一个准备在大陆放手一搏的年轻人，也就更容易得到他的青睐了。

“好吧，既然如此，那么你说说看，我能够为你做些什么。”章九成终于抬起头来，对着冯啸辰说道。

冯啸辰道：“我需要资金。章先生可以选择给我贷款，也可以选择投资入股。我希望能够筹措到相当于 5000 万人民币的资金，大约合 1 亿 5000 万港币的样子。”

“1 亿 5000 万港币，这可不是一个小数目啊。”章九成微微笑道。

冯啸辰道：“如果不是这样的数目，我也不会来麻烦章先生了。我在大陆做了几年的生意，现在手上凑出 2000 万人民币并不困难。但这些钱用来做个小企业勉强够用，想上一个台阶，就不够了。我这次到港岛来，就是来融资的。1 亿 5000 万港币对于一家大陆企业来说，或许是一个大数目，但对于章先生的章氏财团来说，就是洒洒水了。”

最后一句话，冯啸辰模仿了粤语的发音，倒是让严肃的氛围显得轻松了一些。章九成点点头，道：“1 亿 5000 万港币，我倒是拿得出来，可是，你能够给我什么样的回报呢?”

“这取决于章先生是想以贷款的方式提供，还是以风险投资的方式提供。”冯啸辰说道。

“贷款的方式如何，风险投资的方式又如何?”章九成继续问道。

冯啸辰道：“如果是贷款，我可以接受15%的年息，按5年期偿还本息，1990年我还你1亿人民币。我可以把我目前拥有的辰宇轴承公司和春天酒楼作为抵押品，这两家企业目前的净值大约在1000万人民币左右，五年内净值升到5000万不是什么问题。按最糟糕的情况，章先生至少可以收回本金。如果是风险投资，章先生投入的5000万人民币，可以拥有未来的辰宇工程机械公司10%的股权。”

“吓！5000万人民币，才抵10%的股权？你现在的自有资金能有多少?”章九成装出一个惊讶的表情，向冯啸辰问道。

“我的自有资金是1000万，另外还有我的技术，我的能力和人脉，以及未来五年的努力。我可以保证，我的公司在5年后市值肯定要超过10亿人民币，章先生投入5000万人民币，获得10%的股权，绝对是一笔包赚不赔的买卖。”冯啸辰从容不迫地说道，丝毫也不觉得自己想用1000万去套人家5000万而且只给10%的股权是一件不合适的事情。

冯啸辰这样夸夸其谈，如果不是有前面的话作为铺垫，再如果章九成不是一个如冯啸辰一般疯狂的冒险家，那么章九成恐怕早就要把冯啸辰一行扫地出门了，甚至打电话叫警察来抓骗子，也是可能的。但就是这样的狂言，在章九成听来却是一个有价值的创业者的风范。人如果没有一点野心，和咸鱼又有什么区别呢?

心里是这样想，章九成还得再还还价。他对冯啸辰说道：“如果你的市值达不到10亿人民币，怎么办呢？我岂不是亏了?”

冯啸辰道：“我们可以签一个协议，5年之后，如果章先生不愿意保留在辰宇工程机械公司的股权，我公司可以按2亿人民币的溢价进行回购。当然，前提是这家公司还存在，并且有2亿元以上的净值。”

“有意思。”章九成再次露出了欣赏的笑容。

按照贷款的方式，他有更大的把握能够收回这笔钱，哪怕是冯啸辰真的破产了，他至少是能够拿回本金的。风险投资这种方式，那就是赌博了，万一业务没有做起来，这 1 亿 5000 万港币就算是扔进了水里，冯啸辰没有义务拿自己名下的轴承公司和酒楼去偿还。

但风险投资这种方式，能够获得的回报却是更大的。如果真的像冯啸辰所说，这家公司未来成为国内最大的工程机械公司，那么它的市值岂止是 10 亿，100 亿也不在话下。届时 10%的股权就相当于 10 亿人民币的市值，这样的回报率简直是逆天的，堪称又一个传奇般的投资案例。

如果是一个追求稳健的投资者，肯定不会对一家还不存在的公司寄予这样大的希望，采取贷款的方式可能是更合适的。当然，如果真的追求稳健，恐怕连向冯啸辰提供贷款都要斟酌一下，毕竟用轴承公司和春天酒楼来作为抵押，同样是不靠谱的。

可现在要做抉择的人，却是章九成，是一向追求风险的传奇投资家。他最怕的是没有赌博的机会，稳健二字，从来都不是他考虑问题的出发点。

1 亿 5000 万港币对于章氏财团来说，的确算不上一个大数目。这样说吧，章氏财团现在租写字楼的租金，一年就是将近 8000 万港币，1 亿 5000 万不过就是两年的租金而已。用这样一笔钱去赌一个机会，还真是挺不错的呢。

冯啸辰的方案，极好地迎合了章九成的投资风格，激起了他的赌性。虽然还有许多其他的信息需要了解，他不能马上作出决策，但他预感到，这个项目，他是投定了。

冯啸辰一行留下一些更详细的说明材料，然后离开了章氏财团。章九成礼貌地把客人们一直送到电梯口，还亲自帮他们按了电梯呼唤键，看着他们走进电梯，并关上了电梯门，这才回过头来，对跟在身后的秘书吩咐道："安排两个得力的人，马上去大陆，调查这个冯啸辰以及他旗下的企业，我需要关于他的最详细的资料。"

"老板，你真的看好这个年轻人吗？"秘书有些诧异地问道。

"他很有点我年轻时候的样子，这样的人，是能够创造奇迹的。"章九成自矜地说道。

“可是，他提出的条件也太自大了。他现在总共也不过才有1000万人民币，也就是3000万港币，就想博我们1亿5000万，而且还只答应给10％的股权。我觉得，如果我们提出要50％，他也是会答应的。”

秘书建议道。刚才的谈判，他一直都在旁边做着记录，对于冯啸辰提出的条件颇为不屑，此时便向自己的老板提出质疑了。他这个秘书并不是负责端茶送水的小秘，而是能够帮助章九成作决策的大秘，以往这样的投资项目，章九成也都是要听取他意见的，他这样说话并不算是僭越了。

章九成笑道：“小李啊，这就是你和这位小冯的区别了。他如果没有这样的胆量，我还不打算把钱投给他呢。其实10％和50％有什么区别，在一个有前途的公司里拿到10％，起码值10个亿。而在一个没有前途的公司里，就算拿到50％，以后能收回来1000万都是幸运了。风险投资这种事情，就是风险越大，回报越高，我在冒险，这个冯啸辰又哪里不在冒险呢？”

“原来如此，老板高见。”秘书知道章九成决心已定，他也没必要再说啥了。章九成其人一向刚愎自用，自己认准的事情，谁也无法改变。既然是这样，他除了拍拍马屁之外，还能说啥呢？

章九成像是看懂了秘书的心思，他笑着说道：“你也不用不服气，反正时间也不长，就是五年左右，你会看到结果的。其实，我也不完全是被这个年轻人的话说服了，我看重的是他背后的人脉。你没听张国栋介绍吗，这个年轻人原本是大陆国家经委的副处长，现在又辞了职，马上要去社科院读研究生。他的研究生导师是沈荣儒，你或许没听说过，这个人可是和中国的很多高层都有往来的，说他是国师也并不为过。我出了1亿5000万港币，搭上这样一条线，有什么划不来的？”

“老板是想进军大陆市场了？”秘书恍然大悟。

章九成得意地笑道：“可不是吗，离九七回归也就是十几年时间了，要布一个大局，这点时间还嫌匆忙呢。这个世界上，美国也好，欧洲也好，日本也好，包括港岛自己在内，调整发展的时期都已经过去了，未来30年，最有前途的地方就是中国大陆。要想赚大钱，就得占领大陆市场。

我要趁着这个机会，把业务做到中国大陆去。这个年轻人只是我投资的第一个目标而已，未来我们还要找到更多的机会。”

“老板高见!”秘书这一回是由衷地发出了感叹。在全岛投资者都风声鹤唳的时候，能够看出大陆的发展机会，并且敢于把业务转移到大陆去，这的确需要有很大的远见，以及更大的胆略。从这点来说，章九成的确堪称是传奇投资家了。

第三百七十四章

冯啸辰和杨海帆等不及章九成作出决策，在港岛又盘桓了几日之后，便启程前往欧洲了。他们到的第一站，自然是德国首都波恩，那里也算是冯啸辰的大本营之一了。

走出波恩机场，迎面走过来三个年轻人。两个男孩子正是在德国求学的冯凌宇和冯林涛兄弟，另外一个黑眼睛、金色头发的姑娘，就是冯啸辰的混血堂妹冯文茹了。几年前冯啸辰第一次见到冯文茹的时候，她还只是一个 12 岁的小萝莉，而此时已经出脱成了一个身材高挑，散发着青春魅力的大姑娘，与母亲冯舒怡的气质颇有一些相似。

看到冯啸辰拉着行李箱出来，两个堂弟还没来得及作出什么反应，冯文茹已经一下子扑上前去，亲亲热热地和冯啸辰来了一个西方式的拥抱，然后看着冯啸辰那一脸尴尬的样子，咯咯地笑了起来。

“哥哥，欢迎你到德国来。”冯文茹像个大人一般地说道。

这时候，冯凌宇和冯林涛俩人也已经走过来了。这二人都在桐川的辰宇轴承公司待过，和杨海帆也认识，此时分别向冯啸辰和杨海帆打了招呼，然后接过他们手里的行李，引着他们往停车场走去。

冯林涛性格略微内向一些，加上与冯啸辰不算太熟悉，因此与杨海帆走在一起，有一搭没一搭地向杨海帆介绍着德国这边的情况。冯凌宇和冯文茹二人则一左一右地把冯啸辰夹在中间，抢着与冯啸辰说话。

“奶奶在家里给你们做饭，让我们三个来接你们。”冯凌宇说道。

“我本来要上学的，不过奶奶专门让我请了假来接你们，她怕凌宇走错了路。”冯文茹道。这一年多时间，冯凌宇和冯林涛俩人都住在她家里，三个孩子岁数差不了多少，现在已经混得很熟了。冯文茹是独生女，一直都很孤独，突然从天上掉下来三个堂哥，而且其中还有两个住在她家，能够陪她一起玩，让她每天都觉得开心无比。

被堂妹鄙视了，冯凌宇觉得脸上有些挂不住，他争辩道："我明明认识路好不好，是你非要来的。真是的，每次我和林涛出去，她都像个小跟屁虫一样地跟着。"

后面一句话，冯凌宇是低声向冯啸辰嘟哝的，冯文茹的中文水平可不差，虽然没有听得太清楚，但她也能明白冯凌宇说了什么，她瞪起眼睛对冯凌宇质问道："凌宇，是我非要跟着你一起出去吗？上次你去给那个什么克林娜买礼物，为什么要拉着我去给你当参谋呢?"

听到冯文茹说起什么克林娜，冯凌宇的脸腾地一下就红了，恨不得找条地缝钻进去。冯啸辰原本还没在意，见弟弟如此表现，心里顿时明白了几分。他觉得有些惊讶，又觉得有些好笑，这个老弟今年刚满 20 岁，倒正是年少慕艾的时候。欧洲又是比较开放的地方，相比思想还比较传统的中国国内，这里的女孩子热情奔放，无拘无束，冯凌宇定力不足，被人俘虏了也并不奇怪。

不过，如果弟弟真的泡了一个德国姑娘，不知道父母会有什么感想。奶奶想必是不会说啥的，毕竟有冯华这个先例，娶个洋妞在这个家庭也算是有传统了。

"什么情况，凌宇，你这动作也太快了吧?"冯啸辰不无揶揄地向冯凌宇说道。

"其实没那么回事，是文茹瞎说呢。"冯凌宇闪烁其词地辩解道，"其实克林娜只是我在技工学校里的同学而已，是普通同学……"

"普通同学你就给人家买礼物了?"

"是……是她过生日，我觉得送件礼物比较礼貌一些……"

"是吗？可是你为了给这位普通同学买礼物，把攒了三个月的零花钱都用掉了，这怎么解释?"冯文茹可不会放过这个揭露冯凌宇的机会。女孩子之间都是天然的竞争对象，尽管冯凌宇只是冯文茹的堂哥，但冯文茹还是对任何试图接近冯凌宇的女孩子有着一种本能的敌意，这算不算是小姑子对潜在嫂子的挑剔呢？

看到冯凌宇已经无地自容，冯啸辰呵呵一笑，没有再纠缠这件事，而是转头对冯文茹说道："文茹，你很了解女孩子喜欢什么东西吗？如果是这样，回头抽时间带那位杨大哥去逛逛商场好不好，他也正急着要给他的女朋友买礼物呢。"

"是吗？他的女朋友很漂亮吗？"冯文茹果然被转移了注意力，她低声地向冯啸辰问道。

"很漂亮……嗯，对了，我想起来了，你认识她的。杨大哥打算追的女朋友就是陈姐姐，陈抒涵，你去南江的时候，不是最喜欢她吗？"冯啸辰说道。去年晏乐琴带着冯华一家人回国省亲，在南江的时候，接待是由陈抒涵负责的。陈抒涵做得一手好菜，待人接物的态度又热情，在征服了冯文茹的肠胃的同时，也征服了她的心。

听说杨海帆正打算追求陈抒涵，冯文茹一下子对杨海帆就有了好感，这就是爱屋及乌了。她拼命地点着头，道："好的好的，我一定会带着他去给陈姐姐买最好的礼物。"

一行人说笑着，来到了停在停车场的一辆奔驰越野车前。冯凌宇介绍说，这是他和冯林涛到德国之后，晏乐琴专门让冯华买来的一辆二手车，不过车况还非常好。在补习学校里学习文化课程的同时，冯凌宇和冯林涛都去驾校学了车，目前也勉强算是老司机了，今天就是冯林涛开着车到机场来接他们的。

"美女豪车，这可是男人的梦想啊。林涛，你有没有在德国相中一个什么金发美女？"车子开出机场，驶上公路，坐在前排的冯啸辰对着正在开车的冯林涛调侃道。

冯林涛微微一笑，道："我可没有凌宇那么受人欢迎，在补习学校里，就没几个人认识我。"

"Mein Gott！"冯凌宇在后排来了句德语，说道，"林涛，你在学校里已经是无人不知的学神了，我听克林娜说，全校起码有一半的女生想和你发展友谊，只是你总是拒人于千里之外而已。"

冯林涛的脸也有些红了，估计冯凌宇说的这事他也知道。他讷讷地说道："过几年我就要回去的，现在去招惹她们干什么？"

"你打算回去？"冯啸辰问道，"在德国生活不好吗？"

冯林涛道："当然不是，德国的生活太好了，比昂西强多了，和我们厂比，更是天上和地下的区别吧。"

冯林涛说的"我们厂"，自然是指他从小长大的青东省东翔机械厂，而昂西市则是东翔机械厂所在地的地区首府。东翔机械厂位于大山深处，离昂西市还有上百公里的车程，生活条件十分恶劣。几年前，冯林涛的父亲冯飞到京城出差，冯啸辰还专门给他弄了些肉票，让他能够买些肉制品回去改善一下生活。从昂西那样的地方跑到波恩来学习，冯林涛的确有一种一步踏入天堂的感觉。

"既然德国这么好，你为什么还想回去呢？"冯啸辰问道。

冯林涛想了想，突然想到一个回答，便反问道："哥，你不是也拒绝了奶奶让你来德国学习的安排吗？"

"那是因为……"冯啸辰下意识地想解释一句，话到嘴边又收回去了。几年前，他在德国第一次见到晏乐琴时，与晏乐琴有过一段对话。那时候晏乐琴想让他来德国学习，继而移民德国。他婉言谢绝了，理由很简单，那就是冯维仁的未竟事业，需要由他们这些孙辈去实现。

这段轶事，估计晏乐琴也向冯凌宇、冯林涛兄弟俩说起过，目的则是教育他们要向哥哥学习，保持一份爱国心。冯林涛刚才的这个回答，不过是用冯啸辰说过的理由来回答冯啸辰的问题而已。

"凌宇，你的打算呢？"

冯啸辰又把头转过去看着后排的冯凌宇，问道。

冯凌宇颇有西方范儿地耸耸肩膀，说道："哥哥大人，你放心吧，我过几年也会回去的，这不也是你一直教育我的吗？奶奶担心我贪图德国的享受，天天跟我讲爷爷的故事，还有你的故事，我的耳朵都快听出茧子了。我想过了，如果我敢提出留在德国不回去，奶奶肯定会拿棍子打折我的腿的。"

“这么说，你自己并不想回去?”冯啸辰逼问道。他知道冯凌宇一向油腔滑调，能够这么快就以一个中国人的身份在德国泡上了个姑娘，这也足以证明他的本事了。

冯啸辰倒也没觉得冯凌宇想留在德国有什么不好，他并不是那种爱国爱到偏执的人，对于别人作出何种选择都是很宽容的。在他看来，冯凌宇即使想留在德国生活，也无可厚非，这是个人的价值观问题。当然，如果有人为了能够留在国外而不惜出卖国家利益，那又另当别论了，汉奸在任何年代都是应当拍死的。

第三百七十五章

听到冯啸辰的追问，冯凌宇沉默了片刻，说道："哥，实话说吧，我的确觉得德国比中国好，生活条件好，物资丰富，也很文明。不过，我还是想回去，不是因为怕你们骂我，而是我自己想回去。"

"为什么呢?"冯啸辰好奇地问道。

冯凌宇吐了一口气，说道："因为我不服气。"

"不服气，什么意思?"杨海帆在旁边诧异地问道。

冯凌宇道："德国再好，毕竟也不是咱们自己的国家。中国穷，中国落后，连带着我们中国人在这里也被人看不起。我和克林娜在一起，她的很多朋友都嘲笑她，还说如果她跟我到中国去，家里连厕所都没有，而且她如果不裹上小脚，会被中国人看不起的。"

"裹小脚?"冯啸辰和杨海帆都吃惊了，德国人怎么会觉得中国人还在裹脚呢?

冯林涛插话道："这是真的，很多德国人对中国非常歧视，他们对中国的认识，还停留在 100 年前。我和凌宇刚到德国来的时候，在补习学校学习文化课，我考了班上的第一名，很多德国同学都去找老师投诉，说我肯定是作弊了。"

"然后呢?"冯啸辰觉得心里疙疙瘩瘩的，低沉着声音问道。

冯林涛道："这种投诉当然是没有证据的，但这些德国同学从骨子里透出来的那种强国的优越感，真的让人觉得很不舒服。后来，我和凌宇在学校里一直都保持着很好的成绩，慢慢地他们才不说话了。"

"主要是林涛给我们中国人争了气。"冯凌宇说道，"他每次考试都是学校里的前三名，我就不行了，勉强在前十名左右晃荡。"

“前十名也不错了。”冯啸辰点点头。这两个堂弟还真算挺争气的，一个能保持前三名，一个能考到前十名，都算是优秀生了，毕竟他们在德国学习是有语言障碍的。他们俩并没有系统地学过德语，只是在桐川的时候跟着老工程师陈晋群学过一段时间而已，能够克服语言障碍跻身学校里优秀学生之列，的确是很不容易的。

听到几个人谈起德国人对中国人的歧视，冯文茹也说话了：“你们说的这些，奶奶和我爸爸也都经历过。我爸爸因为是黄种人，在过去也是很受歧视的，不过，他做得很出色，后来大家就不敢再歧视他了。林涛，凌宇，你们现在不也已经得到同学们的尊重了吗？”

冯凌宇道：“的确，现在学校里的大多数人至少在公开场合已经不敢再歧视我和林涛了。不过，他们还是觉得克林娜和我交往是一个错误的决定，除非我愿意留在德国工作。”

冯啸辰笑了，看来弟弟和那个什么克林娜的关系已经发展得很深了，以至于都开始考虑在哪安家工作的事情了。他笑着问道：“既然是这样，那你不是更应该留在德国工作吗？你如果回去，是不是克林娜也要抛弃你了。”

“我不知道克林娜是什么意思，不过，我不会留在德国工作的。”冯凌宇脸上显出一些倔强之色。

“为什么？”冯啸辰问。

冯凌宇道：“我不想让别人说我是为了过上好日子才留在德国的。如果我留在德国，哪怕是混得很好，他们也会指着我的脊梁骨说：看那个赖在德国的穷小子，他家穷得连厕所都没有，全仗着留在德国才能这样生活。”

“呃……”冯啸辰无语了，这也算是一个要回国的理由吗？

“人争一口气，树活一张皮。凌宇的这种想法，我能理解。”杨海帆叹了口气，轻声地说道。

被人歧视的感觉，冯啸辰不曾有过，但杨海帆是体会过的。他本是浦江人，因为在南江省当知青而离开了浦江，后来又留在了南江工作。他每次回家探亲的时候，经常能够从那些当年留在浦江的朋友们脸上看到那种鄙视的神色。那些人向他炫耀各种大城市的生活方式，戴一个进口的蛤蟆镜都能秀出无数的优越感，这让他很是抑郁。那些朋友最喜欢说的一句话是：赶紧回来吧，看你都快变成一个乡下人了。

我非要在我的乡下混出一番名堂来，让你们仰视我！

这就是杨海帆多年来的心思。他所以会放弃县委书记秘书的职位，毅然到辰宇公司去当个中方经理，也是想博一博这个机会。第一年年底的时候，冯啸辰私下里给了他一万元的分红，他虽然嘴上说着拒绝的话，但最终还是收下了。他没有把这些钱用于自己个人的消费，而是趁着回去探亲的机会，给家里买了进口彩电、冰箱等大件，用实际行动狠狠地羞辱了一番那些还在啃老的浦江朋友们。

人与人之间的鄙视，是可以借助于任何理由来实现的：

你学问比我大，但你不如我有钱，所以你不过是个穷酸、腐儒；

你比我有钱，但你出身贫寒，所以你是个暴发户，而我是贵族；

你什么都比我强，但你老家是在乡下，所以你不过是个飞上我们这棵梧桐树的凤凰男而已，你这么牛，怎么不滚回你老家去呢……

狗不嫌家贫这句话，有时候会被认为有些过时，但其实代表的是一种非常朴素的自尊情感。别人的家再好，毕竟不是你的家，任何时候，人家会指着你的鼻子嘲笑你说：看看，这就是那个从乡下来的穷小子，他们家穷得连茅房都没有，全亏了我们收留他。

什么叫作志气？志气就是不愿意服输，不愿意低头：我是笨鸟，那我就先飞，用不着别人怜悯；我穷，我就努力，要对着别人吼一声：莫欺少年穷！我的家乡不如你，那我就努力向你学习，然后回去建设我的家乡，今天你对我爱搭不理，终有一天我要让你高攀不起。

“呵呵，不错不错，凌宇，我支持你的这种想法。”

冯啸辰也理解了冯凌宇的意思，他笑呵呵地鼓励了弟弟一句，接着又对杨海帆说道：“海帆，看来咱们动作得加快了，哪怕为了咱们中国的小伙子能够在国外大大方方地交女朋友，也得赶紧让国家富强起来。”

“奶奶说了，我们要在这里好好学习欧洲的先进技术，回去建设国家，让国家富强，我和凌宇都是这样想的。”冯林涛说道。

“这种想法很好啊。100年前晚清政府派往欧洲的留学生也有这样的理想，他们是这样说的……”冯啸辰想了想，模仿着朗诵腔，念道，“此去西洋，深知中国自强之计，舍此无所他求。背负国家之未来，取尽洋人之科学，赴七万里长途，别祖国父母之邦，奋然无悔。”

“这话说得太好了，简直都说到我心里去了。”冯林涛喃喃地说道，“哥，一会你把这段话抄给我，我要把它当成自己的座右铭。还有，这是谁说的？我们课本上怎么没有学过？”

“这个嘛……我也记不清了，是在一本书上看到的。”冯啸辰赶紧打着马虎眼。这其实是后世一部电视剧里的台词，不过挺煽情的，冯啸辰便记住了。回想起100多年前中国人开始学习西方技术时候的情景，的确让人唏嘘。从晚清的留学生，到冯维仁、晏乐琴这些人，再到解放初留苏的那一批，还有今天的冯林涛、冯凌宇、杜晓迪等等，一代又一代的中国人就像海绵吸水一样地学习着外国的先进技术，只求富国强兵，奋然无悔。

说话间，冯华家的别墅已经出现在视野中了，冯凌宇想起一事，连忙向冯啸辰说道：“哥，关于克林娜的事情，你可千万别跟奶奶和叔叔、婶子说，回去也别跟咱们爸妈说。其实我和她也就是普通朋友，我不可能把她带回中国去的。”

冯啸辰笑道：“她如果愿意跟你去中国，至少我是会欢迎的。爸妈那边，我负责做工作好了。”

冯凌宇脸红红的，支吾着不知道说啥好。冯啸辰能够有这样一个态度，让他颇有些意外，同时对于自己与那位克林娜的未来又多了几分想象。

汽车在别墅门外停下，除了司机冯林涛之外，其余人都下了车。晏乐琴早就听到声音，从屋里迎了出来。见到冯啸辰，她满脸喜色，拉着冯啸辰的手招呼道："啸辰，一路辛苦了吧！快进屋吧，奶奶给你炖了汤。"

"谢谢奶奶。"冯啸辰应了一声，接着又把杨海帆也介绍给了晏乐琴。晏乐琴其实在南江已经见过杨海帆了，此时再次见面，也是颇为热情，一干人等说说笑笑地进了家门。

第三百七十六章

冯啸辰他们到家之后不久，冯华和冯舒怡两口子也先后下班回到家了。大家七手八脚地把酒菜摆上桌，分配好碗筷，分宾主落座，冯家的欢迎晚宴便开始了。

冯啸辰是家里的晚辈，冯家自然不需要有太隆重的仪式来欢迎他。杨海帆虽然算是和冯啸辰平辈的，但一来年龄更大一些，二来又是外人，冯家的长辈对他颇为客气，频频敬酒。杨海帆也一一回敬答谢，这其中的过程自不必细说了。

酒过三巡，大家逐渐聊起了正事，冯啸辰向晏乐琴、冯华和冯舒怡介绍了自己打算搞工程机械的想法，以及港岛之行的收获。有关搞工程机械这件事，他在此前已经通过信函和电话和晏乐琴他们谈过了，此时只是再把细节介绍一遍而已。但港岛的事情是刚刚发生的，还没来得及向他们通报，此时说出来，几个长辈听了都是倍感惊奇。

“帝国理工大学的毕业生，水平肯定是很高的啊!”晏乐琴感慨道，“回头我去查一下这个张国栋发表的论文，看看他有哪些方面的建树。有这样一位专家给你们当总工程师，这件事可就有几分眉目了。”

“这都是爷爷当年栽的树，现在让我们能够乘凉了。”冯啸辰说道。

“你爷爷一贯都很关心别人，像这样的事情，过去他在德国的时候也做过不少的。他帮助过的一些人，后来对我和你三叔他们也都很照顾。”晏乐琴道。

冯华对技术了解不多，倒是对投资的事情很感兴趣。他说道：“你们能够说服章九成给你们投资，这可是很了不起的一件事。章九成这几年在港岛做得有声有色，在国际资本市场上也小有名气了。有了他这1亿5000

万港币，我也能够在欧洲市场上帮你们筹到一些资金，多的不敢说，一两千万美元应当还是有希望的。”

“如果是这样，那可就太好了！”冯啸辰喜道。银行家从来都是嫌贫爱富的，喜欢做锦上添花的事情，不喜欢做雪中送炭的事情。章九成答应给辰宇公司注资，相当于为辰宇公司的信用做了背书，其他的银行家也就有胆量投资了。相反，如果一家企业没有得到某家银行的青睐，其他的银行也不会考虑对它进行投资，因为它们会觉得这家企业是缺乏信用的。

冯啸辰先请张国栋出任总工程师，然后去向章九成融资，相当于是用张国栋的信用做了抵押。当然，他在重装办的经历、辰宇轴承公司的成功，以及他即将成为沈荣儒弟子的身份，也都是他的信用的一部分，凭着这些，他便能够让章九成动心了。

有了章九成的投资，再借助于冯华在欧洲金融市场上的人脉，又可以为冯啸辰融来更多的资金。

“有了章九成的 1 亿 5000 万港币，再加上三叔帮我融的一两千万美元，我差不多能够有 4000 万美元以上的资产。这笔钱相比欧美的工程机械巨头而言，实在是微不足道，但作为起家资本，倒也勉强够用了。”冯啸辰笑着说道。

1984 年，中国国内的美元官方汇率是 100 美元兑换 232 元人民币，4000 万美元差不多相当于 1 亿元人民币，是一个很大的数目了。不过，如果想建立一家达到一定规模的工程机械企业，1 亿人民币的投资也的确只能算是勉强够用。

“啸辰，4000 万美元，可是一笔不小的资金，你能把握得住吗？”晏乐琴有些担心地问道。

冯啸辰笑道：“奶奶，我在重装办的时候，接触的企业最起码都是有几亿资产的，区区 4000 万美元，算不上什么了。”

冯华摇摇头道：“你在重装办的那些经历，还远远不够。你过去说过你的工作性质，基本上只是在企业之间做一些协调，并不是真正地管理一家企业。凭借这样的经验来管理一家几千万美元的企业，风险还是比较大的，这一点你一定要有清醒的头脑。”

冯舒怡白了冯华一眼，不满地说道：“你说什么呢，我倒觉得啸辰管理一家大企业没有任何问题。你想想看，几年前啸辰第一次来德国的时候，啥都没有。可几年过去，他现在已经有两家资产达到几百万人民币的大企业了，你不觉得他天生就是一个杰出的商人吗？”

冯华笑了起来，对冯啸辰说道：“你婶子说得对，啸辰，我和你奶奶也只是给你一些提醒罢了，你千万不要被我们的话给吓住了。其实，我这两年也一直都在关注中国市场，我认为，中国市场目前还是卖方市场，各种工业产品都处于供不应求的状态，只要你们能够生产出来，销售方面是没有太大难度的。这样的机会对于一个投资者来说是千载难逢的，所以我还是赞成你去冒这个险的。”

冯啸辰笑着向晏乐琴问道：“奶奶，你呢，你是不是也赞成我冒这个险？”

晏乐琴假意地板着脸，说道：“我不赞成又有什么办法？我已经老了，你叔叔和婶子说了算，他们俩都赞成你了，我反对有用吗？不过，啸辰，我可跟你说，你这家企业办起来之后，经营上的事情要多和你叔叔、婶子通通气，他们毕竟都是有市场经验的，能够给你一些指点。”

“那是当然。”冯啸辰乖巧地应道。

如果是在几年前，冯啸辰提出要借几千万美元去办个企业，晏乐琴、冯华等人是绝对不会支持的，更不可能帮他融资。但如今，有辰宇轴承公司的成功先例，晏乐琴他们对冯啸辰便多了几分信心。在过去几年中，冯啸辰所表现出来的能力，以及那与年龄很不相称的稳重，都让远在德国的奶奶、叔叔感到惊奇。

冯啸辰不敢跟自己的父母商量这件事，因为高达几千万美元的投资，绝对会让他们吓得睡不着觉。而晏乐琴、冯华他们心理承受能力就要强得多了，毕竟他们一直生活在德国，也是见过一些世面的。他们嘴上提醒冯啸辰要注意风险，但心里早就替冯啸辰做过风险评估，知道这件事情还是比较有把握的。若非如此，冯华也不会去帮冯啸辰继续融资了。

说罢风险的问题，冯华又说道：“啸辰，对于这家企业的经营战略，你是怎么考虑的，也一并说出来给大家听听吧。”

冯啸辰点点头道：“好的，三叔。我是这样想的，中国的大规模基础建设至少还要持续30年时间，工程机械的市场非常庞大。目前，国内的工程机械企业数量众多，但大多数规模比较小，产品也比较落后。国内的工程企业需要高性能的工程机械，国内无法提供，进口又受到外汇的限制，这就是我们的机会。我打算瞄准国际先进水平，向国内市场提供性能和技术接近进口机械的产品，在价格上则介于现有的国产机械与进口机械之间，从而实现进口替代。我在港岛的时候，和张国栋谈过一些技术上的设想，他表示完全能够做到。只要我们能够有比较高的起点，国内大多数的同行就无法对我们构成威胁了。”

“保持技术上的领先，实现进口替代，的确是一个很好的战略。这样一来，你就拥有竞争优势了，不必去与其他企业打价格战。”冯华赞道。

冯舒怡道：“啸辰，回头你把你们打算做的产品给我列一个清单，我帮你们做一下专利检索，看看有没有一些已经到期的专利，这些专利你们是可以直接拿去使用的。”

“那可就太感谢婶子了。”冯啸辰道。时下中国的企业对于知识产权还不太重视，有不少企业在自己的产品中直接山寨国外的专利技术，并不给国外企业付专利费。因为中国的国际化水平较低，国外企业或者是懒得去追究，或者是鞭长莫及，总之与专利相关的官司并不多。

冯啸辰如果只打算在国内销售自己的产品，倒也可以暂时不考虑专利方面的问题，但他的想法是在占领国内市场之后，伺机进入国际市场，那么专利之类的问题就需要认真对待了。在这方面，冯啸辰倒没有太大的心理压力，他手头有不少后世才出现的设计理念，只等着张国栋把它们变成实际的技术，并申请专利。有了这些超出时代的专利，他要和国外的工程机械巨头们交换专利也有资本了。

冯凌宇和冯林涛兄弟俩坐在旁边，听着冯啸辰与奶奶、叔叔谈论上亿资产的经营，心里都不由自主地产生了一种崇拜的感觉。这两兄弟与冯啸辰的岁数相差不大，过去也没觉得这个哥哥有什么了不起的，充其量就是比他们多懂一些德语而已。他们到德国学习一年之后，这方面的差距早就已经拉平了。今天听到的这番谈话，他们这才发现，自己与冯啸辰之间的差距，远远不是外语水平和技术上的落差，光是冯啸辰的这份胆魄，就让他们望尘莫及了。

第三百七十七章

第二天，冯啸辰和杨海帆开始在德国进行考察。

他们这一趟欧洲之行，有几个目的。第一是融资，这件事在与冯华谈过之后，就完全交给他去运作了，这是完全可以放心的。第二则是要参观一下欧洲的一些研究所和工厂，了解别人的技术状况，这一项对于杨海帆的意义远大于对冯啸辰的意义，毕竟冯啸辰是穿越者，见过的世面是很多的。还有一项任务，就是要在欧洲采购一些设备，按冯啸辰的要求，绝大部分是二手设备，这项任务已经交给了冯舒怡，她会帮冯啸辰他们打听二手设备的货源，有确切消息之后再由冯啸辰他们去洽谈。

在从中国出发之前，冯啸辰就已经给冯华打过一个国际长途电话，委托他帮忙联系一些参观地点。冯华利用自己的关系，以及晏乐琴过去攒下的人脉，帮冯啸辰他们联系了包括慕尼黑大学、斯图加特大学、亚琛高等工业学校在内的一些研究机构，此外还有巴伐利亚发动机工厂、普迈公司等企业，供他们参观。冯啸辰一到德国，就通知了菲洛公司的佩曼过来给他们当向导，有一个德国人陪同，很多事情都会好办一些。

“各位先生，非常荣幸向你们介绍我们研究所的工业机器人小组，我们的小组目前有 45 名成员，其中包括了 15 位机器人，别看他们看起来很笨拙，但每个机器人都是有自己的性格的。”

德国夫琅和费学会生产技术及自动化研究所的所长瓦内克教授幽默地向冯啸辰等人介绍着自己的部门。这是一家专门从事工业机器人研究的机构，拥有大批的测试设备，能够对工业机器人的工作速度、噪音、振动、轨迹形式、精度等等进行测试，并把测试结果记录下来，形成一个完整的数据库，用于指导机器人的选择。

“这就是机器人?”杨海帆看着在测试平台上傻呵呵做着动作的一台机械，低声地向冯啸辰问道。

“是的，如果我没猜错，这应当是一台运输机器人，专门用于在不同工序之间搬运工件。”冯啸辰介绍道。这年代的机器人相比后世，实在是太低端了，能够从事的工作任务很简单，动作也不灵活。后世家庭里用的扫地机器人看起来都比这些机器人更灵巧。

杨海帆却是看得目瞪口呆，机器人的智能显然是让他感觉到震撼了。他好歹也算是见过一些自动化设备的，辰宇轴承公司拥有不少从德国引进的数控机床，已经是有些智能化了，但与机器人的智能化程度相比，还是差了不少。辰宇公司使用的数控机床在整个南江省都小有名气，不少国营大厂的工程师都去参观过，可现在看到人家的机器人，杨海帆才知道自己实在是井底之蛙了。

“我一直以为机器人只是科幻小说里的东西呢，没想到……不过科幻小说里的机器人和这些机器人也的确不一样。”杨海帆讷讷地向冯啸辰说道。在国内，机器人这个概念的确是只存在于科幻小说里的，而且一般都是指那种方头方脑、有手有脚的类人型机器人。而实际上工业机器人只是一种具有一定智能的机器而已。

“目前，柔性制造系统在西方工业界已经得到了广泛的应用，传统的数控加工中心对于大批量制造的产品具有优势，但随着用户个性化要求的不断增加，工业产品的批量越来越小，甚至出现了大量单件生产的要求。在这种情况下，只有柔性制造系统才能够适应新的形势。在柔性制造系统中，工业机器人是必不可少的一个组成部分。在工程机械领域里，西方工厂的焊接、喷漆两个工序已经完全交给机器人了，数控生产线的操作也越来越多地由机器人来控制。你们现在看到的这种运输机器人，使用激光进行自动导向，能够在规模庞大的车间里自由行驶，加速工件的传送过程。不过，大型工程机械的装配环节，目前还是由人工实现的，用于设备装配的机器人技术还是一个难点。目前机器人在装配环节主要是承担一些辅助工作，比如说自动控制的吊车，能够节省工人的很多力气。”

瓦内克非常热心地向客人介绍着工业机器人的应用情况，因为知道冯啸辰他们是搞工程机械的，所以又特别着重介绍了工程机械制造中使用机器人的情况。他与冯家有些交情，勉强能够算是晏乐琴的学生，后来又一直在机械领域里做科研，与晏乐琴关系挺熟，连带着便对冯啸辰他们也颇为热情了。

“瓦内克先生，您认为，在工业生产中使用机器人的好处主要是什么?”杨海帆发问道。

瓦内克道：“好处是显而易见的。第一，机器人的使用，可以大幅度地降低成本。虽然使用的一次性投入比较大，但在此后的很长时间里，工厂将可以减少工人的数量，从而节省大量的人力成本。”

“原来如此……”杨海帆点了点头，不置可否。

“第二，机器人能够从事一些非常艰苦以及有损人类健康的工作，例如我刚才说到的焊接和喷漆作业，都是会对操作人员造成损害的，而机器人则无需担心这一点。”瓦内克继续说道。

杨海帆还是笑笑，没有予以评论。

“第三，机器人的使用还有助于提高生产效率。普通工人在工作中会感觉到疲劳，从而导致生产效率下降。而机器人是永远不会觉得疲劳的，除了定时需要进行一些检修之外，它们几乎可以一刻不停地连续工作几百个小时。”

“那么，用机器人代替工人，在产品的性能和质量方面会不会有一些不同呢?”杨海帆追问道。

瓦内克道：“当然会有些不同，机器人的操作，当然比不上高级技师的水平，所以对产品质量肯定会有一些轻微的影响。不过，据我所知，不少工厂是让工人和机器人共同生产的，工人主要负责纠正机器人操作中的一些失误或者不足，这样一来，产品的质量就不会明显下降了。”

“你是说用机器人会导致产品质量下降？哪怕只是轻微的下降。”杨海帆有些迟疑地问道。

“是的，不过这种质量的下降是无足轻重的。”瓦内克答道。

“哦，我明白了……”杨海帆若有所思地应道。瓦内克的回答，显然与他此前的设想大不相同，而这个回答，也让他有了一些新的想法。

从夫琅和费学会出来，走在大街上的时候，冯啸辰笑着对杨海帆问道：“海帆，刚才看到那些机器人，你有什么感想。”

“先进，实在是太先进了。”杨海帆由衷地说道。

“是啊，和西方发达国家相比，咱们实在是太落后了。”冯啸辰附和道。

杨海帆话锋一转，说道：“不过，和瓦内克聊过之后，我倒是不那么焦虑了。”

“什么意思？”冯啸辰不解地问道。

杨海帆道：“我原本以为，使用机器人辅助生产，能够使生产的质量得到提升，就像我们使用数控机床代替传统机床一样，有些精密的操作我们原来做不了，用数控机床就能够做到了。但瓦内克给我的答复却是说机器人代替工人仅仅是能够在成本上有所节约，在劳动保护方面有优势，在产品的性能和质量上并没有显著的优势。这也就意味着，我们不使用机器人，并不会导致产品的质量不如西方。而成本方面其实并不是我们特别在乎的，你说呢？”

冯啸辰的脸上浮出了笑容，杨海帆的这番话，真是一语中的。西方国家大量采用自动化设备，很大程度上是因为劳动力成本上升而选择的无奈之举。中国是一个穷国，劳动力成本连西方的十分之一都达不到，根本无需担心这方面的问题。

扣除掉劳动力成本上的节省，机器人对于中国企业来说就如同鸡肋了。采购成本过高，很多企业都承受不起，而节省下来的劳动力却并不值钱，甚至不及对机器人进行维护检修的支出，这种情况下，中国企业需要机器人干什么呢？

当然，机器人的应用还有一个优势，就是可以在恶劣条件下进行操作，例如高温、带毒等作业，能够保护工人的身体健康。但说句难听的，一个穷国，有什么资格谈这种福利？比如说，西方国家早就开始机械化采煤了，而中国还有大量手工操作，每年因为矿难而死的煤矿工人多达上千。福利是一种奢侈品，只有经济水平达到了一定程度才能去考虑这些。

“哈哈，海帆，你说得很对啊，机器人这种东西，现在对于咱们来说根本就没啥意义。我刚才还担心你参观完了之后就想着要搞这一套呢。”冯啸辰半开玩笑半认真地对杨海帆说道。

杨海帆却是认真地答道：“啸辰，你真没说错，我刚才的确在想着要搞机器人的，不过不是现在，而是未来。”

第三百七十八章

“机器人的广泛应用，绝对是工业发展的未来趋势。我原来没有见过实际的工业机器人，想象不出工业机器人能够做什么。但在参观过夫琅和费学会的实验室之后，我突然感觉到，机器人取代工人，是不可避免的。我们国家劳动力成本低，似乎可以不用考虑这个问题，但这也是因为西方国家的机器人技术还处于发展初期，成本太高，无法与我们的劳动力成本相比。如果他们再发展 30 年，能够让机器人的应用成本比咱们的工人成本还低，那时候咱们就彻底没有竞争力了。要想凭着人力去和机器人竞争，相当于用长矛去对付坦克。”杨海帆用严肃的神情向冯啸辰说道。

冯啸辰的脸也沉了下来，缓缓地说道：“事实上，随着咱们国家的经济不断发展，劳动力成本也是会随之上升的。那时候此消彼长，咱们就更没有希望了。”

“正是如此。”杨海帆道，“我刚才一直在想，咱们国家的企业也许现在还用不上机器人，但对于机器人的研究必须马上开始，不能落到别人后面去。我甚至觉得，如果咱们的工程机械公司有了一些盈利，应当拿出一小部分钱来，专门做机器人方面的研究，哪怕只是给我们自己的公司搞出一台焊接机器人，也是一种成功啊。”

冯啸辰道：“这倒没什么问题，其实工程机械和机器人也不矛盾啊。现在有些国家已经有专门的清障机器人、排雷机器人，都是用于高危领域的工程机械，我们完全可以从这方面着手来做。”

“排雷机器人？这个好！”杨海帆眼睛一亮，“啸辰，你不说我还真忘了。我小的时候，看连环画里有排雷英雄，当时就想过，如果能够造一个机器人来排雷，我们的英雄不就不会牺牲了吗？现在一想，这并不困难啊，的确就是一台智能化的工程机械罢了。”

“你不会是说回去之后就想搞这个吧？”冯啸辰有些惊愕地问道。

杨海帆微微一笑，说道：“怎么不行？咱们算是为子弟兵作点贡献，有什么不好的？”

“可是，这中间涉及的技术环节可就太多了。张老是机械专家，咱们过去也一直都是在搞机械，对电子这方面不熟悉啊。如果要搞机器人，最起码也得搭一个电子方面的班子，人从哪来呢？”

“我们为子弟兵作贡献，请军方和我们共同攻关不就行了？军队里搞电子的人才就太多了，比地方上的技术要强得多。”杨海帆想当然地说道。

“你的意思是说……”冯啸辰话说了一半，便哈哈笑了起来。他用手指着杨海帆，说道，“海帆，你真的变坏了，我还真的以为你是爱国心爆棚，想帮军队作些贡献，谁知道你的真实用意是在这呢。”

杨海帆被冯啸辰揭穿了心思，也不禁有点窘，他争辩道：“我本来就是想帮部队做点事，后来才发现这件事对我们也有好处，这算不算你总说的那种……双赢？”

杨海帆还真没说谎。他一开始提出可以帮军方研制排雷机器人，的确是存着一些为军队作点贡献的心思，这也算是一个生在红旗下的年轻人的本能想法吧。但这个想法萌生出来之后，他突然发现这件事对于自己未来的工程机械公司也是有好处的，甚至自己得到的好处，还远远大于军方的所得。

辰宇公司要开发工程机械，电子方面的技术是必不可少的。传统的机械一般是用液压元件来实现控制和信息传递，但现代机械已经越来越多地使用电子设备来实现这些功能了。要开发像机器人那样的智能设备当然只是一种远景规划，但最起码的一些电子传感、电子控制之类的功能，在辰宇公司未来的产品中还是必须具备的。

杨海帆是一个实干家，自从冯啸辰和他谈起生产工程机械的设想之后，他就在全面地考虑需要解决的障碍问题。张国栋的加盟，使辰宇公司的机械技术方面有了足够的保障，但张国栋只是一名机械专家，不是电子专家，电子技术方面的瓶颈，依然困扰着杨海帆。

如果能够借帮助军方开发排雷机器人的契机，与军方的电子技术人员取得联系，那么公司就相当于在电子技术方面拥有了一个坚实的后盾。在各项工业技术中，电子技术恐怕是中国最大的短板，与国外的差距远比其他方面更大。但这种情况主要表现在民用领域，军方拥有的技术还是非常强大的。

八十年代初，中国在雷达、无线电通信等方面技术水平都很不错，国防科大研制的银河计算机也能跻身于世界超级计算机的行列。可在民用电子技术方面，就非常尴尬了，各地的电视机厂都是从国外引进的生产线，各种元器件也严重依赖进口。好不容易有几条集成电路生产线，还是从日本引进的二手设备，水平落后于国外好几代。

在这种情况下，找一个帮部队开发设备的理由，从军方获得电子技术方面的支持，的确是一个“双赢”的选择。这样一想，似乎杨海帆最初提出这个想法，就是存着要占军方便宜的心思，这如何不让杨海帆觉得难堪。

冯啸辰对杨海帆的为人还是挺了解的，多少能够还原得出杨海帆的心路历程，知道他的初衷是很好的，随之又引出了更好的结果。他不禁在心里感慨，浦江人的确是精明过人，这么一点事情，杨海帆就能够想出一个对大家都有好处的结果，也实在是难得了。

“这件事，还得和军方谈一谈，人家不见得愿意和我们合作呢。”冯啸辰说道。

杨海帆笑道：“啸辰，我相信你有办法的。”

冯啸辰笑而不语，心里则在盘算着如何才能和军方搭上关系。军工是一个非常庞大的系统，集中了国家相当一部分的工业制造能力，而且还是最尖端的那一批能力。他在重装办工作的时候，就考虑过如何把军工系统的一部分能力借用过来，促进民用工业的发展，只是一时没找到合适的机会。

这个时期，国家还没有提出军工转民用的政策，军工企业一直被认为是需要严格保密的单位，不太与地方上发生联系。不过，冯啸辰知道过不了多久，国家就会提出让军队暂时忍耐的政策，军工系统的日子也会变得非常难过，届时将有大量的军工企业转向民品生产。到那时候，恐怕就不是冯啸辰去求军工企业帮忙，而是军工企业上赶着求冯啸辰给他们找碗饭吃了。

在那一段军工企业转型的过程中，出现了不少人才、技术方面的流失，事后想来也是非常可惜的。如果历史能够重来一次，国家在这方面做得更好一些，至少可以保留住一些人才，等国家经济状况好转之后，这些人才都是能够发挥重要作用的。

既然命运把自己送回到这个时代，不就是要让自己去改变这段历史的吗？看来，自己即便是到社科院去读研究生，还是得花一些精力在工业管理方面，想必罗翔飞也不会拒绝的吧？

这段小插曲就这样过去了。在随后的若干天里，在佩曼的陪同下，冯啸辰、杨海帆他们又走访了其他的一些研究机构和企业，看到了许多让他们大开眼界的东西。

在慕尼黑工业大学，他们参观了机械制造系设计教研室，看到学生们在用计算机辅助设计方法进行机械设计，计算机不但能够在操作者的控制下画出图形，还能同步求出零件加工所需要的工时和成本，并提出效费比最优的零件结构建议。

在不伦瑞克工业大学，他们参观了精密机械及调节技术研究所，看到专家们如何研究半导体设备中的掩膜装置以及精密仪器中使用的快速动作小阀门，等等。

杨海帆如饥似渴地记录着自己看到的一切，在脑子里盘算着哪些是未来的辰宇公司应当做的，哪些是需要在国内寻找合作伙伴来共同完成的。在这方面，冯啸辰的心态更为平和，他所见过的技术远要比这些天参观到的多得多，他想得更多的是目前西方国家的技术还有哪些不足，自己是否可以用一名穿越者的优势在这其中获得一些好处。

“冯先生，杨先生，这是咱们今天要参观的企业，普迈公司。它是德国最知名的工程机械企业之一，在整个欧洲市场上也是很有名气的。它最具竞争力的产品就是混凝土泵车，上个月，它们刚刚交付了一台 62 米臂架的泵车，这是迄今为止全世界臂架最长的泵车。因为泵车的长臂很像是大象的鼻子，所以业界都把普迈公司叫作‘大象’。”

佩曼领着冯啸辰他们走进一座规模宏大的工厂时，不无艳羡地向他们介绍着这家工厂的盛名。

第三百七十九章

有着“大象”之称的普迈公司正如它的绰号一样，有着庞大的体格。在会客室登记之后，佩曼带着冯啸辰二人走进了工厂的大门，迎面看到的便是四幢足有七八层楼高，长度两三百米的巨大厂房。据佩曼介绍，这就是普迈公司的产品组装车间。大量的零部件并不在这几个车间里生产，而是由分布在各处的分厂以及外包供应商制造，再运输到这里来，装配成最终的成品。

普迈公司年产几万台各式工程机械，其中绝大多数都是大型机械。佩曼在此前介绍过的“大象”混凝土泵车在普迈公司还算不上是“巨无霸”级的产品，它生产的混凝土地泵能够把混凝土垂直输送300米以上，这样庞大的设备根本无法通过道路运输，只能先做成若干个分段，再运到现场去进行组装。

“请问，您是菲洛公司的佩曼先生吗?”

一名穿着普迈公司工作服的德国人走过来，向佩曼问道。他脸上看不出任何表情，把德国人的刻板形象表现得淋漓尽致。

“是的，请问您是海因茨尔先生吗?”佩曼反问道。他们这一趟来普迈公司参观，事先与普迈公司联系过，普迈公司表示将由公司的技术员海因茨尔给他们当向导。

对方点了点头，随即又将目光转向了冯啸辰和杨海帆。见二人都是一副东方面孔，海因茨尔皱了皱眉头，脸上现出一些不悦的神色。

“我给你介绍一下，这位是我的中国老板，冯先生，我就职的菲洛公司便是冯先生的产业。这位是杨先生，他是菲洛公司在中国办的合资企业的总经理。今天要参观普迈公司的，就是他们二位。”佩曼向海因茨尔介绍道，他注意到了海因茨尔刚才表现出来的那个神情，因此刻意地提及了冯啸辰的背景，希望这个背景能够让海因茨尔对冯啸辰多几分尊重。

“非常荣幸能够为二位服务。”海因茨尔礼节性地向冯啸辰和杨海帆打了个招呼，他嘴里说得好听，脸上却依然是那副嫌人欠钱不还一般的神气，让冯啸辰颇有一些恼火。

“我的老板正准备在中国新建一家工程机械公司，因为知道普迈公司在工程机械上的成就，因此希望能够参观一下普迈公司的生产线，以便获得一些启示。”佩曼说道。他无法去指责海因茨尔的傲慢，毕竟普迈公司是一家大企业，远非佩曼供职的菲洛公司可比。即便是破产之前的那个老菲洛公司，在普迈公司面前也是没什么地位的，如果不是冯华通过一些关系与普迈公司取得了联系，仅凭佩曼的面子，或者是冯啸辰的面子，都不可能走进这家工厂，更不可能请海因茨尔给他们当向导。

海因茨尔听完这个介绍，再一次打量了冯啸辰与杨海帆一番，眼神里多了几分奇怪的神色，说不上是揶揄，还是鄙视。冯啸辰看到了这个眼神，却不便说什么，人家并没有直接冒犯自己，只是露出一些不礼貌的表情，再说，对方能够接待自己，也是看在冯华的面子上，自己要向对方发难，对方根本就不会在乎。

“走吧，你们想看什么，我就带你们去看什么。”海因茨尔说道。

“所有的东西都可以看吗？”杨海帆觉得有些诧异。前两天，他们去参观过另外一家工厂，虽然也是事先约好的，但去了之后，对方给他们列了个约法三章，规定有一些车间和设备等是不允许参观的，因为涉及商业机密，不宜向同行透露。

普迈公司是做工程机械的，虽然产品与冯啸辰他们要建的新公司不一定相同，但必要的商业保密意识还是应当有的吧？海因茨尔直接表示他们想看什么，他就会带他们去看什么，这话是不是说得太满了呢？

听到杨海帆的话，海因茨尔冷冷地说道：“当然，只要二位有兴趣的内容，你们都可以看。”

“那么，我是不是可以拍一些照片呢？”杨海帆晃了一下手里的照相机，问道。

“你们可以随意拍照。”海因茨尔答道。

“那……那实在是太感谢了。”杨海帆有了一种莫名的感动，觉得眼前这个德国人虽然看起来让人生厌，心地却是很不错的，对于他们这样的同行居然一点防范意识都没有，堪称是中国人民的好朋友了。

有了海因茨尔的这个承诺，杨海帆也就不客气了。他提出要从生产线的最开头看起，对于每个细节都不错过。同时，他还表示要对各个环节都进行拍照，以便回去之后能够向其他技术人员展示普迈公司的生产情况，让大家都能够得到启示。

至于胶卷，杨海帆就顾不上心疼了，与这些重要的技术档案相比，购买胶卷的那点钱算得上什么呢？冯啸辰一向是个大手大脚的人，到德国之后就买了几十卷胶卷，这次到普迈公司来，他们俩一共背了 20 卷，按每卷拍摄 36 张计算，足够拍下 700 多张照片了。

海因茨尔在前，冯啸辰一行三人在后，走进了第一个车间。与从外面观看相比，站在车间里面的感觉更加让人震撼。一台台正在装配的机械排列在车间两侧，每台机械的四周都围着一堆各式各样的设备，有些是由工人操纵的，有些则是自动运行的。头顶上的行车吊与在车间里往来穿梭的自动小车不断地把零部件送到组装现场，工人们则在设备的帮助下，把这些部件准确安装到位。拧螺丝之类的工作都是利用机械臂瞬间完成的，相比传统企业里工人拿着扳手操作，效率提高了十倍也不止。

一台机械简直就像延时摄影里的作物生长一样，由一开头的一些骨架，在一转眼的工夫里就长出了肌肉，又被包裹上了漂亮的皮肤，然后就拥有了生命，能够离开安装场地了。

“所有能够用机器完成的工作，全都不需要工人来干预了，这简直如神话一般。”杨海帆轻声地感叹道。

“有些设备，我们也需要有。”冯啸辰道，“就比如说用机械臂拧螺丝，它不但能够节省工人的体力，而且能够保证每枚螺丝在安装的时候达到规定的扭矩，避免有的螺丝上得太紧，有的又太松。”

“你说得对，我得去拍一下这个机械臂的细节。”杨海帆说着，便向前走去，准备凑近一些进行拍摄。

“先生，这里不允许拍照。”站在机械臂旁边的一名大胡子工人向杨海帆摆了摆手，示意他不要拍照。

“不允许？”杨海帆愣了一下，随即回头去看海因茨尔。刚才海因茨尔分明说过他可以随便拍照，所以他才没有征求操作工的意见，没想到对方会出面阻拦。

海因茨尔看到了这一幕，他懒洋洋地走上前去，向那名大胡子工人说了一番德语。那大胡子工人转头看看杨海帆和站在后面一些的冯啸辰，耸了耸肩膀，退到了一边。杨海帆连忙向海因茨尔点头致谢，然后举起相机，拍了好几张照片，把机械臂的各个细节都拍下来了。在他拍照的时候，海因茨尔与刚才那工人凑在一起，低声地嘀咕着什么，还发出了几声笑声。

继续向前走的时候，杨海帆走到冯啸辰的身边，低声说道：“这个海因茨尔，还真是挺不错的，是不是你叔叔向他打过招呼，要不他怎么会这样照顾我们。”

冯啸辰抬眼看了一下走在前面的海因茨尔，脸上露出一个讽刺的笑容，问道：“海帆，你知道他刚才跟那个工人说了什么吗？”

“说了什么？”杨海帆问道。

冯啸辰的德语是非常好的，刚才已经把海因茨尔的话听了个真切，也明白了海因茨尔的想法。他冷笑着对杨海帆说道：“他刚才说，我们俩是从中国来的，中国人根本就不可能造出像样的工程机械，这里的东西随便我们怎么看都行，反正我们也看不懂。”

“他真是这样说的？”杨海帆的脸色也变了。难怪这个海因茨尔一副拽上天的样子，原来在他的心里，存着对中国人的鄙视。不许拍照这样的规定，是对竞争对手设定的，目的是怕竞争对手学走了自己的技术。在海因茨尔心目中，中国企业完全不配成为普迈公司的对手，因此也就无须防范了。

“他妈的，这小子够狂的。”杨海帆从牙缝里挤出一句话道。

“狂吧，总会有他狂不起来的那天。”冯啸辰安慰道。

“呵呵，这样也好，如果他不狂，我拍照还没这么自由呢。我们现在技不如人，的确是需要学习他们的经验。不过，我相信，总有一天，我会让他后悔的。”杨海帆信誓旦旦地说道。

第三百八十章

也许是出于对海因茨尔的怨念，也许是被刺激起了雄心，杨海帆在后续的参观过程中更加认真了，看到什么有价值的东西，就上前去又摸又问，再加上 360 度无死角的拍照存档，大有不把普迈那点技术秘密据为己有就誓不罢休的意思。

海因茨尔也感觉到了不妙。他之前敢于放出狂言，让中国人随便拍照，是觉得中国人愚昧落后，估计只能看点热闹，看不出门道。谁知道杨海帆自幼生活在工厂里，又当了几年辰宇轴承公司的经理，工业素养非常不错，旁边还有冯啸辰这么一个搞大工业出身的牛人，眼睛都是犀利得很的，一眼就能够看到技术上的奥妙所在。

每个企业都有一些自己的诀窍，有很多技术是在积累了无数经验，甚至付出过一定代价之后才形成的。这些技术开发的过程历尽周折，一旦突破了也不过就是一层窗户纸，外人一看就能明白，并且能够学个八九不离十。

技术诀窍不是产品专利。后者受到专利保护，如果别人盗用了，自己可以通过法律手段进行索赔。技术诀窍这个东西是在生产过程中使用的，别人盗走之后，自己根本就无法知道。就算能够猜出对方在用自己发明出来的技术，你也拿不出证据来。正因为此，各企业对自己的技术诀窍都会严格保密，避免被别人学习、模仿。

如果是欧美日的同行过来考察，海因茨尔肯定会有所限制，有些地方不会让对方拍照，有些地方甚至连看都不会允许对方看。这一次，因为来的是中国人，海因茨尔存了轻蔑之心，所以才犯了这样一个错误。

海因茨尔是一个很狂热的“元首”崇拜者，信奉民族优势论，觉得除了欧洲人之外，其他民族都是劣等民族，不可能具有工业天赋。在此前，也曾有过中国的代表团到普迈公司参观，当时也是由海因茨尔接待的。那个代表团的成员对工业一无所知，到车间走马观花看了一圈，光拍了一些大机械的照片，说了一堆赞美之辞，然后就离开了。这段经历强化了海因茨尔的认识，使他觉得中国就是一个落后而且愚昧的地方，那里的人日常居家都是穿长袍马褂的，根本不懂什么叫现代工业。

海因茨尔不知道，那一次到普迈来参观的中国代表团，其实是一个教育代表团。人家是到德国来考察基础教育的，抽空看看工厂，也就是当个旅游而已。他作为一个机械工程师，跟一群教初中物理化学的老师比现代工业知识，也难怪能够找到优越感了。

这一次冯啸辰、杨海帆他们过来参观，是冯华通过明堡银行的一个董事联系的。冯华在联系的时候就说过，哪些能看，哪些不能看，由普迈这边掌握，不必为难。为了不让对方觉得歉疚，冯华还特意说自己的侄子就是个初中学历的小公务员，也不懂啥工业，随便看看即可。

这么一句客气话，通过普迈这边的公关部门传到海因茨尔耳朵里去的时候，就被解读成了另外一个意思，那就是这次来参观的两个中国年轻人都不懂工业，纯粹是来猎奇的。可现在，一个车间还没有走完，海因茨尔就已经感觉出问题了。这两个中国人所看的、所关心的，以及重点拍摄的，都是实实在在的技术诀窍。那些看上去威风八面，极适合于作为拍照背景的大机器，在这两个中国人眼里根本像是不存在一般。这就意味着对方绝非外行，而是真正干过工业的人。

就算他们干过工业，又能如何呢？难道他们还能学了这些技术来和我们竞争吗？

海因茨尔在心里这样安慰着自己。他话已说出，再想收回来就有些没面子了。对方又是他很不屑的两个东方人，在对方面前食言，他会觉得很屈辱的。

“二位先生，我想提醒一句，你们拍的这些照片，除了供你们自己观看之外，不能流传到其他任何企业去，我不希望我们的欧洲、美国以及日本同行们看到它们。”

走进第二个车间的时候，海因茨尔装着不经意的样子，对冯啸辰和杨海帆说道。这就是海因茨尔打算亡羊补牢了，只是羞刀难入鞘，所以还要端着个架子而已。

“海因茨尔先生的意思我明白了。”冯啸辰微笑着说道，“您放心吧，我们不会让这些照片传到中国之外的其他地方去的，您是这个意思吧？”

“呃……”海因茨尔迟疑了一下，他觉得冯啸辰这个回答有点不对，可又不好反驳。他刚才又是嘴欠了一次，明明说了不想让其他人看到，却又要补充一句欧美日的同行。他这样说话完全是出于一种本能，因为他觉得中国企业根本不配当他的同行。可这样一说，似乎又给了人一种误解，那就是这些照片在中国境内传传是无所谓的，别让欧美日的企业看到就行。

自己是这个意思吗？

自己不是这个意思吗？

海因茨尔自己也被弄晕了，他勉强地点点头，说道：“是的，我正是这个意思。”

在普迈公司的考察整整持续了一天时间，冯啸辰他们带的20卷胶卷全部拍完了，又临时让佩曼去附近的便利店买了20卷。参观结束的时候，海因茨尔的脸已经有些绿了，他隐隐觉得自己这次好像错得有些离谱了，但又说不出来。

告别海因茨尔，离开普迈公司，冯啸辰打发佩曼先走了，自己与杨海帆走路返回下榻的宾馆。看到佩曼走远，冯啸辰扑哧一声笑了出来，说道：“海帆，这次咱们可赚大了，你没见那个海因茨尔都快哭了吗？”

杨海帆也笑了起来：“这才叫搬起石头砸了自己的脚呢。”

冯啸辰道：“咱们今天看到的这些，可都是千金不换的技术啊，如果咱们自己去摸索，十年八年也不见得能够摸索出来。”

杨海帆道：“没错，我已经意识到了。看过普迈公司的这几个车间，我对于如何组织咱们的生产已经有很清晰的思路了。很多技术上的诀窍，我一下子领悟不过来，不过我相信，张老只要一看这些照片，就能够明白的。”

“等咱们的产品造出来，一定要给海因茨尔送一枚一吨重的大奖章。”

“直接给他脖子上挂一个挖掘机的铲子就行了。”杨海帆幸灾乐祸地说道。

二人说笑着，已经来到了宾馆。一走进大堂，冯啸辰便看见婶子冯舒怡从一个沙发上站起来，向他们迎了过来。

“啸辰，杨先生，你们回来了，我等你们好一会了。”冯舒怡笑吟吟地向二人打着招呼，同时顺手帮冯啸辰拍了拍衣服上的一点点灰尘。这样一个小动作，让冯啸辰感觉到心里暖暖的。

“婶子，你怎么到斯图加特来了？”冯啸辰诧异地问道。

“我为你们联系了一家旧工厂，有你们想要的二手设备，这家工厂就在斯图加特。”冯舒怡说道。

冯啸辰眼睛一亮：“是吗，大概有多少？”

“60台车床，40台铣床，15台磨床，5台冲床，2台锻压机，还有其他很多，就等着你们去看看呢。”冯舒怡道。

“价格呢？”冯啸辰又关切地问道。

冯舒怡从随身的包里拿出一沓资料，翻了翻，问道：“一台克林伯尔的FK41B小型螺旋伞齿轮滚齿机，使用了10年，基本没有磨损，你觉得多少钱合适？”

冯啸辰有些傻眼，倒是杨海帆接过了话头，说道：“这个型号我听说过，当年浦江有厂子引进过这种滚齿机，1976年前后，大约是31万人民币吧。”

“那就是不到20万美元的样子。”冯啸辰按汇率换算了一下，然后说道：“用了十年的二手设备，如果磨损不严重，5万美元我也可以接受。”

“如果是5千美元呢？”冯舒怡笑呵呵地问道。

“5千？什么意思？”冯啸辰瞪圆了眼睛，“婶子，这个玩笑可开大了，如果是5千美元，我连价都不还，立马就搬走了。”

“你还好意思说还价呢!”杨海帆斥道，“换成我，再加 5 千也行啊。滚齿机可是好东西，一天生产一两千个齿轮都不费劲，一台机器能顶上十几个优秀铣工呢。”

冯舒怡道：“我跟中间商说了，我侄子是从中国来的，他是一个搞废旧钢铁回收的，准备收购一批废钢回中国去熔炼。对方说了，如果你们能够把整个厂子所有的钢材都包了，负责拆解、运输，那么他们就按废钢价格全部卖给你们。”

“合着我就是一个收破烂的……”冯啸辰苦着脸卖萌道。

“这个破烂值得收啊!”杨海帆赶紧说道。

“咦，不对啊。”冯啸辰短暂地走神之后，突然想到一事，“婶子，如果是按废钢的价格，那一台滚齿机不该卖到 5000 美元啊，现在国际市场上的废钢价格也就是每吨 100 美元左右吧。”

第三百八十一章

听到冯啸辰的抱怨，冯舒怡忍不住便在他手臂上拍了一掌。德国女人的力气大，冯舒怡这一巴掌虽然在最后一刻收了点力度，还是把冯啸辰给拍得鬼哭狼嚎起来。

“婶子，怎么还打人啊！”冯啸辰逃出两步，捂着胳膊抗议道。

“你真是太贪心了，用你们中国话怎么说的，叫作人心不足什么的……”冯舒怡斥道。

“人心不足蛇吞象。”杨海帆笑着替她补全了这句俗语。

冯啸辰也咧嘴笑了，冯舒怡这话说得真没错，5000 美元一台二手滚齿机，的确是便宜到家了，他居然还在扯废钢价格，实在是不地道。

其实，德国人也不傻，哪里不知道二手设备的价值。一台二手滚齿机，翻修一下还能用，找到合适的买家，三五万美元的价格肯定是能够卖得出去的。之所以向冯舒怡开价五千，说到底图的是把所有的废钢一并打包卖掉。一家废弃的工厂，除了机床之外，还有大量的其他废旧钢材，比如车间的钢结构，历年生产积压下来的废旧材料，还有那些没有翻修价值的废设备，要拆解和搬运都是很麻烦的事情。

德国的人工成本高，环保要求也高，废旧钢材的处理成本不低，如果能够找到一家企业，愿意把这些麻烦事都揽过去，原来的业主也不介意把那些能用的旧设备卖个低价，权当雇人干活的费用了。一台旧设备能够卖三五万美元，也只是理论上的可能性，要找到合适的买主，也不太容易，从这个意义上说，打包销售是一个最好的选择。

冯舒怡是当律师的，过去也接过一些工业企业产权转让之类的业务，对于这方面的事情有些了解。这一次，冯啸辰原本是让她帮忙联系采购二手设备，她却存了个心眼，没有直接说买二手设备的事情，而是声称自己的侄子是来采购废钢的，把对方的心理底线直接就拉到废钢的价位上了，然后再在这个基础上与对方谈价。

这家名叫哈根兄弟公司的企业，是一家有着60多年历史的机械制造企业，两年前因为各种原因而破产了。公司的最后一任哈根总裁一心想找个下家把企业的旧设备卖出去，以便拿着这些钱去乡下养老。但时下欧洲正值制造业转型时期，传统制造业已经衰落，新型制造业的生产流程和工艺与传统制造业不同，哈根公司的旧设备很难找到买主，除非是当成废钢卖给金属回收公司，可这样一来，价格就卖不上去了。

冯舒怡找的中间商了解到这个情况之后，在双方之间进行了斡旋，最后谈下来整个厂子所有设备加上废铁的交易价格是180万美元。买方还要额外承担拆卸所有设备和钢结构、并且把这些废品全部处理掉的费用。

“180万美元，太值了。”

接过冯舒怡递给自己的设备清单，看着上面那些设备型号、技术参数和使用年限等资料，冯啸辰有一种被天上掉下来的馅饼砸中的感觉。

一台高精度卧式车床，哪怕是二手的，起码也能值10万美元，在这里的报价只要1万美元；一台外圆磨床，价值是一两万美元，而这里的报价才1500美元。至于那些机床上的辅件，什么夹具、量具之类，都是打包计价的，分摊下来，一把卡尺也就是几个美元而已。德国工厂里用的卡尺，能是金南市场上卖的那种山寨货吗？就算是二手卡尺，那也是德国卡尺啊，就是不知道会不会附着几个油纸包啥的。

“婶子，你太伟大了，这180万，花得太值了！”

冯舒怡得意地笑了，她早就知道这桩生意肯定会让冯啸辰满意的，她故意事先没有和冯啸辰商量，也是想让他感到惊喜。涉及二手机械装备收购的问题，当然不是冯舒怡这个律师能够定下来的。在谈判过程中，她找了好几位懂行的朋友来帮忙，最后连晏乐琴都亲自出马了，对各种设备的价值进行了充分评估，还参考了欧洲市场上二手设备的交易情况。最终确定的这个价格，对老哈根来说多少有些心疼，但他也知道，自己实在很难再找到这么好的买主了。有些买家可能会愿意出高价买其中的一两台设备，但要卖够180万美元，他恐怕得等上十年八年。

“现在的问题是，你必须找到人把这些设备拆卸出来，尤其是要把原来的车间拆解掉，并且把拆下来的废钢运走，这样老哈根才能把工厂的土地卖掉。我找人评估过，拆解这些设备，需要40个工人干3个月的时间，人工成本估计要20万美元。”冯舒怡冷静地向冯啸辰提醒道。

“40个工人干3个月就需要20万美元？这么贵？”杨海帆失声道，他是当经理出身的，算人力成本非常擅长。他想到，按每人每月80块钱的工资标准计算，40个人3个月，也就是1万人民币而已，怎么在德国就需要20万美元了？

“这是最起码的价格，因为拆卸这些厂房是重体力劳动，工资标准是很高的。”冯舒怡道，“除了人工成本之外，还需要租用各种施工设备，粗略计算，也需要5万美元以上。”

“不就是拆几间厂房吗，用得着施工设备？”杨海帆不忿地说道，“如果是在中国，我随便找一个工程队，啥设备也用不着，一个月就干完了，而且还花不了这么多钱。”

“可你们是在德国，德国的人工成本是很高的。”冯舒怡道。

“如果我们从中国派一支工程队过来呢？”冯啸辰问道。

“从中国派工程队过来？”冯舒怡一愣，“啸辰，你没跟我开玩笑吧？这么远的路，派工程队过来？”

冯啸辰说这话的时候，其实并没有过脑子，只是因为不忿德国的高昂人工费用，说了一句气话而已。被冯舒怡一问，他倒反而认真思考起来了，想了一小会，他的脸上就露出了笑容，说道：“这还真是一个好主意呢，从中国派20个工人过来，加上往返的路费，恐怕都比在德国请人要便宜。你刚才说需要40个人干3个月的时间，我估摸着，如果换成中国工人，20个人干2个月就完成了。”

“完全有可能。”杨海帆附和道，“佩曼在桐川的时候就跟我说过，我们的工人干活比德国工人要勤奋得多，德国人干3天的活，中国人花1天就干完了。如果从中国国内找20个人过来，一个人一个月给200块钱，2个月也不到1万块钱。再算上在德国的生活费、往返的路费，最多有3万美元就足够了。”

冯舒怡看看冯啸辰，又看看杨海帆，说道：“你们真的打算从中国派工人过来?”

“必须的!”冯啸辰这会已经把事情都想明白了，越想越觉得还是从中国派人过来更合适。人工成本还只是他考虑的一个方面，还有一个重要的因素就是工作态度上的差异。既然要拆解一座德国的旧工厂，那么任何一点值钱的东西都得回收利用。比如说车间里的旧电缆、电器开关、针头线脑之类，运回中国去都是能用的。中国工人见着这些东西，肯定会当成宝贝，小心轻放。而换成财大气粗的德国工人，恐怕就没有这种心态了。

“可是，要派工人过来，签证的问题怎么解决?”杨海帆开始思考起操作层面的问题了。在时下的中国，出国是一件非常大的事情。派工人出国的事，当然也是有的，不过那都是由国家出面组织的，杨海帆还真不知道该如何做。

这方面的问题，冯舒怡却是比较熟悉的，她想了想，说道：“这事并不困难，我们可以以菲洛公司的名义来做这件事，就说是菲洛公司要收购哈根公司，需要使用一批有经验的工程人员，而这些人员将从中国聘请。有了菲洛公司的邀请函，再找德国在中国的领事馆办签证，就比较容易了。”

“好，就这么办!”冯啸辰点头应道。

“如果是这样的话……”杨海帆把话说了一半，看看冯舒怡，又把后面的话咽回去了。

冯舒怡诧异道：“杨先生，你有什么问题吗?”

杨海帆尴尬地笑了笑，说道：“我刚才只是在想，既然我们派了工人过来，花了那么多路费，是不是可以……”

冯舒怡一下子就明白了，不禁笑了起来，道：“哈哈，你是不是想说，希望我帮你们再联系几家旧企业，让你的工人把它们也一起拆掉运回中国去?”

杨海帆脸有点红，说道：“冯夫人，我知道这个要求有些过分了，不过嘛……”

“难怪啸辰要选你做合伙人，你和啸辰一样，都是人心不足象吞蛇。”冯舒怡现学现卖，却把一句俗语给说反了。

第三百八十二章

次日，冯舒怡带着冯啸辰、杨海帆二人，在中间人的陪同下，到哈根公司去走了一趟，亲自考察了厂子，尤其是那批二手设备的情况。哈根公司作为一家老牌企业，车间管理做得非常规范。尽管已经停工两年时间了，但车间里的设备依然保管得很好，没有那种锈迹斑斑的情况。老哈根为了坚定冯啸辰他们的信心，还亲手启动了几台机床，为客人们表演了一下机械加工的过程。冯啸辰和杨海帆都是行家，一看就知道这些设备的性能一点都没有下降，只要运回去就可以使用。

在冯舒怡的主导下，冯啸辰以德国菲洛公司的名义与哈根签订了合同，以 180 万美元的价格买下哈根公司的所有资产，其中还包括一些聊胜于无的技术专利。合同中还规定，菲洛公司有义务对哈根公司的厂房进行拆解，并运走所有的废品，如果未能完成，将赔偿若干。

鉴于冯啸辰还要回国去组织工程队赴德工作，其中涉及不少程序，双方约定拆解厂房的工作期限为半年，半年之后如果没能完成拆解工作，再商议赔偿事宜。

签完合同，杨海帆就急着想回国了。半年的期限说起来挺长，但还真经不起拖延。杨海帆和冯啸辰手里都没有现成的工程队，临时招募人员也是很麻烦的事情。因为有经验的工人肯定都有单位，不可能扔下自己的工作来给他们帮忙。如果招一批待业青年，又干不了这种技术活。就算队伍拉起来了，办护照、办签证，都需要时间，这样算下来，半年时间就非常紧张了。

冯啸辰心里也着急，但他们此行的行程是已经安排好的，冯华还帮他们约了其他参观的企业。在德国参观完成后，他们还打算去一趟英国。如果半途而废，未免太可惜了。

“海帆，你别这样愁眉苦脸的，车到山前必有路，大不了回国之后，我去找一趟孟部长，他的人脉广，帮咱们联系一个搞拆迁的工程队不太困难。”冯啸辰这样安慰杨海帆道。

他们此时正在斯图加特的一家化工设备工厂参观，尽管化工设备和工程机械不是一码事，但工业组织的原理是差不多少的，这种参观对于他们了解现代工业很有好处。走在工厂的车间里，杨海帆全然没有了此前在普迈公司参观时候的那种激情，他的心思一多半用在琢磨如何拆解哈根公司的车间上，还有一小半就是在觊觎着眼前这家工厂的设备：这家厂子啥时候能倒闭啊，如果能够把这些设备也弄回中国去，那可就太过瘾了……

“海帆，想啥呢？”冯啸辰注意到了杨海帆的走神，忍不住提醒道。

“他们的车间行车吊是60吨的，如果要把它拆下来，没有起重机还真不行……”杨海帆下意识地把心里想的说了出来。

“拆……”冯啸辰抬头看了一下头顶上的行车，愣了一下才反应过来，不由赶紧捂着嘴，生怕自己笑出声来。他倒不是那么讲究斯文的人，但是在人家车间里参观的时候突然哈哈大笑，未免太过失礼了。

“呃……”杨海帆也回过神来了，顿时大窘，同时用抱歉的眼神看了看陪同他们参观的厂方技术人员。幸好对方不懂中文，更不知道哈根工厂的事情，想不到这两个中国人在打着把他们厂子当废品收走的主意。

“啸辰，我实在是太紧张了，刚才失语了。”杨海帆向冯啸辰解释道。

冯啸辰这会倒是平静了下来，他抬眼环视着这座车间，轻声地说道：“其实你也不算是失语，把这家工厂打包运回中国去也并非不可能……咦，那边好像有个熟人。”

“熟人？”杨海帆一愣，顺着冯啸辰的目光看去，只见在前面不远处，居然有几个中国人的身影，冯啸辰说的熟人，应当是在其中吧。

“抱歉，那几个中国人是我的朋友，我能过去和他们聊聊吗？”冯啸辰向陪同的厂方人员请示了一句，以示礼貌。

厂方人员当然不会拒绝，冯啸辰领着杨海帆，向那几个中国人快步走去。来到他们面前，冯啸辰笑吟吟地喊了一声：“来总，您怎么会在这?”

“……小冯？怎么会这么巧，你怎么也来德国了?”

那边领头的一个中年人看到冯啸辰，也是露出满脸惊讶之色，此人正是乐城乙烯项目的副总指挥来永嘉。去年因为乐城市徐家湾村搬迁的事情，冯啸辰与他合作了一段时间，相互都比较欣赏，算是结下忘年交了。

跟在来永嘉身边的，还有他的秘书李涛，冯啸辰与他也是认识的。另外还有两三个人，冯啸辰看着眼熟，知道是来永嘉的手下，但具体名字就记不住了，不过大家倒都是认识冯啸辰的，徐家湾那件事，冯啸辰表现出的城府在乐城石化公司已经是家喻户晓了，谁不知道重装办的那个年轻处长有手腕。

冯啸辰把杨海帆介绍给了来永嘉，众人寒暄了两句之后，冯啸辰把自己到德国来的原因说了一遍，他没有直接说自己是辰宇工程机械公司的老板，只说自己的奶奶和叔叔在其中有一部分股份，相当于自家的家族企业。来永嘉大为感慨，说道：“难怪，原来小冯你也是工业世家出身。工程机械这个市场选得不错，不过，一定要坚持高标准，技术领先，质量过硬，否则就没有什么意义了，国内大大小小的工程机械厂，没有一千家，也有八百家，这种低水平的竞争毫无益处。”

“受教了。”冯啸辰向来永嘉微微鞠了一躬，说道。来永嘉这些观点，冯啸辰是早就知道的，也正因为此，他知道来永嘉说得没错，这是诚心诚意在给他们提建议，他自然是要表示感谢的。

接着，冯啸辰又问起了来永嘉到德国来的原因。来永嘉称，他到德国是来进行设备采购的，乐城乙烯项目已经在进行建设，石化总公司临时又追加了一点投资，要在原有的项目之外增加几个辅助的小项目。这些辅助项目的设备引进谈判已经完成，来永嘉带着几个手下过来，是专门来谈设备运输问题的。

“这么点小事，也要劳烦来总亲自跑一趟?”冯啸辰笑着恭维道。

来永嘉笑道：“我这个副总，本来就是分管物资工作的嘛，运输、保管、安装，我都管。再说，这几位同志前几年在乐城陪着我看守那批大乙烯设备，劳苦功高，借这个机会，我也带他们到国外转转，算是小小的犒劳了。”

“应该的，这完全是应该的。”冯啸辰道。

“来总，您刚才说，你们是来谈设备运输工作的，那么在德国这边的设备运输，是由你们负责，还是由德方负责？”杨海帆突然插话问道。

来永嘉没有多想什么，回答道：“是我们负责的，我们这次谈完之后，就要从国内派 40 名工人过来，负责设备的打包和装车、装船。没办法，德国的人工实在是太贵了，就这么点装运的工作，他们开出来的价格比我们高了 10 倍都不止。也好，如果不是他们漫天要价，我还不方便让工人们出来呢。出国一天，有 10 块钱的补助，还能开开眼界，我手下那些工人都争破头了。”

说到这里，他呵呵地笑了起来。冯啸辰却是眼睛一亮，想不到自己正在犯愁的事情，却无意间在这里发现了转机。来永嘉那些手下的工作作风，冯啸辰是见识过的。他至今还记得，在乐城的江边货场，立着一块牌子，写着：“一个螺丝钉也不准损失，一个螺丝钉也不能生锈！”

来永嘉带着这样一支队伍，看守着 8 亿美元的设备，整整三年，愣是做到设备完好无损，这不仅仅是技术水平的问题，还体现出了良好的纪律性和高度的责任心。如果能够请到这样一支队伍帮着做哈根工厂的拆迁，他还有什么不放心的呢？

刚才与来永嘉聊天，冯啸辰还真没往这个方向去想，倒是杨海帆颇有一些机智，及时地提出了这个问题。这也难怪，冯啸辰只顾着叙旧了，而杨海帆却是一直都在纠结拆解工厂的事情。

“来总，你们住在什么地方，晚上我想请您坐坐。”冯啸辰向来永嘉发出了邀请。

来永嘉当然知道啥叫“坐坐”，那不是简单的找个地方坐着聊天，而是要宴请他的意思。他摆摆手道：“这个就不必了吧，咱们回国之后还有机会聊的，在德国随便吃顿饭，也得花到上百马克的外汇了。”

冯啸辰低声道：“来总，我可不是跟您客气，而是有很重要的事情，想请您帮忙。这个地方不太方便说话，所以想跟您约一个合适的时候。”

“请我帮忙?”来永嘉脸露狐疑之色，不过想了想冯啸辰的身份，又琢磨了一下冯啸辰的为人，觉得不太可能是什么违法乱纪的事情，于是便点点头道：“好吧，我住在斯诺特酒店，晚上五点半之后就没事了，你们那个时候去找我吧。”

第三百八十三章

“拆一座工厂！”

饶是来永嘉性格沉稳，听到冯啸辰说出的事情之后，他还是惊得瞪圆了眼睛。

他们这会正坐在一家清静的德国小饭馆里，除了他们二人之外，还有杨海帆和李涛在场。因为知道冯啸辰要说的事情有些秘密，来永嘉没有把其他的手下带来，只带了秘书李涛一人前来赴冯啸辰的宴请。

因为是求人办事，同时又尊重来永嘉是前辈，冯啸辰特地点了几个价格不菲的德国菜，让几天来一直都靠啃面包充饥的来永嘉和李涛二人好好地打了一次牙祭。来永嘉的级别不低，在国内出差的时候，兄弟单位的接待标准都是很高的。但到德国来，他就只能和其他出国人员一样接受出国补贴标准，一天只有100马克的伙食费和零花钱。

因为这些钱是实行包干制的，穷惯了的干部们都舍不得用在满足口腹之欲上，随便买几个面包应付一下就可以了，省下钱买点外国商品，或者带回去补贴家用，都是更划算的。这种情况一直持续到九十年代还是如此，中国官员出差带一旅行袋方便面不算什么新闻了。至于到了新世纪，中国人出国还延续着带方便面的传统，但主要目的已经不是为了省钱，而是因为吃不惯外国饭菜，这就另当别论了。

冯啸辰点菜的时候，李涛在旁边看着，一边口水直流，一边又觉得好生心疼。一份烟熏鲱鱼，180马克，抵得上自己两个月的工资了。虽说他自己心里也一直觉得来一趟德国，不能尝尝当地的美食实在有些遗憾，但让他拿出这么多的钱去点一盘菜，他是无论如何也舍不得的。

他不断地用眼睛去瞟来永嘉，想提醒来永嘉阻拦一下冯啸辰，不要花这种冤枉钱，谁料想，来永嘉却像是没看见一般，只是微微笑着。

对冯啸辰这个人，来永嘉一直觉得有些看不透。冯啸辰年纪轻轻，处事却非常老练。徐家湾那一次的事情，他的处理手段看起来有些鲁莽，实际上却是环环相扣，一举立威，让徐家湾以及其他一些地方的拆迁户闻风丧胆，再不敢和乙烯项目为难。在此后，冯啸辰并没有得理不饶人，而是与乐城市政府讲和，还帮乐城争下了电视机项目，解除了乐城政府与乙烯项目之间的芥蒂。

时隔半年之后，乐城市果然得到了国家经委的批复，得以上马电视机项目。乐城市的一干官员弹冠相庆，私底下说重装办的那位冯处长还真是不错。而来永嘉在知道一些内情之后，不禁暗笑，国家很快就会放开地方的投资自主权，冯啸辰此举，不过是卖了一个空头人情而已。笑过之后，来永嘉对于冯啸辰的好奇又深了一层，能够在半年前就预见到国家政策走向，并且巧妙地加以利用，这是何等神奇的能耐啊。

这一回在德国偶遇冯啸辰，听说冯啸辰的家族企业要在国内建一家工程机械公司，来永嘉又是感慨了一番。来自于德国的实业界支持，对于一名国家机关的年轻干部来说，可是非常强的一个背景啊。此时还是改革开放初期，干部家属经商不算是什么污点，甚至被认为是思想开放的表现。最起码，你能比其他的同僚更了解市场，更有商业意识，这可是时下干部队伍中最缺乏的知识了。

冯啸辰一掷千金点菜的这个行为，看在来永嘉的眼里，自然有其他的解读。除了对方对自己的尊重之外，他还看到了冯啸辰的经济实力，这是一个拿上千马克不当钱的年轻人，那么他所图的事业，就不是寻常人心目的那些内容了。

果然，在说过一些闲话之后，冯啸辰进入了正题，他一张嘴说出来的事情，就把来永嘉和李涛二人给雷倒了。

“买下一家德国工厂，几百台各式设备，这怎么也得上千万美元吧?”

李涛讷讷地猜测道。他低头看了看服务员刚端上来的烟熏鲱鱼，再也没有担心这份菜太贵的想法了。能够做上千万美元生意的人，还能吃不起一份鲱鱼吗?

“不到千万，比这个数稍微少一点吧。”冯啸辰淡定地纠正着李涛的猜测。他并没有说出实情，如果来永嘉答应帮他们做工厂的拆解工作，那些设备都是能够看到的，180万的价格实在是很便宜了，他不希望来永嘉有什么想法。

来永嘉果然被冯啸辰给唬住了，觉得不到千万，那就应当是七八百万，或者至少是五百万以上。不管是哪个数字，都堪称大手笔了，最关键的是，直接买了德国人的工厂，而且还要全部拆解运回中国去，这样的事情，过去哪有人做过。

“你是想让我们的工人帮你们运输这些设备?”来永嘉猜出了冯啸辰的意思，问道。

冯啸辰点点头，道:“是的。来总您也知道的，德国工人的工资水平太高，我们根本就请不起。这几天，我和小杨一直都在琢磨着如何从国内带一支装卸队到德国来，完成这些工作，可是涉及办护照、办签证之类的事情，实在是太麻烦了。既然你们要派人到德国来运设备，能不能把我们的事情也一块办了呢?”

“你估计需要多少人工?”来永嘉问道。

“20个熟练工人，大约一个半月左右。”杨海帆答道。他已经去过哈根工厂了，评估过拆解那些钢结构的难度。照他的计算，大约需要30个人1个月的工作量，当然，这里是按每月26天的工作时间计算的，每天的工作时间也会多达10小时以上。如果照着德国人的作息制度，每周休息两天，每天工作6小时，那么恐怕就真的需要40个人干上3个月了。

来永嘉听到这个计算，皱了皱眉头，对冯啸辰说道:“小冯，照理说，这是你的事情，又是涉及为咱们国家引进设备的事情，我无论如何都是应当帮上一把的。可是，要让我的工人在德国多待一个半月的时间，就不太好交代了。毕竟他们是公司的职工，让他们给你们干私活，有点违反原则了。”

“这不算私活啊。”冯啸辰道，“我出钱雇你们公司的搬运工帮我们做事，相当于你们的装卸队接了我们的一个订单，有何不可呢？”

“你是说你还能出钱？”来永嘉问道。

“我啥时候说不出钱了？”冯啸辰觉得心很累，合着这位老兄以为我想让他们的工人白白帮忙，难怪露出一张这么纠结的脸。

来永嘉不好意思地说道：“我误会了，我以为你是想让我们给你们帮帮忙的。”

“本来就是帮忙呀。”冯啸辰道，“但帮忙也得给钱的，是不是？”

“如果能够按着我们的收费标准付费，那问题就不大了……对了，小冯，你如果付费，是付人民币，还是付外汇呢？”来永嘉临时想起一事，又问道。

冯啸辰道：“人民币也可，外汇也可。我们原来打算聘德国工人干活，所以也是准备了一些外汇的。如果来总觉得我们付外汇更好，那我们完全可以做到。”

“那可就太好了！”来永嘉喜道，“如果你们付的是外汇，那我就可以向公司汇报，说我们的装卸队到德国来之后，应德方企业的要求，又提供了一些服务，还为国家赚取了外汇。这样一来，这事就不但不是错误，甚至还能成为一个成绩呢。”

“那你们的收费标准是什么样的呢？”冯啸辰问道。

李涛替来永嘉回答道：“冯处长，我们没有承接过国外的装卸任务，不过我知道明州省建设公司曾经向国外派出过装卸队，大致的情况是：派出人员的食宿、交通、医疗、制装，在所在国的保险和税收等，都由对方负责。除此之外，按派出人员的技术水平划分，普工每人每月 300 美元，熟练技工 450 美元，工程师 1000 美元。另外，如果派出人员在国外因工受伤，对方还要负担医疗费用和相应的补偿。”

“每人每月 450 美元，这个标准倒也不低啊。”杨海帆低声地嘟囔了一句。按时下的汇率计算，450 美元相当于 1000 元人民币，比杨海帆原来打算的 200 元可就高出不少了。

“这个费用不高，我们完全可以接受。”冯啸辰却是连磕绊都没打一个，便爽快地答应了下来。没等来永嘉说什么，他又笑嘻嘻地补充道，“不过，交通费这块，我们就不负担了吧？因为你们本来也要负担这些工人的机票费用，不管是不是给我们帮忙，他们不都已经到德国来了吗?”

听冯啸辰这样一说，杨海帆才醒悟过来。从国内到德国的往返机票，即便是按外国航空公司的打折票价计算，起码也是 1000 美元。来永嘉他们的工人是由公司派过来的，这些机票钱当然就是由乐城乙烯公司负担了，不需要辰宇公司来付。一个人省下 1000 美元，劳务费即便按 2 个月计算，也才 900 美元，无论如何计算，辰宇公司都是占了天大的便宜的。

第三百八十四章

这桩业务，很快就谈成了。冯啸辰觉得自己占了一个天大的便宜，来永嘉同样觉得自己占到了便宜。来永嘉的那些工人本来就是要来德国的。来这么一趟，每个人都要花掉上千美元的机票钱，如果能够从冯啸辰这里得到补偿，那岂不就意味着大家的机票都是白捡来的吗？

至于说装卸队在德国多待两个月时间，根本就算不上什么事。来永嘉手下的装卸队有好几百人，留 20 个人在德国干活，不会影响到国内的事情。工人们肯定是更乐于在德国工作的，因为出国就有出国津贴，比在国内出差的标准要高得多。待两个月时间，每个人的补贴都够买一台德国彩电带回家了，这样的好事，谁会拒绝呢？

来永嘉通过长途电话，就此事向公司作了一个汇报。他还特别强调，这件事有前重装办的冯啸辰处长作为中间人，需要聘请装卸队帮忙的这家企业，也是在重装办的关怀下建立起来的。正如来永嘉向冯啸辰说起过的那样，公司领导层听说对方能够支付劳务费，而且标准也与目前国内向国外派遣劳务的标准一致，便很痛快地答应了。这么一件事情，对于冯啸辰他们来说是大事，对于乐城乙烯来说，根本就算不上什么事情。

次日，冯啸辰和杨海帆带着来永嘉的几个随从人员去了哈根工厂，这几个人都是过去跟着来永嘉看守过乐城江边货场的，都是干装卸出身。未来的拆解工作，也是要由他们负责的。这一干人到了哈根工厂，用专业眼光审视了一番之后，表示 20 个人一个半月时间完成全部的拆解和装运工作毫无困难。至于说大型机械，根本就用不上，他们弄点木头支个架子，再挂上葫芦吊，就足够替代大型吊车了。

“我们主要看中的就是这些机器设备，这是绝对不能有磕碰的。车间里这些钢结构件，如果能够回收利用是最好的，实在不行，那就切割开，运回国内炼钢用。”杨海帆向装卸队长王庆辉说道。

“炼钢?”50 岁出头，瘦得像条干鱼一般的王庆辉瞪起眼睛看着杨海帆，怒道，“这么好的钢梁，拿去炼钢？有这么败家的吗?”

“呃……”杨海帆被噎了个够呛。说老实话，他也觉得这些钢梁之类的东西挺有用的，如果是在国内，这样的旧钢梁拆解下来，马上就可以用在其他的建筑物上。不过，这几年和冯啸辰在一起混，冯啸辰身上那种 21 世纪带来的奢侈作风多少也对杨海帆造成了一些影响，所以他才会说出拿去炼钢这样的话。要知道，哈根是把这些东西当成废钢卖给他们的。

“王队长，如果要完整地拆下来，工作量会比较大吧？我担心会影响进度啊。”杨海帆好心好意地提醒道。

王庆辉不以为然地说道：“能增加多少工作量啊？大家加个班，也就够了。我们这些当工人的，就看不得别人糟蹋东西。过去我们跟着来总接收乙烯设备的时候，那些设备包装箱上的钉子，我们都要一个一个撬下来。如果是撬弯了，还得再锤直了，那都是能用的东西啊。小杨经理，我跟你说，这德国人的东西，还真是比我们的好，就说这钢梁吧，人家的钢材都比咱们的钢材好得多。这样一根梁，有两吨多重吧，如果拿去当废钢，也就能抵个五百来块钱，可是当成钢梁用，值四五千块呢。你说说看，一进一出就是四千来块钱，我们加个班算个啥?”

“可是，我们跟来总约定的，就是 20 个人一个半月的时间，我怕会耽误进度。”杨海帆说道。

王庆辉道：“这事你就甭管了，我保证一个半月拆完运走，不就行了？这几个车间的东西，都是宝贝，我们保证一样都不会浪费掉。”

“这……”杨海帆不知道说啥好了。王庆辉的表现，让他很是感动，又觉得有些过意不去。人家是拿工资给自己干活的，其实只要照着他们的要求把厂房拆掉，把设备和废钢运走，就完全可以了。可王庆辉却凭着一个老工人的本能，表示要把一切能够利用的东西都回收起来。这种情况下，杨海帆不作出一点表示，实在是太不合适了。

“啸辰，你看这事……”杨海帆把头转向冯啸辰，等着他拿主意。

冯啸辰微微一笑，把跟着他们一块来的李涛拉到了一边，低声地说道：“李秘书，有件事我不太方便直接问来总，想私下问问你，你看行吗？”

李涛愣了一下，点点头道：“你问吧，不过我可不一定了解情况。”

“刚才你也听到了，王队长说他们可以加加班，把一些能利用的废料回收起来。我想问问，他们这样加班，公司方面会不会给他们付加班费？”冯啸辰问道。

“这……”李涛有些犹豫了，想了想才说道，“这个恐怕有点难，因为公司和你们签的协议里没有这条规定，最多就是到最后给大家发点奖金吧。”

冯啸辰也早料到是这种情况，他笑呵呵地继续问道：“那如果是我们这方给工人们单独发点加班费，不包含在付给乙烯石化的劳务费里，算不算违反原则？”

李涛更是窘了，冯啸辰这个问题，他还真不好回答。有心不回答吧，又觉得冯啸辰与来永嘉的私交不错，自己身为来永嘉的秘书，摆一副公事公办的嘴脸，恐怕以后来永嘉知道了也会责备他的。他又想了一下，含糊地说道：“这种事情，过去我听说也有过。从原则上说，当然是不允许的，不过嘛……冯处长如果去问来总，估计他也不会直接同意的。”

这话就说得比较艺术了，所谓“不会直接同意”，潜台词自然就是会间接同意了。事实上，哪个单位都不会允许职工去干私活挣钱，但哪个单位都免不了这种事。说到底，这事就是民不举、官不究，你私底下这样干，谁也不会说啥，领导也是装着没看见。可你要拿到桌子上去征求领导的意见，领导当然要表示反对。

冯啸辰也算是在体制内浸淫多年的人，对于这些事情自然是很清楚的。他所以要向李涛求证一下，就是想知道来永嘉的态度如何，会不会因为这件事而对他冯啸辰产生反感。现在听李涛这个口气，来永嘉并不是那种迂腐不化的人，冯啸辰如果能够给他的手下谋点利益，估计来永嘉也会开心的。

“那我就明白了，谢谢李秘书。”冯啸辰向李涛道了谢，然后走到王庆辉等人的身边，说道，“各位师傅，刚才王队长跟我们小杨经理说的话，我都听到了，我替德方感谢大家的敬业精神。有一个情况，我想向大家通报一下，德方关于这次拆解厂房的工作，有一个额外的政策，那就是如果装卸工人能够在不影响进度的前提下，对一些废品进行回收，他们将按回收物品折值的2%发放奖励。比如说，刚才王队长说这根大梁如果完整拆解下来，能够值5000块钱，而当成废钢则只值500块钱，中间这4500元的差价，德方会拿出2%，也就是90块钱作为奖金。”

“还有奖金？”几个装卸工的眼睛都亮了，原本是出于一种心疼东西的心态，承诺会把有用的东西都回收利用起来，想不到对方还能付给奖金，这可就是意外之喜了。

“冯处长，这奖金也是算在劳务费里，统一付给公司的吗？”王庆辉问道。他已经在心里打着算盘，如果对方付了奖金，自己身为队长，应当向公司争取一下，让公司从这笔奖金里提出一个比例，作为工人们的加班费。这个比例嘛，最好能够到20%以上，实在不行，10%也不错了。

一根梁能够提90块钱，10%就是9块钱，也就是两三个人多干个把小时的事情而已，能累到哪去？

谁料想，冯啸辰却是摇摇头，道：“不是的，这些奖金不会付给乐城石化，而是直接付给工人的，这是德国人的规定，相当于餐馆里给服务员的小费。”

“直接付给我们？”

这一回，所有的人都傻眼了。原本想着能够帮公司再多创造一点收入，自己拿个小头，也挺不错的。谁知道人家说的是这些钱都归工人所有，那就意味着拆一根梁能够赚到90块钱，天啊，抢钱也没这么容易啊！

冯啸辰说的小费这个概念，大家是懂的。外国电影里看过，而且前几年有外国专家到公司去，也给为他们服务的食堂工作人员、招待所服务员等付过小费。公司倒是规定这些小费必须上交，可规定是规定，私下里拿了又有谁知道呢？自己帮着德国人拆一个工厂，自愿多干点活，帮人家省下一些材料，人家付笔小费，好像也是说得通的。这些钱，你不说，我也不说，公司想必也不会知道吧？

王庆辉下意识地扭过头去看李涛，却见李涛不知啥时候已经溜达到一台设备边上去了，正在饶有兴趣地研究着铭牌上的外国字。王庆辉立马就明白了：这件事冯处长肯定跟李秘书说过了，而李秘书明显表现出不想掺和嘛。

第三百八十五章

世上没有不透风的墙，冯啸辰向王庆辉他们私下许下的承诺，还是很快就传到了来永嘉的耳朵里。正如冯啸辰猜测的那样，来永嘉对此事采取了装聋作哑的态度，只是交代李涛安排一些过去贡献比较大的工人去给冯啸辰他们干活，同时还以“加强领导”为由，让李涛留下作为现场的负责人。李涛当然明白来永嘉的意思，美滋滋地接受了这个光荣而艰巨的任务。

把拆解工厂的工作交给来永嘉的手下，冯啸辰自然是放心的。他给王庆辉等人许下那么多的好处，目的也是让他们心情愉快地干活，保证工作质量。他自己和杨海帆二人当然是没有时间留下来当监工的，不过他还是调来了冯凌宇和冯林涛兄弟俩，让他们跟着工人们一起干活，这样既是一种锻炼，也能够捎带着监督一下工作过程。

在这些天里，冯舒怡又给他们联系了几家有意出售二手设备的企业，不过这些企业并不像哈根公司那样已经破产，需要把整个厂子都卖掉，它们只是因为采购了新设备，所以需要把一些旧的设备处理掉。说是旧设备，其实性能也都很不错，价格方面则只有新设备的几分之一，对于冯啸辰这样的“穷人”来说，当然是极其划算的。

冯啸辰把接收这些二手设备的工作也交给了李涛去打理，李涛收了冯啸辰私下里给的“小费”，态度自然是十分殷勤的。他让冯啸辰放心，声称自己一定会安排懂行的装卸工人去接设备，并将这些设备完好无损地送回国内。

收购哈根工厂以及其他二手设备的费用，都是由冯华替冯啸辰支付的。冯华成功地帮冯啸辰融到了一笔 1000 万美元的贷款，用于在欧洲市场上采购设备和原材料。冯啸辰的辰宇公司，算是冯家的家族企业，晏乐琴和冯华他们都是全力支持的。冯华作为一名银行家，投资眼光颇为敏锐，他深信，自己这个侄子肯定能够成就一番大事业，他要做的，只是帮侄子铺好路而已。

处理完这些事情，冯啸辰和杨海帆继续着他们的欧洲之旅。他们访问完德国的一些研究机械和企业之后，又前往法国、英国，参观了不少机构，诸如英国国家工程研究所、帝国理工大学、利兹大学等等。与在德国的经历一样，法国、英国的企业家和学者们对于来自于中国的同行更多的是充满好奇，很少有担心形成竞争的想法。冯啸辰和杨海帆看到了不少最新的研究成果，收获颇为喜人。

这一趟，他们在欧洲足足待了两个多月的时间，这才意犹未尽地启程回国，第一站自然还是先回到了港岛。

几乎是刚刚走出航站楼，冯啸辰和杨海帆就得到了一个好消息：章九成的章氏财团经过认真评估，接收了他们提出的要求，同意向冯啸辰名下的辰宇工程机械公司注资 1 亿 5000 万港币，用于换取公司的 10%股权。这项投资当然还包括了一系列的其他条件，就不必一一细说了。

“年轻人，这是我做过的最吃亏的一次投资，1 亿 5000 万港币，只换到 10%的股权，而你的公司到目前为止还连一台设备都没有呢。”在位于西环写字楼顶层的大办公室里，章九成用略带调侃的口吻向冯啸辰说道。

在冯啸辰他们造访欧洲的这段时间里，章九成安排人在大陆对冯啸辰的背景进行了全面的调查，调查结果让章九成吃惊不已。冯啸辰在过去几年中所做过的事情，加在一起简直就是一部传奇作品。大陆虽然已经开始了改革开放，但多年来形成的保守思想不是那么容易被改变的。在大多数政府官员和企业干部都谨小慎微的情况下，冯啸辰的所作所为，堪称是一股清流。

章九成从冯啸辰身上看到了一种难能可贵的开拓精神，他相信，具有这样一种精神的一个年轻人，在未来的中国肯定是能够创造出奇迹的。

有关冯啸辰的靠山，章九成也进行过认真的分析。孟凡泽、张克艰、沈荣儒，这都是在国家决策层有一定影响力的人。至于最早发现冯啸辰的伯乐罗翔飞，虽然级别上与前面那几位还差一点，但目前也是重装办的实际负责人，掌管着全国重大装备研制的工作，算是一个实权派。

章九成一直都想找到一个契机进入大陆市场。冯啸辰这样一个有深厚背景，又思想活跃的人物，正是章九成可以利用的对象。花上 1 亿多港币，搭上冯啸辰这条线，是完全值得的。而且章九成是一个喜欢弄险的人，他决定赌一赌自己的眼光，陪着这个大陆年轻人疯一疯。

冯啸辰没有去挑破这中间的窗户纸，而是笑呵呵地回答道："章先生，您掌握的信息未免太过于滞后了。我现在不但已经有了设备，而且数量还不少。就在这一刻，至少有 200 台属于我的各式机床正在通过马六甲海峡，即将运抵浦江港口。"

"这 200 台具体都是什么样的机床呢？"章九成好奇地问道。他知道冯啸辰刚从欧洲回来，却没料到冯啸辰的动作会这么快，一趟欧洲之行居然就采购了 200 台机床。

冯啸辰掏出几张纸，递给章九成，道："这是一份简略的清单，章先生请过目。"

这份清单，自然就是冯啸辰在欧洲采购的那些二手设备的列表。他前来拜访章九成，事先便准备好了这样一份清单，以便坚定章九成向辰宇公司投资的信心。

章九成接过清单，皱着眉头低声地念了起来："4532 数控电腐蚀切割机床，2064 螺母螺纹自动机床，395M 光学磨床，3B282 坐标磨床，LB222 三辊钢板弯曲机……张教授，您看这些设备怎么样？"

最后一句话，他是向陪着冯啸辰他们一道来访的张国栋问的。章九成做过机械领域的并购，对机械多少有些了解，不过到具体细节上，还是需要张国栋这样的专家。张国栋目前已经算是冯啸辰的雇员了，但章九成相信，以张国栋的人品，是绝对不会当面说假话的。

张国栋是看过这份清单的，他向章九成点点头，说道："章先生，这些设备是建立一家工程机械公司所必不可少的。我粗略估计了一下，按照全新设备的价格计算，这张清单上的设备价值应当在1200万美元以上。”

“全新设备的价格？”章九成抓住了张国栋话里的玄机，追问道，“怎么，这些设备不是全新的吗？”

冯啸辰微微一笑，道：“当然不是全新的。我不是还没有拿到章先生投入的资金吗？这些设备，是我在西德请我的叔叔帮我贷款买下的，总共花了不到400万美元的样子。”

“原来是这样。”章九成点了点头。冯啸辰这个表态，又给他提供了不少信息，一是冯啸辰办事有头脑，知道用二手设备代替全新设备，以减少投资；二来则是冯啸辰已经获得了一笔来自于西德的贷款，额度至少在400万美元以上。西德的银行家自然也不是做慈善的，对于冯啸辰的信用肯定会进行充分的评估。西德的银行愿意向冯啸辰发放贷款，章九成的投资风险也就没那么大了。

冯啸辰道：“刚才章先生说这是你最吃亏的一次投资，我觉得现在说未免为时过早。我敢保证，不出五年时间，章先生一定会为这笔投资感到骄傲的。”

“我现在就已经感到骄傲了。”章九成笑道，“我相信自己的眼光，这笔钱投到你身上，绝对是超值的。”

“谢谢章先生的信任。”冯啸辰向章九成微微欠了一下身子，说道。

“我想修正一下我们之间的协议。”章九成道，“我希望追加一条，在未来五年内，如果辰宇工程机械公司有意扩充股本，章氏财团将拥有优先参股权。”

冯啸辰道：“哈哈，我完全可以答应，我相信我们之间会有长远合作的。”

带着与章九成草签的协议，冯啸辰、杨海帆及张国栋一行从鹏城入关，返回了南江。资金有了，设备也有了，甚至连盖车间用的钢梁钢架等等也都预备了不少，再往下的工作就是申请土地准备兴建厂房了。

在得知即将成立的辰宇工程机械公司有包括德国菲洛轴承公司、港岛章氏财团在内的外资和港资背景之后，南江省的各级政府部门都对这件事给予了高度的重视。按照冯啸辰的要求，南江省在北部靠近长江的玄阳市为他们划拨了一块 1000 多亩的土地，并承诺帮助完成当地的拆迁工作。玄阳市政府答应未来几年对公司减免若干税费，并在其他一些方面提供足够的便利。

冯啸辰没有时间去应付这些事情，因为时下已经是八月初，社科院即将要开学了，他必须马上返回京城去。这样一来，建立一家新工厂的工作，便落到了杨海帆和张国栋的肩膀上。

第三百八十六章

京城。

月坛北小街的一个小院子里，坐落着两幢苏式风格的四层楼房。社科院经济战略研究所，就设在其中的一座楼上，占了一层半的面积。后世的冯啸辰也曾到这里来拜访过，不过那时候办公楼已经经历过几轮修缮，虽然外表看上去仍如时下这样朴素厚重，但走廊里已经铺上了防滑的瓷砖，每个房间都有独立的空调，一些办公室甚至还有指纹识别的门锁。

与后世相比，现在这座办公楼里的陈设只能用寒酸二字来描述，走廊上偶尔走过的人也都穿着有些显旧的服装，脸上带着岁月留下的沧桑之色，与后世的农民工没什么两样。但冯啸辰知道，这些人随便拉一个出来，都是后世赫赫有名的经济学家，他们的名字都是会频繁出现在各种书籍上的。

“你就是冯啸辰？看起来比档案上要老成得多嘛，我还一直担心你岁数太小，生活不能自理呢。”在战略所的行政办公室里，教务秘书兼生活秘书刘雅惠验过冯啸辰的报到证，又上下打量了冯啸辰一番，笑吟吟地评论道。

刘雅惠是京城机关单位里很典型的那种中年大妈，在单位上工作了好几十年，上上下下的人头都熟悉，一副热心肠，说话口无遮拦。她早就看过冯啸辰的档案，知道这个新生是 23 岁，说起来也不算是小孩子了。不过，她的思维被冯啸辰档案中的“学历”一栏给带偏了，总觉得冯啸辰就是一个初中生而已。

“我 14 岁就到知青点当知青去了，生活自理方面没什么问题。”冯啸辰也笑着回答道。刘雅惠说的这个“生活自理”实在是太容易让人误解了，不过冯啸辰并不打算予以纠正。

冯啸辰的自我介绍让刘雅惠顿生了怜悯之心，她摇头叹息道："才 14 岁就去当知青了？啧啧啧，真不容易，一定吃了不少苦吧？"

"还好吧，周围的人都挺照顾我的。"冯啸辰道。

"嗯嗯，这个世界上还是好人多嘛！"刘雅惠发了一句不着调的议论，随即又说道，"没关系的，在战略所上学，有什么生活上的事情就来找我，我会给你们安排好的。对了，我还专门安排了一位年纪大一点的同志和你同宿舍，他叫王振斌，是国家计委的一位处长，今年 40 岁了，六十年代的大学生，是你们班的老大哥。"

"是吗，那可太好了，我可以向老大哥多多学习。"冯啸辰敷衍着说道。对于这种热心大妈，你必须要随时附和她的话，让她觉得你又谦虚又谨慎，是一个可教育好的孩子，这样未来她就会对你百般照顾。反之，如果你对她的话不理不睬，甚至流露出厌烦情绪，你就会进入她的黑名单，说不定什么时候就会弄得你狼狈不堪。冯啸辰前一世的单位里就有这样的大妈，他是很擅长与这种人打交道的。

果然，冯啸辰的态度让刘雅惠颇为高兴，她说道："小冯啊，你有这样的态度就非常好。我看过了，咱们所这一届的 6 个学生里，你是学历最低的，只有初中文凭。不过不要紧，只要你有努力学习的精神，迎头赶上没什么困难。你的导师是沈老师吧？他是一个好人，所里的人都知道沈老师的脾气特别好，对学生也特别好，你算是找对人了。"

"是啊是啊，经委的领导安排我来学习的时候，也说了这一点。"

"来吧，我带你到宿舍去，顺便给你介绍一下战略所的情况。"

刘大妈的好意，是冯啸辰无法推辞的，他只能乖乖地拎着自己行李，跟在刘雅惠的身后，下了办公楼，来到对面的那幢楼上。

这幢楼被称为教学楼，其中一、二两层是教室、会议室、仓库等，三、四两层则是学生宿舍，以及年轻老师的宿舍。

月坛北小街的这个小院子里一共有三个研究所，每年招收的研究生也就是二十来人，因此宿舍颇为宽裕。学生都是两人一间，每人配有一张床、一个桌子、一个柜子和一个书架，这样的条件，甚至比一些单位里的单身职工都要好得多。

冯啸辰在京城有住处，但按照研究所的规定，研究生是必须住校的，在入学通知上也明显写了要带行李来报到。冯啸辰找人侧面打听过，知道研究所在这方面管得不算太严，平时也没人会去查寝。一般来说，一年级的时候因为有不少课程，所以学生大多数时候还是住在所里比较方便。到了二、三年级，没有什么课程的时候，学生如果愿意回家去住，也是无妨的。当然，这样做的前提是不要太张扬。

刘雅惠领着冯啸辰，一路喋喋不休地介绍着各种情况，很快来到了分配给冯啸辰的宿舍门前。宿舍的门虚掩着，显示出里面已经有人了。刘雅惠站在门外喊了一声："小王，小王，和你同宿舍的小冯同志来了。"

话音未落，门便被拉开了，一个四十岁上下、衣装整齐，带着很鲜明机关干部特征的中年人出现在他们俩面前。中年人先向刘雅惠打了个招呼，随后便把目光转向冯啸辰，伸出手热情地说道："你就是冯啸辰同志吧？欢迎欢迎。我叫王振斌，原来在国家计委工作。早听刘老师说过，和我同宿舍的是个年轻同志。我岁数大了，脑子笨，学东西慢，以后还要请你多多帮助呢。"

冯啸辰与对方握了一下手，说道："王大哥客气了，刚才刘老师已经跟我说过了，我是咱们班上学历最低的，只有初中毕业的文化。王大哥是六十年代的大学生，水平高，以后学业上的事情，我还要请王大哥多多帮助呢。"

王振斌道："哪里哪里，我学的那些东西，早就落伍了，你们年轻人的知识面广，要多帮助我才是。"

听到二人互相吹捧，刘雅惠在一旁叫好道："哈哈，你们俩这个态度可真是太好了，都很谦虚，以后你们就互相帮助吧。小王，我把小冯交给你了，你在生活上要好好照顾他。我还有其他事情，就先走了。"

"刘老师再见！"

"谢谢刘老师！"

看着刘雅惠走开，王振斌伸手接过冯啸辰手里的行李，把他让进了屋子，然后指着靠窗的一张床，说道："小冯，你睡这张床怎么样？如果你不习惯，咱们换换也可以。"

一个房间里放两张床，靠窗的位置无疑是更好的，光线更充足，同时也不像门边的床位那样喧闹。王振斌来得比冯啸辰早，却占了靠门的床，把好位置留给了后来的舍友，这一个小细节让冯啸辰对他顿生了几分好感。王振斌事先是知道冯啸辰的情况的，无论是从资历上说，还是从行政级别上说，王振斌都比冯啸辰更高，在这种情况下还能这样低调行事，也反映出了王振斌处事的态度。

"王大哥，你岁数比我大，还是你睡窗边吧，我睡靠门的位置。"冯啸辰客气道。

王振斌便明白冯啸辰看懂了自己释放的善意，他笑着说道："不必了，我睡得沉，靠门边也无所谓。"

"这怎么合适呢？"冯啸辰装出为难的样子说道。

"没事，能够住一块是缘分，你就别计较这些了。对了，你也别一口一个大哥的，你还是叫我老王吧。"王振斌帮冯啸辰把行李放到靠窗那张床上，乐呵呵地说道。

"叫你老王八？这样不太合适吧，这不是骂人吗？"冯啸辰眨巴着眼睛说道。

"这有什么不合适的，怎么会是骂人……"王振斌一开始还没发现自己的语病，不过，当他发现冯啸辰的脸上露出一个调侃的神情时，不禁愣了一下，随后便反应过来了，笑道，"哈哈，看不出来，你这个小冯还挺损的，我不一留神就着了你的道了。"

"是你自己说的嘛，我可啥也没说呀。"冯啸辰装作委屈的样子说道。

一个无伤大雅的玩笑开过，两个人立马就熟悉起来了。王振斌原本还担心冯啸辰过于年轻，不太好相处。因为像冯啸辰这种年轻人，要么是少年得志，看不起年纪大的同学，要么就是自惭资历太浅，在他这个有资历的官员面前显得局促。现在看来，冯啸辰的表现堪称是不卑不亢，一方面对王振斌挺尊重，另一方面又并不怯场，还能够很轻松地跟他开玩笑。这样王振斌的两个担忧就都打消了。王振斌的家也在京城，但按照规定，他也得在宿舍里住上一段时间，有一个开朗机智的舍友当然是很愉快的事情了。

“小冯，你先铺下床，拾掇拾掇，一会咱们一块出去吃饭。咱们班 6 个同学，昨天已经到了 5 个，你是最后一个，也是班上的老幺。大家已经商量好了，等你一到，咱们就出去小聚一下，庆祝咱们战略所 84 级硕士班正式成立。”

第三百八十七章

"欢迎老幺！"

"感谢各位哥哥姐姐！"

六个玻璃杯一起举起来，五男一女的六名研究生哈哈笑着，把各自杯子里褐黄的啤酒一饮而尽。

这是在月坛北街上的一家小餐厅里，战略所84级的6名硕士生进行了第一次聚会。

这6名研究生，有3人是通过研究生招生考试录取的，另外3人则是由部委推荐的，算是委托培养的性质。冯啸辰和王振斌都属于后者，除他俩之外，还有一位名叫于蕊的女生，也是由单位推荐过来的。她今年32岁，是1972年上大学的工农兵大学生，读研之前在国家体改委工作。这一次体改委推荐她到社科院来深造，是打算等她读研回去之后予以重用的。

3名通过考试录取的学生都是男生，分别名叫祁瑞仓、谢克力和丁士宽。说来也巧，这三个人都是78级的大学生，毕业后工作了两年，才考了研究生。这其中，毕业于京城大学的祁瑞仓年龄较大，已经是28岁了，毕业于人民大学的谢克力和毕业于浦海大学的丁士宽都是24岁，所以冯啸辰便成了班上的"老幺"。

"老幺，你刚才说你原来在重装办工作，这个单位是干什么的，怎么听起来挺神秘的样子？"

酒过三巡，大家分别聊起自己过去的工作。丁士宽对冯啸辰的经历颇有一些兴趣，便向他打听起了重装办的背景。

"重装办是个简称，全称是国家重大装备办公室，负责全国重大技术装备的研制协调工作。”冯啸辰解释道。

“你们那个重装办，影响力挺大的，我们计委的很多工作，都要围绕着你们的要求去做呢。”王振斌在旁边评论道。

“这个机构我听说过。”祁瑞仓道，“不过，我倒是觉得，这个机构完全没有存在的必要。”

“老祁，你这话可过分了哈，人家小冯就是重装办的人，你说人家的机构没有存在的必要，这不是当面拆台吗?”谢克力半开玩笑地指责道。

祁瑞仓不以为然地摇摇头，道：“小冯这不是已经离开重装办了吗?再说了，我是对事不对人，我又没说咱们小冯不行，我只是说这个机构过时了。纯粹是计划经济的产物，完全不适合于商品经济的时代。”

“哈哈，老祁，你这可是一竿子打了我和老王两个人了。老王就是计委的，你说计划经济的产物不好，这不是把矛头直指老王了吗?”冯啸辰笑着说道。

“我是计委的不假，可我们计委也并不是只讲计划经济的。据说，国家马上就要提出有计划的商品经济这样一个说法，届时我们计委的工作也会照着这个思路进行调整的。”王振斌说道。

“有计划的商品经济，到底是以计划为主，还是以商品经济为主，现在还有一些争论，我们体改委的一些专家也在探讨这个问题。”于蕊补充道。

丁士宽道：“我感觉，国家的改革方向，应当是越来越偏于商品经济的。现在农村的乡镇企业发展得非常迅猛，而乡镇企业的经营是游离于计划经济之外的。如何管好这一块经济，是一个很大的课题，我准备入学之后好好向老师们请教一下。”

祁瑞仓道：“小丁，你的想法从一开头就错了。游离于计划经济之外有什么不好？为什么我们总要想着去管呢？按照西方经济学的原理，政府根本就不应当干预企业的经营活动，放任他们在市场中自由竞争，才能够最大限度地发挥他们的积极性和创造力。”

“人人为自己，上帝为大家，这是庸俗经济学的观点，马克思曾经批判过的。”谢克力在旁边提醒道。

丁士宽却站到了祁瑞仓的一边，对谢克力反驳道：“马克思的观点也不能当成教条，而是应当辩证地理解。列宁不就是在继承马克思主义的基础上，提出了在落后国家优先建设社会主义的理论吗？按照马克思的观点，社会主义是应当首先在发达的资本主义国家建成的。”

于蕊道：“庸俗经济学这种提法，我们体改委有些领导也是不赞同的。他们认为还是应当积极地学习西方经济理论中那些有价值的内容，不可一概否定。”

这是一个连大学生都能够被称为“天之骄子”的年代，研究生，尤其是社科院这种国家级智库里的研究生，几乎就可以算是天子门生了。冯啸辰他们的师兄师姐们，毕业后无一例外都进了国家重要部门，并且一进去就被委以重任。在这个年代里，一个处室里能有一个研究生，简直就像是老爷车里配了一台法拉利发动机，顿时就能够焕发出勃勃生机。

有这样光明的前途，研究生们自然也都是志得意满，把自己当成了未来的国家精英。这样一群人，聚在一处哪怕是闲聊，话题也都是如此地高大上，颇有一些指点江山，粪土当年万户侯的霸气。

八十年代中期，正是西方政治思潮不断涌入中国的时候。面对着国外高度发达的物质文明，国内从官员到百姓，都有一种本能的自卑感。外国的月亮比中国的圆，在这个时候并不是一句笑话，而是许多人心中颇为认同的观点。至于学术界，则出现了一种很复杂的情绪，一方面是觉得应当全盘吸收国外的学术范式，实现与国际接轨，另一方面又担心离经叛道，走上了邪路。

王振斌、于蕊二人都是单位推荐过来学习的，拿到学位之后仍然要回原单位去，读研究生对于他们来说只是为了镀金，他们并没有去探讨理论真谛的愿望。因此，对于这种理论上的争执，他们能做的只是谈谈自己的见闻，至于到底是西学好，还是中学好，他们也吃不准，一切以国家的政策为指向吧。

祁瑞仓他们三人，都是新时期的大学生，所就读的学校也都是鼎鼎大名的，这就培养出了他们勇于探索的精神。在他们读大学期间，西方经济学是被冠以“庸俗经济学”的头衔，在课程设置中处于很边缘的地位。老师在讲授的时候，必须要反复强调这些理论并不正确，学习的目的只是为了进行批判。

不过，话虽这样说，那些在经济理论界浸淫多年的老师们还是懂得西方经济理论的价值的，他们把这样一门课讲成了西方经济学的启蒙课，给年轻的学子们打开了一扇理论的窗户，让他们接受到了西方经济理论的熏陶。

祁瑞仓是个非常勤奋的人，他考上大学的时候已经是 22 岁了，用他自己的话说，已经耽误了许多宝贵的时光。他在大学里如饥似渴地阅读了大量书籍，其中又尤以介绍西方经济理论的书籍为最爱。西方经济理论中那些精美的图形和数学模型让他有一种灵魂升华的感觉，他认为这样的理论才代表着人间的真理，相比之下，传统政治经济学里那些“一头羊换十匹布”的比喻实在是太低端了。

“当前西方经济理论界的主流观点是，回归斯密传统。斯密大家都知道吧，就是写《国富论》的那个亚当·斯密。斯密的观点是，政府应当只是充当守夜人的角色，不应当介入经济活动。在这方面，做得最彻底的就是英国的撒切尔夫人，她上台之后，大幅度减少了政府对经济的干预，把大量的国有企业进行了私有化，还削减福利开支，使英国经济摆脱了危机，回到了健康发展的轨道上来。”祁瑞仓挥舞着手臂，向新认识的同学们讲述着自己的心得体会。

“小祁，你不会是想建议咱们国家也把国有企业进行私有化吧？”于蕊略带几分调侃地问道。

“为什么不行呢？”祁瑞仓却是当真了，他说道，“于姐，你没在基层工作过，不了解情况。现在地方上的国有企业存在的问题太多了，一个地区有几百家国有企业，半数以上处于亏损状态。而那些乡镇企业，还有私人开的企业，都发展得红红火火的，这说明什么？咱们国家搞了这么多年的建设，发展得还不如南朝鲜这样一个小国家，不就是因为经济不够自由吗？我倒是觉得，把国有企业私有化，有助于激发它们的活力，这对于国家是有好处的嘛。”

王振斌摇摇头，说道：“小祁，你这种思想很危险。这些话，也就是咱们同学之间说说，你可千万不能到正式场合里去说。否则的话，你不是能不能顺利毕业的问题，而是有可能会犯严重的错误，轻则断送了你的政治前途，严重的话，被判刑入狱都是可能的。”

“唉，谁说不是呢？”祁瑞仓长叹了一声，道，“我在原来的单位里，也就是因为发表这样的观点，被领导列为重点监控的对象，生怕我说了什么不合适的话，给单位抹了黑。我想想，觉得没劲，这才决定考研究生跳出来了。”

冯啸辰道：“老祁，我倒是觉得，你的想法有些道理，但也有些偏激了。国有企业有国有企业的长处，民营企业当然也有民营企业的长处。一个国家只有国有企业，肯定是不行的。但要像撒切尔夫人那样把国企全部私有化，恐怕问题反而会更多。撒切尔夫人的改革，还只是刚刚开始而已，成效如何，现在说还太早呢。”

“我对此是深信不疑的！”祁瑞仓道，“不信，咱们可以打个赌。”

第三百八十八章

八十年代初，正是新自由主义经济理论兴起的时候。从三十年代开始流行的凯恩斯经济学在二战之前帮助了西方国家走出 1929—1933 年经济大危机的阴霾，在战后也一度成为西方国家最重要的执政理论指导，造就了五十年代至六十年代的经济辉煌。进入七十年代之后，凯恩斯经济学所主张的大量政府干预逐渐造成了一些恶果，西方国家普遍出现了严重的滞胀，迫使经济学家开始反思赤字财政和通货膨胀对于正常经济秩序的破坏，新自由主义理论也就应运而生了。

新自由主义的经济主张，简单地说就是认为政府不应当干预经济，要充分发挥市场的调节作用，激发市场主体的活力。落实到具体政策上，则包括了私有化、鼓励自由贸易、取消赤字财政等等。在这方面，英国首相撒切尔夫人算是一面旗帜，充分体现了新自由主义的要求。

撒切尔夫人的改革在初期也的确带来了一些可喜的成果，但冯啸辰知道，几年后这种改革的负面效果就会体现出来。那些被私有化的国企并没有如经济学家预言的那样焕发出新的生机，反而因为失去了国家的保护而日益衰落，最终使整个国家都失去了竞争力。

信奉新自由主义理论的，并不仅限于一个英国。南美在那个时期也被视为新自由主义理论的一个成功范例，在一大批诺贝尔经济学奖得主的鼓励下，南美国家纷纷放开管制，允许国外资本收购国内产业，放任国外商品冲击国内市场。在一开始，由于大量游资的进入，南美呈现出了一派欣欣向荣的景象，成为全球经济的亮点。但随之而来的一场金融风暴，一下子就把南美打回了原形。到冯啸辰穿越的那个年代，“拉美化”已经成为一句骂人话，说哪个国家“拉美化”，基本上就是说人家经济要崩溃了。

再至于说几年后俄罗斯在新自由主义思想指导下一步步走向作死深渊的经历，就更不必说了。后世的经济学家在说起盖达尔等新自由主义信徒的时候，都会异口同声地表示：我们不认识他！

不过，所有这些事情，都需要等上若干年才会发生。在时下，新自由主义依然是全球经济学家深信不疑的宇宙级真理。中国的经济学者们出于政治上的顾虑，不便公然支持这种理论，但在私底下，还是颇为认同的。祁瑞仓是个性格直率的人，说话无遮无拦，当着一干同学的面，自然把这种想法说了出来。听到冯啸辰质疑新自由主义理论，他心里很是不屑，便放出了要与冯啸辰打赌的狂言。

“打赌，怎么赌呢？”听到祁瑞仓的话，冯啸辰饶有兴趣地问道。

“怎么赌都可以啊，比如说，一顿饭。”祁瑞仓说道。

冯啸辰摇摇头道：“我不是问赌注，我是问你想赌什么事情？”

“就是赌你刚才说的，你不是说撒切尔夫人的改革不会有好结果吗，我就跟你赌这个。”祁瑞仓说道。

冯啸辰道：“结果好不好，怎么评价呢？在可预见的未来，英国经济肯定不会崩溃，毕竟瘦死的骆驼比马大，30 年之内，要看到英国经济垮台，恐怕是不太容易。我说撒切尔夫人的改革不行，是指这种改革不能给英国带来经济增长的机会，英国在未来将会陷入停滞，丧失在国际上的竞争力。”

“陷入停滞？”祁瑞仓冷笑道，“小冯，你不会还相信帝国主义垂死的那一套说法吧？咱们说了多少年，结果人家就是垂而不死，倒是咱们自己的经济到了崩溃的边缘。你说英国未来会陷入停滞，我可以跟你赌一下，未来 20 年，英国和咱们中国之间的差距，只会越拉越大，你信不信？”

20 年吗？冯啸辰在心里盘算了一下。时下是 1984 年，20 年后就是 2004 年，届时中国的 GDP 已经把英国甩在后面了，如果要说差距越拉越大，那也是中国在拉开与英国的差距，而不是相反。

“这个赌，我应了。”冯啸辰笑呵呵地说道，用金手指去欺负人，实在有些胜之不武的意思。不过嘛，一个 20 年的赌约，也就是说说而已，难道 20 年后冯啸辰真的会拿着这个赌约去让祁瑞仓请他吃饭吗？

在座的众人显然也想到了20年这样一个时间跨度意味着什么，大家都把祁瑞仓与冯啸辰的赌约当成了一个冷笑话。

祁瑞仓对于新自由主义经济理论的追捧，大家的态度各有不同。谢克力打心眼里是崇拜西方理论的，但他不会说出来，因为他觉得这种话与政策不符，公开说出来没准会影响到未来的前途。丁士宽的心理有些矛盾，他是学习社会主义经济理论成长起来的，要让他突然转去接受西方经济理论，他有些不能适应。但另一方面，他又承认西方经济理论确有一些道理，自己反驳不了，也不愿意为了显示自己的政治立场而昧着良心去批判这样的理论。

王振斌和于蕊一个是六十年代的大学生，一个则是七十年代的工农兵大学生，经济理论方面的功底都不怎么样，对于新自由主义观点的认识更多的是知道它比较时髦，而且好像还很高大上，但具体是对是错，他们就说不上来了。作为在机关里工作多年的干部，他们本能地会告诫自己要远离西方学说，但假如此时有什么上级领导说这个理论是好的，他们自然也会马上转变过来，然后与祁瑞仓站在同一条战壕里。

不管大家对于新自由主义理论是什么看法，至少有一点是能够达成共识的，那就是祁瑞仓的学识无论如何都比冯啸辰更为渊博。冯啸辰自己说过了，他只有初中学历，估计连凯恩斯、萨缪尔森这些名字都没有听说过。他与祁瑞仓打赌，恐怕也就是民科在挑战院士，或者说是唐吉诃德在挑战风车吧。

“好吧，老祁和小冯这个赌，咱们都是见证人。20年以后，不管谁赢谁输，咱们都能有一顿酒喝。说了半天理论，也够乏味的，我说个现实点的问题吧，老王、二姐，你们俩都是大单位里的处长，能不能给我们几个年轻人找点赚钱的机会啊，光靠研究生工资，我们想出来喝顿酒都困难着呢。”

丁士宽哈哈笑着扯开了话头。他说的二姐，自然就是指于蕊了，按照岁数来算，于蕊正好是班上的老二，大家叫她二姐是很合适的。

“是啊是啊，虽然说研究生的工资待遇比照机关单位发放，可这一个月 40 多块钱，真是不够花啊，现在的物价涨得多快啊。老王，二姐，你们都在部委里，给大家找点赚外快的机会，应当不难吧?”谢克力也附和道。

在原来的单位里，他已经谈了一个对象，估计在他读研究生期间就该结婚了。时下年轻人结婚的标准越来越高，做家具、买电器，起码需要五六千块钱，办一个婚礼也是奔着一千块钱以上的花费去算的。研究生的身份说起来很风光，但一分钱难倒英雄汉，没有钱说什么都白搭。

王振斌沉吟着说道：“赚钱的机会嘛，在部委里倒是能够找到一些。有时候我们需要翻译一些国外的资料，还有时候需要请人帮着写点资料啥的，也是能够付劳务费的。一次性的费用也不会太多，十几二十块钱，也就是聊胜于无罢了。过去我当处长的时候，自己处里的事情，我就能够说了算，那个时候要给大家安排点机会很容易。现在我脱产出来读书，工作已经交给其他同志了，要找这样的机会，还得去问一问才行。不过，小丁、小谢，你们既然提出来了，我肯定会记在心上。事先可得说明，机会不一定会太好，这一点你们要有些心理准备的。”

于蕊也说道：“我们体改委的情况比较复杂，有些工作比较敏感，不太方便请外面的人来帮忙。不过，我在体改委的时候也和其他一些单位有工作联系，到时候我留心一下，有能够让班上同学帮忙的事情，我会想办法揽过来。想靠这些事情赚大钱不容易，吃吃饭、喝喝酒的钱，应当还是能够赚到的。”

“那可太感谢老王和二姐了。”丁士宽欢喜地说道。他倒还没有结婚的压力，但他家是农村的，家里的父母和兄弟都需要他补贴，能够赚点外快是最好的。他端起酒杯来，正准备敬一下王振斌和于蕊，眼角的余光扫到了冯啸辰，忽然觉得自己刚才的话有些破绽。冯啸辰也是从部委过来的，而且也有一个副处长的头衔，自己光顾着请王振斌和于蕊帮忙，却忽略了冯啸辰，未免有些不妥，于是赶紧改口道：“呃，对了，还有小冯，你也是在部委工作的，想必也有一些这样的机会吧？来，我们三个外来的敬你们三位部委领导，以后还得麻烦你们多给我们找点活干呢。”

第三百八十九章

丁士宽改口改得很生硬，冯啸辰自然能够猜出他的想法。在大家的心目中，王振斌和于蕊都是正儿八经的部委官员，虽然脱产出来学习，但人脉、门路等等还是有的。他冯啸辰则不同，这么年轻，学历又这么低，虽然名义上是个副处长，但实质是怎么回事，大家就有些弄不清楚了。没准这个副处长只是一个什么虚衔，甚至可能像是某些企业里那样，随便叫个处长、科长啥的，其实只是个股级干部而已。

冯啸辰也无意去解释这个问题，大家小看他，他还正乐得清闲呢。他的能耐如何，并不需要靠这些同学来承认。他就是因为做事不够低调，才被罗翔飞从重装办送出来避风头的，有过这样的教训，他还不应当老实一点吗？

念及此，对于丁士宽的话，他只是呵呵一笑，说了几句自己人微言轻之类的客气话，让大家把注意力都集中到了王振斌和于蕊那里。

冯啸辰与祁瑞仓的辩论只能算是一个小小的插曲，研究生们的首次聚会总体来说还是非常和谐愉快的。大家约定在未来的三年时间里要互相帮助，王振斌和于蕊这两位家在京城的都向大家发出了邀请，让大家在合适的时候去他们家里做客。与此同时，王振斌也代表他自己以及于蕊、冯啸辰，向另外三位科班出身的同学提出请求，请他们在学业上给自己这些人更多的指点。

大家还颇为八卦地关心了一下丁士宽和冯啸辰二人有没有对象的问题。丁士宽声称自己目前还没有对象，请大家帮他当当月老红娘啥的。冯啸辰则说了杜晓迪的事情，听说冯啸辰的女友只是一位工厂里的电焊工，大家嘴里说着祝福的话，心里则带上了几分不屑或者是惋惜。对于众人的这种心态，冯啸辰能够感觉得出来，却也没兴趣去计较什么。

第二天就是开学的日子了，新生们在教务秘书的带领下，先到院部去参加了全院统一的开学典礼，然后便返回各自的研究所，接受新生入学教育。领导致辞、专家讲话之类的繁文缛节自不必细说了。新生教育的最后一个环节，就是学生和导师见面，冯啸辰在这时候才第一次见到了自己的导师沈荣儒。

“你就是冯啸辰？我对你可是久仰大名了。”

沈荣儒把冯啸辰带进自己办公室，让他在椅子上坐下，一边亲自给冯啸辰倒着水，一边略带着几分调侃地对他说道。

后世的冯啸辰是见过沈荣儒的，不过那时候沈荣儒已经是年过九旬的老人了，虽说是精神还可以，但远没有现在这样精力充沛。冯啸辰一向知道沈荣儒颇有一些儒雅气质，对等年轻人非常和蔼，却没想到他还有这样幽默的一面。

“沈老师，您这样说可就折煞我了，我就是一个初中生而已，怎么敢在您面前说什么大名呢？”冯啸辰装出一副诚惶诚恐的样子回答道。

“你这个初中生可不得了。”沈荣儒把一杯水放在冯啸辰的面前，又端了自己的杯子坐在冯啸辰的对面，郑重其事地说道，“我本来都已经不打算再招硕士生了，你们张主任却亲自打电话过来，向我隆重推荐你，说是人才难得，非要我收下当个关门弟子。你说说看，你的面子得有多大，这是普通的初中生能有的面子吗？”

冯啸辰这回是真的有些惶恐了，他早就知道张主任和罗翔飞安排他来社科院学习是用心良苦，却没想到会对他重视到这个程度。张主任在经济界的声望很高，亲自出面向沈荣儒推荐一个学生，沈荣儒当然是难以拒绝的。张主任非要让沈荣儒做冯啸辰的导师，用意当然是很清楚的，除了因为沈荣儒学识渊博，冯啸辰能够向他学到许多知识之外，还有一点就是想让冯啸辰有一个学术大牛作为靠山，未来再碰上诸如屈寿林这样的事情，也不至于落了下风了。

自己只是一个来自于南江省的普通干部，却能够得到张主任、罗翔飞等人如此无微不至的关心，真是不知道该如何报答他们的提携之恩了。

“说说吧，你到底有什么特别之处，值得张主任这样看重你。”沈荣儒端着茶杯呷了一口茶，看似轻描淡写地问道。

“特别之处？”冯啸辰想了想，觉得这个问题还真不好回答。

“或许是因为我做事比较勤谨吧。”冯啸辰试探着说道。

沈荣儒摇了摇头：“勤谨的人很多，不是谁都能够得到推荐的。”

“我的外语水平还可以，懂五国外语。”

“这个的确很难得，不过我想张主任不是因为这一点才器重你的。”

“那就是因为我在重装办期间，处理过几个项目，有一些创新之处。”

“那他应当是提拔你到更重要的岗位上去，而不是让你来读研究生，读研究生还是需要一些学术功底的。你说说看，是什么能够让张主任觉得你这个初中生具有跟我读研究生的学术功底？”

“……”

冯啸辰这才发现自己过去的确是忽略了这个问题。到社科院来读研究生，而且是拜在沈荣儒的门下，这不仅仅是懂得一些外语以及能够在实践中想出几个好点子就够资格的。虽说部委里推荐干部读研究生多少都带着一些镀金的意思，但前提也得你是个好坯子，否则怎么能镀得上金呢？

“你对咱们国家目前的经济体制是怎么看的？”

见冯啸辰一脸懵懂的样子，沈荣儒微微一笑，换了一个问题。事实上，张主任在向他推荐冯啸辰的时候，除了介绍过冯啸辰在重装办的一些工作成绩之外，特别强调的就是冯啸辰对于国家经济政策颇有一些独到见解，显示出了很强的理论敏感。张主任认为，像冯啸辰这样对经济政策有着深入思考的年轻人，如果能够得到名师指点，不难成为有见地的理论家，今后无论是从事理论研究工作，还是回到实践部门去从事管理工作，都能够作出重大的贡献。

沈荣儒向冯啸辰提示了半天，冯啸辰也没有领悟到自己真正的优势所在，看来这个年轻人并不知道自己的那些理论见解是如何惊世骇俗，而这又足以说明他的见解是发自内心的，并无造作之意。

冯啸辰的确没觉得自己在理论上有什么特别之处，他在此前与罗翔飞、孟凡泽这些人交流的时候，的确提出过许多让人惊艳的见解，但这些见解不过是后世的一些经济常识而已，也就是在八十年代初的这个时间节点上显得标新立异罢了。听到沈荣儒问他对经济体制的看法，他想了想，说道："目前的体制，应当还是一种过渡体制吧。企业和地方政府自主权的问题，还没有得到妥善解决，乡镇企业和民营经济的地位也还没有得到认可，这与市场经济的要求是格格不入的，不解决这些问题，中国经济很难有长足的发展。"

"市场经济？"沈荣儒皱了皱眉头，"你觉得中国应当搞市场经济吗？"

"是的，中国最终肯定会走向市场经济。"冯啸辰答道。这就是穿越者的福利了，别人觉得不可思议的事情，在他看来是千真万确的。时下国内无论是决策层还是理论界，都还没有提出市场经济的概念，这个时候说中国必然要走向市场经济，往轻里说是立场不够坚定，受到资本主义思想的诱惑，往重里说，那就是大逆不道，因言获罪也是可能的。

不过，冯啸辰觉得在沈荣儒面前说这番话并不要紧，因为沈荣儒是一位思想非常开放的学者，即便在今天他还不曾提出市场经济的概念，在几年后他将会变成一名市场经济理论的坚定推行者。冯啸辰对于市场经济的认识，很多就是出自于沈荣儒在后世的著述。

果然，听到冯啸辰的回答，沈荣儒并没有如一些思想僵化的老学者那样暴跳如雷，而是用一种探究的口吻说道："咱们是社会主义国家，怎么能搞市场经济呢？目前国家的政策取向是建设有计划的商品经济，核心还是计划经济，只是引入一些商品经济的机制而已。市场经济与计划经济是水火不容的，难道你认为我们应当放弃计划经济吗？"

"我们国家实行计划经济的条件并不成熟，强行地采取计划经济模式，是违背自然规律的。在过去 30 年中，我们的计划体制不断地重复着'一管就死、一放就乱'的循环，就是这个原因。要解决这个问题，唯一的办法就是放弃计划经济，实行市场经济，国家只是作为市场经济中的一个重要主体参与经济活动，让市场成为调配资源的最主要手段。"

冯啸辰索性把自己所了解的经济理论都说出来了，或许这些思想能够给沈荣儒一些启示，让他更早地转向市场经济的理论研究，进而促进中国的经济体制更快地实现转变，这也算是冯啸辰为这个平行时空所作的贡献吧？

第三百九十章

“你说咱们国家搞计划经济的条件并不成熟，理由是什么呢?”

沈荣儒很认真地问道。对于这个由张主任推荐给自己的关门弟子，他的兴趣越来越大了。关于计划经济和商品经济的争论，在时下颇为时髦，冯啸辰能够说出几句来，也并不奇怪。但冯啸辰一张嘴就认为计划经济的条件不成熟，这可算是一个新观点了，新到让沈荣儒都觉得需要好好地听一听。

关于这个问题，冯啸辰在前一世是曾经与一些学者讨论过的，因此并不紧张，他从容不迫地说道：“计划经济的思想，源于马克思。他提出这种思想的目的，在于希望能够避免资本主义经济中存在的两大部类发展不相协调的矛盾，进而彻底消除周而复始的经济危机。这种思想，经过列宁的实践成为一种现实的国民经济管理制度，并在苏联和我国等社会主义国家得到了应用。然而，无论是马克思的设想，还是列宁的设想，计划经济都必须建立在纯粹的公有制基础上，唯有如此，才能保证各个经济主体完全服从于计划当局的调度，不会因为追求私利而干扰计划的执行。从这个意义上说，公有制，而且是纯粹的公有制，才是计划经济制度的基础。”

“你的意思是说，我们现在允许多种经济形式并存，破坏了这种基础?”沈荣儒问道。

冯啸辰摇摇头道：“我不是这个意思。我认为，即使是在改革开放之前，我们也不曾存在过纯粹的公有制。我们的整个国民经济，是被分割成不同的层次，由数以万计的地方和企业各自占有的。”

沈荣儒琢磨了一下，笑道：“这个提法有点意思，莫非你认为只有让国家把所有的权力都收到中央去，才能算是纯粹的公有制吗?”

“的确如此。”冯啸辰道，“沈老师，我给您举个例子。去年这个时候，我到明州省去处理过一个案子。这个案子很简单，就是乐城市政府在暗地里纵容，甚至是指使当地农民阻挠大乙烯项目的施工，以此要挟国家经委批准他们上马一家电视机厂。按照公有制经济的假设，这种事情是完全不应该发生的，因为乐城乙烯是国家的项目，乐城市政府则是国家的一级政府，哪有自己拆自己台的道理？可这样的事情恰恰就发生了，而且类似的事情在各地区、各行业都并不新鲜。我们平常总说生产资料是全民所有的，但事实上却不是如此。乐城乙烯是国家经委的，乐城电视机厂则是乐城市政府的，这是完全不同的两个利益主体，它们之间不可能做到利益一致，只能采取利益交换的方式来实现合作。最终，国家经委不得不批准了乐城电视机厂的建设，这并不是计划经济的管理模式，而是一种典型的市场经济模式，因为双方是通过利益交换来实现交易的。”

沈荣儒把冯啸辰说的情况在心里梳理了一下，总结道：“你的意思是说，计划经济要求各个经济主体是利益一致的，而我们国家，当然，对于其他社会主义国家也是如此，各个地方或者各个企业都是有自己的利益要求的，他们在执行国家计划的过程中，要和国家讨价还价。这样一来，这种经济模式就不能算是计划经济了，而是具有了市场经济的特点。”

“就是这个意思。”冯啸辰道，“市场经济是用钱作为交易的一般等价物，而我们体制内的讨价还价，却是用投资、原材料供应、领导的职务、职工的生产积极性等等作为一般等价物。你答应我的条件，我就好好干活，让你的计划得以实现。你如果不答应我的条件，我就用各种方法磨洋工，让你的计划完成不了。用钱作为一般等价物，好歹价值是明确的，每一件事情都可以明码标价。而用职务、生产积极性等等东西作为一般等价物，价值是模糊的。你答应了我的条件，我还可以继续磨洋工，以便提出更多的条件。这样一来，计划经济已经谈不上了，市场经济的优势也无法发挥出来，这就是一种最糟糕的模式。”

“说得不错啊！”沈荣儒面有喜色。冯啸辰说的这些观点，其实也是沈荣儒曾经思考过的。或许是因为受到旧思维的限制，也可能是因为他在潜意识里还觉得计划经济是一个不可能划掉的选项，他并没有把这个问题想得如此透彻。冯啸辰从一开始就认定计划经济是不可持续的，因此思路更为开放和大胆，倒是让沈荣儒深受启发。

“既然一个地区就是一个利益主体，一家企业也是一个利益主体，那么就应当明确各个主体的责、权、利，想要获得利益，就要承担义务。一切交易都用货币来衡量，用你的话说，就叫作明码标价。这个思路的确是有些新意啊。”沈荣儒道。

冯啸辰道：“明码标价的好处在于，一个项目可以由不同的主体来竞标，谁开出的价钱最低、质量最好，就交给谁去做。无论是国企，还是乡镇企业，甚至于私营企业，有条件就可以承接国家的项目。这样一来，国企的官僚作风也就必须要改变了，否则就会在竞争中落后于乡镇企业、私营企业。对于那些不思进取，在竞争中失败的企业，哪怕是国企，也要允许他们破产、倒闭、退出市场……”

“打住，打住!”沈荣儒不得不拦住了冯啸辰，他摇着头，带着几分无奈地说道，“小冯啊，你的思想的确是够活跃的。不过，步子还是要缓一点，不能太急躁了。国有企业能不能破产这个问题，还是比较敏感的。你作为一名研究生，现在就涉足这种敏感的理论问题，不太妥当。”

“呃……”冯啸辰无语了。如果不是沈荣儒拦着，他差点就想说国企不但可以破产，还可以被其他经济形式兼并，这在这个年代里可就算是大逆不道的观点了。沈荣儒及时地拦住他，当然不是因为怕他们之间的谈话会泄露出去，而是提醒他在其他场合不要这样说，更不要把这一类的想法当成研究方向。

要让社会接受一种新观念，是没那么容易的。中国毕竟搞了三十多年的计划经济，要一下子全盘否定，转向市场经济，难免会有许多人不理解，而且在这种转轨的过程中还涉及一系列所有权、经营权之类的转变，这都不是一朝一夕能够完成的。在时下，能够提出“有计划的商品经济”这样的理论，就已经是非常大胆了，这样一个理论的出台需要克服多少障碍，简直无法想象。

“小冯，看起来，你的确是一位思想活跃，而且勇于思考的年轻人，张主任没有看错你。有关中国经济体制改革的目标、方法和步骤等问题，都是值得去探讨的，在未来的三年时间里，你还有得是时间来研究这些问题。不过，有一些问题目前还属于理论禁区，自己思考一下是可以的，但不要轻率地发言，你明白吗?”沈荣儒语重心长地叮嘱道。

冯啸辰点点头道：“我明白，沈老师，您放心吧，我会注意的。”

对于沈荣儒说的理论禁区，冯啸辰其实并不以为然。他知道这些禁区都只是暂时的，随着改革的逐步深入，今天的禁区可能会成为明日的坦途。这些事情，他不便直接向沈荣儒说，所以还是先装出乖巧的样子答应下来再说。

沈荣儒不知道冯啸辰所想，见他答应得如此爽快，不像有些年轻人那样偏执，心里颇为满意。他说道：“小冯不错，难怪你们张主任非要我收下你不可。你知道吗，在很多问题上，你已经看得比我更远了，当我的老师也绰绰有余呢。”

冯啸辰很汗颜，赶紧说道：“沈老师太抬举我了，我只是一个初中毕业生而已。”

沈荣儒刚才那话，当然是带着几分浮夸的成分，目的只是为了激励冯啸辰的自信心，或许还为了显示自己的谦逊。就着冯啸辰的话头，他说道：“的确，你的学历是一个硬伤。你缺乏经济学的系统训练，一些理论概念还很模糊，这是你的缺陷。开学以后，你要认真地补上经济学的课程，我会给你开列一些书单，你也可以抽时间到经济所、哲学所去听听课，提升一下自己的理论素养。等到合适的时候，我会带你去参加一些会议，到下面去做做调研，以便让理论和实践相结合。”

“谢谢沈老师的栽培。”冯啸辰道。

沈荣儒道：“我是你的导师，这些事情都是应当做的。对了，小冯，你在生活上如果有什么困难，也可以向我提出来，我会努力帮你解决的。未来三年，咱们就是同一个团队的战友了，希望咱们合作愉快。”

冯啸辰道：“谢谢沈老师，我不会辜负沈老师的厚望的。”

第三百九十一章

从前一世到这一世，冯啸辰已经隔了快 20 年没有走进学校里学习了。

社科院给研究生新生们安排的课程很多，包括政治经济学、唯物辩证法、马恩经典原著选读、中国经济史、社会主义经济思想这些传统的科目，也包括庸俗经济学流派、世界经济概论、战后资本主义经济史等一些帮助学生开阔眼界的课程，此外，还有英语、数学、计算机等公共课。

冯啸辰前一世是学工科的，对于经济学的理论接触不多，虽然在工作中经常要与经济学者打交道，也学了一些概念，但很多知识都不成体系。给他们讲课的老师都是国内经济学界的大牛人，理论功底扎实，而且聪明睿智，能够把一些非常深奥的概念用浅显的方式说出来，让人恍然大悟。

冯啸辰以如饥似渴的态度投入了学习之中。他年纪轻，接受能力强，而且有丰富的工作经验和后世的阅历可用于佐证书本上的理论，因此对于课程内容的领悟远在其他同学之上。入学短短一两个月的时间，他已经有一种脱胎换骨的感觉，看待很多经济问题的视角与从前大不相同了。

祁瑞仓、谢克力和丁士宽都是名校的经济学专业毕业，有一定的功底，听这些经济理论课不会感到吃力，但要说举一反三、把理论与中国的未来实践相结合，就比不上冯啸辰了。毕竟在冯啸辰生活过的年代里，八十年代的那些经济学理论已经显得有些过时和幼稚了，而在时下，大家还是把这些东西奉若圭臬的。

王振斌和于蕊二人属于学习上的“困难户”。王振斌虽然是老牌大学生出身，念大学的时候系统地学习过一些经济理论，但隔了这么多年，该忘的都已经忘得差不多了，而现在又已是不惑之年，学习能力远不及年轻一代，听课颇有一些吃力。于蕊是工农兵大学生，说是上过大学，其实四年时间里起码有三年是在写各种内容的“大批判稿”，学社论的时间远多于学经济理论的时间，现在接受研究生教育，她的基础甚至不如时下的一名普通高中毕业生。

不过，这二人倒也淡定。他们原本就是来镀镀金的，理论方面并不需要学得太深。老师在讲课的时候，会找一些实际的案例来给大家分析，还会时不时地穿插一些经济领域中的奇闻轶事，既是活跃课堂气氛，也是让学生了解经济现实。王振斌他们从这些案例和故事里学到的东西，也足够他们终身受用了。

至于说到考试，就更不必担心了。这个年代里能够读研究生的，都是人尖子，老师们根本就不会去在意他们的学业，所以许多课程都是交一篇课程论文就能够拿到成绩的，甚至只要每堂课都不缺席，老师就会欣然地给一个“优秀”的评价。

最让研究生们觉得头疼的，是那几门公共课：英语、数学和计算机应用。公共课是由研究生院统一开设的，因为社科院此时尚没有独立的教学场所，而是临时借用了师范大学的一幢教学楼用于公共课教学，因此每到上公共课的时候，战略所的研究生们就不得不起个大早，坐十几站公交车到师范大学去上课。

包括祁瑞仓他们这些恢复高考之后的大学生在内，几乎所有的学生英语底子都很差，数学方面近乎空白，计算机更是连见都没见过一回，这几门公共课便成了一年级研究生们共同的噩梦。

冯啸辰来自于后世，又是工科出身，英语、数学、计算机都无比精通。他跟着同学们去把几门课都听了一堂之后，便直接给研究生院教务处打了个申请报告，请求对这几门公共课免修。

教务处先是安排了一位英语老师来考校冯啸辰，两个人用英语聊了一个小时之后，老师向教务处汇报说，冯同学非但可以免修英语，在必要的时候教务处还可以聘他去当英语的助教，或者客串一下德语和日语老师，绝对不会比从外语学院聘来的老师水平差。

数学老师比较严谨，他按照一年级研究生的教学要求，出了一张包括一阶微分、矩阵乘法和古典概率在内的数学卷子让冯啸辰试做。冯啸辰连草稿纸都没用，就把卷子给完成了，得了个 99 分的高分。被扣掉的 1 分据说是因为数学老师怕他骄傲，硬生生扣下的格式分。

计算机老师这边就更有意思了，他出了几道题，让冯啸辰用 BASIC 语言编出程序。冯啸辰挠了半天头皮，告诉老师说自己不太擅长 BASIC，能否用 C 来写。老师在看完冯啸辰写的 C 语言程序之后，大为惊叹，拉着冯啸辰聊了半天计算机技术发展的问题。再往后，冯啸辰帮着老师从重装办申请了一个企业资源管理软件开发的研究课题，老师也因此而在十几年后成为国内搞 ERP 的权威，这就是后话了。

一下子免掉了三门最费体力和脑力的课程，冯啸辰骤然成为全班乃至整个研究生院学习负担最轻的学生，一星期里有三天是不用上课的，足够让大家羡慕得两眼发红了。

“怎么，又逃课了？”在前门附近林北重机驻京办事处的房间里，孟凡泽一边帮冯啸辰倒着茶，一边笑呵呵地调侃道。

孟凡泽从副部长的位置退下来之后，便很少到煤炭部去上班了，大多数时候都是待在林北重机在办事处帮他安排的这间办公室里，看看资料、接待一下亲朋故旧。他现在还挂着经委下属经纬企业咨询公司名誉总经理兼首席顾问的头衔，在身体状况允许的情况下，每年都要有一两个月的时间在全国各地的企业考察，回来之后还要写一些工作总结，递给各级领导部门。照着他老伴的话说，他现在甚至比当副部长的时候还要忙碌。当然，像孟凡泽这样当了一辈子领导的老人，忙碌起来才是更好的，如果让他闲下来，估计有个一年半载就得躺倒了。

冯啸辰一直把孟凡泽当成一位值得敬重的老前辈，隔三岔五便要来看望一下。孟凡泽也很喜欢这个灵活机敏、胸有大志的年轻人，二人凑在一起，从国际国内形势，聊到 25 立米挖掘机攻关之类的具体技术问题，有时候一聊就是两三个小时。

冯啸辰思维超前，不唯书、不唯上，经常会提出一些显得惊世骇俗的观点，惹得孟凡泽吹胡子瞪眼，甚至拍桌子破口大骂。最开始，办事处主任吴锡民还担心他们会闹崩了，听到声音不对就赶紧过来打圆场。后来他才发现，两个人吵归吵，孟凡泽脸上显得很难看，可一转身就把冯啸辰的冒犯给忘到九霄云外去了。有好几次，孟凡泽忿忿然地声称不想再看到冯啸辰了，可隔不了几天，如果冯啸辰没来，他又要念叨，说这个小兔崽子翅膀硬了，居然敢不来拜访自己……

唉，人和人的差距，实在是太大了。想到自己每天无微不至地侍候着孟凡泽，孟凡泽也不曾这样在乎过自己，吴锡民只能感慨人生之不公平了。

冯啸辰每次到孟凡泽这里来，都会带点小礼物。有时候是南江或者松江带来的特产，有时候是晏乐琴给他寄来的一些欧洲小商品，实在没啥特别礼品的时候，他也会在市场上买两斤苹果，装一盒子茯苓夹饼之类。孟凡泽一开始还斥责过冯啸辰，让他不要带礼物，日久天长，他理解了这是冯啸辰的一片心意，也就不再说什么了。

老爷子用于回报冯啸辰的，就是每次冯啸辰来，他都要亲手帮冯啸辰沏茶，还美滋滋地介绍说这是什么什么地方的茶叶，如何如何珍贵云云。光一个黄山毛峰的典故，冯啸辰就听孟凡泽讲过不下 20 次了，他理解老爷子的心态，每次都是乐呵呵地听着，并装出陶醉的样子品着茶，逗老爷子开心一笑。

冯啸辰到社科院去读研究生的事情，孟凡泽也出了一份力。他甚至比张主任、罗翔飞他们更希望冯啸辰能够有一个深造的机会，全面提高一下自己的理论功底，以便在未来承担更重要的工作。冯啸辰入学之后，每次到孟凡泽这里来，孟凡泽都要过问他的学业情况，如果冯啸辰不是因为免修，而是真的逃课来看孟凡泽，恐怕老爷子就得真的发一回火，再亲手揪着冯啸辰的耳朵把他送回课堂上去了。

“您别说，我最近还真的打算逃几天课呢。”冯啸辰接过孟凡泽递过来的茶，带着几分严肃的表情说道。

“怎么，又有事情了?”孟凡泽关切地问道。

冯啸辰点点头：“是啊，有点事，要离开京城几天。”

“是你那个工程机械公司的事情?”孟凡泽又问道。

冯啸辰道:“这倒不是,工程机械公司那边有杨海帆和张国栋老先生盯着,现在进展挺顺利的,我不用操心。是我昨天去看望了一下罗主任,听他说,大化肥设备那边又出了点问题,他也正头疼着呢。”

“不管他,当初也是他把你一脚踹出来的,现在他碰上麻烦了,让他自己解决去!”孟凡泽霸道地说道。

第三百九十二章

孟凡泽这话，就纯粹是一句气话了。冯啸辰离开重装办的缘由，孟凡泽是知道的，甚至他还专门和经委的张主任谈过，说应当让冯啸辰暂时离开重装办，找个地方深造一下，既能提高理论水平，又能压一压他的性子，以及锋芒太盛、树敌太多。

但真到罗翔飞让冯啸辰离开重装办的时候，孟凡泽又有些替冯啸辰打抱不平，觉得张主任、罗翔飞都缺乏担当，人家一个小年轻替你们做了这么多工作，最后还要帮你们扛雷，这简直就是对不起人。

也难怪孟凡泽会有这样矛盾的心态，实在是关心则乱。在他心里，把冯啸辰看得比自己的亲孙子还重要，因此哪怕是一点点的世态炎凉，冯啸辰自己没觉得怎么样，孟凡泽反而是满心不痛快了。

"孟部长，瞧您说的，罗主任是我的伯乐，送我到社科院去读书，也是对我的爱护，怎么能说是一脚踹出去呢？"冯啸辰知道孟凡泽的真实想法，于是笑呵呵地打着圆场道。

孟凡泽用手指点着冯啸辰，恨铁不成钢地说道："你这个小冯啊，啥都好，就是心太善良了，被人卖了还帮着人家数钱呢。"

冯啸辰道："孟部长，这个你倒是可以放心，到目前为止，被我卖掉的人足够编一个连了，能够卖我的，除了晓迪，没有别人了。"

"哈哈，晓迪这丫头，怎么就能把你卖了？"孟凡泽笑了起来，不再像刚才那样绷着脸了。杜晓迪其人，孟凡泽是见过的，对她也颇为喜欢，冯啸辰一说杜晓迪，老爷子就开心起来了。

"老同志们不是经常教育我们年轻人不要被爱情冲昏了头脑吗？可见爱情这东西是有催眠作用的。晓迪要卖我，只要把我的头脑冲昏了就行。

换成别人，可就没这个本事了。”冯啸辰开着玩笑道。

被冯啸辰这样一打岔，孟凡泽也就把刚才对罗翔飞的批评给忘了，他提起茶壶给冯啸辰的杯子里续了一点水，然后问道：“重装办那边，又碰上什么麻烦事了？是罗翔飞让你去帮忙的吗？”

“罗主任倒没让我去帮忙，是我自己觉得有点过意不去。”冯啸辰道，“这件事，其实也是我过去留下的工作，由我去善后也是应该的。”

“到底是什么事呢？”孟凡泽问道。

冯啸辰道：“北方化工机械厂从日本秋间化工机株式会社分包建造的一座分馏塔，出现了质量问题，现在对方开始提出索赔了。”

国内化工设备厂商从日本厂商分包建造大化肥设备的事情，源自于两年前。那一次，国家组织了一个化肥设备考察团赴日洽谈引进大化肥成套设备，在冯啸辰的大力推动下，中国最终与日方达成了引进技术、分包建设的合作模式。按照这种模式，日方作为大化肥设备的总承包商，负责提供设计图纸并组织设备生产。在所有的设备中，将分出一定比例交由中方指定的企业制造，其中所需要的技术和工艺都由日方无偿提供。

这种合作模式，在许多重大装备领域都被广泛采用。中国缺乏独立制造这些重大装备的技术实力，但又不能完全依赖国外技术。通过从国外分包一部分设备来提高国内企业的技术水平，从而由易到难，由局部到全面，逐渐地掌握这些重大装备的设计和制造能力。

南江省的1700毫米轧机项目，和州电厂的60万千瓦火电机组，红河渡铜矿的电动轮自卸车，都采取了这种合作模式，并且取得了良好的效果，国内企业从合作中学到了许多东西，开始具备进行进口替代的能力。

大化肥设备的引进也是如此，按照中方与日方签订的引进协议，包括日本秋间化工机株式会社、森茂铁工所、池谷制作所等在内的一批日本化工设备企业组成一个供货联盟，获得了中国五套大化肥设备的订单。在协议中，规定了日方必须让渡全部的制造技术，并按一定的比例把设备制造任务分包给中国国内的企业。

为了避免国内承担分包任务的企业在关键时候掉链子，冯啸辰又向罗翔飞出了一个狠主意，要求这些企业与重装办签订责任保证书，规定如果在产品质量、交货时间等方面出现问题，企业要承担相应的赔偿责任。这样一种保证书制度，以后世的眼光来看是再正常不过的，而在当时却惹得诸多企业老总们大动干戈，差点组成一个攻守同盟，共同抵制重装办的要求。

经过一番斗争，各家企业最终还是屈服了，与重装办签下了保证书，明确了责任权利关系。从那时起到现在，两年时间过去了，一些设备陆续到了交货期。日方作为总承包商，对于分包商提供的产品进行了严格的检验，也查出了不少质量上的缺陷，责令制造厂家进行了修补或者返工。

由于许多质量缺陷本身并不特别严重，返工的难度也不大，加之在日本厂商面前多少有些怯意，被要求返工的国内制造企业基本上都没什么异议，乖乖地按照要求进行了弥补。日方对于国内企业的表现总体上也是颇为满意的，国产设备不时能够得到日方诸如“哟西”之类的口头赞扬。

可不和谐的事情终于还是发生了。由北方化工机械厂提交的一座分馏塔，在交付总承包方日本秋间会社进行检验时，被发现存在着严重的质量问题，秋间会社作出了拒绝收货的决定。这座分馏塔是一套大化肥装备中比较关键的一个设备，如果退回返工，将严重地影响工期，造成重大的经济损失。秋间会社表示，这些损失应当由北方化工机械厂全部承担。

“这座分馏塔完全报废了，无法通过返工来修补，只能是重新造一个新的，这方面的成本损失大约在 20 万左右，对于北方化工机械厂来说不算太大的压力。但工期带来的损失就非常大了，一套大化肥设备投产之后，一年的利润最低也在 8000 万以上，平均耽误一天工期带来的利润损失就是 20 多万元。此外，农业上因为缺乏化肥而造成的损失，国家进口化肥带来的外汇损失，都是不可估量的。如果按照耽误 2 个月工期来计算，北方化工机械厂要赔偿业主方 1500 万以上，这笔赔偿足够让北化机破产了。”冯啸辰向孟凡泽解释着这件事的严重性。

“怎么会出这么大的娄子？”孟凡泽脸色严峻地问道。1000 多万的损失，可不是一件小事，北化机捅出这样大一个娄子，肯定是要有个说法的。

冯啸辰叹道："我了解过了，这是一个很低级的错误。秋间会社给北化机提供的工艺文件，要求分馏塔的外围焊接要使用75号焊丝，而北化机却使用了43号焊丝。我专门向晓迪打听过，她说这两种焊丝的焊接强度差不多，主要的区别就是43号焊丝耐酸性腐蚀的能力较差，而这座分馏塔未来是用来装载弱酸性液体的。使用43号焊丝代替75号焊丝，会导致设备的使用寿命下降。"

"北化机了解这个情况吗？"孟凡泽问道。

冯啸辰摇摇头道："目前还不清楚北化机犯这个错误的原因。不过，晓迪跟我说，有经验的焊工是能够分辨得清这两种焊丝的，所以无意中用错焊丝的可能性并不大。这样一来，就只剩下两种可能性，一是北化机本身不重视这件事，忽略甚至是明知故犯，让焊工使用43号焊丝去进行焊接，二则是他们没有向焊工强调焊丝型号的重要性，焊工并不知道需要用75号焊丝。"

孟凡泽道："无论是哪种情况，都说明北化机在产品质量管理方面存在着严重的漏洞，产品工艺文件上的要求，在生产中未能得到贯彻，造成了这样一起严重的质量事故。"

冯啸辰苦笑道："的确如此，虽然咱们强调了多年的质量管理，但许多企业的质量意识依然十分模糊。日本人给咱们上了一堂课，告诉我们质量问题是一点马虎都不能有的，从这一点来说，咱们需要感谢秋间会社。"

"的确，他们是我们的老师啊。"孟凡泽感慨地说道。

30年后的人们，恐怕很难接受这种把日本人当成老师的说法。在后世的互联网上，日本的"工匠精神"也逐渐成了一个笑话。后世的中国人能够不把日本人的技术和管理放在眼里，是因为经过几十年的学习，我们已经出师了，水平甚至远远超过了那些当年的老师，已经具备了嘲笑他们的资本。但在上世纪八十年代，再爱国、再有自尊的中国人也不得不承认，日本产品的精细和高质量，都是中国产品所望尘莫及的。

这个年代里的中国人，有着一种知耻而后勇的精神，能够放下身段去向一切先进国家学习，甚至是忍受着别人的白眼和鄙夷，贪婪地学习一切能够学到的知识。

今天有些人喜欢笑话前辈们缺乏民族自信心，说穿了，不过是年轻人的无知与狂妄罢了。

第三百九十三章

“现在这件事怎么办?”感慨完国内企业的不争气，孟凡泽又回到了正题上，向冯啸辰问道。

冯啸辰道：“按照前年各企业与重装办签订的保证书上的条款，北化机需要承担由于这次质量事故造成的全部经济损失，也就是大约1500万左右。”

“这是不可能的。”孟凡泽脱口而出。

冯啸辰用戏谑的眼光看着孟凡泽，说道：“原来孟部长也觉得不可能。”

“我为什么不能觉得不可能?”孟凡泽反问道，他其实也是下意识地说出了前面这句话，说完就已经觉得有些不对了，只是不便马上改口。听到冯啸辰的质疑，他给自己找着理由，说道，“北化机根本承担不起这么大金额的赔偿，如果一定要他们赔偿，那他们就真的要破产了。”

“可这是合同规定，破产也是他们自己的责任。”

“可国家怎么可能眼睁睁地看着一家重点企业破产呢?”

“那么国家就应当眼睁睁地看着一家重点企业赖账?”

“这不是赖账，而是……”孟凡泽语塞了，每次和冯啸辰拌嘴，他都要落败，这一方面是因为冯啸辰经常有些离经叛道却又符合实际的想法，另一方面则是因为孟凡泽毕竟是一位70岁的老人了，要搞脑筋急转弯，他肯定是玩不过冯啸辰的。

“我是觉得，这个损失也不见得真的有这么大吧?一天20万的利润，这个算法太夸大了。”孟凡泽换了一个比较和缓的口气，对冯啸辰说道。

所谓耽误一天工期就损失20万的说法，是按化肥装备投产之后的利润来计算的。但在化肥装置建成之前，这种利润并不存在，用冯啸辰刚刚学过的经济学概念来说，只是一个“机会成本”。在大化肥项目开工之前，“有关部门”研究要不要建设，要如何建设，再加上与日方谈判、招标等等工作，耽误的岂止是一年半年的时间？这些时间的成本，又如何计算呢？

在以往，国家重点项目耽误工期的事情是经常发生的，一个项目拖上好几年甚至十几年，都不是奇怪的事情。只要你能够找出客观理由来解释，就不会有人去追究这种延误带来的经济损失，充其量就是建设方和业主方坐在一起，罚酒三杯，事情也就过去了。

这一次，北化机导致项目工期耽误了两个月，秋间会社要求北化机赔偿，依据也是因为业主方要求总承包商赔偿。换句话说，北化机赔偿的钱，是支付给业主方的，而这个项目的业主方是青东省，这就相当于自己人赔自己人的钱，肉烂在锅里。如果青东省能够放弃索赔，或者降低索赔的金额，秋间会社也就会减少向北化机的索赔，这就是孟凡泽认为赔偿金额不需要这么高的理由。

冯啸辰道：“正如您所说，北化机的厂长程元定已经去找过青东省经委了，要求青东省经委放弃工期损失的索赔，允许秋间会社把设备交付期推迟两个月，等待北化机重新做一座分馏塔出来。”

“青东省同意了？”

“据说程元定当着青东省经委主任的面，干了一瓶青东大曲，然后青东省就没办法了，只能答应。”冯啸辰用讥讽的口吻说道。

“罚酒三杯”的说法，还真不是段子手们编出来的，在很多时候，国家的重大经济损失，就是用几杯酒可以摆平的。程元定做出这个举动，就是把公事当成了私事去办，而对方见到这种架势，也就不能再以公事公办的态度来对待了，否则就会得罪了程元定，进而结下私怨。程元定是一家特大型国企的领导人，正局级干部，拥有庞大的人脉关系网，得罪了程元定，就相当于在江湖上多了一个冤家，谁也不想看到这样的结果。

于是，青东省经委的领导只能妥协了，答应不追究秋间会社的责任，其实也就是不追究北化机的责任了。不过，他们提出了一个要求，那就是程元定需要再去摆平重装办，让重装办认可这件事。青东省的理由也是很正当的，他们这样与程元定私相授受，万一重装办不同意，把事情捅到上面去，青东省的领导也是要担责任的。

得到青东省的承诺，程元定马上前往京城，找到罗翔飞。在进行了长达一小时的自我检讨之后，程元定向罗翔飞提出要求，说自己已经与青东省谈妥了，希望重装办不要再揪着这件事情不放。

“你们罗主任是什么态度？”孟凡泽笑吟吟地问道。他知道罗翔飞是一个认真的人，遇到这种事情，想必是会非常纠结的。答应程元定的要求，意味着违反了罗翔飞自己的做事原则，同时也开了一个坏头，以后众企业与重装办签的保证书就成为一纸空文了。可如果不答应，且不说方方面面的关系无法平衡，就是这 1500 万的赔偿压到北化机的身上，让北化机破产，这个责任也不是罗翔飞能够承担得起的。

果然，冯啸辰面露无奈之色，说道：“罗主任并没有直接答应。不过，为这事他已经好几天没睡好觉了，想不出一个万全之策。程元定撂了一句话，说北化机能不能活下去，就取决于罗主任的一念之差，弄得罗主任就更不敢轻易下决心了。”

“程元定这个人我知道，当了 20 多年的企业领导，有些狂妄。这一次，他估计也是认准了这件事情太大，重装办不好操作，所以才敢这样叫板。”孟凡泽评论道。

“这就是我们老师前几天讲过的，政企职责不分。政府把企业当成自己的孩子，舍不得打，惯得孩子越来越任性，最终反而成了家里的负担，这就是所谓父爱主义。”冯啸辰道，“北化机这一次是给青东省做设备，耽误的工期，可以通过政府关系让青东省放弃索赔。如果未来是给国外客商生产设备呢，难道也要这样赖账？如果我们的企业不学会对自己的行为负责，我们怎么可能走向国际市场？”

“听你的意思，应当严惩北化机？”孟凡泽试探着问道。

冯啸辰道：“这怎么可能呢？刚才连您都说这是不可能的，国家怎么可能让北化机这样的特大型企业破产？”

孟凡泽一摊手：“那还能怎么样？”

冯啸辰道：“重装办打算派出一个调查组，前往北化机，调查这起质量事故发生的原因，明确责任人，然后再采取相应的措施。”

“遇到这样的事情，派出调查组是必要的。”孟凡泽道，他又看了看冯啸辰，问道，“怎么，你想参加这个调查组？”

冯啸辰道：“我看罗主任的意思，好像是希望我能够参加的。这倒不是说其他的同志无法完成这个任务，而是我处理问题的方法比较对罗主任的脾气，其他有些同志容易和稀泥，大事化小、小事化了、最终不了了之。如果换成我去，就算国家不能坐视北化机破产，我想办法让程元定破产，还是能够做到的吧？现在的障碍是，我已经不是重装办的人了，再以重装办的名义去工作，不太合适。”

“呵呵，所以你就来找我了？”孟凡泽到这个时候才明白了冯啸辰的来意，不禁佯装嗔怒地说道，“如果没这件事，你是不是都忘了我这个老头子了？”

“哪能啊。”冯啸辰乖巧地说道，“其实我来看您，主要原因是晓迪煮了些茶叶蛋，非让我给您带几个来尝尝鲜。这不，我就带来了。”

孟凡泽看了一眼冯啸辰进门时候放在他办公桌上的小铝饭盒，笑了笑，也不去戳穿冯啸辰的瞎话，而是皱着眉头想了想，说道：“小冯，且不说你以什么名目参加这个调查组，这件事可又是一桩得罪人的事情，你如果参加了，而且还提出了一些重要的意见，恐怕又要惹事上身了。张主任和罗主任送你去社科院读书，就是想让你避避风头，现在怎么又把你推到风口浪尖上去了？”

“不是他们要推我，是我自己过意不去。”冯啸辰解释道，“当年让北化机签保证书的事情，是我发起的，现在在保证书的事情上出了问题，自然也应当由我去处理。因为我不是重装办的人，再以重装办的名义出面不太合适，我想是不是可以让重装办向社科院发一个函，以借调的方式，让我参加，这也就算是名正言顺了。”

“重装办直接发函借一个研究生去参加调查组，还是太明显了。如果是借一位研究员……咦，我怎么没想到这个办法呢?”孟凡泽脸上露出了一些喜色，说道，“让重装办请沈教授出面，你作为沈教授的弟子跟着一起去，不就合情合理了吗?”

第三百九十四章

山北省奎固市。

北方化工机械厂的厂部会议室里，阴云密布。十几位厂领导以及一些重要处室的一把手围坐在会议桌旁，正在听副厂长边广连介绍这一次分馏塔质量事故的情况以及善后处理方案。厂长程元定坐在中间位置，脸色铁青，一根接一根地抽着香烟。他吸烟的力气很大，几乎每吸一口就能够让香烟燃掉一半，似乎是这香烟得罪了他，让他恨不得食之而后快。

“青东省那边，程厂长带着我们几个去了一趟，基本上已经说好了，对方答应不会追究工期延误的事情，愿意与秋间会社就建设工期问题签一个补充协议，放弃相应的赔偿权利。现在的问题，主要是国家重装办方面咬住不放。从日本引进大化肥成套设备，是由国家装备进出口公司负责的，如果重装办不松口，装备进出口公司方面也不会松口，届时就算青东省经委同意放弃赔偿要求，进出口公司方面也是不会同意的。”边广连说道。

“这个重装办有什么权力找咱们的麻烦？”党委书记萧金生不满地嘀咕道，“他们只是业务指导部门，跟咱们根本就没有上下级关系，狗拿耗子，他们管得着吗？”

副书记卓惠珍道：“当初咱们厂和重装办是签过一个质量保证书的，现在他们就是拿着这个保证书来刁难咱们。依我说，当初就不该签这个东西，人家就是设好了圈套，等着咱们往里跳呢。”

听卓惠珍说起保证书的事情，一干领导们都偷眼去看程元定，想看看他如何反应。保证书是程元定去签的，当时厂子里对此也有一些争议，无奈程元定在厂里说一不二，大家也不敢公然反对，所以最终就签下来了。

当然，在这一次的事件之前，大家对于这个保证书也并没有特别放在心上，总觉得就是一个形式而已。谁料想重装办居然还把它当真了，非要北化机照着保证书上的条款承担责任不可。

程元定从场上的气氛就知道大家都在偷窥他，也知道卓惠珍说那番话是在给他拉仇恨。他和卓惠珍素有矛盾，只是因为双方级别差不多，卓惠珍管的是工会、妇联这些群众团体，与他这个厂长的交集不多，所以二人一直保持着一种老死不相往来的状态。现在生产这方面出了问题，卓惠珍当然会乐于出来踩几脚的，即使不能把程元定给踩死，至少也能恶心恶心他吧。

娘的，等到这件事过去，看老子不收拾收拾你。程元定在心里暗暗骂着。现在正是他走背字的事情，他还分不出精力来对付卓惠珍，所以也只能先给对方记笔小账了。

“保证书这个事情，当时也是没办法。”边广连替程元定解释道，“重装办提出来，如果不签保证书，就不能承担设备分包任务。这一次的设备分包，是带着技术转让的，对于提高咱们厂的技术水平非常重要，所以我们才不得不签了这个保证书，谁知道会出这样的事情呢？”

“既然签了保证书，那就应当严格执行嘛，怎么会出这么大的娄子呢？”卓惠珍可不会轻易放过这个机会，她看着边广连说道，“老边，我是搞政工的，不管你们生产那一摊。这一次的质量问题，是因为咱们厂的技术实力不够呢，还是因为某些领导不重视产品质量，导致出现了严重问题呢？我想，这个问题是需要搞清楚的，谁的责任就由谁来负责嘛，大家说是不是？”

“这件事，生产处和质检处已经调查清楚了，是仓库保管员华菊仙工作态度不认真，把 43 号焊丝错放到了 75 号焊丝的箱子里，然后当成 75 号焊丝发给了车间。电焊工在不知情的情况下，使用了 43 号焊丝，造成了这起事故。”边广连说道。

此言一出，场上顿时出现了一段时间很诡异的沉默，一些人的脸上显出轻微的愕然，另外一些人则露出了会心的微笑。能够有资格参加这个会议的，可都是人精，哪能品不出这其中的味道。

“华菊仙，就是那个临时工？呵呵……”卓惠珍看看众人，重重地冷笑了两声，可惜没有获得回应，她看着边广连，说道，“老边，这就是你们调查的结果？出了这么大的事情，让一个临时工来担了所有的责任，这样的事情，你也相信？”

“老卓，这个时候就别再纠缠细节了。”萧金生开口了。事情是怎么回事，他当然是很清楚的，让华菊仙这个临时工来顶锅，也是厂子里处理同类事情的惯例。临时工的好处，在于随时都可以开除，只要私底下给一些补偿，让他们担再大的责任也无妨。如果换成一个正式工，事情就麻烦了，人家端得好好的铁饭碗，凭什么要替你背黑锅？什么样的经济补偿能够抵得上一个国企的编制呢？

卓惠珍想利用这件事来恶心程元定，萧金生当然也是知道的。换成其他时候，他会乐于看到卓惠珍和程元定斗起来，他再在旁边打打圆场，显示一下存在。但这一回的事情有点大，外敌当前，再这样内斗就不合适了。

“让华菊仙来承担这个责任，还是比较合适的。群众对她也早有反映，说她工作不够认真，经常在上班时候打毛衣，发材料经常发错。这一次犯下这么大的错误，应当直接予以开除，以严肃纪律。”萧金生沉声说道。

“开除华菊仙是肯定的。”管人事的副厂长蒋新乐道，“不过，刚才卓书记说得也对，这么大的事情，光处理一个临时工肯定是交代不过去的。其他相关人员也应当处理几个，尤其是需要有一两个中层干部，这样也显得我们的态度比较认真嘛。”

萧金生道：“生产处、质检处、材料科、容器车间，这几个单位都要对这件事情负责任。处理的力度可以稍微大一点。要向被处理的同志做好解释工作，告诉他们这是为厂里分忧，等到过一段时间，厂里还可以恢复他们的职务。”

边广连点头道：“萧书记放心吧，我已经安排好了，生产处的老张，质检处的老李，容器车间的老刘，他们都同意接受处理。我跟他们说了，这一次的事情比较严重，如果认真地查下去，他们的责任也是逃不掉的。主动出来承担责任，和等着厂里查出来再处理，性质是完全不同的。”

“哈，原来你们还没有认真查下去呢？”卓惠珍又逮着了边广连话里的漏洞，讥讽地说道。

边广连白了卓惠珍一眼，却也不敢和她缠斗。这一回的事情，完全是生产上的事，就算是上头派人下来查个天翻地覆，也碍不着卓惠珍什么事。这厮完全就是看热闹不嫌事大，自己和她计较下去，那是包输不赢的。

“除了中层干部这边，厂领导也应当有个态度。”边广连自顾自地说道，“我考虑过了，我是管生产的副厂长，出了质量问题，我责无旁贷。我准备向上级做认真的检讨，必要的时候，我可以引咎辞职。”

“这倒不至于。”萧金生道，“说破大天去，也就是用错了一箱子焊丝的事情，还能追究到厂领导这个层次上？你做个检讨是应该的，也算是表示了一个态度嘛。但引咎辞职之类的，就不必提了。这样一提，倒显得咱们像是有多理亏似的。我跟大家说，上头那些人，也是会挑软柿子捏的，咱们显得太软了，人家就欺负到咱们头上来了。就像那个保证书，当初咱们如果坚持不签，其实他们也奈何我们不得，难道国家能全靠一群农民去搞大化肥？”

最后一句话，就有些诛心了，相当于又借机黑了程元定一次。萧金生顾全大局不假，但不利用这个机会黑一黑程元定，也对不起他这么多年的阅历了。

听到边广连已经说完了处理方案，萧金生也表示了赞同，程元定把手里的烟蒂狠狠地按在烟灰缸里，抬起头来，看着众人，阴恻恻地说道：“这件事情，就照边厂长说的方案办。在这件事里受了委屈的同志，未来厂里一定会给予补偿的。我说一句，国家重装办有些人一直想跟咱们过不去，这一次机会他们肯定是不会放过的。但只要咱们团结一心，统一口径，他们就奈何我们不得，我就不相信他们有胆量让北化机真的破产。我知道有些人心里有其他的想法，想看我老程倒霉。等到事情过去，大家愿意怎么说，哪怕是站在厂部楼下骂我祖宗八代，我都不管。但这一次，如果有谁敢出卖厂子的利益，做出令亲者痛、仇者快的事情，他就是与全厂四千多职工为敌，我程元定绝对不会轻饶他！”

说到这里，他用鹰隼一般的目光环视了会议室一周，所有被他的目光扫中的人，都赶紧挤出一个人畜无害的微笑，以示自己是大大的良民。只有卓惠珍把头偏向了一边，却也不敢再说什么风凉话了。

第三百九十五章

“这件事是我们放松了自我要求，工作上出现了疏忽，教训是非常深刻的，我们已经作出了认真的反省……”

“起因虽然是仓库临时工发错了材料，但我们没有进行严格复核，也是有一定责任的，我这个当组长的愿意接受处分……”

“我这个副处长是分管这方面工作的，负有领导责任……”

“我该打，辜负了党和国家对我多年的培养……”

“……”

重装办工作组进驻北化机三天，每天听到的都是这种痛心疾首的自我检讨。当事人的态度不可谓不真诚，厂方的接待不可谓不热情，所有与质量事故相关的调查材料和自查材料完美得让人叹服，上面对于这次质量问题的结论完全相同：这是一起由于临时工工作态度不认真，各环节把关不严而造成的事件。

而所有这些结论的背后，又隐含着一个观点：这件事与厂里的管理并没有太大关系，尤其是厂长程元定，在这件事里是没有任何责任的。

“怎么能说我没有责任呢?”在担任调查组组长的重装办协作处处长徐晓娟面前，程元定用沉痛的语气说道，“我身为一厂之长，厂子里出的所有事情，都与我有关。我平时对干部职工的要求不够严格，导致了这次严重的质量事件，我当然是要负领导责任的。”

“在把存在问题的分馏塔送交日方进行检验之前，你们厂就没有任何人对这个问题提出过质疑吗?”徐晓娟冷着脸问道。

“这倒没有。”副厂长边广连道，“我们做的出厂检验项目里，并没有焊丝成分检验这一项，因为以往并没有出过这样的问题，所以我们忽略了这方面的要求，这是一个深刻的教训，我们一定会认真汲取的。”

“可是，你们一个深刻的教训，就造成了上千万元的直接和间接经济损失，这个责任应当由谁来负呢？”调查组副组长王根基没好气地斥道。

“我们已经开除了那名玩忽职守的临时工，还有相应的一批中层干部、一线操作工也都受到了撤职、降职和扣罚奖金的处分。”边广连答道。

“然后呢？”王根基继续问道。

“然后……就没有然后了。”边广连满脸不解之色，我们都已经作出检讨了，你们还要怎么样？

王根基直接就被噎得想吐血了，以他过去的暴脾气，恨不得就得和对方干上一仗了。他扭头去看躲在社科院研究员沈荣儒身后的冯啸辰，等着冯啸辰出来给他出气。却见冯啸辰一脸漠然的样子，像极了一个在老师面前扮乖巧的小研究生。王根基哼了两句，想说点啥，最终还是把话给咽回去了。

重装办派出的这个调查组，除了重装办的徐晓娟、王根基等人之外，还有化工部、国家装备进出口公司的人员，另外就是来自于社科院的两名研究员以及几名研究生。这两名研究员分别是沈荣儒和一位名叫艾存祥的老师，研究生则包括了冯啸辰、祁瑞仓和丁士宽。研究生就是带有研究任务的学生，跟随导师外出做调研是本分。

在调查组刚到北化机的时候，程元定与调查组见面，觉得冯啸辰似乎有些眼熟，但也想不起在什么地方见过。程元定与重装办打过交道，但哪里会去记像冯啸辰这样一个小年轻。他只是把冯啸辰当成了一个来刷阅历的普通研究生，没把他放在心上。

与北化机的厂领导会谈完，调查组一干人回到招待所开项目分析会，徐晓娟揉着有些生疼的额头，对沈荣儒和艾存祥说道：“沈教授，艾教授，这几天的调查，你们也都全程参与了，对这件事有什么看法呢？”

请社科院专家参与项目调查，是孟凡泽向经委张主任提起的，张主任欣然允诺，随即就向社科院发了函，指名道姓请沈荣儒带队前往。沈荣儒此时正在负责国家交付的一个关于大型国有企业改革的研究项目，也正需要这样活生生的案例，这才邀请了同事艾存祥，又带上了几名研究生来到北化机。在这些天的工作中，徐晓娟一直都很尊重沈荣儒他们，凡事都要请他们先发表意见。

听到徐晓娟发问，艾存祥先开口了，他今年40来岁，算是战略所的“少壮派”，思想比较尖锐。当着程元定他们的面，艾存祥没有说什么难听的话，此时用不着顾忌，便直言不讳地说道：“北化机的整个班子，都已经烂透了。他们目前的这种态度，表面上看显得很谦恭，其实是满不在乎。出了这么大的事情，他们不深刻反省自己工作中存在的问题，反而是大事化小、小事化了，把责任推给了一个临时工。说难听点，这就是把咱们都当成了傻子，想蒙混过关呢。”

“他们就是有恃无恐，知道国家不能拿他们怎么样，所以才会这样敷衍。”丁士宽评论道。

祁瑞仓道：“这就是缺乏契约约束，他们给国家造成了经济损失，却不用承担责任，当然会有无所谓的态度。如果这1000多万的损失需要他们承担，我想用不着我们派调查组，他们自己就把原因查得一清二楚了。西方产权理论认为，只有产权清晰，明确各个经济主体应当承担的经济责任，才能有效地避免一些具有负外部性的行为发生。”

“问题在于，他们承担不起这1000多万的损失，如果让他们承担，他们就破产了。”沈荣儒道。

王根基冷笑道：“破产就破产，有什么可怕的？没有几家破产的企业，其他企业就不会害怕，以后还会继续出这样的事情。”

徐晓娟叹道：“如果事情有这么简单就好了，罗主任又何必让咱们过来呢？北化机是化工部的重点企业，也是咱们国家装备工业的龙头企业之一，谁有这么大的胆子，敢让它破产啊。”

化工部派来的一位名叫左锋的副处长赶紧附和道：“徐处长说得对，让北化机破产是绝对不行的，北化机承担着我们化工系统大量的装备制造任务呢，它如果破产了，我们化工部可就得抓瞎了。”

“这就是企业绑架了国家，所以国家不得不去为企业承担责任。”丁士宽道。

“小冯，你的看法呢？说出来听听。你可是咱们重装办的老人，现在虽然到社科院了，重装办的事情，你还是得多贡献点想法哦。”徐晓娟点了冯啸辰的名。她原本想说这次请社科院专家同行就是为了能够让冯啸辰参与，转念一想，如果这样说了，估计冯啸辰以后在社科院就没法做人了。徐晓娟也是有多年社会经验的人，自然不会犯这种错误。

冯啸辰笑笑，说道：“徐处长，我这次来，是跟着沈老师和艾老师前来学习的，我们的主要任务是观察这样一个典型的案例，从中总结出一些经验，用于学术研究和政策研究。具体说到这个事件，我的看法是，北化机方面是什么态度并不重要，重要的是重装办，或者说国家经委方面，是什么态度。”

“哈哈，老幺说得对，关键在于徐处长您的态度，我们只是做研究的，不能代替政府作决策啊。”祁瑞仓笑着说道。他们几个虽然身份上是研究生，但也都是有过工作经验的，加上社科院研究生本身的地位也不低，所以说话也不用太过于拘谨。

徐晓娟见对方把球踢回她的脚下，只得苦笑一声，说道：“我也不是领导，哪能有什么态度。出发之前，罗主任向我们交代过工作要求。不瞒各位，罗主任的态度和化工部方面是一致的，那就是不能让北化机破产。”

听到徐晓娟这么说，王根基向众人扮了个鬼脸，耸耸肩膀，说道：“看看，这个调子一定下来，我们还能干个屁啊。”

其实，罗翔飞的要求，王根基也是知道的，而且多少也能理解，他只是气愤不过程元定等人的嚣张，所以才会有这样的牢骚。

徐晓娟白了王根基一眼，接着说道：“罗主任的意思是，北化机是国家的企业，肯定不能让它破产。但造成这次质量事故的责任人，必须严肃处理，上不封顶。这么大的事情，让一个临时工来顶罪是不可能的，我们必须要找出北化机管理上的漏洞，以便对包括厂领导在内的责任人进行处分。”

“我觉得北化机方面也是吃透了你们重装办的态度，所以统一了口径，把责任尽量往临时工身上推，也算是丢卒保车了。”艾存祥说道。

“咱们国家的事情，往往就是这样。”祁瑞仓道，“不管出了多大的事情，领导把责任往下属身上一推，处分几个无关紧要的人，事情就过去了。等到风头过去，这些帮领导背黑锅的下属还可以得到重用，最后谁都没受损失，吃亏的只能是国家而已。”

王根基把头转向冯啸辰，笑呵呵地说道：“小冯，听说你也来参加这个调查组，我可就踏实了。有你在，谁想玩猫腻都是枉然。哥们，好好给大家露一手，让姓程的难受难受。”

第三百九十六章

王根基是个不知轻重的二世祖，说话也不忌讳其他人的感受。当着他的面，冯啸辰只是笑而不语。等到徐晓娟宣布散会，众人各自回去休息时，冯啸辰来到沈荣儒的房间，向他请教道："沈老师，您觉得，这件事情我应当参与吗?"

"你现在不是已经参与了吗?"沈荣儒笑呵呵地反问道。

冯啸辰道："到目前为止，我也只是带了耳朵过来听，并没有真正插手这件事。刚才王处长的话，您也听到了，重装办的同志们似乎是希望我参与得更深入一些的。"

沈荣儒道："那你自己的想法是什么呢?"

冯啸辰迟疑了一下，说道："沈老师，我知道我现在是一个学生，主要的任务是学习和科研。不过，目睹这些企业领导对国家的损失无动于衷，忙着推卸责任，欺骗上级，我有些看不过去……"

"看不过去，那就挺身而出嘛。"沈荣儒笑道，"我听说你小冯一向都是一员猛将，擅长于冲锋陷阵的，怎么现在畏手畏脚了呢?"

冯啸辰有些尴尬地说道："那只是一些传言罢了。再说，过去我是重装办的工作人员，遇到事情自然是要负责任的。该和对方作斗争的时候，不能退缩，而是必须针锋相对，所以闯下了一点薄名。但现在我是社科院的研究生，是您的学生，如果参与太深，会不会影响到社科院以及您的形象?"

沈荣儒摆摆手，说道："小冯，你不用有这样的担心。你现在是我的学生，胆子反而要更大一些。张主任把你交给我，不是让我把你培养成一个随大流的官僚，而是要我保护你的这种闯劲。咱们国家的改革，是一项前无古人的事业，需要一大批有闯劲、有热情的干部。我们这些老同志，就是给你们保驾护航的。对了，你别以为我不知道这一次重装办请我参加这个调查组是什么目的，他们的醉翁之意，不在我这个老头子身上，而是在你身上呢。”

“这……”冯啸辰彻底地窘了。让沈荣儒参与调查组的事情，是孟凡泽提出来的，而究其原因，则是冯啸辰自己想介入这件事，苦于缺乏一个名义。孟凡泽让沈荣儒以做课题的身份参与进来，冯啸辰也就可以名正言顺地跟着调查组工作了。这样的打算，孟凡泽和张主任自然不便瞒着沈荣儒，而沈荣儒明知如此，还是欣然接受，这就很能说明一些问题了。

“沈老师，我是怕我没把事情做好，反而连累了你。”冯啸辰道。

沈荣儒正色道：“小冯，你过虑了。我是一名学者，面对着这种损害国家利益的事情，也是不能置之不管的。其实，我倒真的很好奇，北化机上上下下已经统一了口径，大家都一口咬定是临时工华菊仙发错了材料，导致这一次的质量事故，你有什么办法能够打破这个僵局，还原事实的真相呢?”

冯啸辰笑道：“这倒是不难。俗话说，要想人不知，除非己莫为。北化机的管理存在漏洞，想靠统一口径来掩饰，是办不到的。如果沈老师您不反对，我就去试着挑一挑这个内幕。在这方面，我倒是有点经验。”

沈荣儒点头道：“没问题，你尽管放手去做，如果有什么差池，我会帮你顶着。张主任一直跟我说你机敏过人，能够创造性地解决一些棘手的问题，我还没见识过呢。借这个机会，我也好充分地了解一下你的能力。”

“那我就献丑了。”冯啸辰信心满满地说道。

从沈荣儒那里获得了许可，冯啸辰便踏实了。早在两年前，程元定带头拒绝与重装办签订保证书的时候，冯啸辰就惦记着要敲打敲打他了，只是没一个合适的机会而已。这一回，北化机闹出这样一桩事，虽然上上下下都把责任推到了临时工华菊仙的身上，但冯啸辰清楚，仅凭一个临时工是不可能把一个低级错误层层传递下去的，一家企业如果连这么一点纠错能力都没有，北化机也别提自己是什么重点装备企业了。

任何一个大事故的背后，都有几百个小错误，正是这些小错误的积累，才导致了最终的大错误。后世的企业管理特别讲究规章制度，有些规定甚至可以说是繁文缛节，看上去完全没有必要，但仍然要求职工不折不扣地执行。其实，这些繁文缛节就是一道道的防火墙，能够防止某一个环节的错误传递到下一个环节里去，以便把失误控制在很小的范围内。

北化机在推行全面质量管理方面，有些流于形式，这一点，在过去几天的调查中，冯啸辰已经深深感受到了。但他清楚，这一次焊丝选择错误的问题，绝不仅仅是质量管理上的疏忽，而是有很多深层次的问题。要追究下去，程元定作为厂长的责任是跑不掉的。

一定要把程元定拉下去，这是出发之前冯啸辰从罗翔飞那里得到的暗示，这个暗示罗翔飞甚至没有向徐晓娟、王根基他们提起。让程元定下台，并不是因为罗翔飞或者冯啸辰与他有什么私怨，而是唯有如此，才能让其他企业里的负责人感觉到威胁，进而认真地对待质量问题。

国家不能让北化机破产，所以北化机本身在这次事件中并不会遭受什么损失。如果程元定也不用承担责任，那么就意味着他与重装办签的保证书完全成了一纸空文，重装办提出的质量要求也就成了笑柄。罗翔飞不能接受这样的结果，这不仅仅是涉及他个人的面子，而是关系到装备工业发展的百年大计。

如果是一名有责任感的厂领导，产品出了质量问题，国家蒙受了损失，厂领导是会有切肤之痛的。但如果是像程元定这样一心只在乎个人荣辱的领导，除非触及他的切身利益，尤其是他的官帽子，否则是不能让他震动的。

简单说，罗翔飞就是要用程元定的官帽子来祭旗，起到杀一儆百的效果。而寻找程元定的污点，或者直接给他制造污点的事情，其他人不一定能够办好，唯一能够让罗翔飞放心的人，就是冯啸辰。

“小冯，你到底是什么意思！”冯啸辰刚刚离开沈荣儒的房间，一直等候在走廊里的王根基便迎上来了，一碰面便压低声音斥道，“你现在怎么变成这个样子了，程元定这孙子搞这些名堂，这是明显不把咱们重装办放在眼里，你居然一点都不生气？”

“哈哈，我很生气啊，我气得一宿一宿睡不着呢。”冯啸辰给了王根基一个灿烂的笑容，回答道。拿王根基逗闷子，是冯啸辰很喜欢的一种娱乐形式，王根基是个很萌的人，一逗就跳，屡试不爽。

果然，看到冯啸辰那一脸快乐的样子，王根基恨得咬了咬牙，摆摆手道：“算了算了，我就知道跟你丫的没法好好说话。这么说吧，哥们就是看不惯这孙子，你给哥们支个招，怎么能够把他拉下水？”

“这个很简单啊。”冯啸辰说道，他的态度是如此的轻描淡写，让王根基看着就想跟他拼命。

“简单你就说呀！咱们都来好几天了，一点进展都没有，真是急死我了。”

“要我说也容易，一顿饭，如何？”

“你娘的有海外关系，外汇多得花不完，你还敲诈我请你吃饭，你有点良心没有？”

“那就我请你啰，这又没什么了不起的。”

“那你的主意呢？”

“边吃边说……”

碰上冯啸辰这么一个主儿，王根基算是没脾气了。你急的时候，他一点也不急。可就在你觉得没办法的事情，人家已经不声不响地把事情给办完了。王根基和冯啸辰合作了几回，对冯啸辰算是了解了，但从里到外，他对冯啸辰可谓是心服口服。

两个人回房间换了套便装，又向徐晓娟请了假，出了招待所向着家属那边的一条商品街走去。北化机有四千多职工，加上家属就是上万人的规模，与一个小镇相仿。厂区里有完整的生活配套设施，包括一条比较繁华的商品街，在那街上，有十几家餐馆，平日的生意也都是挺不错的。

“就这家吧！”走到一家门面装修不错，看起来有点档次的餐馆门前，王根基提议道。

冯啸辰点点头，挑开门帘走进餐馆，他打量了一下大厅里的情况，转身便向外走，弄得王根基颇有几分诧异。

“怎么啦，哪不满意?”王根基问道。

“人太少。”冯啸辰答道。

“这家馆子一向人少，我打听过，它的饭菜比别家贵点，所以吃的人少，不过口味是挺不错的。”王根基解释道。

冯啸辰嘿嘿一笑：“我又不是来吃口味的。”

“那你吃啥?”王根基问道。

“吃人。”冯啸辰简洁地回答道。

第三百九十七章

冯啸辰说的吃人，指的是要找一个人多的地方吃饭。当服务员领着冯啸辰、王根基二人挤进人群，让他们与别人拼桌坐下的时候，王根基开始有些领悟到冯啸辰的用意了。

“听说了吗，那个被开除的临时工华菊仙，家里的孩子特别出息呢。”冯啸辰一边吱溜吱溜地往嘴里吸着啤酒，一边像拉家常一样对王根基说道。

“是吗，你怎么知道的？”王根基颇有一些当捧哏的天赋，虽然没和冯啸辰事先对过台词，接话接得还是非常顺溜的。

冯啸辰道：“我偶然听人说的，华菊仙的大儿子正在上高中，成绩在学校里是名列前茅的。她的小儿子在读初中，成绩也挺好。”

“这么说，考上大学是不成问题了？”

“要从成绩来说，当然没问题。”

“那还能从哪来说？”

“政审啊！”冯啸辰像是看个傻瓜一样看着王根基，“你想都能想出来的，如果这俩孩子的母亲在监狱里待着，他们考大学能通过政审吗？”

王根基一愣，他的眼睛是看着冯啸辰的，但通过眼角的余光，他分明能够看到前后左右十几双眼睛都向他们这个方向瞟过来了。在这饭馆里吃饭的，都是北化机的职工或者家属，大家倒不一定互相认识，但至少能够从对方的服饰、气质上判断出谁是厂子里的，谁是外来的。

冯啸辰和王根基他们走进饭馆的时候，就已经被人认出来了，知道他们是从京城来的干部，是来调查分馏塔的事情的。这件事是目前厂子里的头号大事，稍微了解一点厂里情况的职工都知道此事。

有关调查组的来意，以及可能对北化机带来的威胁，厂子里众说纷纭，有人说是小事一桩，也有人预言会天翻地覆。因此，大家对调查组的人都颇为关心，听到冯啸辰和王根基聊天，坐在旁边的人都竖起了耳朵，希望能够听到一点小道消息，以便回去向左邻右舍吹嘘。

冯啸辰提到华菊仙的孩子，大家还没特别在意。可冯啸辰下一句就说这俩孩子未来会面临政审问题，还说他们的母亲会在监狱里待着，大家就淡定不能了。

“什么，华菊仙有可能要坐牢?”

“怎么，华菊仙的两个孩子有可能受到连累，上不了大学?”

“不可能吧，发错一箱焊丝就要坐牢，哪有这样的事?”

“这是一箱焊丝的事情吗？一座分馏塔全部返工，20 多万的损失呢!”

“该，我看让她坐牢也不冤，全厂的年终奖都被她糟蹋了……”

“不冤？我就呵呵了，她不冤，还有谁冤?”

“嘘……”

冯啸辰似乎没有听到周围的窃窃私语，事实上，他也的确可以装作听不见，因为餐馆里人声鼎沸，而工人们的议论用的又是当地方言，颇为难懂。倒是工人们听他们聊天不太费劲，因为普通话大家都是懂的。

“唉，可惜了。”王根基脑子可不笨，听冯啸辰满嘴跑火车地瞎扯，他便知道冯啸辰想干什么了，于是跟着他的话头说道，“这么大的损失，判她 20 年还真不算重。”

“可不是吗？她是罪有应得，我是同情她的孩子。”

“是啊，招工进厂也没戏了，以后冻结五年的招工，够大家喝一壶了。”

冻结招工……

冯啸辰咧了咧嘴，不错啊，老王，都学会抢答了，我还真没往这想呢。嗯嗯，冻结招工是一个好主意，再来点狠的……

“暂停业务才可怕呢，以后只能发 70% 工资了，奖金更是不用想……”

"退休工人的工资还是应当保证吧，扣他们40%，我不太赞成，不过上头这样定了，我说了也不算。"

"住房也建不成了，银行会冻结基建款。"

"唉唉，喝酒，这些事别在这说，违反纪律了。"

"这家馆子，菜炒得不错，可惜，过几天估计工商就要收回执照了……"

两个人你一言我一语，还时不时地用眼睛向左右瞟一瞟，似乎是担心他们的谈话被别人听见，把"欲盖弥彰"这个成语演得活灵活现。

旁边的职工们早已放弃了高谈阔论，他们故意用眼睛看着别处，以示自己并没有偷听冯啸辰他们的谈话，耳朵却是伸得老长，恨不得贴到冯啸辰他们的嘴边去，生怕听漏了一句什么。

"华姐华姐，出大事了!"

没等酒足菜饱的冯啸辰和王根基二人回到招待所，他们在小饭馆里聊天的内容，已经迅速地传遍了全厂。有要好的小姐妹飞也似的跑到华菊仙的家里，告诉了她刚刚得到的可怕消息："华姐，我听到一个确切的消息，说那些京城来的干部要判你的刑呢!"

"判刑？不会吧？"华菊仙半信半疑，"我不就是弄错了一箱焊丝吗，凭什么判我的刑啊？"

"可造成的结果严重啊，听人说，国家损失了好几亿呢。华姐，你说你也真是的，怎么就会这么不小心呢？"小姐妹满脸惋惜，心里却带着幸灾乐祸。兄弟就是用来出卖的，姐妹也是如此。华菊仙也招惹过人，巴不得看她出事的可不止一个两个。

"我哪不小心了，我是……"华菊仙话到嘴边，又咽回去了。边广连找她谈过，让她把事情的责任全揽下来，背一个开除的处分，并答应事情过后给她补偿。她原本就是一个临时工，开除不开除根本不算个事。可没想到这件事的责任会这么重，开除和判刑，二者可差着好几个档次呢。

"边厂长说过，没多大的事情的。"华菊仙嗫嚅着说道。

"厂长的话也能听吗？"小姐妹斥道，"华姐，你可别糊涂。我听人私底下议论，说其实不是你的事，你可别去帮别人背黑锅。”

“不会这么严重吧？”华菊仙也有些不踏实了。

“哼哼，不严重？”小姐妹冷笑道，“华姐，我跟你说，你坐牢也不打紧，厂里没准会给你补助的。可你家小军和小兵就惨了，你坐了牢，他们考大学政审都通不过。”

“什么！”华菊仙的脸色一下子就变了。自己会不会坐牢，还只是一个猜测，就算是坐牢，事情也还在可以接受的范围之内。可涉及两个儿子考大学的事情，性质就完全不同了，如果因为自己与边广连的幕后交易，耽误了儿子的前程，那再多的补偿也没用啊。

“你听谁说会影响小军和小兵政审的？”华菊仙攥着小姐妹的手腕子问道。

“这还用谁说吗？”小姐妹心里那份畅快啊——你家两个儿子都是学霸，我两个儿子是学渣，你在我面前嘚瑟好几年了，现在总算能让我出一口气了。学霸有什么用，政审通不过，不还是得回厂里来当临时工，到时候连对象都找不着，找个缺胳膊断腿满脸大麻子双目失明的……小姐妹掩饰着开心，用关切的语气继续说道，“华姐，这事可不是闹着玩的，你真的别大意啊。我听人说，坦白从宽，抗拒从严，你最好去向京城来的干部彻底坦白，争取从宽，要不可就晚了……”

“这事……我还得想想。”华菊仙虚弱无力地应道。

在华菊仙胆战心惊想着各种可怕结果的时候，厂子里其他的人家也在惶惶不安。在小饭馆里吃饭的那些人带回来的消息实在是太丰富了，有说厂子未来20年都不会再招工的，有说全厂职工工资要扣发一半的，有说退休工人从此以后领不到退休金，还有人预言国家会把北化机改成劳改农场，全厂工人直接变成劳改犯……

“这他妈的算个啥事啊，是他程元定搞的名堂，跟我们有什么关系？”

“就是嘛，我们只是普通工人，厂里出了质量问题，碍得着我们啥事吗？”

“我跟你们说，咱们是帮厂长背锅呢，这次这么大的事情，厂子里往个华菊仙身上一推，厂领导没一个出来担责任的，这不是明摆着糊弄人吗？人家中央的领导又不傻，还能不生气吗？”

“生气咋的，生气就能扣我们的工资？”

“人家就扣了，你能咋的？你敢说欺上瞒下这事你没份？”

“我他妈……”

后世的互联网舆情专家曾总结出操控意识的若干准则，其中便有一条，叫作“以恐惧为刀”。当人们陷入恐惧的时候，理智就会被淹没掉了。冯啸辰他们放出的那些消息，如果冷静地思考分析一下，会发现根本就站不住脚，而且他们这种在大庭广众之下传播内部消息的举动，也同样存在着疑点。

可是，因为他们所说的事情是大家所害怕的，所以大家的心态都是宁信其有、不信其无。有些职工为了显示自己聪明睿智，还会帮着寻找各种解释，让这些小道消息显得更为真实。再往后，谣言不断发酵，其最初的来源反而被人们无视了，整个北化机厂都陷入了深深的惶恐之中。

第三百九十八章

“边厂长，我听人说，这一次的事情很大，弄不好我会被判刑的。”

“华菊仙，你瞎说什么呢，这怎么可能？”

“真的，大家都这样说。”

“这是谣言，不要相信！”

“边厂长，我如果被判刑，会判多少年啊？”

“怎么可能会判刑呢？法律没这样的规定嘛。”

“我判刑倒不要紧，可我家小军和小兵就麻烦了，他们政审都通不过……”

“华菊仙，我跟你说了100遍了，判刑是谣言，不要信！”

“边厂长，我想撤回我那份材料，这件事真的不关我的事情。我也不要厂里给我补贴了，这钱我拿着不踏实。”

“华菊仙，你不要胡思乱想，别说你不会被判刑，就算真的被判刑了，厂里也不会不管你的。”

“边厂长，这么说，我真的会被判刑？”

“我说了，不会！！！”

“可你刚才说会的……”

“不会！！！”

“边厂长，我求求你……”

“滚！”

边广连从来没有发过这么大的脾气，他都快要被华菊仙给逼疯了。从一早来上班，华菊仙就堵在他的办公室里，翻来覆去就是说着自己会不会被判刑的事情。边广连一开始还有耐心跟她解释，为了能够解释得有效，他又换了几种不同的解释方法，结果就在华菊仙的脑袋里造成了混乱。这种混乱让华菊仙感到边广连肯定是在骗她，而她被骗的结果将是很悲惨的。

边广连当初选华菊仙来背这个黑锅，是看中了她头脑比较简单，稍微给点好处就能让她就范。可现在看起来，选择这个头脑简单的人实在是他犯下的最大的错误，头脑越简单的人就越偏执，一旦认准了一件事情，谁也无法改变她的想法。

“老边，情况不太对啊。”华菊仙前脚刚走，管人事的副厂长蒋新乐后脚便进了边广连的办公室，他手里捧着一个水杯，显得悠然自得的样子，但眉头却是锁着，像是有什么难事一般。蒋新乐说道，“我听到一些群众的反映，好像厂子里出了谣言，乱七八糟说什么的都有，我担心会出乱子啊。”

“这谣言是从哪传出来的？”边广连问道，他也是厂里的一员，像这样的谣言，他岂能听不到。最开始，他只是付之一笑，觉得不过是少数人庸人自扰而已。让华菊仙闹过一阵，又听蒋新乐提起此事，他才有些不踏实了。

蒋新乐道：“现在议论纷纷，也说不清是从哪开始的。我听说，那几个被安排承担责任的中层干部，好像也有些动摇了。”

“这不，华菊仙刚走，她想改口。”边广连指着桌上自己给华菊仙倒的茶水，苦笑着说道。

“这绝对不行。”蒋新乐道，“她如果一改口，事情就麻烦了。咱们自己提交的调查报告，连最关键的人物都出错了，这不是送上门去的把柄吗？”

“嗯嗯，我马上安排人去稳住她，绝对不能让她改口。”边广连道，说罢，他又恨恨地嘟囔了一声：“他妈的，这些京城来的人，到底是想干什么，不把咱们厂折腾黄了，他们就不乐意是不是？”

蒋新乐道：“我倒是觉得，咱们太轻敌了。这次的事情可真不算小，最关键的是，直接给了重装办一个耳光，人家咽不下这口气啊。现在咱们光推了一个临时工出来，人家能接受得了吗？”

边广连的脸有些变色了，“老蒋，您这话，我怎么听不懂啊？”

蒋新乐幽幽地说道：“老边，咱们都是老同事了，说句难听的，我是分管人事的，生产的事怎么也追究不到我的头上，你可是管生产的，就难说啰。”

说话听声，锣鼓听音，蒋新乐把话说到这个程度，边广连岂能听不出其中的暗示。如果这件事情要追究到厂领导一级，那么有资格承担责任的，不外乎边广连和程元定两个。要保程元定，就意味着边广连要去背黑锅。边广连如果想明哲保身，就得把程元定供出去。此前边广连让华菊仙去背黑锅，那是死道友不死贫道的事情，他没有丝毫压力。可现在要让他去背锅，他可得掂量掂量了。

“老蒋，谢了，我会注意的。”边广连压低了声音，向蒋新乐说道。

华菊仙出了边广连的办公室，转身就往党委副书记卓惠珍的办公室去了。卓惠珍是管工会妇联的，在厂里颇有一些知音姐姐的盛名，华菊仙六神无主，自然要找卓惠珍给她拿个主意。

“卓姐，我可活不下去了！”一进屋，华菊仙便一把鼻涕一把眼泪地哭诉开了，“那箱子焊丝的事情，根本就和我无关，是边厂长找我，让我把责任担下来。他还说，现在给我一个开除处分，等调查组走了，给我换个更好的位置，工资也可以提一级。可谁知道，这件事情根本不是他说的那样，人家都说，我起码要判 20 年的刑，而且我家小军小兵也上不成大学了，政审就通不过。卓姐啊，如果真是这样，那我可没法活了！”

“你说什么，那焊丝的事情跟你没关系？”卓惠珍眼睛一亮。

“可不是跟我没关系吗？我再糊涂，也做了这么多年保管员，材料型号哪能看错了？”

“那你怎么不早说啊？”

“我……我一时糊涂啊，听了边广连这个混蛋的话……卓姐，现在我该怎么办啊？”

卓惠珍心里犹豫起来了，这么狠的料，如果曝给调查组，程元定恐怕得挨一个大处分吧？边广连就更别说了，欺骗组织可是严重错误，撤职也最起码的事情。可是，这个料由她去曝，合适吗？

“菊仙啊，这个事情是生产上的事，我也不太了解，所以也不好说什么。不过，我们党的政策一向是坦白从宽，抗拒从严。一个人犯了点错误不要紧，只要向组织说清楚，组织是会给予保护的。相反，如果和某些人串通一气，欺骗组织，一旦事情暴露，处理会是非常重的哦。”卓惠珍说道。

华菊仙脸色煞白，问道：“卓姐，你是说，我应该去向京城来的那些领导说清楚？”

“我可没这样说。”卓惠珍拿起桌上的一张报纸，把目光投到了报纸上，像是自言自语地说道，“我只是向你介绍了一下党的政策，具体到这件事，我说了我不了解情况的。没有调查就没有发言权，是不是？”

“我明白了。”华菊仙这一回倒是一点就透，她从木沙发上站起来，拢了拢头发，毅然决然地走出了卓惠珍的办公室。

卓惠珍装作无动于衷的样子，把看报纸的姿势又保持了几秒钟，这才一跃而起，先小心翼翼地关上了门，然后冲到窗口，借着窗帘的保护向楼下看去。这时候，华菊仙已经走出了厂部的办公楼，向着调查组住的招待所的方向大步走去。

“什么，你来自首？”

华菊仙闯进调查组的临时办公室里，把徐晓娟给吓了一跳。坐在一旁的王根基却是欣喜若狂，他真没想到自己只是跟着冯啸辰去几家餐馆造了点谣言，就起到了这么好的效果。

“领导，我交代，我全交代！”华菊仙扑上前去，拉住了徐晓娟的衣袖，只差咕咚一声跪下了。

“大姐，你别急，来来，你坐下慢慢说！”徐晓娟把华菊仙扶着坐下，然后喊来了左锋等人，开始听华菊仙讲述。

“什么？你说你根本没有发错焊丝，车间来领料的时候，领的就是43号焊丝？”

“可不是吗，我再糊涂，也知道焊丝和焊丝不一样，如果他们领的是75号，我怎么会发43号呢？到时候材料账对不上，我拿什么去赔啊？”

“可是，车间明明需要75号焊丝，他们为什么要领43号呢？”

“我也不知道，可能是因为库房里没有75号焊丝了吧？”

“库房没有75号焊丝？”

“对啊，我们厂好像还是去年的时候用过75号焊丝，用完以后就没有再采购了。43号焊丝倒是有很多，所以这一段时间的生产，用的都是43号焊丝。”

“你有证据吗？”

“当然有……呃，是过去有，现在没有了。前几天，厂里说你们要来查这件事情，边厂长就让我把仓库的账给重新做了一遍，进库单、出库单什么都是后来填的。”

“你说的边厂长，是边广连厂长吗？”

“就是他，我们厂就一个边厂长。”

“也就是说，是边广连厂长指使你做假记录，而且还作伪证，把责任都揽到了你的头上？”

“是啊是啊，就是边厂长让我做的。我哪想得到会被判刑啊，领导，我这算是坦白了吧，你们别判我的刑好不好？我求你们了……”

华菊仙说到此处，又祭出了一哭二闹三上吊的看家本事，看那意思，如果徐晓娟不给她一个准信，她就得满地撒泼打滚了。

“判刑？判什么刑……”徐晓娟被弄懵了，好端端地调查质量事故，谁说要判华菊仙的刑了？

王根基赶紧接过话头，向华菊仙说道：“华大姐，你这种态度很好，符合坦白从宽的规定。只要你能够勇于揭发，我向你保证，肯定不会判你的刑的。”

第三百九十九章

"这是怎么回事?"

送走华菊仙，并再三交代她不要向其他人说起此事之后，徐晓娟回转身来，把头对着王根基，诧异地问道："小王，这件事是你弄的?"

"哈哈，我可没这么大的能耐。"王根基乐不可支地说道，"我也就是帮着敲了敲边鼓而已，唱头牌的可不是我。"

"是小冯?"徐晓娟明白过来了，能够创造这种奇迹的，还真非冯啸辰莫属。再说，换成个其他什么人，王根基怎么可能会如此自谦呢?

"你们到底是怎么弄的，这个华菊仙怎么会跑来自首的?"左锋饶有兴趣地问道。在前两天的调查中，他们是和华菊仙接触过的，当时华菊仙一口咬定是自己发错了货，还表示愿意接受一切处罚。当然，那时候她以为最重的处罚就是开除了事，所以才有这样的底气。没过两天，华菊仙好端端地居然跑来自首，像倒豆子一样把事情的经过都抖露出来了，这实在是太颠覆大家的三观了。

王根基只是傻笑，不肯说出他们搞的名堂。造谣吓唬人这种事情，毕竟不太光彩。再说，谣言一旦被戳穿，就没有效果了，王根基不知道调查组里有没有人会与北化机暗通款曲，这件事情还是烂在他肚子里为好。

徐晓娟素知冯啸辰的行事风格，见王根基讳莫如深的样子，便知道这其中必定有什么上不得台面的阴谋。她不再追问，而是黑着脸说道："华菊仙说北化机已经有一年时间没有采购 75 号焊丝了，而车间是拿着 43 号焊丝的领料单来领材料的，这就说明北化机从一开始就没有打算用 75 号焊丝来做焊接，这是明目张胆违背工艺要求的事情，责任是跑不掉的。"

王根基诧异道："他们这是图个啥啊? 75 号焊丝比 43 号焊丝价格更

贵吗？就算是更贵一点，焊丝能值几个钱，北化机不会抠门到这个程度吧？”

左锋是搞化工设备出身的，对这个问题有些了解，他说道：“这件事如果是真的，那只能说明北化机的领导质量意识极其薄弱。咱们国家过去生产化肥设备，用43号焊丝比较多，75号焊丝用得比较少，这主要是因为我们也不太了解75号焊丝和43号焊丝的区别。这两种焊丝的焊接强度差不多，43号焊丝的确要便宜一些，所以各家厂子也就习惯了使用43号焊丝。这一次，日本人要求使用75号焊丝，北化机想必是觉得这个要求不重要，同时库房里又没有75号焊丝，只有43号焊丝。他们不想专门为这个项目去进行额外的采购，所以就决定用43号焊丝来代替75号焊丝，这里面有些心存侥幸的成分。”

徐晓娟原来不太懂电焊，这次为了调查北化机的事情，专门去看了一些资料，对于这两种焊丝的区别也有了一些了解。听完左锋的分析，她点点头道：“我觉得左处长的分析很有道理。如果车间的领料单上写的就是43号焊丝，就说明生产处给车间下达生产任务的时候，修改了工艺要求，这就不是疏忽大意的问题，而是明知故犯，性质是非常严重的。这还不算，面对上级部门的调查，他们非但没有如实交代，反而临时修改仓库记录，串通口径，欺骗上级，这个责任，得直接追究到程元定那里去。”

“那还跟他们废什么话，直接抓人吧。”王根基嘟哝道。

徐晓娟摇摇头，道：“抓什么人？这种事要处理也是纪律处分，怎么可能抓人呢？再说，我们到目前为止也只有华菊仙一个人的说法，而且还是突然之间翻供的说法，可信度要打个折扣。北化机所有的部门都声称他们是严格执行工艺文件要求的，只是不知道焊丝被弄错了，这才导致这起质量事故。要推翻这个说法，我们还得有更多的证据才行。”

“没错，咱们得重新去查一下他们的原始台账，总能够发现一些破绽的。”左锋说道。

王根基道：“徐处长，我申请和小冯搭班子，我们去调查一下电焊工那边的情况，争取能够发现一些有用的线索。”

徐晓娟抿嘴笑道："小王，你可真行，这算是赖上小冯了？也罢，小冯的对象不就是电焊工吗，他肯定了解这方面的业务，你就和他负责电焊工的调查吧。"

"得令，您就瞧好吧！"王根基痞里痞气地应道。

容器车间。

负责分馏塔焊接的是以老焊工康水明任班长的一个电焊班。自从得知分馏塔被秋间会社检验确定为不合格，进而引发出一场轩然大波之后，康水明等人就处于一种战战兢兢的状态之中。问题是出在电焊环节，其他工人没什么责任，他们这些电焊工的责任是跑不了的。

早有调查组进厂之前，厂生产处的人就来找过康水明，教了他一套说法，让他一口咬定质量事故的原因在于仓库方面提供了错误的电焊丝，而他们电焊班的过失就是过于相信仓库，没有对电焊丝进行复核。厂里还说，如果调查组要追究责任，厂里会免掉康水明的电焊班长职务，还要扣罚一定数量的奖金，但厂里同时又让康水明放心，电焊班长这个职务也许不能马上恢复，但扣罚的奖金一定会从其他方面给他补上的，而且是双倍地补偿。

对于厂里的这个安排，康水明没有什么异议。电焊班长勉强也算干部了，作为干部，带头执行厂里的决议不是理所应当的吗？出了这么大的质量事故，不找几个人来担责任是不可能的，他是电焊班长，这事能躲得过去吗？

幸好，也就是免个职，再扣点钱的事，而且被扣的钱还会加倍返还，他又有什么不满呢？

可是，昨天晚上厂里的一些传言，让康水明有些不踏实了。大家都说，这一次的事情传到中央去了，据说某某领导都发话了。承担主要责任的华菊仙，最起码也是枪毙，如果这是真的，那么他们这些电焊工恐怕也免不了牢狱之灾，差异仅仅在于蹲三年还是五年。

"师傅，这件事和咱们无关啊，为什么要找咱们的麻烦？"

徒弟侯彩云苦着脸问道。他们这会都坐在车间的一个角落里歇着，别的班组还有工作在做，他们这个班组已经被要求停工了，随时等候着调查组的问询。

“怎么会无关呢，毕竟分馏塔是咱们焊的。”康水明道。

侯彩云道：“可生产任务单上写的就是 43 号焊丝，用错焊丝也是生产处的事情，跟咱们有啥关系?”

康水明连忙伸出一只手指立在嘴前，示意侯彩云噤声。他四下看了看，然后才低声对众人说道：“大家听好了，43 号焊丝这个事情，谁也不许乱说，一定要坚持说我们是要用 75 号焊丝的，是华菊仙那边发错了材料。边厂长说了，只有这样说，我们才能过关。如果我们说一开始就打算用 43 号焊丝，事情就麻烦了。”

“麻烦也是厂长麻烦，跟咱们有啥关系?”另一名叫郭建新的电焊工说道。

康水明道：“可是咱们已经写了材料，说当时就是按照 75 号焊丝的工艺要求做的，大家都签了名的。”

郭建新道：“康师傅，我们可是听你的话才签了名的。”

“是啊是啊，我知道……可我当时哪想到这事有这么麻烦啊。”康水明懊悔不迭地说道。

侯彩云道：“当时厂里只说要扣奖金，没说其他的。可现在大家都在传，说所有犯了错误的人都要判刑，这可怎么办啊?”

“判刑这个事情，我觉得十有八九是假的。”康水明说道，他话虽这样说，心里却没什么底。中央，这是一个离他远得难以想象的概念，中央的领导发话了，会有什么样的结果，他一个小小的工人，哪怕是个电焊班长，又能猜到几分呢?

“师傅，我觉得咱们应该去跟京城来的领导说清楚，就说那份材料是厂里骗我们签的，我们根本就不知道 75 号焊丝的事情，这样咱们就没责任了。”侯彩云建议道。她今年才 20 几岁，家里还有一个刚满周岁的孩子，她可不想去冒蹲监狱的风险。

郭建新迟疑道：“可是这样一来，咱们就把厂长给得罪了。等调查组走了，厂里找咱们算账，怎么办?”

康水明道：“是啊，我也是这样想的。程厂长那个脾气，大家又不是不知道。他让咱们统一口径，咱们把事情说漏了，他能饶得了咱们吗?”

“万一他被京城的领导处理了呢?”侯彩云问道。

“万一他没被处理呢?”康水明反问道。

“这……”侯彩云哑了，其他那些想说点啥的电焊工们也都哑了。现在形势可真的是很复杂啊，到底是站在厂里一边，还是站在调查组一边，实在是难以选择。

正在这时候，车间主任向这边走来了，远远地便向康水明喊道：“康师傅，你们班的人都在吧？那正好，京城来的领导让你们到第二机械厂去，说是检验一下你们的电焊技术，看看你们是不是合格上岗的。”

第四百章

调查组有很大的权力，他们提出要考核电焊工们的技术，康水明等人也只能乖乖地去接受考试。北化机安排了一辆卡车，拉着康水明电焊班的十几名电焊工，来到了市里的第二机械厂。这是一家山北省本地的企业，与北化机这种国家级企业没法比，在平常，北化机的工人们是不会把第二机械厂放在眼里的。

调查组选择让电焊工们到第二机械厂来接受考核，估计是担心他们在本厂考核会有作弊的机会。康水明等人对于这个安排虽然心里有些不痛快，但也没法说什么了。

“到了，就是这里。”

在二机厂的一处空地上，带队的冯啸辰向大家招呼一声，自己先从卡车的车斗跳到了地上，康水明等人也跟着一个一个地跳了下来。大家对冯啸辰没有特别地放在心上，因为他看起来是那么年轻，而且自称是社科院的研究生，这一次是跟着导师过来开眼界的。大家只是对京城来的领导心存敬畏，这个小年轻是一个学生，大家有什么必要害怕呢？

“各位师傅，今天请大家到这里来，是接受一些基本的电焊工技能测试。大家是知道的，这一次北化机承建的分馏塔，被秋间会社认定存在严重的焊接质量问题。其中，电焊工的技能也是被怀疑的项目之一，所以需要对大家做一个测试，请大家理解。”

冯啸辰站在众人面前，用谦恭的口吻说道。

“冯同学，你们领导脑子进水了吧？我们康师傅干了三十多年电焊，你还在穿开裆裤的时候，康师傅就已经是四级工了，你怀疑他的技术有问题，这不是笑话吗？”

一个电焊工没好气地对冯啸辰斥道。他自己也是一名高级焊工，觉得这种测试简直就是侮辱他的能力，所以忍不住要发句牢骚。

郭建新倒是拽了那个焊工一把，低声道："李师傅，别说了，咱们惹不起他们呢。"

"惹不起怎的？惹不起就能这样寒碜人吗？"那姓李的焊工愤愤地说道，不过声音倒是低了几度，显然郭建新的话还是起了点作用的。

冯啸辰还是一副笑嘻嘻的嘴脸，似乎根本不在意那李姓焊工的冒犯。他向旁边招了招手，一名穿着印有"二机厂"字样工作服的年轻人走了过来，脸上带着几分傲慢。冯啸辰向他点点头，然后对康水明等人介绍道："各位师傅，我给大家介绍一下今天的考官，这是二机厂的王建国师傅，在咱们山北省电焊方面技术是数一数二的。前几年咱们省里体育馆的大梁出了问题，就是这位王师傅给焊上的。他还参加过全国的电焊工大比武，拿过一个名次的呢。"

这位王建国，也算是冯啸辰的老熟人了。三年前，冯啸辰在大营指挥钳夹车抢修，王建国也是参与抢修的电焊工之一，当时还颇闹了一些笑话。后来，冯啸辰又有几次阴差阳错地与王建国打过照面，慢慢便熟悉起来了。王建国在电焊上倒也的确有两把刷子，另外就是有一个好吹牛的毛病。他给省体育馆焊过一次大梁，便逢人就说，恨不得把自己说成是全山北省最好的电焊工。冯啸辰这次到山北来调查分馏塔质量事故的事情，无意中想到此人，便信手拈过来当了个道具。

冯啸辰对王建国的介绍，让王建国颇为得意，康水明等人却是直接就炸了。一个地方小厂的电焊工，年纪轻轻的，就敢自称是山北省数一数二，你把我们北化机放到哪去了？他们不会对冯啸辰有什么意见，觉得冯啸辰肯定是不懂电焊，被王建国给忽悠了。他们想的只有一点，那就是好好地教训一下这个不知天高地厚的地方同行，让他知道啥叫国家重点企业的职工。

"你能当我们的考官？"康水明用轻蔑的目光看着王建国，问道。

"当然能。"王建国可是一向都吹牛不上税的，哪会把康水明的蔑视放在眼里，他说道，“这次中央的领导让我给你们当考官，就证明我有这个能力。我这个人不太会谦虚，我说句大话，这世界上就没有我不会焊的东西。”

“会焊有啥了不起？焊得好才是本事呢。”先前那位李焊工斥道，“姓王的，你敢跟我比比吗？”

“我为什么要跟你比？”王建国道，“我如果跟你比了，谁来当裁判？”

李焊工道：“当然是我们康师傅当裁判了，他干了三十多年电焊呢，不比你个小年轻强？”

王建国还了康水明一个轻蔑的眼神，道：“干的时间长就了不起了？电焊讲究的是眼力、手法。不说别的，我只要看一眼电弧，就能够判断出用的是什么焊丝，你们谁能做到？”

“噗！这他妈也算本事？”李焊工道，“我们都是天天干这个的，连小侯这种年轻女娃都能做到。”

“你们就吹吧。”王建国冷笑道。

“什么叫吹？你们这有什么焊丝，拿出来试试，猜错一种，我认你为师。”李焊工的傲气被彻底激起来了，他气冲冲地向王建国说道。

侯彩云、郭建新等人也都跟着起哄，他们实在是被王建国的狂妄给激怒了。康水明站在一旁，总觉得这事有点蹊跷，可一时间又想不明白。这些天他的心理压力有点大，睡觉也不安生，所以脑子不太灵光了。

听到北化机的一干焊工要说比试，王建国也不耽搁，迅速地找来了电焊机，还搬来了不同类型的一堆焊丝。这个地方其实就是二机厂焊接车间的室外场地，周围堆了不少边角料，都是可以拿来做焊接试验的。王建国背着大家选了一根焊丝，夹在焊钳上，然后找了块废铁便开始焊接了。

电弧光飞溅起来，电焊工们都掏出电焊眼镜戴上。李焊工看了两眼电弧光，淡淡地说道：“这是506号焊丝，没错吧？”

“算你蒙对了。”王建国显得有些窘，他扔掉手里的焊丝，另换了一根，再次操作起来。

“172号！”

“48 号!”

“75 号!”

“……”

众焊工们争先恐后地报着焊丝的型号，像是做游戏一般。电焊丝表面敷有一层焊剂，其中包括了用于除氧的锰、硅等元素，用于形成焊渣的钙、钾、钠等元素，用于改善熔填金属性能的钼、铬、镍、钒等合金元素。不同型号的焊丝有不同的焊剂，在电焊时焊弧的颜色、形状等都会有些差异，有经验的电焊工的确能够从电弧光中判断出焊丝的型号。

“好吧，算你们赢了。”

在连续更换了十几种焊丝之后，王建国颓然地放下了焊钳，向众人说道。没有人注意到，他说这话的时候，脸上掠过了一丝狡黠之色。

“小子，以后记住，山外有山，人外有人，你那几下三脚猫的功夫，别在我们面前显摆。”李焊工牛哄哄地向王建国说道。

“王师傅，考核完了吗?”冯啸辰走上前去，向王建国问道。

“考核完了，北化机的师傅们技术完全合格。”王建国应道。

听到王建国这样说，一干北化机的电焊工倒有些懵圈了，什么，这就算考核完了?难道不应当是考核我们的电焊手法吗?认个电弧算什么考核?

冯啸辰向众人笑笑，然后说道：“各位师傅，既然考核完了，请大家到二机厂的会议室坐一坐，我们领导有一些关于青东化肥厂分馏塔焊接方面的问题要问大家。”

众人都是丈二和尚摸不着脑袋，不知道调查组唱的是什么戏。大老远把大家拉到二机厂来，说是考核电焊技术，结果却虎头蛇尾，正经的内容没考，只是玩了个游戏就算过关了。可过了关又不放大家走，还说要去会议室谈什么问题，这些问题难道不能回北化机再问吗?

带着满腹疑惑，众人来到了二机厂的会议室。这个会议室看起来有点像个课堂，又像是一个审讯室。在前面，摆了几张桌子，形成一个主席台的样子，对面则是一排椅子，说是学生听课的样子也行，说是法庭上的被告席也行。电焊工们被安排坐在这排椅子上，对面的主席台已经坐上了人。

冯啸辰招呼众人坐好之后，自己也来到了主席台上。他用手指了指坐在主席台正中央的一位老者，向大家介绍道："这位是社科院战略所的研究员沈荣儒同志，是咱们国家最著名的经济学家之一，经常参加国家的重大决策，中央领导同志见了他的面，都要尊称一句沈老师。"

被冯啸辰骗到这个位置上来的沈荣儒哭笑不得，他连连摆着手，道："哈哈，小冯太捧我了，我哪是什么著名经济学家，只是提出过一些经济上的意见罢了。至于说某某同志曾经称呼我为沈老师，那是某某同志尊重知识分子的表现，我实在不敢说自己能在中央领导同志面前称一句老师的。"

他说这话本是一种自谦，但却有点不打自招的味道。康水明等人看向他的目光，明显带上了几分敬意。这可是中央某某领导称过老师的人，那不就是国师吗？

第四百零一章

把沈荣儒请出来吓唬人，是冯啸辰的无奈之举。

面对北化机布置的攻守同盟，他只能利用人员的恐惧心理去进行分化瓦解。华菊仙是个普通临时工，她最大的软肋就是两个孩子的前途，所以冯啸辰放出风声，说华菊仙这次惹了大事，孩子的前程也会受到影响，果不其然，华菊仙一下子就崩溃了。

对康水明这些人，冯啸辰要故伎重演，但一时还找不出他们害怕的事情，于是就把沈荣儒推上了前台，并把他的身份夸了一通。沈荣儒的确是那种能够与中央领导谈笑风生的人，但要说他会直接找中央领导去告康水明他们这样一群普通工人的黑状，那就天大的笑话了。可是，康水明他们并不了解这些事情，别说沈荣儒被中央领导称过老师，就算他只是给中央领导沏过茶，这个身份也足够让他们害怕了。

“各位师傅，大家不用紧张，我这次到北化机来呢，主要是来做一些研究的。请各位到这里来，是想了解一些有关分馏塔焊接过程中的问题。我本人是学经济学的，不懂工业技术，我的这位学生小冯同志，接触过一些工业上的事情，所以我就委托他来向大家发问了。”沈荣儒做了一个简单的开场白，然后便把说话权交给了冯啸辰。

“各位师傅，大家刚才已经听沈教授说了，我们是来做一些研究的，未来的研究报告，可能会直接作为内参送到中央领导那里去。所以，请大家一定要严肃地对待这次谈话，不能说假话，否则的话，那就是欺骗中央领导了。”冯啸辰一改此前温和的神情，沉着脸向众人警告道。他分明看到，坐在对面的那些电焊工脸色也都变了，有好几个人的腿已经在不由自主地抖动起来。

“我的第一个问题是，你们中间有谁参加那座分馏塔的焊接工作?”冯啸辰问道。坐在一旁的祁瑞仓和丁士宽二人各自摊着一本工作日记，在飞快地记录着。没办法，这二位也是学经济出身，对于工业技术了解不多，如果让他们来问话，肯定是问不下去的，于是他们就只能当当会议记录了。

电焊工们互相对视了一眼，康水明替大家回答道：“冯同志，我们这里每个人都参加了焊接工作，各人完成的工作量不一样，在台账上都有记录。”

“嗯，是这份台账吧?”冯啸辰扬起一份资料，向康水明晃了一下。康水明认得那正是他们班组的工作台账，封面上还有他的签名，便点了点头，表示承认。

“在焊接之前，你们有没有看过工艺文件?”

“看过。”

“是否充分了解文件上的内容?”

“是的。”

二人一问一答，不觉便谈过了十几个问题。冯啸辰翻开从北化机带来的工艺文件，选出其中一段念了一遍，然后问道：“康师傅，工艺文件上说明这些编号的焊接作业需要使用75号焊丝，你们是否清楚?”

康水明心中一凛，下意识地转头去看自己的工友们，众人也都用复杂的目光看着他。他迟疑了一下，慢吞吞地回答道：“当然……是清楚的。”

“75号焊丝和43号焊丝之间的区别，你们了解吗?”

“这个倒是不太了解。”

“那么从操作规程上说，用43号焊丝替代75号焊丝，是不是允许?”

“这当然不允许。”康水明知道这些问题都非常犀利，他的每一个回答都可能是在向一个深坑里前进，但事到如今，他也没别的办法了，只能一句一句地回答着，不知道对方会在什么时候提出什么致命的问题。

“然而，根据秋间会社的检测，北化机提供的这座分馏塔，指定的这些焊缝都是使用43号焊丝焊接的，违反了工艺要求，你们如何解释呢?”

冯啸辰盯着康水明的眼睛问道。

康水明被他盯得有些发毛，他挪开目光，支吾着说道："这是因为仓库发错了材料，我们去领 75 号焊丝，结果仓库送来的是 43 号焊丝，这两种焊丝看起来差不多少，所以我们就弄错了。"

"是吗，大家都没看出区别来？"冯啸辰把目光转向众人，冷笑着问道。

"没有！"

"我们怎么看得出来？"

"这两种焊丝本来就差不多嘛……"

众人纷纷回答道，不过所有的回答都有些犹豫不决，显然是底气不太足。

冯啸辰呵呵笑道："不会吧，你们各位都是有经验的电焊工，康师傅有三十多年的工龄，李师傅也是行业里排得上号的电焊技师，你们就算从外观上看不出焊丝的差异，只要一打着火，焊上一条焊缝，还能分辨不出两种焊丝的不同？"

"这个很难，呃……"李焊工随口回答了一句，没等说完就卡住了。他突然想起了一事，不由得脸色骤变。与此同时，其他电焊工也都陆续反应过来了，脸上都露出了愕然的神色。

合着这帮京城来的领导是在这等着我们呢！刚才那个傻乎乎的王建国，分明就是人家派出的"托儿"，我们都被他的激将法骗了，说自己只要一看电弧光就能分辨得出焊丝的型号。一伙人试了半天，现在说分不清焊丝型号的差异，这不是当面撒谎吗？

"怎么，不说了？刚才在外面的时候，你们不是很能干的吗？"冯啸辰把眼睛一立，气势汹汹地喝问道。

"太不像话了！"王根基也狐假虎威地一拍桌子，转头对沈荣儒道，"沈教授，您看到了吧，这些工人就是这样欺上瞒下的，他们明知焊丝型号不同，却故意不说出来，这就是有意拆国家的墙脚，破坏社会主义建设！"

“王处长……”祁瑞仓听不下去了，咱们不带这样上纲上线的好不好？

“祁同学！”冯啸辰大声地打断了祁瑞仓的话，说道，“我知道你心肠软，但你不用替他们说情，这一次的损失如此重大，任何人说情都没用。沈教授，这种明目张胆欺骗国家、欺骗领导、欺骗中央的行为，您一定要向中央进行汇报，要严厉地惩处！”

“我明白，我会这样做的……”沈荣儒哭笑不得。他当然知道冯啸辰和王根基都是在演戏，看着眼前这群工人吓得脸如土色的样子，他也有些于心不忍。但他明白，这个时候只要稍稍松一下口，对方就会反应过来，届时冯啸辰他们布的局就满盘皆输了。

唉，谁让我招了这样一个不按常理出牌的关门弟子呢，那就陪他疯一回好了，真是晚节不保啊。沈荣儒在心里哀叹道。

他们这样一番做作，还真起了作用，电焊工们一下子都慌神了，哪里还有余暇去分析冯啸辰话里的漏洞。欺骗国家、欺骗领导、欺骗中央，这些大帽子可是会砸死人的，大家都是老实巴交的工人，而且这一回的事情还真的和他们无关，他们有什么必要去背这个黑锅呢？

侯彩云首先就扛不住了，她从椅子上站起来，大声地说道：“领导，不是这样的，我们都是被厂长骗的！”

“彩云！”康水明喊了一声，想制止徒弟的爆料。

侯彩云既然已经开了口，就断没有再否认的可能。她对康水明说道：“师傅，咱们别帮边广连他们瞒着了，到时候他们没事，咱们都坐牢去了。”说罢，她又转向冯啸辰，像是怕被别人抢了话头一般，一口气都不歇地说道，“领导，那个43号焊丝，分明就是生产处让我们用的，厂里压根就没有75号焊丝。我们在烧电焊的时候都知道用的是43号焊丝，根本不是仓库弄错了。”

“是这样吗，康师傅？”

听到侯彩云揭开了内幕，冯啸辰心里踏实了。他收起刚才那凶恶的嘴脸，对康水明淡淡地问道。

康水明像是被抽掉了元气一般，颓然地点点头，道：“彩云说的都是真的，从一开始，生产处就是通知我们用 43 号焊丝。我们看过日本拿过来的原始工艺文件，上面说的是 75 号焊丝。我们还问过生产处是不是弄错了，生产处说，两种焊丝差不多，厂里积压了不少 43 号焊丝，赶紧用完了才好重新采购。”

“可是你们向调查组递交的情况说明上并不是这样写的。”冯啸辰道。

康水明道：“那都是边厂长让我那样写的，他说让华菊仙一个人担责任就好了，如果说是生产处的责任，对厂里的影响太大。我也是出于为厂子考虑的想法，所以才欺骗了各位领导。这都是我的错，和他们几个没有关系。”

“康师傅，你也是为我们好，这怎么能怪你呢?”侯彩云辩解道。

郭建新道：“领导，这事不能怨康师傅，那都是程元定和边广连他们的事。你们是不知道，这个程元定非常霸道，在厂里搞一言堂，说一不二。他让康师傅这样编，康师傅哪敢不照着做？如果不照着他的话做，他明天就会让康师傅到三产公司去坐冷板凳的。”

“就是，程元定可厉害了!”

“我们现在说了实话，回头肯定会被他报复!”

“领导，你们一定要把程元定撤掉，要不我们就没有活路了!”

第四百零二章

一个人开了头，其他的人也都跟上了，大家心里只有一个念头，事到如今，如果不能把程元定扳倒，他们就完蛋了。

这两天，电焊工们一直都在纠结于说真话还是说假话的问题。说假话，万一被上级领导识破，自己就要担天大的责任。说真话，等到调查组走了，程元定肯定饶不了他们。在刚才那会，他们还慑于程元定的淫威，不敢说真话。谁承想，眼前这帮上级领导腹黑得很，三绕两绕就把大家给绕晕了，让他们不得不说出实话以求自保。

捅出了焊丝的真相，他们也就算是把程元定、边广连等人给出卖了。到这个时候，如果不把程元定的劣迹抖出来，让上级领导把程元定撤掉，以后还有他们的好日子过吗？

“我说一件事，厂里分房，有资格的都是程元定的亲信，有些是喜欢对他吹牛拍马的，有些是经常给他送礼的，我们这些普通工人哪怕家里再困难，都轮不上。”

“程元定就是一个土匪，机修车间的张师傅，就是因为跟他顶了一句嘴，就被他打发去看大门了，一个月少了三十多块钱的工资。”

“边广连也不是个好东西，他就是程元定的走狗……”

得罪群众的后果是很可怕的，别看你在台上得势的时候大家都不敢说什么，可一旦你有了点事情，那就是墙倒众人推的节奏。平日里对你唯唯诺诺的那些人，心里都给你记着小黑账呢，不是不报，时间未到。

调查一个焊丝的问题，牵出来这么多有关程元定的腐败问题，这可是连冯啸辰都始料未及的。沈荣儒、王根基、祁瑞仓等人都惊得目瞪口呆，沈荣儒是个老夫子，学问做得不错，基层斗争的经验却有些欠缺，在这个时候就有些不知所措了。冯啸辰反应极快，他当即安排道：“各位师傅，大家先静一静。大家反映的情况，非常重要，但这样乱哄哄地说，不利于我们记录。这样吧，王处长，你去联系一下二机厂的厂办，让他们腾几个房间出来，让师傅们分别休息。老祁、老丁，你们准备一下，咱们分头进行调查，要让每位师傅都有反映情况的机会，务必要把他们反映的情况一件不漏地记录下来。”

冯啸辰最初安排把电焊工们带到二机厂来问话，是想利用一个陌生环境增加他们的焦虑感，从而诱使他们说错话，泄露出实情。现在看来，他倒是无心插柳柳成荫了，如果是在北化机，要这样大张旗鼓地调查程元定的问题，还真是不太方便。

电焊工们被分开安置在几个房间里，还有调查组的人在旁边守着，防备他们互相交流。徐晓娟等人也被紧急召唤过来了，听说康水明他们要举报程元定的问题，大家都压抑不住欢喜，马上让二机厂协助安排了房间，开始逐个进行问话。

所有这些事情，都是发生在很短的时间里的，大家被冯啸辰唬住了，出于自保，说出了实情，又牵扯进了程元定。如果给电焊工们更多一点时间，再让他们有一个充分沟通的机会，他们或许就会作出其他的选择。冯啸辰及时地把众人分开，大家的集体智慧就无法形成了，只能凭着自己的想象去做事。

每个人都在想，自己刚才已经开口了，其他人也都说了一些话，这个时候再隐瞒恐怕也来不及。再说了，即便自己不说，别人难道不会说吗？别人说了，自己不说，岂不显得态度不好，京城来的领导会不会对自己有看法？

这就是所谓的囚徒悖论，大家如果进行串谋，或许会有更好的结果，但因为失去了串谋的机会，大家便只能明哲保身了。

在二机厂进行的讯问一直持续到了深夜，电焊工们都被安排在二机厂的招待所里住下，不能回家，甚至也不能与家人联系。次日上午，察觉出情况不妙的边广连去向程元定汇报此事，没等他们商量出个所以然，一个新的调查组已经风尘仆仆地从京城赶过来了。这一回，带队的是经委和化工部的两名纪检负责人，一到北化机，便把程元定、边广连二人控制起来了。

雪崩了！

攻守同盟这种事情，需要有一个坚强的核心，而这个核心一旦崩溃了，整个同盟也就不复存在了。在此前，大家都照着程元定、边广连他们的交代，统一口径来应付调查组，现在知道谎言已经被戳穿，程元定他们凶多吉少，还有谁会乐意替他们背锅呢？

事情的真相很快就被查清了，这根本不是一起临时工无意犯错导致的事故，而是在厂长程元定的默许下，故意违背工艺规范要求而造成的人为事故。

程元定从一开始就对分包项目这件事存有怨言。日方提供的工艺文件有很多要求，如果照着这些要求去做，北化机会增加很多麻烦。程元定等人没有想过，其实重装办力促国内企业分包日方的项目，就是为了引进国外先进的管理规范以及工艺要求，以便全面提高国内企业的技术和管理水平。

日方这些工艺文件里的要求，看似繁琐，但环环相扣，能够保证产品质量不发生偏离。如果严格执行文件中的要求，即便真的出现保管员发错焊丝的事情，这个错误也会在随后的几个环节被发现并且得到纠正，根本不存在错误焊丝被一线操作人员误用的情况。

程元定做了几十年的企业管理，习惯了“人治”的方式，对于从国外引进的全面质量管理体系有很强的抵触情绪。这次分包秋间会社的设备，面对秋间会社提出的一系列质量保证要求，程元定嗤之以鼻，非但不放在心上，甚至还存着几分故意对着干的心态。

有关分馏塔焊接需要使用75号焊丝的事情，程元定是知道的。这原本是一件小事，并不需要程元定这个级别的领导去关心。但在一次开会的时候，采购处的处长发了一句牢骚，说原来采购了一批43号焊丝，放在库房里还没有用完，现在又要采购75号焊丝，实在是太麻烦了。程元定当即就回了一句，说既然还有43号焊丝，那就用43号焊丝好了，反正这两种焊丝差别也不大。

程元定在北化机工作了30多年，也是从车间主任、生产处长这些岗位做起的，对于电焊真有一些了解。他知道这两种焊丝有些差异，但在一些主要指标上的差别并不大。早些年，国内的物质供应紧张，有时候某些特殊型号的焊丝采购不到，而生产任务又比较紧，厂里用相近型号的焊丝进行替代也是常有的事情。程元定正是带着这样的观念，下达了用43号焊丝替代75号的命令。

用一种材料替代另一种材料，在工业生产中并不罕见。工业生产是讲究经济性要求的，比如说，一个零件可以用A钢材，也可以用B钢材。从理论上说，B钢材比A钢材更合适，但采购起来很困难，会导致成本上升一倍，这个时候，用A钢材来替代B钢材，就是许多企业的理性选择，对于用户方来说，也是愿意接受的。

在与国际市场联系比较少的年代里，中国很多工业产品很难找到最合适的材料或者配件，往往会用其他材料和配件来替代，与国外产品相比，性能上自然就会逊色几分。随着国际化程度的提高，许多产品的配件可以进行全球采购，厂家自然愿意选择那些更为适合的进口配件，结果却换来一个“某某配件不得不依赖进口”的指责。其实这种指责是没有根据的，某些配件来自于进口不假，但说是“依赖进口”，就言过其实了。如果无法进口，或者国外根本就没有这样东西，那么企业也完全可以使用国内的替代品。这就如同你喜欢吃进口的车厘子，但要说你“不得不依赖于进口车厘子”，那就是扯淡了，咱们国产的樱桃味道也不错，谁说非得吃进口的不可？

但焊丝的这件事情，与上述所说的都不同。75号焊丝并不是什么稀缺材料，秋间会社在工艺文件中要求使用75号焊丝而非43号焊丝，也是有其道理的，那就是75号焊丝的耐酸蚀性能更优。在这种情况下，北化机违背工艺文件要求，用43号焊丝进行替代，就毫无道理了，只能被认定为一起人为造成的质量事故。

这样一起事故，从上到下涉及的责任人是很多的，技术处、生产处、质检处、容器车间，都有责任。为了洗清自己，大家自然要把责任往厂长那里推，声称自己曾经提出过质疑，是程元定、边广连他们搞一言堂、瞎指挥，这才导致了严重的后果。

与电焊工们的心态一样，涉事的中层干部们为了避免程元定对他们秋后算账，纷纷翻出自己的黑账本，把程元定这些年干过的坏事说了个底朝天，只盼着上级领导能够严惩程元定，让他永世不得翻身。

图书在版编目（CIP）数据

大国重工. 肆/齐橙著.-上海：上海文艺出版社.2019.8（2021.8重印）

ISBN 978-7-5321-7162-0

Ⅰ.①大… Ⅱ.①齐… Ⅲ.①长篇小说－中国－当代

Ⅳ.①I247.5

中国版本图书馆CIP数据核字(2019)第141593号

上海市新闻出版专项资金数字出版领域资金扶持

2017年度中国作家协会重点扶持作品

发 行 人：毕 胜

策　　划：林庭锋 侯庆辰 李 霞

责任编辑：江 晔

网络编辑：李晓亮

美术编辑：丁旭东

书　　名：大国重工. 肆

作　　者：齐 橙

出　　版：上海世纪出版集团　上海文艺出版社

地　　址：上海绍兴路7号 200020

发　　行：上海文艺出版社发行中心发行

上海市绍兴路50号 200020 www.ewen.co

印　　刷：常熟市华顺印刷有限公司

开　　本：890×1240 1/32

印　　张：14.375

插　　页：2

字　　数：427,000

印　　次：2019年8月第1版 2021年8月第2次印刷

I S B N：978-7-5321-7162-0/I · 5722

定　　价：55.00元

告 读 者：如发现本书有质量问题请与印刷厂质量科联系　T: 0512-52605406